Für meine Familie und für Tobias.
Ich hab euch alle wahnsinnig lieb.

Colors of Life 1
Schneerot

Anna Lane

Zitate am Anfang der Kapitel,
wenn nicht anders angegeben, aus:
Oscar Wilde: The Ballad of Reading Gaol (1898)

Ein Imprint des Amrûn Verlag Traunstein

Covergestaltung: Christian Günther | Atelier tag-eins
Lektorat: Nadine Stritzke, Anna Lane
Endlektorat/Korrektorat: Tatjana Weichel | Wortfinesse

ISBN – 978-3-95869-365-4

Besuchen Sie unsere Webseite:
calad-verlag.de
amrun-verlag.de

Bibliografische Information der Deutschen Nationalbibliothek:
Die Deutsche Nationalbibliothek verzeichnet diese Publikation in der Deutschen Nationalbibliografie; detaillierte bibliografische Daten sind im Internet unter http://dnb.d-nb.de abrufbar.

1 18

Prolog

»Verbrennen musst du dich wollen in deiner eignen Flamme: wie wolltest du neu werden, wenn du nicht erst Asche geworden bist!«

Friedrich Nietzsche: Also sprach Zarathustra

Meine Ketten sind nicht real. Sie sind aus Gedanken gemacht und werden von Mauern, die nur in meinem Herzen existieren, gehalten. Sie haben kein Gewicht, das ich spüren könnte. Sie sind leicht wie die Schneeflocken draußen im Wald.

Diese Fesseln sind nicht aus Stahl, nicht aus Metall – völlig unsichtbar.

Aber wie kann man zerstören, was man nicht sieht? Wie kann man gegen einen Feind kämpfen, den man nicht kennt?

Und wie kann man lieben, wenn man nicht frei ist?

1

Like two doomed ships that pass in storm
we had crossed each other's way:
But we made no sign, we said no word,
We had no word to say;

Crys

Es hat keinen Sinn, Schneeflocken zu zählen. Eine um die andere segelt zu Boden, federleicht. Draußen scheint alles so ruhig, so vollkommen – so frei. Ohne Ketten und ohne Krieg, als wäre jede schlimme Nachricht nur ein Gespinst unserer eigenen Vorstellung.

Die Gitterstäbe vor meinem Fenster beschränken die Sicht, doch ich sehe genug, um Sehnsucht zu verspüren. Ruhe. Freiheit. Und bloß eine Ahnung von Erlösung.

Ich will rennen, weil ich Füße habe, die mich tragen können.

Ich will mich fallen lassen, und dem Schnee erlauben, mich wieder aufzufangen.

Aber das geht nicht. Nicht hier, nicht jetzt.

Meine Hände sind eisig kalt vom Fensterrahmen, und wo mein Gesicht sich im dreckigen Glas hätte spiegeln können, beschlägt mein langsames Atmen die Scheibe. Da ist es wieder. Das Brennen in meiner Brust, das immer nur dann wiederkehrt, wenn ich mir erlaube, nach draußen zu sehen. Doch so schnell das Gefühl in mir auflodert, so rasch verschwindet es wieder und rollt sich in meiner Magengrube zusammen wie eine faule, alte Hauskatze.

Ich seufze und wende mich ab. Meine Zeit der Rebellion ist schon lange vorbei. Vor einem Jahr hätten mich die dicken Flocken draußen noch dazu verführt, mir wieder und wieder die Fäuste an der grauen Eisentür blutig zu hämmern. Versessen darauf, gehört zu werden. Befreit, von wem auch immer. Bis ich eingesehen habe, dass keine Rettung möglich ist. Nicht für jemanden wie mich.

Langsam schlurfe ich zu meiner Pritsche und lasse mich auf die ungemachte Decke fallen.

Nicht, dass ich mich nicht gewehrt hätte. Ich habe mir so oft die Seele aus dem Leib gebrüllt, dass meine Stimmbänder mehr als einmal ihren Dienst verweigerten. Und wofür? Je mehr ich bettelte, desto mehr ignorierten sie mich. Kein menschlicher Kontakt, kein Essen, kein Trinken. Nichts. Je mehr ich mich gesträubt habe, meine Gabe zuzulassen, desto grober fassten sie mich an, wenn sie mich aus meiner Zelle holten und zum Verhörraum brachten.

Ich lache leise auf.

Der Wille zum Aufstand verschwindet spätestens nach jeder warmen Mahlzeit wieder, die die Soldaten auf dem einfachen, weißen Holztisch neben dem Bett abstellen.

»Keine Sorge, es wird uns nicht treffen«, flüstere ich mir selbst zu, ehe ich den Kopf schüttle. Was sind die Worte, die ich am letzten Tag vor meiner Entführung meiner Schwester zugeflüstert habe, jetzt noch wert? Tag für Tag wird mein Geist immer kleiner, die Winkel meines Gehirns immer enger. *Wie dumm ich doch war.* Doch ich habe meinen Teil dazugelernt. Wer einmal durch die Tore dieser Versuchsanstalt gegangen ist, kommt nicht mehr wieder, das weiß ich jetzt.

Ich beiße mir hart in die Innenseite meiner Wange. Tränen kommen schon lange nicht mehr, der Schmerz des Gefangenseins hat jede einzelne verdampfen lassen. Hier drinnen sind wir wertvoll – zumindest die von uns, die überleben. Ich habe die Behandlung überstanden. Oder zumindest glaubte ich das am Anfang meiner Zeit hier. Dabei ist unsere Existenz hier nur ein Tod auf Zeit. Aber wir sind die Guten. Opfern wir uns deswegen nicht gern für das Wohl unseres Landes?

Aber natürlich macht das Militär das nicht zum Spaß. Immerhin ist Krieg.

Irgendein Superhirn hat vor wenigen Jahren Stoffe entwickelt, die beträchtlich auf die menschlichen Charaktereigenschaften einwirken und diese noch verstärken. Und deshalb sind wir hier. Um unser Leben der Wissenschaft und dem Krieg zu opfern. Um die ersten zu sein, an denen diese Drogen getestet werden. Um den Beitrag zu leisten, der diesem Land zum Sieg verhelfen wird.

Dabei denkt keiner daran, dass wir vermisst werden.

Dass unsere Eltern nicht damit einverstanden sind, dass ihre Töchter und Söhne an den Nebenwirkungen einer Chemikalie sterben.

Doch es ist egal, wenn uns eine dieser Substanzen umbringt. Offizier Carter hat mal gesagt, dass die wahren Schlachten hier drinnen in der Anstalt geschlagen werden. Weil wir schlimmer und unkontrollierbarer sind als alles, was einem draußen über den Weg laufen kann. Obwohl … warum rede ich immer von *wir*? Um ehrlich zu sein … bin da eigentlich nur *ich*.

»Du da!«

Ich fahre in die Höhe, aufgeschreckt durch eine tiefe Stimme, die von der Tür her den gesamten, spärlich eingerichteten Raum erfüllt.

»Es ist Zeit.«

Ich wende mich nur kurz zur Seite und nicke. Ich muss tun, was der Soldat sagt. Noch eine Sache, die ich gelernt habe. Und sollte ich sie jemals vergessen, erinnern mich die Narben auf meinem Rücken daran, dass Widerstand zwecklos ist. Dass ein Peitschenhieb sofort jegliche Intention zu rebellieren zerschlitzen kann.

Mit einem tiefen Einatmen streiche ich mir ein paar Strähnen aus dem Gesicht, die mir aus meinem Pferdeschwanz entwischt sind und stehe auf, um meine Glieder zu strecken. Um Zeit zu schinden, zupfe ich noch ein brünettes Haar von der weißen Hose und kremple die Ärmel des ebenso hellen Pullovers nach oben.

»Beeil dich«, schnauzt er mich an und verzieht die aufgesprungenen Lippen nach unten. Verzichtet aber nach wie vor darauf, mich anzusehen. Es bereitet den meisten Soldaten Unbehagen, dass ich in ihren Gesichtszügen lesen kann wie in einem offenen Buch. Jede winzige Bewegung verrät mir eine Geschichte, die nur ich entziffern kann.

Das ist es, was mich so gefährlich macht. Und auch dermaßen wertvoll. Denn ich bin das, was die anderen Inhaftierten *die Henkerin* nennen. Ich bin die, die über Leben und Tod entscheidet. Weil ich die Menschen kenne. Weil ich spüre, wie schlecht oder gut sie sind.

»*Crys!* Setz dich endlich in Bewegung, verdammt!«, faucht der Wärter nun und beginnt mit dem schweren, schwarzen Stiefel auf den Boden zu tappen. *Du versteckst deine Nervosität echt hervorragend*, denke ich und folge ihm durch die schwere Eisentür, die er offen stehen lässt.

Die meisten Soldaten, die zum Wachdienst rekrutiert werden, fühlen sich unwohl in meiner Gesellschaft. Warum sollten sie auch nicht? Ich sehe alles. Höre alles. Jede kleine Unebenheit in ihrer Stimme, wenn sie lügen. Kann ihre persönlichen Probleme, Ängste und Freuden aus der Art filtern, wie sie sich bewegen. Blicke in ihre Seele, wenn sie die Augen auf mich richten. Aber natürlich nur, wenn ich will. Überraschung – meistens will ich *nicht*.

Der Soldat hält sich nicht mal mehr damit auf, mir sicherheitshalber Handschellen anzulegen. Ich schlinge die Arme um meinen Oberkörper und gehe ihm nach.

Das Weiß des Aufenthaltsraumes, der das Aussehen der gesamten Anstalt spiegelt, droht mich zu erdrücken, als der Soldat mit mir im Schlepptau das kleine Zimmer durchquert. Farblose Wände, grauer Linoleumboden, ein Tisch und ein paar Stühle.

Ace, Daniel, Zare und ich sollten uns über so viel Freiraum freuen. Immerhin ist das geräumige Apartment, wie es die Angestellten hier spöttisch nennen, ein Luxus, der nur uns Auserwählten zuteilwird, weil wir unbeabsichtigt eine zweite Gabe erhalten haben, obwohl uns nur ein Mittel verabreicht wurden. Juhu. Als wäre eine Fähigkeit nicht schon unnatürlich genug. Das Militär sieht das selbstverständlich anders. Wir sind ein Forschungserfolg. Ein Durchbruch. Die Prunkstücke der Anstalt. Oder so. Immerhin hat uns das, was sie uns eingeimpft haben, nicht umgebracht. Und das ist doch schon etwas, oder?

Die Ärzte haben keinen blassen Schimmer, wieso manche Injektionen bei gewissen Menschen sofort wirken und bei anderen einen langsamen, qualvollen Tod auslösen. Mittlerweile bin ich mir ziemlich sicher, dass ihnen der Verlust von Menschenleben nichts ausmacht. Sie können ihre Verantwortung einfach abgeben. Und zwar auf mich.

Ace hat einen der Stühle besetzt, an dem ich vorbei schlurfe, die Füße gemächlich auf der Tischfläche platziert. Nur das Rascheln der Seite, die er gerade umblättert, reißt den Raum aus seiner Totenstille. In seinem Schoß liegt ein Buch, eines aus dem spärlich gefüllten Regal an der Wand. Die Seiten sind unten eingerissen, der rote Einband ist schmuddelig. Golden, mittlerweile schon zu Braun verblasst, hebt sich der Name des Autors vom Buchdeckel ab – *Oscar Wilde*.

Als Auserwählte haben wir ein paar Privilegien. Die Armee besorgt uns Dinge, die uns bei Laune halten. Bücher, ein Schachspiel, Pokerkarten, die ich noch nie angerührt habe, und sogar ein Laufband. Nur keine Dinge, die uns persönlich gehören oder an zu Hause erinnern. Unsere Verwandten können uns jedoch Briefe schreiben, wenn sie wollen, auch wenn wir sie nicht beantworten dürfen. Das ist deren Art, uns zu zeigen, dass wir hier gefangen sind. Dass es draußen Leben gibt, zu dem wir keinen Zugang mehr haben.

Ich kann nur raten, wie oft Ace diese Geschichte schon gelesen hat, aber man ist hier über jede Form von Ablenkung dankbar.

Er sieht von der Seite auf, und seine grauen Augen treffen meine. »Viel Spaß bei der Arbeit«, sagt er ohne jeden Humor.

Darauf kannst du wetten, erwidere ich bitter in Gedanken.

Über Aces Gesicht huscht ein kaum erkennbares Lächeln. Seine braunen Haare fallen ihm wieder in die Augen. Gerade, als ich den Blick abwenden will, rutscht der linke Ärmel seines T-Shirts etwas höher, und wie jedes Mal, wenn ich die tätowierten Kombinationen aus Zahlen und Buchstaben auf unserer Haut erblicke, wird mir in Sekundenschnelle schlecht.

SN-1413, der Name der Droge, die ihn zu einem Gedankenleser gemacht hat und als zweiten Effekt jede fremde Sprache verstehen lässt, hebt sich wie eine schwarze Narbe von seinem Arm ab. Auch mir hat man gesagt, die Kennzeichnung diene nur zur Unterscheidung.

Doch sehr schnell wurde mir klar, dass es eher ein Brandmal als eine Orientierungshilfe ist, die sie uns aufdrücken. Mehr als eine Aneinanderreihung von Zahlen und Buchstaben.

Die Tattoos ruft uns jeden Tag in Erinnerung, was wir wirklich sind, nämlich das Eigentum des Militärs. Diese Nummern haben unsere Seelen ersetzt. Oder zumindest wollen sie uns das weismachen.

Der Wärter und ich gehen durch die engen, hell erleuchteten Gänge. Nach zwei Jahren hat sich der Weg zum Verhörraum in mein Gedächtnis eingebrannt. Das winzige Zimmer würde ich sogar im Schlaf finden. Nur das Quietschen meiner Turnschuhe überzeugt mich nun davon, dass ich nicht träume. Und das ist das Schlimme. Denn ich will einfach nur aufwachen und feststellen, dass das alles nur ein Albtraum war.

Die Wände werden vom grellen Neonlicht beschienen. Sie bilden einen Tunnel, der kein Ende zu haben scheint. Nur die in unregelmäßigen Abständen aufgehängten Banner versichern mir, dass wir uns überhaupt von der Stelle bewegen. Das erste Banner ist Grün. Grün für Ace. Im Gegensatz dazu steht das leuchtende Rot für Zare, die die Schwerkraft austricksen kann und deren Tastsinn durch ihre Droge AY-9217 um ein Vielfaches verstärkt wurde. Auf den gelben Stoff daneben ist Daniels Chemikalie gestickt. Durch MA-7312 kann er sich in jedes feindliche Computersystem einhacken. Außerdem wäre das Militär ohne sein technisches Wissen, das für mindestens zwanzig Leute reicht, total aufgeschmissen.

Und zum Schluss, blau. C-4109. Für Crystal – genannt Crys – mich. Mentalistin mit einem Blick in die Zukunft. Henkerin für Hunderte. Ich sortiere die Jugendlichen und Kinder aus, die für die Anstalt nicht von Nutzen sind. Sie werden in den Verhörraum geführt und ausgefragt, aber nicht, um wie vermutet ihre Daten zu übernehmen, sondern um von mir studiert zu werden. Ich sitze hinter einer Spiegelscheibe… im Verborgenen. Sie wissen nicht, dass ich sie beobachte, jeden ihrer Atemzüge analysiere, jedes Blinzeln, jedes Zittern ihrer Finger, wenn sie ihre Hände auf dem hellen Tisch vor ihnen zu Fäusten ballen. Sie können mich nicht sehen. Aber ein Blick in ihre Richtung reicht mir, um *sie* zu sehen.

Ich beobachte sie, während die Soldaten mich beobachten. Jede meiner Regungen wird durch eine kleine Kamera in der Ecke aufgezeichnet. Sie nehmen jedes meiner Worte auf, registrieren jeden meiner Atemzüge.

Sobald wir die winzige Kammer betreten haben, reicht man mir ein Headset, in das ich meine Vermutungen über die passende Droge eingebe. Denn jede einzelne Chemikalie ist auf einen individuellen Typ Mensch abgestimmt, und meine Aufgabe ist es, zu einer Droge die passende Person zu finden. Natürlich wäre es um ein Vielfaches einfacher, die Schafe einfach selbst zu befragen. Aber in deren Augen bin ich bloß ein Werkzeug des Militärs. Und seitdem die Offiziere damit angefangen haben, einfach Kinder und Jugendliche aus ihrem Umfeld zu reißen und sie zu Forschungsobjekten zu degradieren, ist man gerade in den äußeren

Teilen des Landes nicht sonderlich gut auf die Militärmacht zu sprechen. Also auch nicht gut auf mich. Überraschung.

Die Schafe – mein Spitzname für die völlig ahnungslosen Jugendlichen - kommen aus einem der Dörfer, die sich wie eine schützende Spirale um die Stadt winden.

Jeder einzelne Jugendliche, der hier in der Anstalt gefangen ist, kommt aus einem der fünfzehn kleinen Siedlungen auf dem Land.

Ich stamme aus dem viertäußeren Dorf direkt am Meer. Wir waren weder besonders reich noch arm, wir hatten immer genug zu essen, aber nie ausreichend Geld, um uns zusätzlichen Luxus, wie zum Beispiel Strom für einen Fernseher, leisten zu können. Meine Zwillingsschwester und ich gingen am Morgen zur Schule, am Nachmittag arbeiteten wir, gingen nach Hause. Lebten einfach.

Mit den Jahreszeiten änderten sich auch unsere Arbeiten. Im Winter besserten wir vom Frost zersprungenen Asphalt aus, im Frühling forsteten wir den Wald auf, im Sommer fischten wir, und im Herbst ernteten wir Gemüse. Beschwerliche Arbeit, gleich in welcher Saison. Trotzdem, ich mochte das Meer schon immer. Die Weite. Die Vorstellung, allem zu entkommen, wenn man es nur irgendwie überqueren könnte.

Ich fühle einen Stich in meiner Brust, als ich an zu Hause denke. An meine Eltern, an das Gesicht von Violet, das meinem so sehr ähnelt.

Die Tür schließt sich hinter mir mit einem dumpfen Laut, ich bin nun allein im verdunkelten Raum. Sie haben die Lichter gedämpft, damit ich besser sehen kann, was hinter der Glasscheibe vor sich geht.

Routiniert lasse ich mich am Tisch auf den klapprigen Stuhl nieder, setze das Headset auf und bringe das eingebaute Mikrofon ein wenig näher an die Lippen. Der weiche Schaumstoff streicht leicht über mein Kinn, als ich tief durch den Mund einatme. Der Kloß, der sich wie jedes Mal, wenn ich hier bin, hinter meinem Gaumen bildet, will zu einem Schrei mutieren, doch ich lasse ihn nicht. Ich muss ruhig bleiben. Still. Genau wie sie mich haben wollen. Genau wie ich mich selbst vor weiteren Peitschenhieben schützen kann. Obwohl die Wut noch in mir ist, zum Greifen nah, kann ich sie nicht fassen. Stumm zähle ich bis zehn. Eins, ich presse die Zähne aufeinander. Fünf, das Brennen in meiner Brust lässt nach, und ich zwinge die Rage wieder hinunter in meine Magengrube.

Neun, gleich bin ich wieder die Alte. Zehn, alles ist so, wie es schon die letzten zwei Jahre lang war.

Ich beachte den Zettel, der vor mir liegt, gar nicht mehr. Mittlerweile kenne ich den Namen jeder Droge und ihrer Wirkung auswendig. Natürlich, jeden Monat erfinden die Wissenschaftler ein oder zwei neue, aber das macht nichts. Ich habe sie alle im Kopf und muss nicht mehr auf die gedruckten Zahlenkombinationen auf dem Papier vor mir achten.

Ich lehne mich in meinem Stuhl etwas zurück, wissend, dass es lange zwei Stunden werden. Ich beiße meine Zähne zusammen, als ein Adrenalinstoß durch meine Adern fährt. Meine Gabe zu aktivieren ist wie Luftholen. Die Wärme fließt von meinem Brustkorb in alle Richtungen, schlägt Wellen vom Epizentrum in die feinsten Verzweigungen meiner Venen.

Diese Sekunden der totalen Kontrolle und Überlegenheit sind genau dann vorbei, wenn ich die Angst in den Augen der Schafe sehe, das Pochen ihrer Halsschlagader, die wütend verkrampften Fäuste.

Ich habe keine Ahnung, wie sie die Drogen verwendet haben, bevor ich kam. Vermutlich haben sie sie einfach wahllos an den Jugendlichen ausprobiert, ohne Rücksicht auf Verluste. Ich will mir gar nicht ausmalen, wie viele bei diesen Versuchen gestorben sind.

Das Militär geht immer nach dem gleichen Muster vor: Da die Mehrheit der Menschen im mittleren Alter zum Kriegsdienst einberufen wurde, bleiben viele Kinder verwaist zurück. Sie werden aufgelesen und mitgenommen. Wenn sie Geschwister haben, wird immer nur der oder die Älteste in die Anstalt verbannt. Der Rest einer Familie wird dann mit einer so geringen Summe an Geld entschädigt, dass sie sich gerade mal eine Woche über Wasser halten können. Genau darum war ich auch so verdammt sicher, dass ich nicht betroffen sein würde. Weil meine Eltern nicht im Krieg waren und mich so davor hätten beschützen können.

Ich kann mich noch gut an den Abend erinnern, an dem sie mich mitgenommen haben. Violet und ich machten uns gerade auf den Weg zum Meer, wir verließen das Haus schon etwas früher, um vor unserer langen Schicht noch ein schnelles, erfrischendes Bad zu nehmen. Für Nordengland war es heiß in diesem Spätsommer. Vater und Mutter waren schon den ganzen Tag auf einem Fischkutter draußen auf dem Meer.

Wir verließen gerade unser kleines Haus am Waldrand und liefen direkt zwei Offizieren in die Arme, die aus einem dunklen Jeep stiegen. Einer von ihnen, ein Mann mit Glatze, fragte nach unseren Eltern. Wir erwiderten, sie seien draußen auf dem Meer …

Ich schließe kurz die Augen und schlucke, während ich darauf warte, dass das erste Schaf in den Verhörraum geführt wird.

Nicht schon wieder diese Erinnerung.

In letzter Zeit lässt mich der letzte Abend in meiner Heimat schweißnass von der Pritsche hochfahren. Als wäre es nicht schlimm genug gewesen, die Angst an jenem Tag durchlebt zu haben.

Selbst ein fester Biss auf die Innenseiten meiner Wangen kann mich nicht davor bewahren, hinter geschlossenen Augen Violets Gesicht zu sehen.

Die Fratze, die ihr zuvor glückliches Lächeln ausradiert hat, nachdem ich sie mit einem Witz zum Grinsen gebracht habe, an den ich mich gar nicht mehr erinnern kann.

Ein Stich fährt durch mein Herz, und ich presse die Lider noch eine Sekunde länger zu, um die Tränen zurück hinter meine Augen zu drängen. Dorthin, wo sie niemand sehen kann.

Ich liebe Violet, wie nur eineiige Zwillinge einander lieben können. Und ich bin hier gefangen, weil ich freiwillig mitgegangen bin. Um ihre Freiheit zu retten.

Das war die beste und gleichzeitig die schlechteste Entscheidung meines Lebens. Denn jetzt bin ich hier drin, und sie ist draußen. Allein. Ohne mich.

Ich kann sie nicht beschützen.

Je mehr Tage vergehen, desto häufiger sagt mir das Ziehen meines Herzens, dass irgendetwas nicht stimmt. Nicht hier drinnen in der Anstalt, hier läuft eh alles falsch, was nur falsch laufen kann.

Draußen. Bei meiner Schwester.

Der Gedanke, dass ihr irgendetwas zugestoßen sein könnte, bringt mich um den Verstand.

Oder vielleicht bin ich ja schon verrückt? Zwei Jahre in dieser Hölle, und obwohl ich erst sechzehn bin, kenne ich mich selbst nicht mehr.

»Bist du so weit, Crys?«

Ich zucke zusammen, als die Stimme laut in mein Ohr dröhnt. Wie jedes Mal drückt der Kopfhörer unangenehm gegen meinen Kopf, und routiniert nicke ich einmal. Meine Arbeit kann beginnen.

Offizier Carter betritt den Raum nebenan, unverändert aussehend seit zwei Jahren, wenn man die neueste Narbe an seinem rechten Unterkiefer außer Acht lässt.

Er wendet sich dem Spiegel zu und nickt in meine Richtung, obwohl er mich von dieser Seite des Glases unmöglich sehen kann. Seine grauen Augen wandern einmal kurz über die gesamte Glasscheibe, eher er einen der beiden Stühle aus Metall neben dem weißen Tisch in der Mitte des Raumes zu sich zieht. Wie immer lässt er sich mit dem Rücken zu mir nieder, rückt dann den Stuhl etwas zur Seite, damit seine breiten Schultern mir nicht die Sicht versperren.

Als Erstes wird ein rothaariger Junge in meinem Alter hereingeführt. Ein Blick auf ihn genügt, und ich weiß, welche Droge auf ihn ansprechen wird. SX-1143. Gedankenlesen. Anders als die Chemikalie, die Ace verändert hat, ist sie wesentlich schwächer und menschenfreundlicher, ohne die Nebenwirkungen wie Übelkeit, Schwindel oder die Krämpfe. Dafür ist Aces Gabe um ein Vielfaches effektiver. Er sieht nicht nur die Gedanken, sondern auch die Absicht dahinter. Hätte ich jemals vor, Ace im Geiste anzulügen, würde er mich sofort durchschauen.

Diese Aufgabe ist schon fast beleidigend, da auf SX-1143 immer nur eine Art Mensch anspricht: reichere Teenager aus dem inneren Ring zwischen fünfzehn und achtzehn. Selbstgefällig, arrogant, jähzornig. Ohne Gnade, wenn es wirklich zu einem Kampf kommt.

Ich seufze und überfliege die Liste mit den Abkürzungen für die Drogen. Das Mädchen, das als Nächstes Carter gegenübersitzt, scheint auf den ersten Blick zu keiner Chemikalie zu passen. »Auf alle Fälle braucht sie eine fördernde Chemikalie«, murmle ich, während ich überlege. Ich habe keine Ahnung, wofür diese Kategorie gut sein soll. Fördernde Drogen bringen keine neuen Kräfte hervor, sondern verstärken die Sinne. In ihrem Fall den Geschmackssinn. Sehr nützlich, wenn es darum geht, giftige Speisen und Pflanzen zu identifizieren. Blöd nur, dass die Droge einen nicht resistent gegen die tödliche Wirkung von Giften macht. Ein wahrer Geniestreich von den Entwicklern dieser Substanzen.

Immer wieder ertappe ich mich dabei, wie mein Blick zu der Uhr an der Wand gegenüber huscht. Nur, um mich Sekunden später wieder vom regungslosen Minutenzeiger abzuwenden. Seit Monaten warte ich darauf, dass irgendjemand die leere Batterie wechselt.

Ich sehne mich nach dem Ticken, weil es mir wie ein Freund immer und immer wieder versichert hatte, dass die Zeit *nicht* stehen geblieben ist. Dass sie weitergeht. Dass ich die Millionen von Augenblicken, die ich hier drinnen verbringe, letzten Endes doch noch überleben kann. Dass ich frei sein werde, wenn ich nur lange genug darauf warte.

Ich schüttle leicht den Kopf und beginne, die Kanten des oberen Blattes nach innen zu falten. Mittlerweile habe ich meine Papierflieger-Baukünste perfektioniert und bin versucht, mich zur Abwechslung an einen Kranich zu wagen. Nur aus den Augenwinkeln sehe ich, wie im Nebenraum die Tür aufgeht und ein neuer Inhaftierter hereingeführt wird. Gelangweilt bastle ich weiter an meinem Vogel, als ich zusammenzucke und mein Blick zu dem Opfer schnellt. Meine Hand erstarrt in ihrer Bewegung, schwebt reglos über dem Tisch.

»Nein«, keuche ich. Ich schlucke einmal hart und spreche dann mit gebrochener Stimme in das Mikrofon. »Das kann nicht euer Ernst sein. Das ist noch ein Kind!«, zische ich, doch ich erhalte keine Antwort.

Meine Brust hebt und senkt sich immer schneller.

»Crys, beginne mit der Identifizierung. Sofort.«

Die Stimme in meinem Ohr ist weit, weit entfernt. Der Schock verbeißt sich in meiner Magengrube, als wäre er ein tollwütiger Wolf. Die Tränen in den Augen des kleinen Jungen, der im Stuhl fast verschwindet, treiben mir einen stechenden Schmerz unter die Lider.

»Hat das Militär es jetzt schon nötig, Zehnjährige in seinen Dienst zu stellen?«, spucke ich aus. Sie wollen diesen kleinen Jungen als Kampfmaschine ausbilden? Sie verlangen, dass *ich* über sein Schicksal bestimme? Dass ich wie Cäsar meinen Daumen nach unten oder oben drehe, um ihn leben oder sterben zu lassen? Dieses … *Kind?*

Das hellbraune Haar des kleinen Jungen steht nach allen Seiten ab. Seine Schultern zittern bei jedem hastigen Atemzug.

Carter scheint verwirrt zu sein, er erwartet einen Befehl durch sein Headset, doch ich habe meine Entscheidung gefällt.

»Crys?«

Ich unterdrücke den Drang, diesen bescheuerten Kopfhörer von meinem Ohr zu reißen und darauf zu treten. Zuerst schweige ich. Mein Herz wirft sich mit aller Gewalt gegen meine Rippen, und für einige Momente höre ich nur das aufgebrachte Pochen in mir. Der halbfertige Kranich wird in meiner Faust zu einem zerknüllten Klumpen Papier.

»Sofort!«, ordnet die tiefe Stimme an.

Damit jeder der Menschen hinter dem Monitor meinen Trotz und Hass sehen kann, recke ich das Kinn und blicke direkt in die Videokamera in der oberen rechten Ecke des Raumes.

»Nein«, sage ich laut.

Eine kurze Pause entsteht. Ich starre immer noch in das Auge der Kamera, während ich auf eine Antwort warte. Schwarz, kalt und unerbittlich erwidert es meinen Blick.

»Gut, dann lässt du uns keine andere Wahl.« Ich höre die emotionslose Stimme, wie sie etwas weiter entfernt zu jemand anderem sagt: »Weg mit dem Jungen.«

Was? »Halt!«, kreische ich und springe auf.

Carter, der ebenfalls gerade aufgestanden ist, um das Kind wegzuführen, hält inne. Meine Lungenflügel ziehen sich schmerzhaft zusammen.

»I-ich finde etwas für den Jungen«, stammle ich, plötzlich unfähig, zu sprechen. »Nur tötet ihn nicht. Bitte.«

Auch wenn die Anstalt einer Hölle nahekommt, ist sie immer noch besser, als zu sterben. *Wenn ich die richtige Chemikalie finde, wird es ihm sicher gutgehen,* beruhige ich mich. Hastig streiche ich das Papier glatt, um zum ersten Mal seit anderthalb Jahren einen genauen Blick darauf zu werfen.

Nachdem Carter sich wieder niedergelassen hat, beginnt er damit, den Jungen auszufragen, der leise und ängstlich antwortet. Je mehr ich über ihn erfahre, desto hektischer suche ich nach der passenden Substanz für ihn.

Name: Finn Wenly. Alter: neuneinhalb. Kommt aus dem äußeren Ring, liebt Schokolade, Kekse und seinen Hund Barry. Hat Angst im Dunkeln.

Mit klammen Händen drehe ich den Zettel um, während ich

versuche, ruhig zu bleiben, weil ich *auf Sendung bin.* Wenn ich keine Chemikalie finde, die zu Finn passt, muss ich wohl oder übel lügen, um ihn am Leben zu erhalten.

Ich schlucke und zwinge mich, ruhiger zu atmen. Mein Blick fliegt über die Zahlenkombinationen, an die ich mich plötzlich nicht mehr erinnern kann. Meine Gedankenkammer ist wie leergefegt. *Blackout.*

Der Großteil der fördernden Chemikalien würde ihn höchstwahrscheinlich umbringen, denn die Nebenwirkungen sind bei Weitem höher als bei den schaffenden Chemikalien, die eine ganz neue Gabe erzeugen.

XX-20, jemand anderen Wahrnehmung beeinträchtigen; MT-429, Resistenz gegenüber Gift und giftigen Gasen; LNM-927, fotografisches Gedächtnis.

Mein Blick huscht gehetzt zur nächsten Spalte, weil ich bemerke, dass nichts passt. Oder … halt.

TG-80081. Nachtsicht. Ich schlucke den Kloß in meinem Hals hinunter. Das ist es.

Ich atme einmal aus, erleichtert. Mit nur wenigen Nebenwirkungen wie Augenschmerzen und leichtem Kopfweh ist diese Chemikalie eine der harmlosesten. Vermutlich wird das Stechen des Tattoos mehr wehtun, als diese Chemikalie in die Augen getropft zu bekommen. Hoffentlich. Erschöpft lasse ich mich wieder an die Lehne des Stuhles sinken.

»TG-80081 für den Jungen. Nachtsicht«, flüstere ich in das Mikrofon. Es ist mir unmöglich, lauter zu sprechen und dabei das Zittern in meiner Stimme zu verbergen.

Da ist sie wieder.

Violet.

Ein zaghaftes Lächeln zieht meine Mundwinkel nach oben. Wäre Finn in der Kindergartengruppe, die meine Schwester hin und wieder betreut, wäre sie sicherlich total vernarrt in ihn. Ihr glockenhelles Kichern, das ich manchmal sogar vom Spielplatz bis in unser Haus gehört habe, hallt in meinem Kopf wieder.

Violet wäre sicher stolz auf mich. Obwohl … was würde sie dazu sagen, dass ich zwar Finns Leben gerettet habe, doch dafür Hunderten vor ihm zum Tode verurteilt habe?

Das Grinsen rutscht von meinen Lippen und fällt mit einem Klirren zu Boden. *Ja, was würde sie dann sagen?* Der finstere Unterton meines

Bewusstseins lässt mich nach Luft schnappen, und ich schiebe den Gedanken beiseite.

»Eine kurze Pause«, meldet der Mann in meinem Ohr.

Gott. Sei. Dank. Ich lege meine Stirn auf die Tischplatte und genieße die Kälte des Aluminiums auf der Haut, während sich mein Herzschlag beruhigt. Die Tür öffnet sich, und jemand stellt ein Glas Wasser vor mir auf den Tisch, doch ich lasse meine Augen weiter geschlossen.

Die kalte Stimme dringt wieder an mein Ohr. »Weiter geht's!«, verkündet sie unbarmherzig.

Langsam richte ich mich auf und hebe das Glas zu meinen Lippen. Mittlerweile sind meine Gedanken wieder zur Ruhe gekommen.

Ich bin so weit.

Während Carter und ich auf das nächste Schaf warten, dreht er sich zum Spiegel um. Seine Lippen formen die Worte »Gut gemacht«. Auch wenn er es nicht sehen kann, nicke ich ihm zu. Manchmal glaube ich, dass einige Soldaten ihren Job genauso hassen wie ich den meinen.

Die Tür geht auf, und das nächste Schaf betritt den Raum. Es ist ein weiterer Junge, diesmal in meinem Alter oder vielleicht sogar etwas älter.

»Setz dich«, fordert Carter ihn auf und deutet auf den Platz ihm gegenüber.

Die vollen Lippen des Jungens verziehen sich zu einem abfälligen Lächeln. Die Augen auf die Glasscheibe zwischen uns gerichtet, geht er zum Tisch und zieht langsam den Stuhl zu sich heran.

Ich zucke zusammen. Das Scharren der Stuhlbeine auf dem Boden klingt wie ein hohes, sterbendes Kreischen an meine Ohren. Der Typ lässt sich nieder und legt einen Arm über die Stuhllehne. Seine Augen starren weiter auf die Scheibe, und ich rutsche unruhig auf der Sitzfläche hin und her. Dieser Psychoblick jagt mir eine Gänsehaut über die Arme. Ich fühle mich beobachtet. Was natürlich totaler Schwachsinn ist. Er kann mich unmöglich sehen. Oder?

Verärgert über mich selbst schüttle ich den Kopf und blinzle - und stürze plötzlich ab. Meine Sicht verfinstert sich, und die Ränder meines Blickfeldes werden von Dunkelheit verschluckt. So ist es immer, wenn eine Vision meine Gedanken aus meinem Kopf zerrt und in die Zukunft verschleppt.

Meine Hände krallen sich an den Tischrand, als mich eine Welle der Schwärze überrollt. Die Visionen treten selten auf, hin und wieder, ohne sich vorher anzukündigen.

Zuerst bin da nur ich. Meine brünetten Haare schwingen über die Schultern, als ich herumfahre und zusammenzucke. Der Mond erhellt meine Züge, doch mein Umfeld wird von Finsternis verschluckt.

Neben mir steht ein Junge. Ich kenne ihn. Noch eben haben sich seine Augen durch die Glasscheibe des Verhörraums gebohrt. Jetzt sieht er mich an. Und ich ihn. Die Zeit steht still. Genau wie die Schneeflocken, die plötzlich auf ihrem Weg zum Waldboden innehalten.

Doch dann … Ich ziehe scharf die Luft ein, weil neue Bilder nun in Sekundenschnelle auf mich einprasseln. Der rothaarige Junge von vorhin, sein Gesicht zum Schrei verzerrt. Ace, wie er mich zu Boden zieht und mir etwas zuschreit, das ich nicht verstehe. Ein Messer in meiner Hand, blutig.

Mit einem tiefen Atemzug reiße mich selbst zurück in die Realität. Meine Finger zittern, und ich lasse die Tischkante los. Zum zweiten Mal an diesem Tag klopft mein Herz wie verrückt – ein dumpfes, zu schnelles Pochen. Ich schlucke den Drang herunter, mich zu übergeben. Jede Reise in die Zukunft, auch wenn sie nur in meinem Kopf stattfindet, treibt mir die Übelkeit in den Magen.

Obwohl die Vision unendlich lang schien, sind in Wahrheit kaum mehr als wenige Momente vergangen. Carter beginnt gerade mit der Befragung. Ich klammere mich fieberhaft am Stuhl fest, aus Angst, mich noch einmal zu verlieren. Es ist unwahrscheinlich, aber sicher ist sicher.

»Gut. Erzähl mir etwas über dich. Dein Name?«

Der Junge ignoriert Carters Bitte vollständig. Keine Antwort. Er legt nur den Kopf schief und streicht sich die schwarzen, etwas längeren Haare aus den fast genauso dunklen Augen. Beinahe gelangweilt zieht er eine Augenbraue hoch.

»Dein Name?«, wiederholt der Soldat noch einmal, kaum mehr als ein Hauch von Ungeduld in seiner Stimme.

Der Junge schüttelt langsam seinen Kopf. Leicht hebt er das Kinn, trotzig. Das Licht malt dunkle Schatten unter seine hohen Wangenknochen. Seine braunen Augen scheinen mich noch eine Sekunde zu erfassen, dann wendet er sich endgültig dem Offizier zu.

Mit einer tödlich ruhigen Stimme, leicht wie Seide, deutet er mit seinem Kinn auf den Spiegel. »Da hinten sitzt sie?«

Ich erstarre. Gefriere zu Eis.

»Wer?«, fragt Carter seltsam angespannt.

Der Junge lacht, ein bitterer Laut ohne jede Sympathie. Seine Zivilkleidung lässt darauf schließen, dass er aus dem inneren Kreis kommt. Sein dunkelblaues Hemd ist aus Stoffen gemacht, die ich nicht einmal kenne und mir vermutlich selbst nach einem ganzen Monat Arbeit nicht leisten könnte. Nicht mehr lange, und das Militär wird auch ihn in die weiße Anstaltskluft stecken.

»Das Mädchen, von dem alle reden. Die Person, die über Leben und Tod entscheidet. Das Aushängeschild dieser kleinen, netten Einrichtung hier.« Er verzieht angewidert sein Gesicht.

Aushängeschild. Ich fühle mich, als hätte er mir das Wort mitten ins Gesicht gespuckt. Ich wusste nicht, dass die Armee sich auch außerhalb dieser Mauern mit uns Auserwählten brüstet.

Carters Miene verhärtet sich. »Bist du dann fertig?«, fragt er ruhig. Trotzdem kann ich erkennen, wie eine Ader an seiner Schläfe pocht.

Komm schon, rede!, flehe ich den Jungen in Gedanken an. Ich lehne mich vor und warte auf seine Reaktion. Wieso ist dieser Typ in meiner Vision aufgetaucht? Ich kann mir absolut keinen Reim darauf machen. Gespannt lehne ich mich vor, als Carter erneut zwischen den Zähnen hindurchpresst: »Wie heißt du? Wo kommst du her?«

»Ihr wisst schon, dass das mit Anmeldeformular schneller gehen würde?«, fragt der Junge mit einem süffisanten Lächeln. Wenn er sich noch länger einen Spaß daraus macht, Carter zu ärgern, waren das wohl die letzten provokativen Kommentare seines Lebens.

Carter verschränkt seine Arme und wartet. Er kann gut warten. Sogar einen halben Tag lang. Das weiß ich, weil ich hierbleiben muss, bis er mit den Vernehmungen fertig ist.

Nach ein paar Minuten absoluter Stille zwischen den Beiden verdreht der Junge die Augen. »Mein Name ist Cameron Walden. Ich wurde im inneren Kreis geboren, meinen Vater kenne ich nicht, und meine Mutter wurde vor einem Jahr als Helferin in ein Flüchtlingslager im Kriegsgebiet geschickt.« Desinteressiert betet er die Daten herunter, als hätte er es schon hunderte Male getan. Er zuckt nicht, sein Gesicht ist frei von jeder Emotion. Außer Hass.

Während er erzählt, aktiviere ich langsam meine Gabe. Meine Augen saugen jede kleinste Bewegung auf, meine Ohren reagieren auf jede Schwankung in seiner Stimme. Während er spricht, fällt mir der seltsame Tonfall auf. Eine Mischung aus Rebellion, Schmerz und dem starken Willen, zu kämpfen. Was darauf schließen lässt, dass er nicht denkt, seine Mutter werde je zurückkehren, und der Trotz, mit dem er widerwillig die Informationen an Carter weiterreicht, weist darauf hin, dass er auch nichts mehr zu verlieren hat.

Ich beobachte seine Hände, die ineinander verschlungen auf dem Tisch liegen. Ein Versuch, sich selbst zur Ruhe zu zwingen. Er scheint aus einer reichen Familie zu stammen, nicht nur wegen seiner Kleidung und der Tatsache, dass er aus der Nähe der Stadt kommt. Ich beobachte, wie er immer wieder die Ärmel über seine Handgelenke zieht, als wolle er etwas verbergen.

Cameron fährt sich durch seine schwarzen Haare, wobei ich unterhalb seines Ohres eine kleine Schnittwunde entdecke, die ihm jemand absichtlich und professionell zugefügt haben muss. Vielleicht, um ihn außer Gefecht zu setzen, ihn jedoch nicht zu töten. Vermutlich einer der Soldaten, die ihn gezwungen haben, mitzukommen. Eigentlich hat er Glück gehabt. Wäre er nur zwei Jahre älter, wäre er zum Kriegsdienst eingezogen worden, womöglich an die Front.

Eine schwierige Entscheidung. Nach und nach gehe ich die einzelnen Chemikalien durch, lege den Kopf schief. Ich spüre, dass keine von den fördernden Chemikalien infrage kommt. Auch keine von den besonders leichten, gut verträglichen Drogen. Es mag vielleicht grausam klingen, aber Cameron scheint sich gut für eine der härteren und stärkeren zu eignen. Er ist einfach der Typ dafür. Meine Augen fliegen zu den zuletzt entwickelten Drogen. Ich lege den Kopf schief, als ich meine Idee abwäge.

R-1794, schnellere Regenerierung der menschlichen Zellen. Unverwundbarkeit. Ich habe diese Chemikalie erst zwei Mal an jemandem anwenden lassen. Für die beiden ist es nicht sonderlich gut ausgegangen. Aber irgendwie … ich fühle, dass es die richtige Entscheidung ist.

»R-1794.«

Eine kurze Pause entsteht, ehe mir jemand antwortet. »Bist du dir ganz sicher? Du kannst dich daran erinnern, was mit den anderen passiert ist?«

Ein bitterer Geschmack legt sich auf meine Zunge. »Natürlich.« Wie könnte ich es auch vergessen, dass ich jemanden in den Tod geschickt habe?

»Du wirst die Konsequenzen tragen, falls es wieder schiefgeht. Dieser Junge scheint viel Energie zu haben. Nützlich im Kampf.« Die Stimme zweifelt immer noch.

Die Konsequenzen? Klar doch.

»R-1794. Wenn ihr mir nicht glauben wollt, dann macht den Job selber.« Ich lege die Kopfhörer auf den Tisch und stehe auf. Mit verschränkten Armen bleibe ich vor der Tür stehen, damit man mich hinauslässt. Ich habe keine Lust mehr. Es ist alles zu viel. Zuerst wollten sie den kleinen Jungen töten, und jetzt? Jetzt sitzt Cameron vor mir und ist Teil einer Vision. Mein Kopf ist kurz vorm Explodieren.

Und trotzdem kann ich den Blick nicht von ihm abwenden. Über die Schulter beobachte ich Carter und Cameron, die sich beide erheben.

Camerons Mundwinkel kräuseln sich, als Carter ihn anweist, durch die Tür zu seiner Rechten den Raum zu verlassen. Doch anstatt froh zu sein, endlich Carters Mangel entgehen zu können, dreht er sich noch einmal um. Sein Blick bohrt sich durch die Glaswand und … trifft meinen.

Camerons hasserfülltes Starren treibt mir sofort die Hitze in die Wangen. Für eine Nanosekunde ist es, als würde die Uhr an der Wand wieder ticken. Die Rage in seinen Augen springt auf mich über wie ein Funke Glut. Ich fühle mich in Brand gesetzt.

Doch das Gefühl von Leben wird von der ersten Silbe, die über seine Zunge rutscht, wie durch eiskaltes Wasser gelöscht. »Niemand kann über mein Schicksal entscheiden. Niemand kann mich kontrollieren. Nicht einmal du. Denn ich beherrsche meine Freiheit auf eine Art, die auch du nie brechen können wirst.«

Dann dreht er sich um. Verschwindet aus der Tür. Doch seine Worte hat er hier gelassen. Sie stecken wie Pfeile in meiner Brust. Und ich könnte wetten, einer davon hat mein Herz durchbohrt.

2

Right in we went, with soul intent
On Death and Dread and Doom.

Crys

Ich weiß nicht, wie ich lernen soll, mit deiner Abwesenheit klarzukommen. Jeden Tag, wenn ich das Gesicht unserer Eltern sehe, weiß ich, wie sehr sie dich vermissen. Ich bin eben ich, aber ich werde nie dazu fähig sein, die Lücke, die du hinterlassen hast, zu schließen. Ich weiß es. Und kann nichts dagegen tun.

Wie sehr wünsche ich mir, dass du mir antworten könntest! Natürlich, mir wurden die Regeln erklärt. Dennoch ertappe ich mich regelmäßig dabei, mich zu ängstigen. Mir Sorgen um dich zu machen. Wie immer. Und da ist eine Traurigkeit in meinem Herzen, die nicht einmal Mom und Dad vertreiben können.

Der Winter ist beschwerlich, hart und kalt. Wenigstens kann ich beruhigt sein, dass du es warm hast. Oder nicht? Wenn ich doch nur einen Brief von dir erhalten würde, einen Zettel mit einem kurzen Satz darauf.

Tut mir leid, ich weiß, ich sollte stark sein. Aber du kennst mich. Du bist die Starke und wirst es auch immer bleiben. Jeden Tag verfluche ich mich aufs Neue. Denn es wäre meine Pflicht gewesen, zu gehen. Nicht deine. Ich schäme mich dafür, dass ich dich so einfach habe gehen lassen. Ich müsste jetzt an deiner Stelle sein.

Ich vermisse dich. Immer. Komm heim, bitte.

Violet

Atmen. Tief, ruhig. Jeder einzelne Buchstabe sticht mir ins Herz wie ein Messer. Jedes Wort legt sich wie ein schwerer Stein auf meine Seele, drückt sie weiter in die kalten Tiefen meines Körpers. Ich halte es nicht aus. Diesen …

Mit einer raschen Handbewegung knülle ich den Brief zusammen und werfe ihn in die hinterste Ecke meiner Zelle. Weit weg von mir.

Der Mond malt dunkle Schatten auf das zerknitterte Blatt Papier, während ich mich mit einem tiefen Seufzen zurück an die Wand lehne, an der meine Pritsche steht. Mehr als eine Stunde ist es her, dass mich die Bilder meiner Vision heimsuchten und weckten.

Seitdem schlaflos, habe ich mir mehrmals hintereinander diesen letzten Brief von Violet durchgelesen, der bis jetzt ungeöffnet monatelang auf meinem kleinen Tisch in der Zelle gelegen hatte.

Wieso? Es ist Folter, ihre Worte zu lesen. Ihre Liebe zu spüren, obwohl sie mir fehlt. Wie bei einem Phantomschmerz. Die Teile, die verschwunden sind, tun am meisten weh.

Ich hebe keinen ihrer Briefe auf. Ich kann nicht. Ich … will nicht.

Ich fühle die Tränen heiß auf meiner Wange. Ich bin traurig – nein. Ich bin *wütend.* Einfach nur in bittere Rage versetzt. Und da ist dieses Brennen in mir, dieser Zug in meinem Wesen, der mich einfach nicht zur Ruhe kommen lässt. Ich bin rastlos. Ein Tier in Ketten, das keinen Ausweg sieht, egal, wie lange es sich windet und brüllt.

Aber ich bin machtlos. Violets Leben geht ohne mich weiter, und ich friste hier mein Dasein. Für wie lange? Weiß ich nicht.

Meine Füße kitzeln. Am liebsten würde ich losrennen. Einfach irgendwo hin, würde sogar den kalten Schnee und den anschließenden Schmerz mit Freuden aushalten. Frei sein. Das wünsche ich mir. Ruckartig stehe ich auf, tigere in der halbdunklen Zelle auf und ab.

Mein Körper dürstet danach, sich zu bewegen, was hier drinnen unmöglich ist. Sieben Quadratmeter, die ich mit drei Schritten durchmessen kann. Vollgestopft mit einer Pritsche, einem Tisch und einem Stuhl, einem Waschbecken, gegenüber ein kleiner Kasten. Ich seufze leise. Ich muss noch gute vier Stunden totschlagen, bevor ich raus kann.

Verdammt.

Weil mir nichts Besseres einfällt, gehe ich zu dem wackeligen Schrank und fange an, mir die Haare zu bürsten. Sehr kreativ, ich weiß. Und total unnötig, weil hier keine Jungen sind, die mich beachten könnten. Ich hatte noch nie ein Date. Noch nie einen Kuss, noch nie den süßen Schmerz einer ersten Liebe. Obwohl … wenn ich so weiterspinne, fällt mir noch viel mehr ein, was ich nicht habe und auch niemals haben werde.

Nach einigen unangenehmen Versuchen, die Knoten in meiner welligen, brünetten Mähne auszukämmen, gebe ich schließlich auf und entwirre sie mit den Händen, was sich als noch schmerzhafter erweist. Ich beiße die Zähne zusammen. Mit nackten Füßen gehe ich Richtung Spiegel, um mein Werk zu betrachten.

Das Auffallendste an meinem Gesicht sind meine Augen. Nicht, weil sie besonders blau oder groß sind. Sie sind … *ungewöhnlich.* Im Licht schimmern sie verwaschen grün, als ob die Farbe aus ihnen gewichen wäre. Sie sind durchscheinend wie das Wasser eines Wildbaches. Ace meint, das seien die komischsten Augen, die er je gesehen hat.

Für das, was ich vorhabe, muss ich möglichst präsentabel und anders aussehen, sodass ich mich daranmache, mein Haar zu einem Zopf zusammenzufassen.

Ich spritze kaltes Wasser in mein Gesicht und versuche so, die Schatten unter meinen Augen zu vertreiben.

Alles im allem sehe ich recht durchschnittlich aus, daran zweifle ich nicht. Wäre es meine Bestimmung, schön zu sein, wäre ich auch schön geworden. Aber wie es scheint, bin ich auf der Welt, um Menschen in den Tod zu führen und ihr Leben zu zerstören.

Aus dem kleinen Schrank, in dem sich nur Kleidung und ein leerer Rucksack befinden, hole ich mir einen Sweater und eine unförmige Hose, ebenfalls in Weiß. Wie alles hier. In dem moosgrünen Rucksack befinden sich Waschzeug und Unterwäsche, überreicht an meinem ersten Tag.

Ich schaudere bei dem Gedanken an die Vision und wende mich von meinem Spiegelbild ab. Mein letzter Blick streift mein Tattoo, zu schwarz und dominant auf der bleichen Haut.

Hastig ziehe ich mich an und gehe an das Fenster. Ich kann mich nicht mehr ansehen, ich *will mich nicht ansehen müssen.* Wenn ich gefragt würde, was *wahre* Schönheit und Anmut für mich bedeutet, würde ich antworten: *der Mond.* Nichts ist so vollkommen wie dieses Licht am

Rande der endlosen Nacht. Kein Stern wird sein Leuchten je überstrahlen, keine Wolke wird ihn je ganz verdecken können. Dieses Licht wird für immer währen, ganz gleich, wie schwarz die Dunkelheit auch sein mag. Ich schlucke. Heute Nacht ranken sich zerrissene Wolken um die Seiten des Vollmondes und lassen sie verschwommen wirken. Zerfranst.

Unwirklich steht er am Himmel, als wäre er eigens für mich dorthin gehängt worden. Nur um angesehen zu werden. Mit einem Seufzer lehne ich meine Stirn gegen das Gitter und betrachte diese Vollkommenheit. Und ich weiß, dass ich weitere vier Stunden nichts anderes tun werde .

Während Ace sich beinahe zu Tode hustet, rührt Zare lustlos in ihrem Kaffee. Daniel erbarmt sich und klopft dem Gedankenleser ein paar Mal auf den Rücken. *Verdammt.*

Ich hätte besser aufpassen müssen. Anscheinend habe ich mich nicht gut genug im Griff, denn als ich nur kurz an meinen Plan gedacht habe, hat Ace sich an seinem Brot verschluckt und mich unter tränenden Augen angesehen. Was ist sein Problem? Ich will nur in den Speisesaal und nicht aufs Schlachtfeld.

»Geht's wieder?«, fragt Zare desinteressiert, während sie sich ihre kinnlangen, schwarzen Haare aus dem Gesicht streicht.

Ace nickt nur und beobachtet mich noch immer. Sein braunes Haar verdeckt sein linkes Auge.

Ich tue so, als ob ich nichts bemerken würde und buttere meine Scheibe Schwarzbrot. So sehr ich mich auch bemühe, gelassen und gleichgültig zu wirken, schaffe ich es doch nicht. Der halbgekaute Bissen bleibt mir im Hals stecken, und nur eine ganze Tasse Kaffee kann ihn lösen.

Zare sieht mich gedankenversunken an, die Fröhlichkeit, die einst in ihren lachenden, dunklen Augen steckte, verschwand schon vor langer Zeit.

»Wie kannst du das nur trinken?«, meint Daniel angewidert.

Äußerlich wirken Zare und Daniel wie bei der Geburt getrennte Zwillinge, beide dunkelhaarig, mit mandelförmigen Augen. Der einzige

Unterschied zwischen den beiden bleibt ihre Hautfarbe, jene von Zare schimmert in einem warmen Goldton, während Daniels genauso hell ist wie meine.

»Er hat recht. Du bist verrückt!«, wirft Ace ein, obwohl ich sicher bin, dass er nicht den ekligen Kaffee meint.

Ich zucke bloß unschuldig mit den Schultern. Ist mir egal, was er von meinem Plan hält. Immerhin bin ich für mich selbst verantwortlich.

Mit einem Seitenblick zu Ace meine ich: »Ich finde, es gibt Schlimmeres.«

Keiner der beiden anderen würde je auf die Idee kommen, dass Ace und ich einen geheimen Dialog führen. Wenn man permanent unter Beobachtung steht, muss man einen anderen Weg finden, sich auszutauschen.

Er wirft mir von der Seite einen missbilligenden Blick zu. »Auf deine Verantwortung.«

Ich kann nicht anders, als mit den Augen zu rollen. Sein Großer-Bruder-Gehabe wäre unter anderen Umständen vielleicht ganz süß, aber ich lasse mich nicht von meiner Idee abbringen.

Was soll schon passieren?, frage ich ihn in Gedanken.

Daraufhin bedenkt er mich mit einem mörderischen Blick und fährt sich leicht mit dem Zeigefinger über den Hals.

Leicht schüttle ich den Kopf. *Nicht, wenn ich meine Identität wahre. Niemand wird erfahren, wer ich bin.*

Er schnaubt einmal. »Besser für dich«, murmelt er so leise, dass nur ich es hören kann.

Mit einem frustrierten Blick erhebt sich Zare und geht in ihre Zelle. In letzter Zeit zieht sie sich immer weiter zurück und kommt nicht einmal mehr heraus, wenn wir dürfen. Sie vergräbt sich in ihrem Leid, hier gefangen zu sein.

Daniel kann sie nicht einmal mehr zu einer ihrer geliebten Schachpartien überreden. Die Figuren verstauben irgendwo in ihrem Kasten.

Nach ein paar weiteren Minuten wird Daniel zur Arbeit abgeholt. Vermutlich muss er sich wieder in feindliche Computersysteme hacken oder so.

Keiner von uns spricht über das, was er außerhalb des Apartments tun muss, und keiner fragt danach. Ace nimmt nun Daniels Platz neben mir ein, mit einer Hand streicht er mir eine Strähne hinter mein Ohr. Ein Zeichen dafür, dass er mit mir reden will. Über die Monate hinweg haben wir eine Art gefunden, uns ohne Rücksicht auf Kameras und Wärter unterhalten zu können.

Es erfordert einiges schauspielerisches Talent, aber bis jetzt wurden wir noch nie erwischt. Als er nun noch seine Hand auf meiner Schulter liegenlässt, beginne ich zu erröten und zu kichern.

In meinen Ohren hört es sich ein wenig zu schrill an, aber niemand sonst scheint es zu merken.

Keiner der Soldaten hält uns auf, während wir uns auf den Weg zum Waschraum machen. Ace hat einen Arm um mich gelegt, und ich lehne meinen Kopf gegen seine Schulter.

Die Wächter gehen davon aus, dass wir diesen Raum aufsuchen, um uns zu küssen, und nicht, um über geheime Dinge zu streiten. So lassen sie uns passieren, mit einem merkwürdigen Grinsen im Gesicht.

Als die Tür hinter uns zufällt, verwandelt sich seine zarte Berührung in einen harten Griff, seine Finger graben sich schmerzhaft in meine Schultern.

»Bist du verrückt?«, zischt er mich mit gesenkter Stimme an, während er mir eindringlich in die Augen schaut.

»Hör auf damit!«, protestiere ich. »Du tust mir weh.«

Auf der Stelle lässt er mich los, seine Hände ballen sich zu Fäusten.

Okay … Er ist echt aufgebracht.

»Ich will nur sehen, ob es dem kleinen Jungen gut geht«, will ich ihn beschwichtigen, die Hände abwehrend erhoben.

Er lacht einmal leise auf, und als er weiterspricht, liegt ein bitterer Ton in seiner Stimme: »Das ist nicht der Hauptgrund dafür, dass du gehst. Die Wahrheit ist, du willst wissen, was es mit dieser Vision auf sich hat.« Er wirft mir einen selbstgefälligen Blick zu.

Ich verschränke die Arme vor meiner Brust.

»Na und?«, blaffe ich ihn an. »Immerhin kann ich tun und lassen, was ich will. Ich bin mein eigener Herr.«

Er zieht eine Augenbraue hoch: »Ach, tatsächlich? Wieso bist du dann überhaupt hier?«

Schweigend werfe ich ihm einen bitteren Blick zu.

Ace schlägt die Hände vor das Gesicht. Ich bin mir sicher, dass er am liebsten laut aufgeschrien hätte. »Das ist so, als ob du dich freiwillig für den Galgen melden würdest!«

»Ich wollte schon immer mal wissen, wie es ist, erhängt zu werden«, antworte ich trocken.

Aus seiner Verzweiflung wird Wut, einen Moment lang streckt er die Finger aus, als wolle er mir an die Gurgel gehen, lässt sie dann wieder sinken. Geschlagen. Meine Sturheit hat schon immer gesiegt. Mit einem Seufzer lehnt er sich gegen die geflieste Wand, seine Schultern sinken nach unten. Ace sieht müde aus. Genauso wie wir anderen. »Ich werde jedenfalls keine Grabesrede halten.«

Ein leichtes Lächeln schwebt über meine Lippen. »Hatte ich auch nie erwartet.«

Ein langes Seufzen entwischt Aces Lippen, ehe wir aus dem Waschraum schlüpfen. Wir passieren einen Wärter, der uns angrinst.

Ace räuspert sich, während er schnell einen Schritt Abstand zwischen uns bringt.

Ich lasse seine Hand los und erröte wieder.

Er ist ein wirklich bemerkenswerter Schauspieler, ein besserer, als ich je sein werde. Zur richtigen Zeit räuspert er sich, wendet verlegen den Blick ab oder lächelt mir zu. Das Einzige, was ich dazu beitrage, nicht erwischt zu werden, ist mein Erröten. Ich bin ein wahres Talent, wenn es darum geht, binnen vier Sekunden rot wie eine Tomate zu werden. Eine meiner wenigen ausgeprägten Qualitäten.

Nie im Traum würde ich daran denken, mich tatsächlich in Ace zu verlieben. Immerhin ist er so etwas wie ein Bruder für mich. Er ist da, wenn ich ihn brauche, hört mir zu und – das Wichtigste – erträgt mich.

Ohne ein weiteres Wort kehren wir in unsere Zellen zurück. Ich bitte den Wächter, der die Metalltür hinter mir schließt, die kleine, vergitterte Luke zu öffnen. Nun habe ich von meiner Pritsche aus einen guten Blick auf das Geschehen im Gang. Keine Ahnung, wie lange ich auf eine autorisierte Person warten werde, der ich meinen Wunsch vorbringen kann.

Nach einer halben Stunde erkenne ich endlich ein vertrautes Gesicht.

»Carter!«, rufe ich und springe von der Pritsche.

Mittlerweile ist der stämmige Mann aus meinem Blickfeld verschwunden, doch dann tauchen seine grauen Augen vor der Luke auf.

»Für dich immer noch Offizier Carter, wenn ich bitten darf!«, erinnert er mich mit einem halbherzigen Grinsen. Obwohl er ungefähr so alt wie mein Vater ist, sieht er ungleich älter und angespannter aus. Carter zieht fragend die Augenbrauen in die Höhe, seine Stirn legt sich in Falten.

»Was gibt es, Inhaftierte Levine?«, fragt er mit ernster Miene. Ich kann nicht anders, als ein wenig zu grinsen.

Keine Ahnung, weshalb ich heute so fröhlich bin. Ich kann nichts dagegen tun. Vielleicht habe ich es einfach satt, in meiner Zelle zu hocken und meine Zeit hier abzusitzen.

»Car… Offizier Carter, wäre es möglich, heute mit den anderen zu Mittag zu essen?« Ohne dass ich meine Bitte genauer formuliere, nickt er einmal. Fragt nicht nach. »Ich werde sehen, was sich da machen lässt. Aber sei vorsichtig«, ermahnt er mich, »denn wenn die erfahren, wer du bist, könnte das schlecht enden. Nicht viele der Häftlinge sind gut auf dich zu sprechen. Du weißt, warum.«

Ich seufze. Mir scheint, als hörte ich diese Ermahnung heute schon zum zweiten Mal.

Carter ist noch nicht fertig mit seiner Belehrung: »Besonders vor solchen Typen wie Walden würde ich mich in Acht nehmen. Er hasst dich.«

»Keine Sorge. Ich werde niemandem sagen, wer ich bin. *So* lebensmüde bin ich nun auch wieder nicht.«

Der Offizier nickt nochmals und ignoriert meinen schwachen Witz.

Dann füge ich hinzu: »Solange ich keine Sonderbehandlung erhalte, wird schon alles glattgehen.«

Mit einer wegwerfenden Handbewegung winkt Carter ab: »Die Wärter in der Halle haben dich noch nie zu Gesicht bekommen. Sie kennen zwar deinen Namen und deine Droge, aber solange du beides geschickt verbirgst, bist du nichts als eine gewöhnliche Gefangene.«

Zweifelsohne gibt es auch im Militär Personen, denen die Obrigkeit nicht vertraut. Carter sagt es zwar nicht direkt, aber es ist logisch. Warum sonst sollten sie Informationen über uns Auserwählte zurückhalten?

Dankend senke ich den Kopf und möchte den Rückzug auf meine Pritsche antreten, um die restlichen drei Stunden bis zum Mittagessen totzuschlagen.

»Warte!«, befiehlt Carter in einem Ton, der keine Widerrede zulässt.

Ich wende mich zu ihm um.

Ein Hauch von Neugierde liegt in seinem Blick. »Woher der plötzliche Sinneswandel, Crystal?«, will er wissen.

Nun bemühe ich mich, ein gleichgültiges Gesicht zu wahren: »Ich bin hier zu eingeengt. Ace nervt mich. Ich muss mal andere Gesichter sehen. Bitte.«

»Hey!«, ertönt es aus der Zelle nebenan. Ace lauscht doch tatsächlich.

Carter zieht eine Augenbraue zweifelnd in die Höhe, gibt sich jedoch mit der Antwort zufrieden. »Da habe ich aber etwas anderes gehört«, murmelt er, doch er belässt es dabei und geht mit einem weiteren Nicken.

Die Pritsche quietscht leise, als ich mich auf sie werfe. Grinsend drücke ich mein Gesicht in das Kissen, bis die Erschöpfung meine Mundwinkel locker werden lässt und ich einschlafe.

3

His soul was resolute, and held
No hiding-place for fear;
He often said that he was glad
The hangman's hands were near.

Crys

Rot. Gelb. Grün. Blau.

Ein Banner hässlicher als das andere.

Mir wird schlecht, weil sie sogar hier im Speisesaal mit uns angeben. Kein Wunder, dass die anderen Inhaftierten uns so hassen.

Die Bahnen aus Stoff schmücken die hohen Wände der sonst spartanisch eingerichteten Halle mit ihren etwa drei Dutzend Tischen. Durch die Fenster fällt weißes, vom Schnee reflektiertes Licht auf die Jugendlichen.

Wie angewurzelt bleibe ich in der Tür stehen. Jedes einzelne Gesicht, über das mein Blick schweift, jagt mir einen weiteren Stich in die Magengrube.

Von einigen hatte ich gedacht, sie würden es nicht schaffen. Dass sie durch meine Entscheidung in einen langsamen, schmerzhaften Tod geschickt wurden.

Dieser Gedanke bringt mich dazu, heftig zu blinzeln, um die aufsteigenden Tränen zurückzuhalten.

Denn alle von ihnen haben eines gemeinsam, egal ob sie stumm die Suppe aus ihren Plastiktellern löffeln oder überraschenderweise mit ihren Freunden lachen: Ihre Gebrochenheit. Ich sehe sie, obwohl ich meine Gabe nicht einmal benutze. Das Leid, das ihnen zugefügt wurde, ist nicht nur an den Narben zu sehen, die hin und wieder unter den weißen Uniformen hervorblitzen.

Es ist in ihrer Haltung.

In der Art, wie sie nie ganz den Blick heben, wenn einer der Wärter an den Tischen vorbeigeht.

Die Schafe teilen sich in Herden, meist solche mit gleicher Gabe haben sich zusammengeschlossen.

Von dem meterhohen Stahlgerüst schicken einige Soldaten prüfende Blicke durch den Raum, um jedes Anzeichen von Ärger sofort im Keim ersticken zu können.

Mit einem leisen Knurren senke ich den Blick. Wie sie … herumstolzieren.

Ich kann nicht anders, als an das Kolosseum in Rom zu denken. Die Wächter sehen wie einst die Cäsaren auf mich herab, und warten darauf, dass die Löwen endlich zum Angriff übergehen.

Schnell verbanne ich dieses grausige Bild aus meinen Gedanken und versuche mich wieder auf meine Mission zu konzentrieren.

Ein Zittern ergreift meine Arme aus den Adern heraus. Doch als ich den Blick noch ein letztes Mal durch den Raum schweifen lasse, zwinge ich meine Wirbelsäule dazu, sich aufzurichten. Nach einem tiefen Atemzug sinken meine Schultern herab.

Fast schon warte ich darauf, dass sich jemand auf mich stürzt, aber niemand erkennt mich. Ich bin eine von ihnen. Mein langärmeliger Pullover verbirgt mein Tattoo, dessen ich mir heute zum ersten Mal so richtig bewusstwerde. Vielleicht ist es nur Einbildung, dass es auf meiner Haut brennt und sticht.

Mir entfährt ein kleiner Lacher. Ich bin nahe am Verrücktwerden. Lächerlich. Einfach lächerlich.

Um möglichst normal zu wirken, reihe ich mich wie die anderen auch in die Schlange zur Essensausgabe ein, während ich versuche, großen Abstand zwischen mich und die Gedankenleser zu bringen.

Zweifelsohne sind sie die hier dominierende Gruppe. Während sich alle anderen nur flüsternd unterhalten, grölen sie wie wilde Hunde und drängeln sich einfach vor. Als sie an mir vorübergehen, blicke ich unauffällig zu Boden und fixiere mich auf belanglose Gedanken.

Es riecht nach Tomatensuppe. Ich bin die Fünfundzwanzigste in der Reihe. Das Mädchen vor mir hat blondes Haar. Drei Tische sind schon besetzt. Mein Magen knurrt …

Erleichtert atme ich auf, als die Gruppe aus vier Jungen und zwei Mädchen an dem am weitesten entfernten Tisch Platz nimmt. Gut. Aus dieser Entfernung ist es ihnen unmöglich, meine Gedanken zu lesen.

Während ich auf das Essen warte, halte ich Ausschau nach dem kleinen Jungen. Ich kann Finn nirgends entdecken.

Ganz ruhig, Crys!, ermahne ich mich selbst und zwinge mich, tief durchzuatmen. Es ist möglich, dass er die Droge einfach nicht so gut wie angenommen vertragen hat. Hin und wieder kommt es vor, dass TG-80081 einen kurzzeitig erblinden lässt. Dieser Zustand verfliegt meist nach ein paar Stunden wieder, setzt die betroffene Person jedoch eine Zeit lang außer Gefecht. Ich beruhige mich selbst mit dem Gedanken.

Mit einem Teller voller … – auch wenn ich es genau betrachte, ist es undefinierbar – gehe ich an einen der leeren Tische und setze mich. Taktisch ungeschickt, denn das Geschehen im Saal spielt sich hinter meinem Rücken ab.

Ich hasse es, unter so vielen Leuten zu sein, aber ich kann mir nicht erlauben zu jammern. Die Menge macht mich nervös, doch glücklicherweise sitze ich alleine hier. Angespannt und lustlos stochere ich im Essen, erst nach einiger Zeit überwinde ich mich, einen Bissen davon zum Mund zu führen. Es sieht schlimmer aus, als es schmeckt.

Während die anderen Auserwählten genau zu diesem Zeitpunkt wenigstens anständig aussehendes Essen aufgetischt bekommen, sitze ich hier und warte … warte auf was?

Bis jetzt habe ich weder Finn noch Cameron zu Gesicht bekommen. Möglicherweise habe ich sie beide übersehen, was bei dieser Menschenmenge nicht unwahrscheinlich ist.

Plötzlich läuft mir ein Schauer über den Rücken. Ohne jede Vorwarnung brennt meine Brust, ich fühle mich wie in einem Inferno, verschlucke mich an der Tomatensuppe und muss husten. Ich brauche nicht aufzublicken, um zu wissen, wer hinter mir steht. Genauso habe ich mich auch gefühlt, als sein Blick mich gestern fixierte.

»Ist hier noch frei?«, fragt er und tritt von rechts in mein Blickfeld.

Das Schwarz seiner Haare bildet einen starken Kontrast zu der weißen Uniform. Sein T-Shirt verbirgt weder den Verband um sein frisch gestochenes Tattoo noch die Pflaster um die Innenseiten seiner Handgelenke. Dort wurde vermutlich die Droge injiziert.

Nach dem, was mir wie eine Ewigkeit scheint, zwinge ich mich zu einem Nicken. Das Feuer zieht sich langsam zu meinem Herzen zurück, was noch schlimmer ist, da es sich jetzt auf einen einzigen Punkt konzentriert. Und was in mir brennt, ist Angst.

Die Haare in meinem Nacken stellen sich auf. Mit zusammengebissenen Zähnen beobachte ich, wie er sich auf die Bank mir gegenüber fallen lässt.

Aber genau deswegen bin ich doch hier, oder? Um Cameron nachzuspionieren. Warum zur Hölle würgt der Kloß hinter meinem Gaumen dann jeden meiner Atemzüge zu einem stotternden Röcheln?

Cameron betrachtet die Suppe mit hochgezogener Augenbraue und seufzt.

Was soll ich tun?

Etwas sagen?

Schweigen?

Schreiend im Kreis laufen?

»Keine Angst. Ist nicht so schlimm, wie's aussieht.« Ich bin überrascht, dass die Worte ohne ein Stottern über meine Lippen rutschen.«

Camerons Blick zuckt zu mir. Langsam schüttelt er den Kopf. »Das ist es nicht. Seitdem sie mir das Zeug gespritzt haben, brennt jeder Zentimeter meiner Haut wie Feuer.« Mit zitternden Fingern greift er nach dem Besteck. Ich sehe, wie er die Zähne zusammenbeißt, sonst aber keine Regung zeigt, als er den Löffel berührt. Um ehrlich zu sein, beeindruckt mich das ein wenig. Ich habe geheult wie ein kleines Kind, als meine Droge angefangen hat zu wirken.

»Das lässt sicher bald nach. Was hast du denn gekriegt?« Mit dem Kinn deute ich auf die Bandage um seinen Oberarm.

»R-1794, Unverwundbarkeit. Du darfst beeindruckt sein«, fügt er mit einem schwachen Lächeln hinzu.

»Es gibt noch niemanden, der das bekommen hat, oder?« Ich lege den Kopf schief und versuche, meine Gesichtszüge möglichst neutral zu halten.

Cameron nickt. »Das haben die Ärzte mir auch gesagt. Scheinbar hat es bei den anderen armen Teufeln nicht so gut funktioniert.«

Ja. Natürlich. Zweimal habe ich es absolut verbockt. Es fällt mir schwer, das Schuldgefühl nicht meine Mundwinkel nach unten ziehen zu lassen.

»Ich bin übrigens Cam«, sagt er nach ein paar Augenblicken, in denen wir still unsere Suppe gelöffelt haben. Er hält mir die Hand hin.

Ich spüre, wie sich eine senkrechte kleine Falte über meiner Nasenwurzel bildet. »Denkst du, es ist eine gute Idee, wenn ich dich berühre?«

»Ah. Ja.« Er blickt auf seine Hand und zieht sie zurück. »Also, wie heißt du?«

»Ist das wichtig?«, frage ich. »Hier drin sind wir sowieso nur Nummern.« Mein Tonfall könnte nicht bitterer sein.

»Für mich schon.« Cameron verschränkt die Arme vor der Brust. Sein Kiefer verhärtet sich kurz, als seine Haut den Stoff seines T-Shirts streift. »Wenn du so denkst, hast du schon verloren. Jeder von uns hat eine Geschichte. Und die endet nicht hier drin.«

Ein kurzes Lachen baut sich hinter meiner Zunge auf, doch glücklicherweise kann ich es zurückhalten, ehe es meinen Lippen entschlüpft. Klar doch.

Cameron ist gerade mal zwei Tage hier. Er kann es sich noch leisten, zu hoffen.

Egal, was mir meine Vision erzählt hat – der Punkt in meinem Drama wurde schon vor zwei Jahren gesetzt, als ich den ersten Schritt in diese Anstalt gesetzt habe.

Während ich den Kopf schüttle, beginnen die goldenen und silbernen Sprenkel um Camerons Iris zu leuchten.

»Du hast ja gar keine Ahnung«, erwidere ich. »Am besten reden wir in zwei Jahren noch einmal über das Thema. Dann sehen wir ja, ob du dich noch an dein Leben vor dem hier«, ich gestikuliere vage in Richtung der Wärter in der Nähe des Ausgangs, »erinnern kannst.«

»Ich habe nicht vor, dann noch hier zu sein«, raunt Cameron, während er tief einatmet.

Seine Antwort irritiert mich, genauso wie die Muskeln seiner Schultern, die durch das Luftholen unter dem Stoff sichtbar werden.

»Was?« Meine Stimme ist nicht mehr als ein kaum hörbares Zischen. Die Vision …

»Du hast mir noch immer nicht deinen Namen verraten.« Er ignoriert meine weit aufgerissenen Augen einfach. »Wenn du schon so lange hier bist, musst du ziemlich wichtig für das Militär sein.«

»Ich … ähm …« Hat er gerade wirklich angedeutet, dass er ausbrechen will? *Verdammt, reiß dich zusammen*, ermahne ich mich. »Sie haben mir DG-444 gespritzt. Die Visionen kommen ziemlich unregelmäßig. Aber scheinbar brauchen sie mich«, plappere ich, um von der Anspannung, die bei seinen Worten in meine Muskeln gefahren ist, abzulenken.

»Aber ich frage mich«, er stützt die Ellenbogen auf den Tisch, wobei er beim Kontakt mit der Oberfläche ein wenig zusammenzuckt, und bettet sein Kinn auf seine ineinander verschränkten Finger, »wieso sie dich dann so lange behalten … wenn deine Gabe so unzuverlässig ist.«

Scheiße.

Mein Mund öffnet sich, doch heraus kommt nur ein Schwall Luft, ehe ich mich wieder fange. »Letzten Monat habe ich einen wichtigen Angriff vorausgesagt.« Wieder eine Lüge, die glatt von meinen Stimmbändern rutscht.

Der Schatten, der sich mit dem Senken seiner Wimpern über seine Augen legt, macht es schwer, zu erahnen, ob er mir glaubt oder nicht.

»Dann hast du Glück …« Er zieht eine Braue in die Höhe und sieht mich fragend an.

»Crys«, verrate ich ihm endlich meinen Namen.

»Dann hast du verdammtes Glück, Crys. Verdammtes Glück.« Er hält einen Moment inne und betrachtet mich nachdenklich, ehe sich seine Lippen zu einem halben Grinsen verziehen.

Der teuflische Glanz, der sich in seinen Blick legt, verschlägt mir von einer Sekunde auf die andere den Atem.

»Aber wäre es nicht noch ein größeres Glück, frei zu sein?«

»Frei?«, piepse ich.

»Wäre es nicht verlockend, dich an dem Mädchen zu rächen, das dir diese Droge aufgebürdet hat? Wegen dem so viele sterben mussten?«

An dem Mädchen rächen …? An … *mir*? Meine Kehle wird staubtrocken.

Das Lächeln breitet sich in seinem ganzen Gesicht aus. Langsam, ganz langsam lehnt er sich über den Tisch, die Pupillen immer noch umrandet von diesem verdächtigen Funkeln.

»Crys … was hältst du davon, auszubrechen?«

4

The morning wind began to moan,
But still the night went on:
Through its giant loom the web of gloom
Crept till each thread was spun:
And, as we prayed, we grew afraid
Of the Justice of the Sun.

Crys

»Du hast ja gesagt?« Ace starrt mich an, als hätte ich den Verstand verloren.

»Nun, ich …«, fange ich an, doch er lässt mich gar nicht zu Wort kommen.

»Bist du verrückt geworden?« Er rauft sich die Haare, die sich kastanienbraun von den weißen Fliesen des Waschraumes abheben.

»Cameron hat mich gefragt, ob ich Freiheit oder Frieden wählen würde. Und ich will frei sein, damit ich wieder zu Violet kann. Zu meiner Familie. Wünschst du dir das denn nicht?« Ich ziehe die Brauen zusammen und verschränke die Arme. Auch wenn Ace es nicht wahrhaben will – Cameron wirkt, als hätte er tatsächlich einen Plan.

Kaum hatte ich vor fünf Minuten den Fuß in unser Apartment gesetzt, hat Ace mich in den Waschraum geschleift. Wäre ich nicht freiwillig mitgegangen, hätte er mich bestimmt an den Haaren hinter sich hergezogen.

»Das nennst du einen Plan? Er hat absolut nicht die geringste Ahnung, was hier drinnen passiert!« Seine Stimme wird immer lauter, und ich hebe beschwichtigend die Arme.

»Pssst!« Wenn er noch länger herumschreit, glauben die Soldaten noch, wir hätten so etwas wie einen Ehekrach. Ich schnaube. »Nur, weil er mich gefragt hat, wie viele Überwachungskameras es gibt und ob die meisten Wärter an den Weihnachtsfeiertagen weg sind, heißt das noch lange nicht, dass er uns nicht hier rausbringen könnte. Immerhin ist er noch nicht lange hier.«

»Und genau das ist der springende Punkt.« Ace reißt die Arme in die Luft, bevor er im winzigen Waschraum auf und ab geht. Die Furchen auf seiner Stirn werden immer tiefer. »Aber du bist so verblendet von deiner Vision und von der Liebe zu deiner Schwester, dass du sogar ignorierst, dass sie dich töten wollen!«

Ach ja, dieses winzige Detail.

»*Ein winziges Detail* nennst du das?« Ace bleibt ruckartig stehen, als wären seine Füße in ihren weißen Sneakers plötzlich an den Fliesen festgefroren. »Bist du völlig übergeschnappt? Du bringst nicht nur dich in Gefahr, sondern auch Zare, Daniel und mich!«

Ich presse den Mund zu einer dünnen Linie zusammen. Camerons Enthusiasmus hat mich in dem Augenblick in Brand gesteckt, in dem er gesagt hat, dass er mich als seine Verbündete will. In dem Kampf gegen das Militär, gegen diese Anstalt und gegen das Mädchen mit der Droge C-4109. In dem Kampf gegen mich. Die Henkerin, das Prunkstück der Anstalt.

Wenn Cameron wirklich einen Aufstand anzettelt, dank dem er hofft, ausbrechen zu können, werden viele Jugendliche Rache wollen. Rache für die Schmerzen, die sie durch meine Arbeit für das Militär erlitten haben. Für all die Toten, die vielleicht mit ihnen befreundet oder verwandt waren.

Meine Schultern sinken aus ihrer angespannten Haltung herab.

Ace hat recht.

Verdammt. Natürlich. Ich bin nicht die einzige Auserwählte, das haben diese bescheuerten Banner, die überall als hässliche Deko hängen, deutlich gemacht.

Und wenn ich diese Angeberei mit uns Auserwählten bemerkt habe, dann auch die Jugendlichen, die unter unseren Bannern in Gefangenschaft leben müssen.

»Du hättest gehen sollen, bevor er den Mund aufgemacht hat«, flüstert Ace, der stumm meine Gedanken verfolgt hat, während ich mich gegen eines der vier Waschbecken an der linken Wand sinken lasse.

»Er ist auf der Suche nach Verbündeten. Wenn er mich heute nicht angesprochen hätte, dann jemand anderen.« Ich schlucke und schließe für einen Moment die Lider.

Die Gedanken, die seit dem Gespräch mit Cameron wild durch meinen Kopf gewirbelt sind, ordnen sich langsam. Werden wieder zu dem ernüchterten Fluss an Informationen, der mich seit mehr als einem Jahr betäubt.

»Aber du hast recht, ich habe nicht an euch gedacht. Es tut mir leid.« Ich atme lange aus und blinzle. »Es war dumm von mir zu denken, dass ich dich zu einem Ausbruch überreden könnte.«

Aces Gesicht glättet sich, und ein sanfter Ausdruck legt sich in seinen Blick, als er nähertritt und mir eine Hand auf die Schulter legt. »Nicht, wenn dabei unser Leben auf dem Spiel steht. Und ganz besonders deines.«

Ace ist nicht so groß wie Cameron, dennoch überragt er mich um einen halben Kopf. Sein Haar hätte wieder einmal einen Schnitt nötig, zerzaust hängt es ihm in die grauen Augen. Während wir uns stumm ansehen, zieht er die Brauen über der leicht krummen Nase zusammen.

Welches Leben?, frage ich ihn in Gedanken.

»Das hier.« Sein Daumen streicht über mein Schlüsselbein. »Du und ich und Zare und Daniel. Wir müssen zusammenhalten.«

»Für wie lange?«, frage ich und bin plötzlich furchtbar müde. »Glaubst du, wir existieren ewig? Hier in dieser verdammten Anstalt?«

Die Chance, hier drin in den nächsten paar Jahren zu sterben, ist groß. Keiner der Ärzte hat gesagt, ob die Drogen und Chemikalien in irgendeiner Weise die Lebensdauer beeinflussen. Vielleicht bricht uns auch eines der vielen Folterwerkzeuge einfach das Genick, wenn wir uns widersetzen – weil wir einmal zu viel und doch zu wenig rebelliert haben. Möglicherweise schicken sie uns aber auch in den Krieg, man kann nie wissen.

Für einen Moment dachte ich wirklich, wir könnten bei dem Ausbruch mitwirken.

Vielleicht würden die Jugendlichen Gerechtigkeit fordern.

Vielleicht aber auch nicht.

Vielleicht würden sie auch nicht erfahren, dass ich diejenige bin, die sie so verabscheuen.

Vielleicht könnten wir frei sein.

»Vielleicht aber auch nicht«, seufzt Ace und lässt die Hand sinken.

»Wahrscheinlich nicht«, stimme ich zu und reibe mir über die Augen. »Ich muss jetzt ins Bett.«

Plötzlich fühlt sich jeder einzelne Knochen in meinem Körper unsäglich schwer an. Oder ist es noch immer das Adrenalin des heutigen Tages, das aus meinen Gliedmaßen tropft?

Aces besorgter Blick streift mich, als ich mich umdrehe und zur Tür schlurfe.

Es war ein dummer Einfall. Absolut bescheuert. Ich hätte nicht in den Speisesaal gehen sollen. Was habe ich auch erwartet? Naja, eigentlich genau das, was tatsächlich eingetreten ist. Cam. Die Vision. Der Ausbruch. Alles fügt sich zusammen, und trotzdem gibt es eine winzige Störung, die alles zunichtemacht. Und, Trommelwirbel, diese Störung bin ich.

In dem selben Moment, indem sich meine Finger um die Türklinke schließen, hält Aces Stimme mich zurück.

»Warte.«

Was will er? Mir noch einmal einbläuen, dass ich mich von Cameron Walden fernhalten soll? Ich atme tief ein, ohne mich zu ihm umzudrehen.

Ace hat gerne das letzte Wort, weil er durch das Gedankenlesen meistens weiß, wenn er recht hat. So wie in meinem Fall – ich habe mich von der Idee hinreißen lassen. Von Camerons Worten. Nach der ersten Schrecksekunde, in der er verkündet hat, dass es einen Racheakt gegen mich geben könnte, war ich begeistert. Völlig verzaubert von seiner Stimme und von dem eisernen Willen darin, nicht hier drin zu sterben. *Wenn du die Wahl hättest, würdest du Freiheit oder Frieden wählen?* Das neckische Grinsen von vorhin taucht wieder in meinen Gedanken auf.

Hinter mir höre ich Ace einmal hörbar schlucken.

Auch wenn ich ihm schon öfters gesagt habe, dass er sich mit seiner Gabe bei mir zurückhalten soll, verfolgt er gerade jedes einzelne Wort.

»Freiheit.«

»Was?« Jetzt drehe ich mich zu Ace um.

»Wenn sie mich nicht geholt hätten, würde ich wahrscheinlich den Frieden wählen. Wenn ich draußen wäre und nicht hier drinnen.« Er zuckt mit den Schultern. »Ich will genauso sehr frei sein wie du.«

»Vor einer Minute hast du noch gesagt, dass du unser Leben nicht für einen Ausbruch aufs Spiel setzen würdest.« Ich ziehe eine Augenbraue in die Höhe.

»Weil die Idee zum Scheitern verurteilt ist. Die Soldaten haben Waffen.« Er kratzt sich über den Hinterkopf. »Trotzdem finde ich, wir sollten Cameron weiter im Auge behalten. Damit wir wissen, was er vorhat.«

»Wir?«, echoe ich.

»Ich begleite dich morgen in den Speisesaal.«

Ein leises *Danke* rutscht wie ein letzter Atemzug von meiner Zunge, und ich schenke Ace ein kleines Lächeln, das er erwidert.

Ich weiß, dass er es nur für mich tut. Dass er morgen mitkommt, weil er nicht will, dass ich traurig bin. Er ist wirklich der beste Freund, den man sich wünschen kann.

Ganz Gentleman bietet Ace mir nach einer Sekunde Schweigens seinen Arm an und tritt neben mich, um mir die Tür aufzuhalten. Wir rennen beinahe in Carter hinein, der sich offenbar gerade auf den Weg zum Verhörraum machen wollte.

»Crystal, ich habe dich gesucht!« Sein Blick bleibt kurz an meiner Hand auf Aces Arm hängen.

Sieht er, dass ich mich nur in den Stoff von Aces Pullover kralle, um nicht im Stehen einzuschlafen?

»Nicht noch mehr Schafe« Mein Stöhnen wird schnell zu einem ausgedehnten Gähnen.

Carter, schon vertraut mit meinem Spitznamen für die Neuankömmlinge, schüttelt den Kopf. Auf seinem Gesicht bleibt eine ernste Miene zurück. »Nein. Ich wollte nur sichergehen, dass heute alles glatt verlaufen ist. Hat dich irgendjemand erkannt?«

»Niemand. Anfangs war ich etwas nervös, aber dann … Es ist irgendwie befreiend, mal was anderes als das hier zu sehen.« Mehr als ein Schulterzucken bringe ich nicht zustande.

»Gut. Dann nehme ich an, du wirst wieder gehen?«

Ich nicke. »Aber es war doch ein wenig langweilig. Darf Ace mitkommen?«, frage ich so scheinheilig wie möglich.

»Ich dachte, du wolltest Abstand von ihm?«

Ich kann fast spüren, wie Ace neben mir einen finsteren Blick aufsetzt. »Die Liebe«, sage ich süßlich und schenke Carter durch die Erschöpfung des heutigen Tages hindurch mein unehrlich ehrlichstes Lächeln.

»Okay. Aber das lassen wir nicht zur Gewohnheit werden. Ihr werdet trotzdem die meiste Zeit hier verbringen, wo ihr sicher seid und wir euch kontrollieren können. Außerdem …«

»Seid vorsichtig. Ich weiß!« Ich gebe Ace einen leichten Schubser, um ihn von Carter wegzulenken, bevor dieser uns noch weitere Instruktionen aufdrücken kann.

»Was werden Zare und Daniel denken, wenn auch du noch beim Essen fehlst?«, frage ich Ace, als wir gemeinsam in Richtung unserer Zellen verschwinden.

»Wenn du Dan heute gesehen hättest, würdest du dir keine Sorgen machen. Er steckt über beide Ohren in Arbeit fest. Und was Zare angeht … ich glaube nicht, dass sie etwas merken würde. Sofern sie überhaupt aus ihrer Zelle kommt.«

Kurz zuckt er mit den Schultern. Wenn Ace sich keine Sorgen macht, sollte ich es auch nicht tun .

»In welchem Radius kannst du Gedanken lesen?«, richtet Cameron seine Frage an Ace.

Ich atme lange durch die Nase aus. Hätte ich zuvor gewusst, dass das Kennenlernen der beiden so unterkühlt wird, hätte ich mich nicht zwischen die beiden gesetzt. Neben mir lehnt sich Ace zurück, als sich Cameron zu meiner Rechten mit den Unterarmen auf die Tischplatte stützt.

Ich habe keine Ahnung, ob das an dem Grinsen liegt, das Cameron mir bei unserer Begrüßung zugeworfen hat oder weil ich Cameron nicht widersprochen habe, als er gefragt hat, ob Ace ein weiterer Verbündeter ist.

»Wenn ich es darauf anlege«, fängt Ace mit tiefer Stimme an, »kann ich die Gedanken von jedem sehen.«

»Das wird uns nützlich sein bei unserem Plan«, meint Cameron mit einem Nicken und lässt sich von den feindseligen Blicken, die Ace ihm zuwirft, nicht aus der Fassung bringen.

»Und was genau wäre *unser Plan?*«, fragt mein bester Freund mit säuerlichem Unterton.

Ich ziehe beide Brauen in die Höhe, ehe ich sie über meiner Nasenwurzel zusammenbringe. *Was soll das?,* denke ich, doch Ace tut, als hätte er mich nicht gehört.

»Wir müssen jemanden finden, der einen Virus in das Computersystem einspeist. Ich habe gehört, dass das einer der bestgesichertsten Militärstützpunkte Englands sein soll.« Er blickt mich an und ignoriert Ace vollkommen. Ich nicke zustimmend, neugierig auf seine Idee.

»Falls es einen Angriff von außen geben sollte, werden die Fenster und Türen verriegelt. Soweit ich weiß, wird auch ein Teil der Stromleitungen und Telefonverbindungen gekappt, wenn der Verdacht auf Abhörversuche der Feinde besteht«, bestätige ich.

Cameron schnippt einmal und lächelt mir verschmitzt zu. »Genau das ist es. Nur, dass der Angriff nicht von außen droht, sondern von innen.«

»Nette Idee, die du da im Kopf hast. Könnte sogar funktionieren.«

Mein Blick zuckt kurz zu Ace. Hat er das gerade wirklich gesagt?

Nach einigen Sekunden verziehen sich auch seine Lippen zu einem schwachen Grinsen, das echt wirkt.

Cameron grinst zurück, auch wenn das Lächeln seine Augen nicht erreicht.

Sag bloß, du könntest dich doch mit einem Ausbruch anfreunden, frage ich Ace in Gedanken.

Als Antwort zuckt er kaum merklich mit den Schultern.

Verwirrt lasse ich meine Augen zwischen den beiden hin und her wandern. »Könnte mich bitte einmal jemand aufklären?«

Die schwache Einigkeit, die die beiden Jungen für kurze Zeit verbunden hat, bricht wieder, als ich meine Stimme erhebe.

Ace nutzt die kurze Stille, wendet sich zu mir. Wir beide sitzen Cameron gegenüber, sodass Aces Haltung Cameron geschickt ausschließt. »Er denkt, wir sollten jemanden finden, der ein paar Tage vor dem

Ausbruch einen Virus in das System einschleust. Wir schlagen in der Nacht des 31. Dezember zu. Der Hacker soll dann manuell die Kameras im Gang ausschalten und die Türen zu den Zimmern der Wärter verriegeln. Unser nächster Schritt wird es sein, die Schnellen und die Starken zu befreien.«

Ich atme einmal scharf ein. VY-4999 und HIQ-07, die die Kraft und die Schnelligkeit der Teenager fördern und sie übermenschliche physische Kräfte entwickeln lassen. Das Militär hält sie im Untergeschoss gefangen, in Zellen mit unter Strom gestellten Türen, die jeden Ausbruch unmöglich machen. Sie können nur von außen geöffnet werden. Wenn ich mein Leben hier oben schon als Hölle empfinde, will ich mir lieber gar nicht vorstellen, wie es für sie dort unten sein muss. Die Schnellen und die Starken, wie wir sie nennen, sind die ganze Zeit in einer Zelle gefangen, ohne menschlichen Kontakt, ohne jemanden, mit dem sie reden können.

Erzählt man sich zumindest. Wenn das Apartment der Auserwählten einem Gefängnis gleicht, ist der Keller dieser Anstalt ein Hochsicherheitstrakt. Niemand von uns anderen war je dort unten - es ist auch kein erstrebenswertes Ziel.

»Aber selbst wenn jemand den Strom abschaltet, müssten wir die Zellen immer noch per Hand öffnen«, gebe ich zu bedenken.

»Genau darum brauchen wir ein Ablenkungsmanöver!«, wirft Cameron ein, bevor Ace wieder das Wort ergreifen kann. »Was uns zu unseren Verbündeten zurückführt.«

Sein Blick zuckt kurz zu dem Tisch rechts von uns, besetzt von ein paar Teenagern, ungefähr in meinem Alter.

BE-92100 … Mir wird klar, was er vorhat. Die Kämpfer. Sie sind nicht stark oder schnell, dennoch könnte selbst eine Siebenjährige mit dieser Droge einen Offizier wie Carter niederstrecken.

Sie sind grandiose Messerwerfer, unberechenbar mit Pfeil und Bogen. Tödlich mit ihren Händen. Die perfekte Wahl, um uns den Rücken freizuhalten.

»Da gibt es nur ein Problem«, merkt Ace an.

Cameron entgegnet säuerlich: »Und das wäre, Ace?«

Mit dem Kinn deutet er auf das Handgelenk eines der Mädchen. Sie trägt etwas, das aussieht wie ein breites Armband aus Metall, was es natürlich nicht ist.

»Wenn die Soldaten bemerken, dass die Kämpfer auch in den Ausbruch verwickelt sind, werden sie sie unter Strom stellen. Schluss mit unserer Flucht.«

Cameron schüttelt den Kopf. »Nein, das werden sie nicht. Wenn wir den Strom rechtzeitig ausschalten, dürfte das kein Problem sein.«

So überlegen wir hin und her, bis unser Essen erkaltet ist und wir schließlich so etwas Ähnliches wie einen Plan haben. Wenn auch nur einen groben.

Ein Hacker – ich denke daran, vielleicht Daniel dazu zu überreden – wird einen Virus tief in das System einspeisen, während ein paar Illusionisten versuchen, die Sache zu vertuschen und den Soldaten, die den Raum bewachen, eine Illusion vorzuspielen. Eine Bombe, deren Timer auf drei Tage gesetzt ist.

Dann hieße es warten. Ich fürchte, die drei Tage werden mir unendlich lang erscheinen. Die Bombe wird mitten in der Nacht hochgehen, was den Überraschungseffekt auf unsere Seite bringt. Während die meisten Soldaten, deren Zimmer ein elektronisches Sicherheitsschloss aufweisen, dort eingesperrt werden, kümmern sich die Kämpfer um die anderen.

Ace, Cameron und ich werden uns währenddessen in den Keller schleichen, um die Schnellen und Starken zu befreien. Sie sollen den Weg nach draußen bereiten, was heißt, wahnsinnig viele Gitter zu verbiegen und Fenster zu zerschmettern. Natürlich, wir können nicht zu hundert Prozent auf sie zählen. Aber wir hoffen auf ihren Hass, den sie mit uns gegen das Militär hegen, und der uns vereinen wird. Außerdem haben wir keine Zeit, uns eine Alternative zurechtzulegen. Dann brauchen wir noch Leute, die sich in die Waffenkammer und die Küche schleichen, um das Nötige zum Überleben zu besorgen. Um das Tor werden sich Leute wie Zare kümmern, die über die Mauer klettern und es von draußen aufschließen sollen.

Cameron schätzt das Zeitfenster zwischen dem Hochgehen der Bombe und dem Einsetzen des automatischen elektronischen Verriegelungsmechanismus auf gut eine Dreiviertelstunde. Wir dürfen nur eine halbe Stunde dafür brauchen, um alle hier rauszubekommen. Sobald die Anstalt verriegelt wurde, müssen wir rennen. Obwohl der Hacker versuchen wird, den Virus möglichst hartnäckig zu gestalten, können wir uns nicht darauf verlassen. Aber wir hoffen auf zwei bis drei Tage, bis die Soldaten endgültig befreit sind und uns folgen werden.

Nun haben wir nur noch ein Problem. Unsere Verbündeten. Wir sind uns einig, dass wir weder allen trauen noch alle retten können.

»Aber wie bringen wir sie dazu, uns zu helfen? Du kannst nicht einfach von Tisch zu Tisch gehen und fragen, ob jemand mitmachen will. Die Soldaten sind zu wachsam.«

Cameron schüttelt den Kopf. »Das hatte ich auch nicht vor, Crys. Ich dachte eher an etwas anderes.«

Plötzlich verschwimmt meine Sicht.

Aber diesmal ist es keine Vision. Die Luft wird nicht aus meinen Lungen gedrückt. Mir ist nicht schwindelig.

Und dennoch sehe ich vor meinem inneren Auge jeden einzelnen Schritt des Plans, begleitet von Camerons Stimme, die wie ein fernes Echo hallt. Er zeigt mir den Schnee, so weiß, dass ich ihn berühren möchte, die Kälte auf meiner Haut spüren will. Seine Illusion bietet mir die Freiheit, die ich haben könnte.

Mein Herz beginnt, schnell gegen meine Rippen zu klopfen. Wie eine hungrige Wildkatze, die Blut gerochen hat. Begierig will ich mehr, mehr von diesem Bild. Ich dürste danach.

Der Schnee … Ich will rennen. Die Hände in das Weiß graben, bis meine Fingerspitzen taub und blau vor Kälte sind. Das Verlangen, einfach wegzurennen, beschleunigt meine Atmung. Einfach weg, irgendwo hin.

Und dann … dann verblasst das Bild.

Die dicken Flocken werden zu weißen Punkten, die ganz verschwinden, als ich blinzle.

»Was …« Meine Hände zittern so sehr, dass ich sie ineinander verschränke. Am liebsten würde ich aufstehen und mir meinen Weg nach draußen erkämpfen, so sehr will ich … brauche ich diese Freiheit. »Was war das?«, forme ich den Satz zu Ende.

Cam kratzt sich über den Hinterkopf, ein einseitiges Lächeln auf den Lippen. »Irgendwie … kann ich das auch.«

Meint er mit *das* etwa, Illusionen zu erzeugen?

Ace, der der Illusion in meinem Kopf gelauscht hat, meldet sich zu Wort. Sein auffallend ruhiger und doch scharfer Ton lässt mich aufhören. »Was mich interessieren würde, Cameron, ist, wieso sie dich noch nicht zu den Auserwählten gesteckt haben«, meint er bissig.

Verdammt, er hat recht. Cameron sollte keine Bilder in meinem Kopf erzeugen können, wenn sie ihm eine Chemikalie für Unverwundbarkeit gespritzt haben.

»Stimmt. Das ist wirklich seltsam«, sage ich mit einem Räuspern, während sich das wilde Galopp meines Herzens wieder langsam zu einem gemächlicheren Tempo einpendelt.

Cameron ist ein Auserwählter.

Anstatt nervös zu werden, zuckt Cameron lässig mit den Schultern. »Ich habe keine Ahnung. Ehrlich. Ich weiß nur, dass ich seitdem keinen dieser Offiziere mehr gesehen habe, die mir die Droge verabreicht haben.«

Hm. Ich linse zu Ace, der ein neutrales Gesicht behält. Gut. Ich setze mich wieder aufrecht hin. Ace würde es merken, falls Cameron lügt.

»Mögen die Spiele beginnen«, murmelt Ace und schenkt Cameron dabei einen warnenden Blick.

»Das werden sie. Schon sehr bald,« erwidert dieser, und das Lächeln, das sich auf seine Lippen legt, scheint wie ein Vorgeschmack des Triumphes.

»Wir müssen eine Prioritätenliste erstellen«, sagt Cameron, als wir uns erneut über den Tisch gebeugt haben. Er sieht sich kurz um.

»Weil wir nicht alle hier rausbringen werden?«, frage ich, und er nickt. Meine Kehle schnürt sich zusammen. Mache ich das nicht die ganze Zeit schon? Prioritäten setzen und über andere entscheiden?

»Wieso glaubst du, dass nicht alle drei von uns es schaffen werden?« Ace wirkt ein wenig abwesend, lauscht anscheinend Camerons Gedanken.

»Es ist unwahrscheinlich. Nicht unmöglich, aber sehr unwahrscheinlich, dass wir drei den Ausbruch überleben. Deshalb muss einer von uns zusehen, dass er so schnell wie möglich rauskommt, um die anderen dann zu führen.«

Ace nickt, als wäre er mit Cameron einer Meinung.

Schade, dass Ace nur in meinen Kopf blicken kann und ich nicht in den seinen. Ich kann nicht einschätzen, ob er sich wirklich für den Plan begeistert oder nur den Schein wahren will und so tut, als würden wir tatsächlich mit Cameron ausbrechen.

Wer ist hier nun verblendet?

»Und? Wer soll das sein?«, will ich wissen und blicke zwischen den beiden hin und her.

Zum ersten Mal sind Cameron und Ace einer Meinung.

»Was?«, frage ich, weil mich beide durchdringend ansehen. Dann verstehe ich. »Spinnt ihr?«

Die Person, die dazu am schlechtesten geeignet ist, wollen sie lebend. Andererseits, es war anzunehmen, dass es so ausgehen würde. Denn ihr Misstrauen und ihre Distanziertheit, die sie sich entgegenbringen, lässt eine rationale Entscheidung wohl nicht zu.

»Meinst du nicht«, sage ich mit zusammengebissenen Zähnen zu Ace, »dass Cameron in Sicherheit sein sollte, denn immerhin ist es *sein* Plan?«

Ich meine, selbstverständlich sollen beide überleben. Ace kenne ich schon zwei Jahre lang, und er ist wie ein Bruder, auf den ich mich verlassen kann. Aber Cameron … er weckt in mir etwas, das ich schon für lange Zeit verloren glaubte: den Willen, mein Schicksal selbst zu wählen.

Seit ich ihn kenne – genau drei Tage – will ich einfach nur mehr frei sein. Nur leben. Nichts weiter. Ein bescheidener Wunsch, der trotzdem bis jetzt unerreichbar schien. Er hat mich doch tatsächlich mit einer einzigen Illusion rumgekriegt. Wenn er jetzt in dem Moment vorschlagen würde, auszubrechen, wäre ich die Erste, die ihm folgen würde.

Gerade als ich sagen will, dass sich auf meiner geistigen Liste niemand anderes befindet, fällt mir etwas Kleines, Braunhaariges ins Auge. »Finn«, sage ich hastig. »Finn muss überleben.«

Sie sehen sich fragend an, ich stehe auf und gehe langsam auf die Tür zu, um ihn nicht zu erschrecken. Der Junge drückt sich nahe des Ausgangs – der von Soldaten blockiert ist – herum, unwissend, was er als Nächstes tun soll.

Es dürfte mich nicht wundern, dass der weiße Pullover ihm viel zu groß ist und über seine Arme hängt. Immerhin wurde diese Kleidung für Jugendliche und nicht für Kinder angefertigt.

»Hallo. Ich bin Crys. Du brauchst keine Angst zu haben, ich tue dir nichts«, flüstere ich und gehe in die Knie, um auf gleicher Augenhöhe mit ihm zu sein. Für einen Neunjährigen ist er überraschend klein, er reicht mir bis zu den Rippen. Und das, obwohl ich auch nicht die Größte bin. Wie ich mir gedacht habe, sind seine Augen rot gerändert. Ein Zeichen dafür, dass die Droge ihn kurzzeitig hat erblinden lassen.

»Hallo«, gibt er schüchtern zurück, macht aber keine Anstalten, näher zu kommen.

Ich lächle ihn an. »Wie heißt du denn?«

»Finn.« Seine großen braunen Augen blicken mich noch immer ängstlich an.

»Hast du Hunger, Finn?«

Er nickt, wobei ich merke, dass er zittert. Was allerdings nicht von den Temperaturen in der Halle kommen kann, da die Luft hier zu warm und zu stickig ist.

Sanft wiederhole ich: »Du brauchst keine Angst zu haben. Wenn du bei mir bleibst, kann dir niemand etwas tun. Okay? Und jetzt besorgen wir dir etwas zu essen.«

Etwas beruhigt erwidert er nun mein Lächeln. Für ein Kind ist er ungewöhnlich still. Die kleinen Jungen aus meinem Dorf waren das genaue Gegenteil. Sie spielten den alten Leuten Streiche und waren ziemlich frech.

Ich richte mich wieder auf. »Komm mit!«, fordere ich Finn auf.

Als wir uns auf den Weg zur Essensausgabe machen, spüre ich, wie er nach meiner Hand greift und sich an mir festklammert. Ich kann mich noch daran erinnern, wie fürchterlich mein erster Tag hier war. Damals war ich zwar fünf Jahre älter als Finn, aber dennoch konnte ich vor Furcht gar nicht mehr sprechen.

Ich drücke seine Hand, während er sich dicht zu mir drängt. Normalerweise verstehe ich mich mit Kindern nicht so gut, weil ich relativ schnell genervt bin. Aber irgendwie denke ich, dass Violet es so wollen würde.

Mit dem Teller auf dem Tablett peile ich einen leeren Tisch an. Momentan will ich mich nicht zu Cameron und Ace setzen. Denn dann müsste ich einige Dinge erklären, die niemanden außer mir etwas angehen. Wieso mir dieses Kind so wichtig ist.

Ich werfe einen Blick in ihre Richtung, nur um ihr Starren zu bemerken. Schnell wende ich ihn ab und konzentriere mich wieder auf Finn.

»Tun deine Augen sehr weh?«, frage ich, während er zögerlich, dann begierig das Essen in sich hineinschaufelt. Finn schüttelt den Kopf, lässt seinen Löffel sinken und sieht mich an.

»Nicht mehr. Bis gestern konnte ich nicht mehr gucken. Aber heute bin ich in der Nacht aufgewacht, und ich konnte alles um mich herum sehen.«

»Tatsächlich?«

Nun, da das Eis gebrochen ist, nickt er eifrig und fährt fort: »Bis jetzt hatte ich immer Angst vorm Dunkeln. Daheim waren immer Monster unter meinem Bett. Aber jetzt weiß ich, dass das nicht stimmt. Ich glaube, das war einfach nur die Katze meiner Schwester.«

Vielleicht bin ich doch nicht so ein schlechter Mensch, denke ich. Immerhin habe ich Finn geholfen, seine Angst zu überwinden.

»Darf ich mich zu euch setzen?« Ich blicke auf und sehe ein Mädchen an der anderen Seite des Tisches stehen. Für einen Moment habe ich Angst, sie könnte eine Gedankenleserin sein, bis ich das Tattoo auf ihrer Schulter bemerke.

BE-92100. Eine Kämpferin.

»Wenn du willst …«, sage ich verblüfft.

Ihr Blick bleibt an Finn hängen, und ich weiß, dass ich nicht die Einzige bin, die ihn entdeckt hat. In ihren schwarzen Augen spiegelt sich meine eigene Besorgnis wider.

»Ich bin übrigens Lynn.« Ihre Stimme ist sanft und aufrichtig. Ich versuche mir vorzustellen, was für ein Leben sie wohl vor dieser Anstalt hier führte, was ihre Träume sind und was …

Nein. Es ist zu gefährlich. Nur ein falscher Gedanke, und ich bin geliefert. Es gibt Menschen, die mich irgendwie mehr interessieren als andere, und ich neige dazu, sie dann zu durchleuchten. Ace hat mir einmal erzählt, dass meine Gedanken einfach so in seinen Kopf springen, wenn ich meine Gabe einsetze. So sehr er es auch versucht, sie auszublenden, muss er alles mitanhören. Was ihn scheinbar ziemlich genervt hat, weil er mich gebeten hat, es in seiner Gegenwart nicht zu tun.

Finn hat inzwischen seinen Teller leergegessen, dennoch bleibt sein Blick auf dem Plastik hängen. Ungefragt schiebt Lynn ihm ihre Portion vor die Nase. Finn lächelt sie an. »Danke!«

Sie antwortet mit einem schmalen Lächeln.

Das erste Mal habe ich Lynn vor eineinhalb Jahren gesehen. Völlig schwach und unterernährt saß sie im Verhörraum und hat geschwiegen, kein einziges Wort gesagt. Ihre Augen starrten nach vorne, hielten an etwas fest, das ich nicht sehen konnte.

Sie saß einfach nur da und ließ alles über sich ergehen. Lynn hat eine starke Seele. Die Narben an ihren Händen zeugen davon, dass ihr stummer Trotz nicht unbezahlt geblieben ist. Ich will gar nicht wissen, warum die Haut über ihren Knöcheln durchfurcht ist. Das Militär kennt zu viele Wege, dich durch Schmerz gefügig zu machen. Auch ich habe das schon am eigenen Leib erfahren. Ohne etwas zu sagen, sehen wir eine weitere Weile Finn beim Essen zu.

Auf einmal schrecke ich zusammen, weil mein Rücken immer wärmer wird, bis er Feuer fängt. Heiße Blicke, wie glühender Stahl. Ich drehe mich um, Ace und Cameron starren.

»Geh ruhig. Ich passe auf ihn auf«, versichert mir Lynn.

Keine einzige Sekunde zweifle ich an ihren Worten. Vielleicht, weil ich es mir nicht erlauben kann, ihr zu misstrauen. Ich weiß, dass ich nicht bei Finn bleiben darf. Liebend gerne würde ich ihn zu unserem Tisch mitnehmen, aber die anderen fänden sicher, er sei hinderlich bei den Planungen. Aus Erfahrung weiß ich, dass Kinder dazu neigen, einfach irgendwelche Dinge nachzuplappern.

Mit einem kurzen Nicken erhebe ich mich schließlich und will mich abwenden, als etwas den Ärmel meines Pullovers umklammert hält. Finn krallt sich an meinem Arm fest. Seine braunen Augen sind groß und dennoch erstaunlich ernst.

»Ich muss gehen«, sage ich sanft und löse seine Hand behutsam von dem Stoff. »Bleib bei Lynn. Sie passt auf dich auf.«

Enttäuscht lässt er den Kopf hängen, macht aber keine weiteren Anstalten, sich an mich zu klammern.

»Braver Junge.« Ich streiche noch einmal über sein Haar und gehe dann zurück.

Die beiden starren immer noch, vier Augen – grau und braun – die ihren Blick nicht von mir abwenden, bis ich mich wieder gesetzt habe.

»Was?«

Cameron hat den Anstand, als Erster wegzusehen. Er schüttelt leicht den Kopf. »Ich wusste nicht, dass du ein so gutes Herz hast. Allerdings … woher kanntest du den Namen des Jungen?«

Selbst Ace hat das nicht kommen sehen und versteift sich unwillkürlich neben mir. Aus den Augenwinkeln erkenne ich, dass sich sein Gesicht in eine Maske aufgesetzter Undurchdringlichkeit verwandelt.

Ruhig stütze ich meine Wange gegen meine Hand und beginne, mit dem Löffel zu spielen. »Ich habe Offizier White darüber reden hören. Dass es dem Jungen ziemlich schlecht gegangen ist. Das hat mich an meine Schwester erinnert. Sie kann gut mit Kindern umgehen.« Den Rest des Satzes lasse ich in der Luft hängen. Es ist nicht, als ob ich mich wegen Violet verantwortlich fühle, diesem Jungen zu helfen. Ich kann einfach nicht ertragen, wenn das Militär kleine Kinder für seine Zwecke missbraucht. Es ist einfach nicht natürlich.

»Aha.«

Ich habe keine Ahnung, ob Cameron mir tatsächlich Glauben schenkt, aber es ist die beste Ausrede, die ich im Moment aufbringen kann.

»Die Offiziere gehen ziemlich leichtsinnig mit ihren Informationen um, nicht?«

Meine Finger streichen über das weiße Plastik des Löffels. Ich richte meinen Blick auf den Tisch und sage nichts weiter. Denn mit jedem weiteren Wort schlittere ich näher an die Grenze zur Wahrheit. Ich kann Camerons Misstrauen spüren, das ihn wie eine Aura einhüllt.

»Du verschweigst mir etwas, nicht?« Seine braunen Augen werden zu schmalen Schlitzen.

»Was willst du hören? Dass ich Finn in meiner Vision gesehen habe? Nein. Habe ich nicht. Glaub mir, ich bin ein offenes Buch. Sehr leicht zu lesen.«

»Sie hat recht, Cameron. Ich kann nicht sagen, dass ich dich besonders mag, aber glaub nicht, ich würde sie nicht an dich verraten, wenn sie ein Geheimnis hätte, dass unsere Mission gefährden könnte.« Ace legt seine ganze Glaubwürdigkeit in seine Stimme, sein Blick ist aufrichtig und ernst. »Es geht immerhin um unsere Freiheit. Um unser Leben. Ich mag diesen Plan, und jeder ist sich selbst der Nächste, nicht?«

Cameron stutzt. Er weiß, dass Ace als Einziger von uns tatsächlich die Fähigkeit besitzt, die Geheimnisse anderer aufzudecken. Eine weitere Sekunde ruhen Camerons tiefbraune Augen noch auf mir, ehe er mich freigibt. »Ich vertraue euch. Aber nur, weil mir keine andere Wahl bleibt.«

Aces Gesicht verzieht sich zu einem selbstzufriedenen Grinsen. »Ich sehe, wir verstehen uns.«

Wir stehen auf, und ich folge Ace Richtung Tür.

»Warte!« Camerons Griff schließt sich um mein Handgelenk, als er mich zurückhält.

Ace fährt herum und funkelt uns mit zusammengekniffenen Augen an.

»Kann ich kurz mit dir reden? Alleine?«

Verwirrt nicke ich, doch Ace bewegt sich keinen Schritt von meiner Seite. Mit meiner freien Hand – die andere immer noch in Camerons Griff – winke ich ihn Richtung Ausgang. »Schon okay, Ace. Wirklich. Ich sehe dich dann morgen.«

Mit einem letzten eindringlichen und warnenden Blick tritt Ace den Rückzug an, die Schultern hochgezogen.

»Was ist?«, will ich nun von Cameron wissen, der auf seine Finger um mein Handgelenk starrt. Die Nebenwirkungen seiner Drogen scheinen nachgelassen zu haben, denn bei dem Kontakt mit meiner Haut zuckt er nicht zurück. Für einen Moment lässt er sie ein paar Zentimeter tiefer gleiten. Die sanfte Berührung meiner Handfläche jagt mir Wärme in den Nacken, bis in meine Wange. Eine weitere Sekunde verweilt Cameron, dann reißt er den Blick von unseren Fingern los und sieht mich direkt an. Er lässt meinen Arm entgleiten, während die Sonnen um seine Iris zu schweben scheinen. Goldene Punkte in der Dämmerung.

Mit einer Bewegung seines Kinns bedeutet er mir, ein wenig näher zu kommen, während er unauffällig gegen die Wand lehnt und ein belangloses Gespräch mit mir vortäuscht. Einen weiteren Moment zögert er, wartet, bis ein Offizier an uns vorbei ist, und wendet seine

Aufmerksamkeit wieder mir zu, den Kopf an der Wand und die Augen geschlossen. Für alle anderen Inhaftierten nur ein gelangweilter Neuling.

Langsam frage ich mich wirklich, ob ich die Einzige bin, die ohne schauspielerisches Talent geboren ist. Genau wie Ace beherrscht er all die kleinen Gesten, die Mimik so perfekt, nie würde jemand Verdacht schöpfen, dass hier Ausbruchsversuche geplant werden.

»Ich denke, es reicht nicht nur, das Militär abzuschrecken. Ich meine, bis jetzt waren alle Inhaftierten so eingeschüchtert, dass kein Ausbruchsversuch möglich war. Aber seien wir ehrlich, sie werden diese Anstalt wieder eröffnen, neue Jugendliche einfliegen, so tun, als ob nie etwas passiert wäre. Und das müssen wir verhindern.«

Ein ungutes Gefühl breitet sich in meiner Magengrube aus, brennt sich einen Weg in meine Brust, bis hin zu den Schultern, hüllt mich ein. Meine Muskeln verkrampfen sich, ohne dass ich etwas dagegen tun kann. Etwas sagt mir, dass ich die nächste Frage besser nicht stellen sollte, die mir auf der Zunge liegt. »Wie?« Meine Stimme klingt rau.

Cameron öffnet nun langsam die Augen und sieht mich direkt an. »Wir stehlen das Wertvollste, das sie besitzen.«

Mir dreht sich der Magen um, und ein leises Keuchen entfährt mir. Ich lasse mich gegen die Wand sinken, versuche mich mit meinen Fingernägeln in die glatte, unnachgiebige Betonwand zu krallen, doch sie finden keinen Halt, und ich rutsche ein Stück ab.

Ich bin das Wertvollste, das die Armee besitzt.

»Crys, geht es dir gut?« Cameron legt einen Arm um meine Schulter, um mich zu stützen.

Ich gehe nicht auf seine Frage ein, während ich schwer atmend versuche, die nächste, endgültige Antwort zu erhalten. »Was meinst du mit stehlen?«, schnappe ich nach Luft. Er schluckt, leicht unsicher, wie er fortfahren soll.

»Das werden die anderen Gefangenen entscheiden.«

Mehr wollte ich nicht wissen. »Gut. Okay.« Ich versuche, das Zittern in meiner Stimme zu verbergen.

»Du hörst dich nicht sehr überzeugt an. Dieses Mädchen wird von ziemlich vielen hier gehasst. Wenn wir den Schlüssel für dieses Grauen vernichten, dann hat auch das Schloss keinen Nutzen mehr.«

5

For Man's grim Justice goes its way,
And will not swerve aside:
It slays the weak, it slays the strong,
It has a deadly stride:

Crys

Ich kann mich noch gut an jenen Tag erinnern, der mein Leben vollkommen verändert hat.

Am 4. Juli, nur kurze Zeit vor unserem Geburtstag, kam die erste Kriegsmeldung. Ich sehe noch immer die geschockten Gesichter meiner Eltern vor mir, als ein Nachbar morgens gegen die Tür hämmerte und uns von den fürchterlichen Neuigkeiten berichtete.

Nie werde ich vergessen, wie blutrot mir damals der Himmel erschien. Die aufgehende Sonne tauchte alles in tiefrotes Licht, schien schon jetzt die vielen Toten zu beklagen. Obwohl ich erst fünf war, wusste ich dennoch, dass bald die Welt kopfstehen würde.

Während meine Schwester versuchte, unsere hemmungslos weinende Mutter zu trösten, stand ich in der Tür und beobachtete das Geschehen draußen. Leute liefen schreiend, wimmernd umher, viele umarmten sich.

Ich sah ihnen so lange zu, das volle Ausmaß nicht begreifend, bis mich mein Vater ins Haus zog und die Tür verriegelte.

Noch am gleichen Tag zogen die ersten Soldaten in unser Gebiet ein. Violet und ich feierten unseren Geburtstag am Küchentisch in Dunkelheit, die Fensterläden geschlossen.

Obwohl England genauso wenig wie Schottland in den Krieg verwickelt werden wollte, wurden die Bürger der einzelnen Dörfer evakuiert und das ganze Land umstrukturiert. Die Einwohner der größeren Städte schaffte man in das, was wir bald *die Stadt* nennen würden.

Schottland jedoch verweigerte diese Veränderungen und sagte sich endgültig von unserem Land los, unterstellte dem Süden eine unglaubwürdige Neutralität. Da England nun größere Probleme hatte als den Norden der Insel, wurde die Grenze einfach gesichert. Die leeren Häuser zeugen heute noch von dem Leben, das es dort einst gab. Heute darf die Bevölkerung Englands nur in den gesetzlich bestimmten Zonen der Ringe siedeln. Außerhalb ist Sperrzone, zugänglich nur für das Militär, Niemandsland.

Ich weiß nicht, was mit unserem Haus geschehen ist. Meine Familie und ich wohnten vor dem Krieg direkt am Meer, beinahe an der Grenze. Doch dann wurden wir gen Süden gebracht, in ein neues Dorf mit Reihenhäusern, die alle gleich aussahen.

Wir hatten keine andere Wahl, als uns dem unbekannten Leben anzupassen, ob wir wollten oder nicht. Schließlich wurde uns eingetrichtert, es geschehe aus Gründen der nationalen Sicherheit. Zwei Jahre nach Kriegsbeginn, in denen sich England unparteiisch verhalten hatte, beschlossen die Oberhäupter, dem Töten unschuldiger Personen ein Ende zu setzen. Sie schickten den *Guten* Unterstützung: noch mehr Soldaten.

Heute, zehn Jahre später, kämpfen wir immer noch erfolglos um den Frieden, den es sowieso nie geben wird.

Eines haben die schlauen Köpfe dieser Nation vergessen: Wir wissen nicht, wer die Guten und wer die Bösen sind. Niemals. Wenn eine Seite Soldaten der anderen Seite tötet, tötet auch diese. Im Krieg geht es nicht um gut oder schlecht, richtig oder falsch. Wem zuerst die Soldaten ausgehen, hat verloren. Simpel.

Ich spüre, wie ein Tropfen Wasser von meinem Haar auf meine Wange abperlt. Nachdem ich die nassen Strähnen über die Schulter geworfen habe, blicke ich nachdenklich auf die Tätowierung auf meinem Arm hinab.

Barfuß, nur mit T-Shirt und Hose bekleidet, lehne ich sitzend an einer Wand im Waschraum, die Ellenbogen auf die Knie gestützt. Zwei Tage sind seit dem Gespräch mit Cameron vergangen. Noch immer kann ich mich nicht dazu überwinden, wieder in den Speisesaal zu gehen. Wenn ich an Camerons Plan denke, stellen sich mir die Haare im Nacken auf. Und gleichzeitig bricht mein Herz bei der Aussicht auf Freiheit in einen pulsierenden Jubel aus.

Trotzdem habe ich Ace gezwungen, Zare und Daniel einzuweihen. Sie sollen wissen, was auf uns zukommen kann. Es ist nur fair, ihnen die Chance zu geben, ebenfalls eine Entscheidung über unser aller Schicksal treffen zu können.

Natürlich, Cameron will nur überleben – wie alle anderen hier.

Ich ziehe scharf die Luft ein.

Das spöttische Funkeln, das immer in seinen Augen leuchtet, lässt mir die Kehle eng werden. Was hat er nur an sich, um mich so zu verwirren?

Mit einem Seufzer presse ich die Handflächen gegen meine Augen, blende die Helligkeit des Neonlichtes aus.

Was soll ich nur machen? Mein Spiel weiterführen wie bisher? Mit den anderen meinen eigenen Mord planen und dann, wenn alles auffliegt – was bald ohnehin passieren wird – sagen: »Ach ja! Habe ich etwa vergessen zu erwähnen, dass *ich* diejenige bin, die ihr hasst?«

Vielleicht habe ich Glück, und sie lassen mich am Leben. Oder vielleicht … Ein lautes Stöhnen entfährt mir und ich setze mich schwungvoll auf. »Wie bescheuert bist du eigentlich?«, frage ich mich selbst. Und trotzdem kann ich nichts dagegen tun, dass heute Schritt eins von Camerons Plan durchgeführt wird.

Daniel wird einen Virus, den der Feind auf unser Computersystem gehetzt hat, ein wenig transformieren und dann endgültig in den Kern der Programme einsetzen. Wie ein Kuckucksei. Eine tickende Bombe.

Dem Plan nach werden Cameron und Jay – ein weiterer Illusionist – die Wärter unter irgendeinem Vorwand zu ihrer Zelle locken und ihnen dann den Schlüssel stehlen. Die Türen können auf zwei Wegen geöffnet werden: manuell mit Schlüssel und über ein mechanisches System. Dank ihrer Illusionen werden sie unbemerkt an den Kameras und Wachmännern die Schaltzentrale erreichen. Zwar werden sich die Linsen, die aus den oberen Ecken der Gänge spiegeln, sich nicht täuschen lassen. Dafür aber die Menschen vor den Monitoren.

Fast hätte ich laut aufgelacht, als ich mir meine offenen Haare zu einem schlampigen Dutt am Hinterkopf zusammenfasse und mit einem Haargummi befestige.

Immer ist der Mensch der, der die Fehler macht. Die unberechenbare Variable. Sie werden Daniel einen kurzen, aber ausreichenden

Zeitraum verschaffen, um den Virus zur Zeitbombe zu programmieren. Danach werden sie wieder in ihre Zellen verschwinden, ganz so, als ob nie etwas passiert wäre.

Ich beiße auf meine Unterlippe, bis ich Blut schmecke. Der metallische Geschmack breitet sich in meinem Mund aus.

Ein scharfes Klopfen an der Tür lässt mich zusammenfahren. »Inhaftierte Levine, bist du da drin?« Die Stimme des Soldaten ist stumpf durch das Metall, das zwischen uns liegt.

Ich verdrehe die Augen. Gut, dass er es nicht sieht, denn wahrscheinlich würde mir das wieder fünf Peitschenhiebe einbringen. »Nein, ich bin auf den Bahamas im Wellnessurlaub«, murmle ich, bevor ich lauter erwidere: »Ja. Klar.« Als hätte ich die Freiheit, irgendwo anders hinzugehen.

»Die Arbeit wartet.«

Mit einem Seufzer stehe ich auf, weil ich weiß, dass er sich sowieso keinen Schritt wegbewegen wird, bis ich rauskomme. Langsam entspanne ich meine Muskeln, strecke die Füße aus, die von meiner verkrampften Haltung zu kribbeln begonnen haben. »Eine Minute. Ich bin gleich da.« Nachlässig streife ich meinen Pullover über, während Hubschrauberlärm durch die Wände dringt.

Die Offiziere werden also schon ausgeflogen. Gut. Cameron und Jay sollen es so leicht wie möglich haben. Wegen des dichten Luftverkehrs über England kann nur alle paar Stunden ein Hubschrauber landen. Deshalb wird schon jetzt, zwei Tage vor dem 31. Dezember, damit begonnen, die hochrangigen Soldaten und Offiziere nach Hause zu bringen.

Der letzte Tag im Dezember und der erste Januar werden gefeiert, weil von den Kriegsparteien ein Waffenstillstand vereinbart wurde.

In dieser Zeit können die Menschen aufatmen. Sie müssen ihre Blicke nicht mehr alle paar Sekunden in den Himmel schweifen lassen, aus Angst vor Fliegern, die Bomben geladen haben.

Zwei Tage lang ist alles gut.

Außer für uns.

Auf nackten Füßen gehe ich zur Tür und entriegele sie.

Soldat Preston nimmt mich in Empfang. Er ist ein mittelgroßer, ehrgeiziger junger Soldat, der alles daransetzt, wie Carter oder White zu werden. Machtvoll, angesehen, respektiert.

Nun ja. Obwohl ich nicht sagen will, dass ich Offizier White respektiere. Nicht mehr, seitdem er mich mit der Peitsche hat schlagen lassen.

Preston ist gefährlich. Übermotiviert eifert er einer Größe nach, die er nie erreichen wird. Sein verkniffenes Gesicht verzieht sich hämisch, wenn von Folter die Rede ist. Seine schwarzen, stechenden Augen saugen jede Schwäche auf wie guten irischen Whiskey. Seine Freude ist unser Leid, seine Ungerechtigkeit ist unser Urteil.

Ich weiß, dass er genau wie White wenig von mir hält. Und wenn mich Carter nicht in Schutz nehmen würde, beziehungsweise wenn ich nicht so verdammt wertvoll für sie wäre … naja … drücken wir es so aus: Ich hätte jetzt bestimmt keine Probleme mehr.

Mein Blick schwenkt in den anderen Gang hinein, als wir stumm an einer Abzweigung vorbeigehen. Ich kann sehen, dass eine Tür von vier muskelbepackten Männern bewacht wird. Der Computerraum.

Ich schaue zu Boden und folge Preston weiter bis zum Verhörraum. Nachdenklich betrete ich ihn. Das gedämpfte Licht hat heute ausnahmsweise keine einschläfernde Wirkung auf mich. Meine Gedanken rasen.

Unschlüssig bleibe ich eine weitere Sekunde stehen. Gerade als ich den Stuhl zurückschieben möchte, spüre ich es. Es ist kaum mehr als ein Gefühl, aber trotzdem jagt es mir einen angenehmen Schauer über den Rücken. Ich fühle einen kurzen Stich in mein Herz.

Er ist da. Cameron geht zum Angriff über, obwohl dieses ganze, vielleicht sinnlose Unterfangen seinen Tod bedeuten könnte.

Plötzlich weiß ich, was ich tun muss. Ohne ein Wort greife ich nach dem Headset. Kaum habe ich es aufgesetzt, dringt Prestons Stimme an mein Ohr.

»Bist du soweit?«

Ich drehe mich zu einer der Kameras um, die in der oberen linken Ecke des Raumes befestigt ist. »Nein.« Ich gebe meiner Stimme einen festen, trotzigen Klang, den Blick starr auf die Kamera gerichtet.

»Wie bitte?« In Prestons Ton verfängt sich Unglauben.

»Nein. Ich werde nicht weitere Menschen in den Tod schicken. Das habe ich schon zu lange getan.«

Eine Zeit lang ist es in meinem Ohr still. Ich vernehme nur Atmen, im Hintergrund ein leises Flüstern. Preston unterhält sich mit einem zweiten Soldaten. Leider kann ich ihre Worte nicht verstehen, aber die Bedeutung ist überflüssig. Es ist klar, was sie beratschlagen. Preston wird kurz lauter, bis er die Stimme wieder dämpft. Hektisch wird über meinen Widerstand diskutiert.

Der ersten Rebellion von meiner Seite seit zwei Jahren.

Als Prestons Stimme wieder klar in meinem Ohr erscheint, befiehlt er: »Du tust jetzt deine Arbeit oder …«

Jetzt werde ich wütend. Mit unterdrückter Rage zische ich zurück: »Oder was? Hetzt ihr dann wieder einen Soldaten mit einer Peitsche auf mich los? Bedauerlich. Einfach bedauerlich, dass ihr ein sechzehnjähriges Mädchen nur mit roher Gewalt in den Griff bekommt. Aber merkt euch eins: Ihr könnt mich vielleicht gefügig machen, ihr könnt mir den Verstand rausprügeln. Aber ihr werdet nie dazu imstande sein, meinen freien Willen zu brechen.«

Seine Atmung beschleunigt sich zunehmend. Die Kopfhörer rauschen. »Du. Wirst. Dich. Setzen. Und. Deine. Arbeit. Machen.«

Ein weiteres Wort von mir wird seinen Zorn freisetzen. Ich stelle ihn mir vor, wie er mit hochrotem Gesicht vor dem Monitor sitzt und mir direkt in die Augen sieht. Sie fixiert, als wolle er mir die Wimpern verbrennen. Ich lasse mich zu einem spöttischen Lächeln hinreißen.

»Nein.« Ich koste das Wort auf meiner Zunge. Es schmeckt so süß und bitter zugleich. Eine Welle der Überlegenheit überrollt mich, während mich die Furcht über das, was geschehen wird, weiter nach unten zieht. Ich muss an das Meer denken, an dieses sanfte Indigoblau. Die Farbe, die Freiheit für mich bedeutet.

Eine Gewissheit schleicht sich in meine Gedanken: Ich habe eine Wahl getroffen. Ohne ein weiteres Wort von Preston zu erwarten, lasse ich mein Headset fallen. Langsam, damit er auch alles schön mitverfolgen kann, hebe ich einen Fuß und trete darauf. Ich verstärke den Druck, bis ich ein sattes, brechendes Geräusch höre. Nun grinse ich schamlos in die Kamera. Mal sehen, wie weit ich es treiben kann. Noch stürzen keine Soldaten zur Tür herein, um mich ruhigzustellen. Vermutlich ist es heute gar nicht so leicht, freie Wärter zu erwischen.

Ermutigt, noch ein wenig Zeit zu haben, nehme ich den Aluminiumstuhl, balanciere sein Gewicht kurz aus und schwinge ihn mit all meiner Kraft gegen das Glas des noch leeren Verhörraumes. Als das Stuhlbein in Kontakt mit der glatten Oberfläche tritt, breiten sich spinnennetzartige Risse um die Stelle aus, an der ich das Glas getroffen habe. Noch zerschellt es nicht. Ich hole ein weiteres Mal aus. Das Adrenalin rauscht durch meinen Körper, und instinktiv weiß ich, dass ich das Richtige tue.

Nur unbewusst nehme ich wahr, wie die Tür aufgerissen wird und drei Soldaten und ein älterer Mann im Doktorkittel auf mich zu stürmen. Ich hole zum letzten Schlag aus, doch ehe ich mein Ziel treffe, werde ich nach hinten gerissen. Trotzdem gebe ich dem Stuhl einen endgültigen Schwung. Das Glas zersplittert, meine Hand fliegt schützend vor mein Gesicht, während ich zu Boden gerissen werde. Eine Scherbe schneidet in die Haut meines Halses, ich fühle das warme Blut in meine Haare sickern. Ich bringe ein letztes Lächeln zustande, bevor mir der Arzt eine Nadel in die Armbeuge jagt und ich die Besinnung verliere.

»Ist sie tot?«, wispert Zare.

»Nein. Nur vom Beruhigungsmittel ausgeknockt.«

»Wie hat sie denn das geschafft?«

Ace seufzt einmal und antwortet Daniel: »Sie hat sich geweigert, so weiter zu machen wie bisher. Sie hat den Verhörraum verwüstet.«

»Reden wir hier über dieselbe Crys? Ich kann mir einfach nicht vorstellen, dass sie so etwas machen würde. Sie war immer so …«

Es ist nicht nötig, dass Daniel die letzten Worte ausspricht.

Sie war immer so berechenbar.

Mein Arm schmerzt, fühlt sich taub an. Unbeweglich. Ich versuche die Finger zu einer Faust zu ballen, aber ich kann sie keinen Millimeter bewegen. Genauso wenig wie meine Augenlider. Stumm liege ich da, Augen geschlossen, und lausche den anderen, die sich anscheinend gegenseitig beiseiteschieben, um einen Blick auf mich durch das Fenster in der Tür zu erhaschen.

»Sie kann euch hören«, meint Ace trocken.

Ich lausche. Zare atmet erleichtert aus. Wie sehr sie sich doch verändert hat. Ich kann spüren, dass sie gerade lächelt. Wie sehr der Mensch aufblüht, wenn er wieder hoffen kann.

Könnte ich mich bewegen, würde ich die Augen verdrehen und sagen, sie sollen sich keinen Kopf um mich machen. Gegen den physischen Missbrauch, dem ich am Anfang meiner Gefangenschaft ausgesetzt war, ist diese Ohnmacht ein Paradies. Meine Gedanken tropfen langsam wie geschmolzenes Eis im Frühjahr, und die einzelnen Buchstaben verbinden sich nur zögernd zu Worten.

Lasst mich allein. Ich kann es nicht leiden, wenn sich jemand um mich Sorgen macht.

Immer noch die Augen geschlossen, höre ich Ace. »So, die Show ist zu Ende. Sie will, dass wir gehen.«

Eine weitere Sekunde verharren die drei, dann höre ich, wie sich zwei Paar Schritte entfernen. Ich fühle Aces Blick auf mir ruhen. *Geh!,* denke ich nun etwas deutlicher.

Der Gedankenleser seufzt. Bevor er gehen kann, füge ich hinzu: *Ace?*

»Ja?«, kommt es von der anderen Seite der Tür.

Raus aus meinen Gedanken!

Ein heiseres Lachen entfährt Ace. Ich kann ihn fast vor mir sehen, den Kopf schüttelnd. Fast erwarte ich, dass er etwas erwidert, doch auch er verschwindet lautlos. Ich atme auf. Noch bewegungsunfähig liege ich da und frage mich, wie lange noch. Keine Ahnung.

Das kommt auf die Dosis an, die sie mir verpasst haben. Aber ich hoffe, dass nicht mehr als fünf Stunden vergangen sind. Immerhin habe ich voraussichtlich nicht mehr lange zu leben.

Eigentlich bin ich ziemlich naiv. Tatsächlich habe ich gedacht, ich wäre wie sie. Nein. Ich wäre eine von ihnen. Ich habe die Wahrheit verdrängt – habe mir eingebildet, dass ich wirklich an einem Ausbruchsversuch mitwirken könnte. Kann ich aber nicht. Eine schockierende Wahrheit, nicht wahr?

Es ist aus mehr als nur einem offensichtlichen Grund unmöglich.

Erstens: Während der Nacht sind die Auserwählten in ihre Zellen eingesperrt. Man kann sie nur manuell öffnen, genauso wie das Gefängnis der Schnellen und Starken.

Niemand würde uns von außen befreien.

Zweitens: selbst wenn wir uns selbst befreien könnten, müssten wir gegen ein paar Soldaten kämpfen – und ein paar sind immer noch zu viel.

Drittens: Es gibt kein drittens. Aber die ersten beiden Gründe sind Probleme genug. Wenn meine Berechnungen stimmen, habe ich nur mehr wenige Tage.

Ace muss gewusst haben, dass wir unser Leben riskieren. Er genauso sehr wie ich. Wieso hat er mich nicht einfach desillusioniert, wie es seine Stärke ist?

»Weil ich deine Hoffnung nicht zerstören wollte.«

Unwillkürlich zucke ich zusammen. Ich habe nicht mitbekommen, dass er doch länger vor meiner Tür verharrt hat.

Seine Stimme dringt dumpf durch das winzige Fenster. »Du hast dich selbst nicht gesehen, Crystal. Du hast nicht gesehen, wie sehr dich diese Chance verändert hat. Es war … wie ein Wunder. Sollte ich dir dieses Wunder etwa nehmen?«, raunt er.

Er klingt seltsam müde, gebrochen. Unter großer Anstrengung zwinge ich mich dazu, meine Augen wenigstens ein wenig zu öffnen. Meine Sicht ist immer noch unscharf, flimmernd an den Rändern. Trotzdem kann ich Ace vor mir sehen. Wie er die Stirn gegen die Gitterstäbe des Loches in meiner Tür lehnt und an mir vorbeistarrt.

Ich versuche, etwas zu sagen, doch meine Mundhöhle ist staubtrocken, meine Zunge taub. Kein einziger Laut entweicht mir. So bleibe ich eben stumm, sehe ihn einfach nur an. *Aber warum? Warum hast du dich in Gefahr gebr…?* Sofort breche ich ab, als mir einfällt, dass ich es ja gewesen war, die ihn zu dieser hirnrissigen Sache überredet hat.

»Es ist nicht deine Schuld, Crys. Wirklich. Ich habe mich entschieden. Für die Freiheit. Für … dich.«

Im Nachhinein weiß man alles besser, denke ich in einem Anflug von Nüchternheit.

»Wie ich sehe, hat dein Sarkasmus keinen Schaden genommen.«

Hatte ich noch gar nicht bemerkt.

Aces Blick schnellt in das Hier und Jetzt zurück. Ich versuche mir vorzustellen, wie unser Gespräch für die Wachmänner hinter den Monitoren wirken muss. Vermutlich denken sie, wir reden über das, was ich vor ein paar Stunden getan habe. Dass Ace mich vielleicht aufhalten wollte – egal. Selbst wenn sie Verdacht schöpfen und uns verhören wollen – in ein paar Tagen ist sowieso alles vorbei. Ende der Geschichte.

»Inhaftierter Wyler! Zurück in deine Zelle! Die Zeit ist um!«, bellt Preston ganz aus der Nähe.

»Ich komm ja schon«, schnauzt Ace ohne jeden Enthusiasmus zurück. Ohne einen weiteren Blick dreht er sich um und geht.

Und ich dachte, Cameron wäre der Einzige, aus dem ich nicht schlau werde.

Langsam drehe ich mich nach links, endlich fließt wieder Gefühl durch meine Muskeln. Das Licht der Abenddämmerung hüllt den sonst so unfreundlichen Raum in ein warmes Licht. Eisblumen reflektieren die Helligkeit, scheinen fast wie weiße Rosen. Ich seufze, während die Taubheit stetig aus meiner linken Körperhälfte weicht. Ich bleibe liegen, bis ich endlich wieder meine Zehen bewegen kann, und wage dann aufzustehen. Noch schwindelig wanke ich zur Tür.

»Jemand da?«, nuschle ich. Meine Zunge will mir noch nicht so recht gehorchen. Ungeschickt schiebe ich meinen Arm durch das Gitter hindurch und schnipse ein paar Mal.

»Hör auf damit!«, raunzt Preston und nähert sich mir mit großen Schritten. Ehe ich reagieren kann, schließt sich eine seiner riesigen Pranken um mein Handgelenk. Mit einem Ruck zieht er an meiner Hand, und mein Brustkorb knallt schmerzhaft gegen das Metall.

Mein Atem streift die Gitterstäbe, gegen die nun mein Gesicht gepresst ist. Stechender Schmerz jagt durch meine Schläfe bis in mein Rückgrat. Ein leises Winseln entfährt mir, sonst bleibe ich still. Ich weigere mich, Preston auch nur ein kleines Stück Leid zu geben, an dem er sich erfreuen kann.

»Was ist? Willst du noch ein wenig weiter randalieren?«

»Eigentlich wollte ich nur fragen, ob ich möglicherweise etwas zu essen haben könnte.« Wie zur Bestätigung knurrt mein Magen.

Prestons Fingernägel graben sich in meine Haut.

Am liebsten würde ich laut aufschreien, doch ich presse die Zähne zusammen.

»Tut mir leid«, seine Stimme ist höhnisch, »… aber die Küche hat schon geschlossen.«

Ich funkle ihn an, halte seinem Blick mit zusammengepresstem Kiefer stand. Von seiner grünen Armeeuniform heben sich einige Abzeichen ab. Ich habe keine Ahnung, für was er sie bekommen hat. Aber sicher nicht für Loyalität, Bruderschaft und Mut.

»Weißt du, Gefangene, wenn Carter nicht wäre …« Er lässt den Rest des Satzes in der Luft hängen. Preston braucht ihn nicht zu beenden, ich weiß, was er meint. *Wenn Carter nicht wäre, hätte ich schon für deinen Tod gesorgt.*

Da ich ihm schlecht mit der Faust ins Gesicht schlagen kann, verziehen sich meine Lippen zu einem strahlenden Lächeln. Meine Stimme ist zuckersüß, als ich wispere: »Dann können wir ja froh sein, dass Carter hier auf alles ein wachsames Auge hat, nicht?«

Der Soldat zuckt einmal mit den Schultern, sein Griff verstärkt sich drohend. Er senkt seine Stimme warnend. »Aber Carter ist momentan nicht hier.« Seine andere Hand senkt sich zu seinem Gürtel, an dem er eine Pistole trägt.

Natürlich, auch Preston würde Probleme bekommen, wenn er mich töten oder unnötig drangsalieren würde. Andererseits hat er für die nächsten paar Tage das Sagen hier. Es ist also seine Entscheidung, ob er mich weiterleben lässt oder nicht. Niemand kann ihm das Gegenteil beweisen, wenn er sagt, dass ich es provoziert hätte.

»Und ob ich hier bin.« Carters Stimme ist ruhig und gelassen.

Preston zuckt sofort zusammen und lässt mein Handgelenk los.

Schnell ziehe ich den Arm zurück und reibe die geschundene Stelle. Dort, wo sich seine Fingernägel in meine Haut gebohrt haben, quillt Blut aus kleinen, halbmondförmigen Wunden.

Die Augenbrauen hochgezogen, fragt Carter: »Was sollte das eben, Soldat Preston?«

»Ich … ich …« Die Wörter bleiben ihm im Hals stecken. Schade, dass er nicht einfach daran erstickt.

Ungeduldig wendet sich der Offizier zu mir. »Crystal?«

Ohne Hemmungen beginne ich zu erzählen. »Ich habe Soldat Preston nur darum ersucht, mir etwas zu essen zu bringen. Leider scheint er nicht imstande, seine Aggressionen zu kontrollieren.« Mir hat petzen noch nie viel Spaß bereitet, aber jetzt gerade genieße ich es total.

»Offizier«, fängt Preston wieder an, »ich dachte, Sie wären nach Hause geflogen.«

Carter schüttelt den Kopf. »Irgendjemand muss auf die Sache hier doch *ein Auge haben.«* Er sieht kurz zu mir, als er meine Worte verwendet. »Und wie es aussieht, zurecht.«

Ich kann mir ein boshaftes Grinsen nicht verkneifen.

Nach Prestons Gesichtsausdruck zu urteilen, hat er damit gerechnet, der Herr im Hause zu sein, aber in Wirklichkeit ist er nicht mehr als ein Hund, der zu gehorchen hat. »Wieso sind Sie dann nicht eingeschritten, als Levine heute den Verhörraum verwüstet hat?«

»Es hat keinen Grund dafür gegeben. Du hast alles richtig gemacht.« Obwohl die Worte an Preston gerichtet sind – oder etwa nicht? – sieht er mich an.

Das Grinsen gleitet von meinem Gesicht, und der Hohn weicht Verwirrung. Ich blinzle ein paarmal. Hat er gerade mit mir gesprochen?

Carters Aufmerksamkeit richtet sich nun wieder auf Preston, der um einige Zentimeter kleiner aussieht als vorher. Wie ein Schuljunge, der eine Prüfung verhauen hat.

»Aber das hier«, Carter nickt in meine Richtung, »das wird ein Nachspiel haben. Für euch beide.«

Sein strenger Blick streift mich nur kurz, ehe er zu Preston sagt: »Und du hältst ab heute hier keine Patrouille mehr. Ist das klar?«

»Aber dann wären sie völlig unbewacht! Die anderen wurden in den Außendienst geschickt, sie kommen erst morgen Abend zurück. Sie können die Auserwählten nachts nicht so lange alleine lassen!«, ereifert sich Preston nun.

»Ob das klar ist?«, fragt Carter noch einmal ungerührt, als habe er die Worte seines Gegenübers gar nicht registriert.

»Ja, Sir!« Der Soldat sieht beschämt zu Boden, die Lippen zu einem dünnen Strich gepresst. Carter wendet sich um und will gehen. Doch da scheint ihm noch etwas einzufallen.

»Und … Soldat? Belehre mich nicht über Außendiensteinsätze, die ich selbst geplant habe.«

»Wird nicht wieder vorkommen, Sir. Entschuldigen Sie, Sir.«

Schnell und mit eingezogenen Schultern verschwindet Preston aus meinem Sichtfeld. Carter wartet, bis Preston um die Ecke gebogen ist, dann schüttelt er den Kopf. »In einem hat er allerdings recht«, beginnt er, »uns fehlen tatsächlich Soldaten, die euch bewachen können. Das heißt, dass ihr morgen vermutlich nicht aus euren Zellen gelassen werdet, außer zum Essen. Das wird euch freuen, immerhin werdet ihr morgen in den Speisesaal gebracht.«

Jemand – ich glaube, es ist Ace – stöhnt auf. Sein Gesicht erscheint in dem vergitterten Fenster in der Tür.

»Uns einzusperren ist echt ätzend, Carter. Muss das sein?«

Carters Miene verhärtet sich. »Ein Großteil des Aufsichtspersonal ist über die Feiertage weg. So können wir euch einfacher im Auge behalten.«

Wer weiß, was wir im Schilde führen, setze ich in Gedanken hinzu. Verdammt .

»Crys, das sind Abby, Caleb, Will, Jay, Tyler, Scarlett und Shinji.«

Meine Augen gleiten durch die Runde. Ich hätte nicht gedacht, dass so viele Leute an diesen Tisch passen. Zusammen mit Ace, Zare und Daniel sind wir zwölf Personen. Als ich nicht da war, haben Ace und Cameron die Gruppenführer ausgewählt. Jeder kümmert sich um eine bestimmte Anzahl von Leuten, die er zu evakuieren versucht.

Man könnte sagen, dass der eigentliche Anführer Cameron ist – nein, er ist es ganz bestimmt – und sie sind seine Unteroffiziere. Ich habe keine Ahnung, in welcher Position ich bin.

»Das ist Crys. Falls Ace und ich es nicht schaffen sollten, wird sie euch rausbringen«, erklärt Cameron völlig ruhig. Der Tonfall in seiner Stimme lässt mich vermuten, dass er und Ace immer noch keine Freunde sind.

Noch klammere ich mich an die Hoffnung, dass sie sich um der Sache willen wenigstens respektieren. Einige nicken mir zu, die anderen betrachten mich nur kurz und wenden sich dann wieder ihrem Essen zu. Obwohl alle jetzt noch gelassen und ruhig scheinen, spüre ich doch eine leichte Spannung.

Die Art, wie Jayden King – der Illusionist, mit dem Cameron den bis jetzt noch unbemerkten Anschlag auf den Kontrollraum verübt hat – verkrampft die Plastikgabel hält und dabei den Rücken durchdrückt. Wie Tyler Young – der jede Lüge erkennt – mir immer wieder Blicke zuwirft und sich mit der Hand durch sein Haar fährt. Obwohl ich mir nicht sicher bin, ob das nicht mit seiner Selbstverliebtheit und Arroganz zu tun hat. Wie Scarlett – die Hypnotiseurin – den Blick misstrauisch über ihre Schulter schweifen lässt. Alles Anzeichen von blanken Nerven.

Ich weiß, ich sollte mich zurückhalten, aber es ist eine alte Angewohnheit. Ace verpasst mir einen leichten Fußtritt unter dem Tisch, damit ich mit meinen Beobachtungen aufhöre. Denn so ziehe ich nur unnötig die Aufmerksamkeit der Gedankenleser auf mich, die wir – dank meiner Bitte – nicht eingeweiht haben.

Das einzige Problem stellt wohl Tyler da, aber solange ich möglichst nahe an der Wahrheit bleibe, werde ich nicht auffliegen.

Mein Blick wandert weiter zu Shinji Sato – dem Anführer der Kämpfertruppe. Mit den Armen vor der Brust verschränkt sitzt er da, beobachtend. Schon als ich ihn eingewiesen habe damals, wusste ich, dass er kein Mann vieler Worte ist. Seine Haare hängen ihm ins Gesicht, was ihn nicht zu stören scheint.

Bis jetzt ist er mir am sympathischsten. Ich mag Menschen, mit denen man nicht zwanghaft ein Gespräch führen muss. Er besitzt eine Aura, die ihn abweisend erscheinen lässt, aber ich glaube, dass er kein böser Mensch ist.

Hingegen nervt mich Tyler höllisch, der mich immer noch anstarrt. Auf ihn hätte ich gut verzichten können. Eigentlich macht mir eine leichte Arroganz nichts aus – wie bei Cameron –, aber Tyler übertreibt es.

Ich meine, natürlich, er ist gutaussehend, aber nicht außergewöhnlich. Immer noch mustert er mich mit seinen rabenschwarzen Augen. Er denkt, dass ich es nicht merke, doch er täuscht sich. Rasch sehe ich auf, und unsere Blicke begegnen sich. Doch anstatt beschämt wegzusehen, zieht er fragend eine Augenbraue in die Höhe, auf dieselbe Art wie Cameron.

Ich wende den Blick ab und schaue zu Caleb. Ich habe ihn erst vor ein paar Wochen zum ersten Mal gesehen. Caleb Anderson ist eine der besten Entdeckungen, die ich bis jetzt gemacht habe. Obwohl ich mich wirklich nicht loben will.

Wenn ich noch nie jemanden als Genie bezeichnen konnte, so trifft dieser Ausdruck voll und ganz auf Caleb zu. Er ist ungefähr zwei Jahre älter als ich und würde bald in das Kriegsgebiet geschickt werden – wenn wir nicht ausbrechen würden. Caleb hält seine unscheinbaren hellen Augen auf die Tischfläche gerichtet, die Fingerkuppen seiner Hände aufeinandergelegt, und ist ganz in seine Gedanken versunken. Er ist der einzige Junge, dessen Haare bis zu den Schultern reichen, aber das scheint ihn nicht zu stören. Wer einen so hohen IQ besitzt, vergeudet seine Zeit nicht damit, über das nachzugrübeln, was andere über einen denken könnten.

Neben ihm hat Scarlett Thompson Platz genommen. Ein 15-jähriges Mädchen mit roten, wilden Locken und einer ätherischen Ausstrahlung. Sie ist wirklich hübsch. Das Einzige, was ihrer Schönheit Abbruch tut, sind ihre Augen. Mandelförmig und von einem Sommergrün, jedoch liegt die Pupille nicht in der Mitte der Iris, sondern in der unteren Hälfte. Vielleicht spricht aus mir nur der Neid, weil ich auch gern solche Haare gehabt hätte.

Zare unterhält sich lebhaft mit Will Parker. »Und du siehst wirklich alles?«, fragt sie fast ungläubig.

William nickt zur Bestätigung. »Alles. Egal was. Am Anfang war es komisch, aber man gewöhnt sich daran. Mittlerweile kann ich im Dunkeln sehen. Natürlich, man sieht keine Farben, aber es ist … da.«

Neben den beiden versucht Abby – die Einzige, die ich bis jetzt noch nicht kannte – Tyler in ein Gespräch zu verwickeln. Lange blonde Stirnfransen hängen ihr vor den großen Augen. Ohne Zweifel ist sie ein Stadtkind. Nicht nur wegen ihrer aufrechten, etwas herablassenden Haltung, sondern auch, weil sich um ihre rechte Hand ein Tattoo rankt, Tulpen im Winter. Ich würde Abby als eine arktische Schönheit beschreiben, nicht so exotisch wie Scarlett.

»Cameron?«, setze ich an.

»Was ist?« Er wendet sich mir zu. Ich frage mich, wie er es schafft, mir immer wieder den Atem zu rauben. Seine Augen glänzen wie der Nachthimmel draußen.

»Ich … wie ist die Mission gelaufen?«

»Ganz gut. Niemand hat etwas gemerkt. Aber zuerst dachten wir schon, dass sie uns entdeckt haben. Jayden und ich wollten gerade die Tür öffnen, als sie von innen aufgerissen wurde.«

Jay nickt bekräftigend. »Wir konnten uns gerade noch mit einem Sprung zur Seite retten. Keine Ahnung, irgendwas muss da passiert sein. Die waren alle total aufgeregt! Naja … auf alle Fälle haben sie den Raum für eine Weile unbeaufsichtigt gelassen. Und die Kameras auszutricksen war ein Kinderspiel.«

Nun mischt sich auch Daniel in unser Gespräch ein.

»An dem Virus, den ich eingeschleust habe, werden die eine Weile zu beißen haben. Es hat nicht lange gedauert, ihn ein bisschen zu modifizieren. Und dann rein ins System. Mit schönen Grüßen aus Russland.«

Zare lacht auf, ein heller, glockenartiger Klang.

Dan sieht sie von der Seite an, ein sanftes Lächeln auf dem Gesicht. Sie stecken ihre Köpfe zusammen und flüstern.

Ich hebe meinen Blick zu den Soldaten, die auf dem Stahlgerüst patrouillieren. Es sind wenige, bedenklich wenige aus der Sicht des Militärs. Aber umso besser für uns.

Plötzlich fällt mir wieder etwas Wichtiges ein.

»Vielleicht wird es doch nicht so leicht, wie wir dachten.«

Verwirrt blinzelt Cameron, das schon siegessichere Grinsen fliegt von seinem Gesicht. »Wieso?«

»Weil … ich habe angenommen, dass alle Offiziere verreisen würden. Aber gestern habe ich Carter gesehen.«

Mit einer lockeren Handbewegung winkt er ab. »Du machst dir Sorgen wegen Carter? Er ist allein, aber wir sind hundert.«

»Aber er hat gesagt, nur bis morgen Abend seien so wenige Soldaten da. Dann kommen die anderen vom Außendienst zurück.«

Unter dem Tisch gibt mir Ace einen Fußtritt, trifft mich genau gegen das Schienbein. Ich zucke zusammen und werfe ihm einen bösen Blick zu. *Ich musste es tun. Sonst werden viele Leute sterben, nur weil ich Informationen zurückhalte!*

Er schüttelt einmal leicht den Kopf.

Auch Dan und Zare starren mich an, als hätte ich eben meinen Selbstmord angekündigt.

Camerons Augen werden für einen kurzen Moment groß, dann verengen sie sich zu schmalen Schlitzen. »Ist das wahr?«

»Nein, ich sag das nur, weil es mir Spaß macht!«, sage ich aufstöhnend. »Natürlich stimmt es.«

Auf einmal herrscht eine Stille am Tisch, und mir wird bewusst, dass jeder meinen Worten gelauscht hat. Eine Gänsehaut breitet sich unter meinem dicken Pullover aus, obwohl mir nicht kalt ist. Wir starren uns gegenseitig an, als uns allen klar wird, dass der Plan so labil wie noch nie ist. Unzuverlässig.

Shinji erhebt seine ruhige, klangvolle Stimme zuerst: »Dann sollten wir handeln.«

Scarlett blinzelt kurz und nickt. »Er hat recht. Das ist vielleicht unsere einzige Chance.«

Und als ob ihre wohlgewählten Worte die anderen aus ihrer Trance gerissen haben, reden nun alle wild durcheinander.

»Seid leise, die Wächter werden sonst noch aufmerksam auf uns!«, flüstert Ace, und es kehrt wieder Ruhe ein.

»Lasst mich nachdenken!« Cameron hebt gebieterisch eine Hand.

»Wir dürfen nichts überstürzen. Wenn wir übereilt handeln, unterlaufen uns schneller Fehler«, beruhigt Caleb, das Kinn auf seine Hände gestützt.

Scarlett sieht kurz zu ihm rüber, rollt mit den Augen und meint: »Stimmen wir ab. Ich bin dafür, dass wir es versuchen.«

»Ich auch!« Abby schwingt ihre Haare über die Schulter.

»Das ist Selbstmord, so unvorbereitet auszureißen«, schüttelt Zare den Kopf, Daniel stimmt ihr zu.

»Ja«, meint Shinji nur und nickt.

Jayden, der sichtlich überfordert ist, blickt kurz von einem zum anderen, ehe er die Augen niederschlägt. »Tut mir leid. Nein.«

Ace meint nur: »Ich bin derselben Meinung.«

Und im gleichen Atemzug hebt Cameron herausfordernd die Augenbraue. »Lieber um Verzeihung bitten, als um Erlaubnis fragen. Ja.«

»Du hast völlig recht.« Tyler hebt trotzig den Kopf.

»Was mich betrifft«, beginnt Caleb, »ich halte mich da raus. Ich bin für das, was die Mehrheit will.«

Cameron seufzt. »Na gut. Man kann niemanden zu einer Entscheidung zwingen.« Danach sieht er Will an.

»Nope. Ich möchte hier raus, aber ich würde mein Leben nicht für einen *Versuch* riskieren.«

Ich habe bis jetzt geschwiegen, aber nun stehe ich wieder im Zentrum der Aufmerksamkeit. Unbehaglich rutsche ich auf meinem Sessel hin und her.

»Was ist mit dir, Crys?«

Das habe ich gefürchtet. So sehr ich mich aus meinem Schicksal winden will, es findet mich immer wieder. Abermals hängt die Entscheidung über Leben oder Tod über mir wie ein Schwert.

Ich sehe in die Runde, in die Gesichter, die mich teils erwartungsvoll, teils ängstlich anstarren. Mein Blick gleitet etwas weiter nach links, in den vollen Saal. Der Tisch, an dem Finn mit Lynn und ein paar anderen Kämpfern sitzt.

All diese Menschen, die noch nichts von dem Ausbruch wissen. Wenn die Zeit reif ist, werden wir es verkünden. Nun ja. Zumindest Cameron, denn ich gehe davon aus, dass ich bis dahin schon tot bin.

»Crys?«, reißt mich Tyler aus meinen Gedanken. »Wir warten!«

»Ich … weiß nicht«, ist alles, was ich herausbringe.

Cameron blickt mich enttäuscht an. Er senkt die Stimme, als wäre die Frage nur für meine Ohren bestimmt, obwohl sie jeder hören kann. »Hast du Angst?«, will er wissen.

Sein Ton ist wie Samt, seine Augen glänzen. Die Monde um seine Iris beginnen wieder zu tanzen, flackern wie Feuer.

Mit zusammengepressten Lippen schüttle ich den Kopf, unfähig, ein weiteres Wort zu sprechen. Gebannt sehe ich ihn an. Er hat sich vorgebeugt, das Gesicht auf die Hand gestützt und wartet.

»Ja«, flüstere ich so leise mit rauer Stimme, dass ich Angst habe, niemand habe mich gehört. »Ich stimme mit Ja!«, wiederhole ich.

Jemand klopft mir anerkennend auf die Schultern, einige lächeln mir zu. Aber da ist etwas, das ich vermisse. Den Tritt unter dem Tisch, der eigentlich hätte folgen müssen. Ich lasse meinen Blick zur Seite schweifen. Ace sitzt da, seine Fäuste auf das Gesicht gepresst, unfähig, mich anzusehen. *Tut mir leid,* denke ich.

Ohne mich anzusehen, schüttelt er stumm den Kopf. Mit einem Ruck steht er auf, der Sessel knarzt, als er ihn heftig zurückschiebt. Ohne einen weiteren Blick zurück geht er zur Tür und verschwindet.

»Was war das denn?«, fragt Abby naserümpfend.

Niemand antwortet ihr. Angespannt starre ich noch immer zur Tür, dem schwarzen Loch, in das Ace gerade verschwunden ist. Die ersten leisen Zweifel beginnen an meiner Entscheidung zu nagen. Ich weiß, ich hätte mich auch anders entscheiden können, aber nun ist es zu spät. Ich bleibe dabei.

»Da waren's nur noch elf«, murmelt Scarlett leise vor sich hin.

»Hat noch jemand das Bedürfnis, zu gehen? Ist noch jemand nicht mit dem Ergebnis einverstanden?« Cameron sieht dabei Jayden an, der nur stumm den Kopf schüttelt und die Lippen zu einem dünnen Strich aufeinanderpresst.

»Gut. Dann hätten wir das geklärt. Ich weiß, ich wiederhole mich, aber ihr wisst, dass ihr möglicherweise sterben könntet?«

Jeder nickt, bis auf mich. Mein Körper fühlt sich taub an. Ich kann nichts dagegen machen, mich schuldig zu fühlen, als ob ich Ace verraten hätte … Aber das habe ich nicht. Oder?

Cam richtet sich im Stuhl auf. »Daniel, gibt es eine Möglichkeit, schon heute Nacht auszubrechen? Wann wird der Virus das System endlich außer Gefecht gesetzt haben?«

Daniel presst seine hellen Handflächen aufeinander und fixiert einen Punkt in der Ferne. Ich kann sehen, wie sich seine Lippen bewegen, als er seine Berechnungen durchgeht. Dann zieht er seine Augenbrauen zusammen. »Es ist schwierig, aber durchaus möglich. Ich vermute – ich glaube –, der Virus hat das System schon erheblich geschwächt. Wenn die Verriegelung der Schlösser über einen zentralen Rechner gesteuert wird – was hier der Fall ist –, dann muss nur genug Druck entstehen, um sie aufzubrechen.«

»Wovon redest du da bitte?«, stöhnt Abby genervt, während sie die Linien ihres Tattoos nachfährt.

»Ich meine, dass mittlerweile die Zellen nicht mehr so exakt schließen wie vorher. Der Riegel kann entweder manuell von außen mit einem richtigen Schlüssel oder eben durch einen elektronischen Befehl geöffnet werden. Ist euch schon einmal aufgefallen, dass die Türen einfach so aufschwingen, wenn es Zeit für das Mittagessen ist und wir uns in den Speisesaal begeben sollen? Aber wenn wir einzeln abgeholt werden, benutzen die Wachen immer einen Schlüssel.«

»Ich verstehe! Caleb lächelt.

»Und das heißt, dass wir die Türen jetzt einfach so aufbrechen können?«

Daniel schüttelt den Kopf. »Ja und nein. Theoretisch ginge es. Aber dabei werden die Schaltkreise unterbrochen. Und wenn das passiert, erscheint eine Nachricht am Rechner, die darauf hinweist, dass das Schloss beschädigt wurde, und sie werden Soldaten schicken.«

»Dann ist die Situation ausweglos!«, prophezeit Scarlett.

»Nicht unbedingt. Wenn viele Zellen gleichzeitig aufgebrochen werden, ist der Zentralrechner überfordert. Was heißen soll, dass nur eine Ausbruchsmeldung aufscheint.«

Cameron beendet den Satz: »… und weniger Soldaten geschickt werden!« Mit einem Grinsen klopft er sich auf den Schenkel.

»Aber woher wissen wir, wann es soweit ist?«, nörgelt Abby, noch immer nicht überzeugt von Daniels Plan.

»Jemand muss etwas Ähnliches schreien wie ›Auf sie mit Gebrüll!‹ oder so …«, meint Tyler.

Gedankenversunken schüttelt Will den Kopf. »Nein. Das wäre zu offensichtlich.«

»Jemand singt!«, meldet sich Shinji wieder zu Wort. Mittlerweile habe ich ganz vergessen, dass er da ist. Die ganze Zeit hat er beobachtet und analysiert.

Plötzlich beginnt Caleb leise zu summen. Ich kenne dieses Lied. Es wurde vor dem Krieg geschrieben, in einer Zeit, in der sich die Menschen noch um Kunst kümmerten.

»*Jailhouse Rock* … ein Schlag ins Gesicht des Militärs«, meint Will, die Begeisterung lässt seine Stimme laut werden.

Sofort wird er von einem kollektiven Psst! zum Verstummen gebracht.

Aus den Augenwinkeln sehe ich, wie sich ein Typ am Nebentisch zu uns umdreht. Die Kapuze so tief ins Gesicht gezogen, dass ich nur seine … blauen Haare? … blauen Haare erkennen kann, lehnt er sich kurz etwas näher zu uns, bevor er sich wieder dem bräunlichen Brei auf seinem Teller widmet.

Ich blinzle einige Male, denn irgendwoher kommt mir der königsblaue Schopf bekannt vor. Selbst nach mehreren Sekunden des Überlegens komme ich nicht darauf, dann ich bin mir ziemlich sicher, dass ich mich daran erinnern könnte, ihn eingewiesen zu haben.

Weitere Augenblicke lang starre ich noch seine schmalen Schultern an, die sich unter dem weißen Stoff des Pullovers abzeichnen, ehe ich meinen Blick wieder zu Cameron wandern lasse.

»Ich denke, wir haben unser Zeichen,« schließt er.

»Also, wir sind alle außer Crys, Zare, Daniel und Ace in dieser Etage, nicht?«, fragt Cameron nun wieder ernst. Seine Wangen sind leicht gerötet, und man kann sehen, dass es ihm schwerfällt, nicht breit zu grinsen. »Wenn unsere Zellen aufgehen, werden die anderen Türen automatisch aufspringen, wenn es wirklich nur ein Stromkreis ist. Shinji, wenn du draußen bist, sammelst du so schnell wie es geht die anderen Kämpfer ein. Ein paar sollen sich um die Wächter kümmern und ihnen ihre Schlüssel abnehmen. Will, Scarlett – ihr befreit die anderen in den oberen Stockwerken. Abby und Daniel, bitte versammelt die Leute unten im Saal und erklärt ihnen, was geschieht. Aber die Kurzversion, wir haben nicht viel Zeit. Tyler, Shinji, ihr kommt mit mir. Wir kümmern uns um die Auserwählten.«

»Jayden und ich können zu den Schnellen und Starken gehen!«, bietet Zare an. Natürlich weiß sie genauso gut wie ich, dass sie nicht an der Befreiungsaktion teilnehmen wird. Aber immerhin ist sie so mutig, die Fassade bis zum Ende aufrechtzuerhalten.

Cameron nickt anerkennend. Sein Blick hat etwas Wildes, verspricht die kommende Freiheit. Die Finger seiner linken Hand streichen wieder unbewusst über die Narbe, während er sich an Caleb wendet: »Du begleitest sie auch. Ich bin mir sicher, dass die unteren Zellen nur durch einen Zugangscode geöffnet werden können.«

»Allerdings. Aber das stellt kein Problem dar«, sagt Daniel, während er sich lässig seine Brille mit dem Saum seines Pullovers putzt. Im Gegensatz zu Zare scheint sich Daniel weniger über unsere baldige Exekution aufzuregen. Er strahlt immer noch die gleiche, etwas gedämpfte Ruhe aus, wie immer.

Abby dreht sich nun zu Cameron. »Und was machen wir mit Ace? Was soll er tun?«

Cameron schüttelt den Kopf. Auf seiner Stirn liegen nun dünne Falten. »Wir können ihm nicht vertrauen. Es ist zu riskant, ihr habt gesehen, wie leicht seine Meinung umschlagen kann. Sich auf ihn zu verlassen, könnte ein schwerer Fehler sein.« Camerons Blick streift mich kurz.

Ich nehme Ace in Schutz: »Das ist nicht wahr. Ace ist eine der loyalsten Personen, die ich kenne. Er würde uns niemals hintergehen!«

»Dich vielleicht nicht. Aber was ist mit dem Rest von uns?«, will Cameron wissen. Seine braunen Augen verengen sich zu schmalen Schlitzen, als er das Kinn vorstreckt und auf meine Antwort wartet. Aber dann gibt er seine offensive Haltung auf und seufzt. »Dann hätten wir das wenigstens geklärt!«

»Aber, was mich wundert …«, beginnt Scarlett, den Mund zu einer Schnute verzogen. »Du hast jeden zu einer Aufgabe eingeteilt, Cameron. Alle, außer Crys. Wie kommt es, dass sie die Einzige ist, die sich nicht in Gefahr begeben wird?«

»Sollte mir etwas zustoßen, braucht ihr jemanden, der die Führung übernimmt.« Camerons Blick findet den meinen. »Sie war die Erste, die ich hier kennengelernt habe. Deshalb ernenne ich sie zu meiner Nachfolgerin.«

Mein Herz setzt für eine Sekunde aus, weil er einige Sekunden lang nicht wegsieht.

Er ahnt ja gar nicht, dass er damit den schwersten Fehler seines Lebens macht.

»Und auf welcher Basis?«, keift Abby und verschränkt die Arme. »Du kannst doch nicht einfach unsere Freiheit in die Hände irgendeines Mädchens legen, das sich bis jetzt überhaupt nicht an dem Plan beteiligt hat.«

Nun hängen alle Blicke auf mir. Früher hat Violet immer das Reden für mich übernommen. Ihr hören die Leute gerne zu, wenn sie etwas erzählt. Die Mimik und ihre Gesten sorgen dafür, dass man gar nicht anders kann, als ihr zu lauschen. Auch, wenn es nur darum geht, wie sie ihren Tag verbracht hat.

Aber jetzt bin ich alleine.

Unter all diesen Blicken komme ich nicht so leicht davon.

Der Kloß, der sich in meinem Hals bildet, macht mir wieder bewusst, wie sehr ich sie vermisse. Meine liebe, zarte Schwester, für die ich alles tun würde. Sogar mein Leben bei einem Ausbruch riskieren.

Ich räuspere mich. »Ich … ich bin schon ziemlich lange hier. Das Militär hat schreckliche Dinge mit mir gemacht.«

»Und sie hat alles davon überlebt«, schneidet mir Cameron das Wort ab, obwohl ich eigentlich sagen wollte: *Deshalb will ich frei sein, und ich werde dafür kämpfen.*

Meine Lippen öffnen sich einen Spalt, als er weiter spricht: »Crys weiß mehr über diese Anstalt als ich, und deshalb wendet ihr euch an sie, wenn ich euch nicht mehr hier rausbringen kann.« Streng lässt er seinen Blick durch die Runde wandern. »Wer ein Problem damit hat, kann gerne gehen.«

Niemand rührt sich.

Damit scheint das Thema für Cameron beendet. Er wendet sich wieder an die anderen und ignoriert mich völlig.

»Ich schlage vor, dass wir jetzt schlafen gehen. Wir werden morgen unsere ganze Kraft brauchen. Und wie gesagt: auf mein Zeichen!«

»Amen!«, seufzt Abby und verlässt als Erste den Tisch, die anderen folgen.

Als ich mich erhebe, höre ich ein kurzes Zischen neben meinem Ohr: »Ich weiß zwar nicht, welches Geheimnis du vor uns verbirgst, aber ich werde es bald herausfinden.«

Ehe ich mich verblüfft umdrehen kann, ist Tyler schon aus dem Speisesaal verschwunden, verschwunden mit den anderen Inhaftierten, die in ihre Zellen zurückkehren.

Blinzelnd sehe ich mich um, doch niemand scheint seine Worte gehört zu haben. Eine Gänsehaut überzieht meine Arme, und mich fröstelt wieder.

Auch ich wende mich zum Gehen, als mich eine warme Hand zurückhält. Cameron, sein Blick ist intensiv. »Du weißt, dass ich das ernst gemeint habe, oder?« Seine langen Wimpern verdunkeln seine Iris und zeichnen Schatten auf seine Wangen.

»Was?«, frage ich und ziehe verwirrt die Augenbrauen zusammen.

»Dass du entkommen musst. Ich will, dass du *überlebst.* Ich will, dass du es wirklich versuchst.« Der raue Ton lässt mich zusammenzucken.

Ich schüttle den Kopf. »Wie stellst du dir das vor? Du bist das Genie, nicht ich. Was soll ich denn draußen tun? Wie soll ich alle anderen in die Freiheit führen, wenn ich nicht mal weiß, wo sie überhaupt liegt?«

Cameron lacht auf, kurz und bitter. »Genie? Eigentlich bin ich bloß ein wahnsinniger Rebell.«

»Nein. Bist du nicht«, sage ich schnell und versuche, meinen Augen einen gewissen Ernst zu verleihen.

»Hör zu, du musst überleben. Weil ich es will. Sobald hier das Chaos ausbricht, verschwinde nach draußen. Halte dich von den Wachen fern. Geh am besten nicht den direkten Weg durch die Halle, finde einen unbewachten Weg.«

»Und dann?«

»Falls ich ... ich meine, natürlich versuche ich, auch rauszukommen. Aber wenn ich nicht nach zehn Minuten da bin, dann geht ohne mich. Halte dich immer nördlich. Ihr müsst unbedingt zum Meer kommen. Um jeden Preis. Dort werdet ihr gerettet, ein Schiff wird euch am rechten Ufer des Solway Firth abholen. Bei Maryport.«

Maryport. Meine ... dort, wo ich früher gewohnt habe, als ich noch klein war.

»Warte, was?« Ich komme nicht mehr mit. Woher weiß er, wo wir sind? Der Solway Firth ... »Wir sind im Lake District?« Ich kann meine Verblüffung kaum verbergen. »Woher weißt du das?«

Wieso behauptet Cameron zu wissen, wo diese Anstalt liegt, wenn sie selbst für unsere Feinde geheim ist?

»Das ist nicht wichtig.«

»Aber ...«, versuche ich einzuwerfen, doch er unterbricht mich schnell.

»*Das ist nicht wichtig.*« An seinem harschen Ton erkenne ich, dass es keinen Sinn hat, ihn weiter auszufragen. Entweder ich akzeptiere es oder nicht.

»Wissen die anderen davon?«

Cameron schüttelt den Kopf. »Ein paar haben danach gefragt, wie es weitergehen soll, wenn der Ausbruch erfolgreich war. Aber ich habe das, was ich dir gerade erzählt habe, verschwiegen. Und du musst es unbedingt für dich behalten! Niemand ist in so einer Situation vertrauenswürdig. Vielleicht glaubt jemand, ohne euch anderen fliehen zu können. Versprich mir, dass du dich *niemandem* anvertraust!«

Seine Hände schließen sich um meine Schultern, ich mache mich auf den Druck gefasst, doch er lässt sie nur locker dort ruhen. Wo seine Finger meinen Pullover berühren, breitet sich auf der Haut eine angenehme, seltsam vertraute Wärme aus. »Versprich es.« Seine Stimme ist nur mehr ein leises Flüstern, als er mich ansieht. Noch immer scheinen seine Augen dunkel, schwarz wie die Stunde vor Mitternacht.

»Ja.«

Obwohl alles so surreal ist– mein Geist stellt keine Fragen. Es fühlt sich wie Betrug an – nein, es *ist* Betrug. Ich gebe ihm die Hoffnung, Teil seines Plans zu sein. Aber am Ende wird sich herausstellen, dass ich nur eine Verräterin bin.

»Aber wieso …«, beginne ich zögernd, immer noch gefangen in meiner leichten Benommenheit, die ich nicht erklären kann. »Wieso vertraust du *mir*? Du kennst mich nicht. Vielleicht … vielleicht bin ich nicht die, für die du mich hältst.« Die leise Schuld schleicht sich in meine Stimme, die ich auch in meinem Herzen fühle. Ich kann nicht anders, als mir zu wünschen, unter anderen Umständen hier zu stehen. Natürlich weiß ich, dass ich nie entkommen werde.

Aber dieser Schein, diese falsche Hoffnung ist wie eine Droge für mich. Ein gefährliches Spiel, das süchtig macht. Mein Leben ist der Einsatz, den ich mit großer Wahrscheinlichkeit noch in dieser Runde verlieren werde.

Cameron lacht halblaut und schüttelt den Kopf. In seinen Augen wird das dunkle Schwarz wieder zu dem sanften Braun, das es vorher war.

Beinahe habe ich Angst, dass er meine Frage mit einer lächerlichen Antwort abspeist.

»Der Grund, weshalb ich dir vertrauen konnte, lag in deinem Blick. Verzweiflung. Ungezähmtheit. Gebrochenheit. Und Hoffnung. Leidenschaft, diejenigen zu beschützen, die dir am Herzen liegen. Ich sah ein Mädchen, von dem ich wusste, dass es sich wie ein Phönix aus der Asche erheben wird.«

Verdutzt starre ich ihn an.

Sein Blick flackert wieder. »Ich will, dass du überlebst. Mit weniger bin ich nicht zufrieden!«, fügt er hinzu, während sein Griff kaum spürbar fester wird.

Es ist unbedeutend, wie sehr du willst, dass ich lebe. Früher oder später wirst du derjenige sein, der seine Waffe auf mich richtet, flüstert eine Stimme schwach in meinem Kopf. Ich atme tief ein und versuche, sie zu ignorieren.

»Du bist etwas Besonderes. Ich spüre es. Ich sehe es.« Er hält kurz inne, um den Kopf ein wenig schief zu legen und zu lächeln.

Schnell schüttle ich den Kopf, um endlich Klarheit in meinen Geist zu bringen. Der Speisesaal ist nun fast leer. Die Soldaten werden langsam ungeduldig, ich kann ihre Anspannung und ihre Erschöpfung spüren.

»Ich glaube, wir sollten gehen …«, sage ich.

Cameron nickt, die Lippen nun wieder ernst aufeinandergepresst. Die Leichtigkeit in seinem Gesicht ist verschwunden. »Crys, pass auf dich auf.«

»Du auch«, erwidere ich leise.

Ein leicht schelmisches Grinsen stiehlt sich auf seine Züge, als er mit einem Schulterzucken meint: »Die Guten sterben jung.«

Ich schenke Cameron ein halbherziges Lächeln. »Ich bewundere deinen unerschütterlichen Optimismus.« Für einen Moment macht die Ironie meinen Tonfall neckisch.

Er grinst, ehe er wieder ernst wird. »Ehrlich. Ich möchte dich nicht verlieren.« Eine weitere Sekunde lässt er die Hand auf meiner Schulter liegen, zieht sie aber dann zurück und wendet sich zum Gehen, ohne noch einmal zurückzublicken.

Du hast mich bereits verloren und weißt es nur noch nicht, flüstere ich in Gedanken, als ich ihm nachsehe und weiß, dass er sich bereits darauf vorbereitet, mich zu töten.

6

Yet each man kills the thing he loves
By each let this be heard,
Some do it with a bitter look,
Some with a flattering word,
The coward does it with a kiss,
The brave man with a sword!

Crys

Würdest du diejenigen in die Arme schließen, die du liebst? Würdest du noch einmal so laut schreien, wie du kannst, bevor deine Stimme endgültig erstirbt? Würdest du so lange rennen, bis du den Grund unter deinen Füßen nicht mehr spürst? Würdest du die frische Nachtluft auskosten, weil du weißt, dass es dein letzter Atemzug sein könnte?

Was würdest du tun, wenn du wüsstest, dass deine letzte Stunde geschlagen hat?

Ich kenne die Antwort.

Nichts. Weil du den Gedanken, bald nicht mehr hier zu sein, nicht ertragen kannst.

Schweigend starre ich aus dem vergitterten Fenster in die Schwärze hinaus. Noch bin ich hier gefangen, muss ungeduldig auf mein Ende warten. Es ist sicherlich nicht das Beste, an die zwei furchtbarsten Dinge zu denken, bevor man nicht mehr lebt. Den Tod und die Einsamkeit. Untrennbar miteinander verstrickt, erschaffen sie den süßesten, den grausamsten Schmerz. Unter anderen Umständen würde ich die letzten Stunden mit meiner Familie verbringen. Ich würde einschlafen. Und nie wieder aufwachen. Sie würden mir versichern, dass ich nicht allein sein würde. Würde.

Und doch bin ich allein. Allein, hier in dieser Zelle. Der einzige Freund, der bis zum Ende bei mir sein wird, bleibt blass und rund am Himmel hängen. Der Mond leuchtet auf mich herab, hüllt meine blassen

Züge in noch weißeres Licht. Es ist kalt, meine Hände liegen schützend auf meinen Schultern. Mein Zeigefinger fährt immer wieder die dunklen Zahlen auf meinem Oberarm nach, ohne Ende. Immer und immer wieder.

Es tut mir in der Seele weh, dass Ace meine Entschuldigung nicht annimmt. Ich habe es versucht, ich habe meine Gedanken zu ihm geschickt, doch er antwortet nicht.

Am liebsten würde ich sagen, dass ich in meinen letzten Stunden etwas Großartiges vollbracht habe. Dass ich mich irgendwie befreien würde, allen die Wahrheit erzähle und die Heldin dieses ganzen Dramas hier bin.

Verärgert über mich selbst, schüttle ich den Kopf. Solange ich kann, sollte ich meine Gedanken rein von Zweifel und Selbstmitleid halten. Doch plötzlich reißt mich ein scharfes Schrillen heraus. Ich zucke zusammen und presse mir die Hände auf die Ohren, um die Lautstärke des hohen Tons zu mindern.

Die Sirene. Es beginnt also. Der Anfang vom Ende ist nun endgültig gekommen, um mich zu holen, um mich meinen Tribut zahlen zu lassen. Ich schließe die Augen und lehne den Kopf an das Fenster.

Obwohl es unmöglich ist, glaube ich jeden einzelnen ihrer Schritte hören zu können, die im Gleichklang mit meinem Herzschlag durch die Gänge rasen. Ich glaube sehen zu können, wie alle auf Camerons Zeichen aus ihren Zellen ausbrechen, den Tumult, die Schreie, die Schüsse.

Soldaten und Inhaftierte sind sich im Kampf ebenbürtig, die eine Macht stark an Waffen, die andere zahlreich an Kämpfern. Eine nahe Explosion schüttelt ohne Vorwarnung die Wände, und ich wanke, muss mich am Tisch festhalten, um nicht zu fallen.

»Was zur Hölle …«, keuche ich, ein Klingeln in den Ohren.

In weiter Ferne höre ich Glas splittern, gefolgt von einem undefinierbaren lauten Krachen. Mir ist, als ob ich von draußen Schreie vernehme, Worte, die ermutigend wirken sollen, aber es nicht sind. Nicht für mich.

Das Gebäude wird abermals erschüttert, der Nachthimmel ganz aus der Nähe dunkelrot erleuchtet.

»Handgranaten«, hauche ich.

Erneut fahre ich zusammen. Schnelle Schritte nähern sich. Sie sind hier. Es ist vorbei. Ein Schleier der Ungläubigkeit legt sich über die nächsten Sekunden: die Befehle von draußen, Camerons Stimme, die Versuche, meine schützende, massive Eisentür aufzubrechen.

Und ich kann nichts dagegen tun. Wie ein Tier sitze ich in der Falle und warte darauf, bis es endlich vorbei ist. Ich wusste, dass es so kommen würde. Und trotzdem kann ich es nicht glauben. Trotzdem will ich es nicht wahrhaben.

Der nächste Tritt gegen die Tür trifft mich wie ein Schlag ins Gesicht. Der Lärm gleicht meinem Herzschlag. Eins, zwei, drei.

Immer und immer wieder. Ich beobachte, wie die Scharniere sich langsam aus der Wand lösen. Eigentlich sollte ich etwas fühlen. Angst, möglicherweise Hass. Ein letztes Aufbäumen meines Willens.

Aber was soll ich sagen? Ich fühle nichts. Da ist nur die Abwesenheit von Leben in mir, nichts ist mehr wichtig. Ich starre die Tür an, meine Gedanken sind leer und hohl. Wieder trifft ein Schlag die Metalltür und hallt blechern nach, ich sehe einen Handabdruck, der sich nun auf der Oberfläche abzeichnet. Anscheinend war die Befreiung der Starken erfolgreich.

Ich schließe die Augen.

Schlag.

Einatmen.

Schlag.

Ausatmen.

Schlag.

Die Tür springt aus dem oberen Scharnier und knallt mit einem Schwung gegen die Wand, von der durch den Aufprall gelöster Putz zu Boden rieselt. Staub wirbelt auf.

Ich öffne die Augen.

Erleuchtet von dem Feuer hinter ihnen, stürmen Cameron, Shinji, Tyler und ein Starker, den ich nicht kenne, herein und richten automatisch ihre Waffen auf mich. Der Staub hängt wie ein grauer Schleier über allem, brennt mir in den Augen. Kurz sehe ich nichts, reibe mir die tränenden Augen. Die Sicht klärt sich. Sie sehen es … sehen mich.

»Was zur Hölle …?«, keucht Cam und leckt sich über die Lippen.

Sein T-Shirt ist bis zum Rücken hin aufgerissen, auf seiner von den Flammen rot gefärbten Haut zeichnet sich die Ahnung einer bereits verheilten Wunde ab.

Tyler, der noch schlimmer aussieht, blutbedeckt, dreckig und gar nicht mehr gutaussehend, reagiert als Erster. »Du verdammte …!«, brüllt er und wirft seine Waffe mit einer hasserfüllten Wucht zur Seite, stürmt auf mich zu, um mich endlich in Stücke zu reißen, wie er es vorgehabt hatte. Sein Gesicht ist von Wut verzerrt, im dumpfen Licht wirkt er älter, verbitterter. Er streckt seine Hände nach mir aus.

Ich schließe die Augen, warte darauf, dass er mich zu würgen beginnt.

Aber nichts passiert.

Ich linse durch meine Wimpern hindurch und sehe gerade noch, wie Tyler – dessen Hände nur noch wenige Zentimeter von meinem Hals entfernt sind – von Cameron weggerissen wird.

Ich fahre zurück, drücke mich keuchend gegen die Wand. Mit all seiner Kraft presst Cameron Tyler zu Boden, der sich verzweifelt zu befreien versucht.

»Versuche noch einmal, ein einziges, verdammtes Mal, sie anzugreifen, und mein Gesicht wird das Letzte sein, das du jemals sehen wirst!« Seine Stimme ist zu einem Zischen gesenkt, die Sonnen in seinem Blick scheinen zu pulsieren, werden immer größer und kleiner, nahe am Implodieren.

Tyler liegt keuchend unter ihm, sein Gesicht in den Staub gepresst und schmerzverzerrt.

»Verstanden?«

Shinji und der andere Junge haben sich in der Zwischenzeit nicht bewegt, doch der braunhaarige, hagere Typ – der so gar nicht kräftig aussieht – funkelt mich an. Seine grünen Augen flackern vor Zorn. Sein Kiefer arbeitet, als er versucht, seine Wut und den Hass auf mich zu unterdrücken. Neben ihm schüttelt Shinji leicht den Kopf, eine leise Warnung für den Starken.

Tyler erwidert nichts, mit verkrampftem Kiefer starrt er nur geradeaus.

Mit einem Ruck lässt Cameron ihn los, immer noch die Wut in den Augen. »Verschwindet«, brüllt Cam, »kümmert euch um die anderen Auserwählten.«

Tyler rappelt sich fluchend auf und dreht mir mit einem letzten mörderischen Blick den Rücken zu.

Shinji und der Starke folgen ihm aus der Tür.

Cam und ich sind allein.

Einige Zeit lang stehen wir da, das einzige Geräusch ist das Scheppern von Metall, als die anderen sich an den Türen zu schaffen zu machen.

Camerons flammender Blick bleibt an meiner Tätowierung hängen. »Das ist es also«, meint er trocken. Obwohl wir nur gut zwei Meter voneinander entfernt stehen, scheint es, als sei die Distanz zwischen uns unendlich. Nicht überbrückbar.

»Sieht so aus«, erwidere ich, meine Stimme ist brüchig.

Der Ausdruck in seinem Blick zeugt von Verrat. Er schweigt weiter. Die Stille zieht sich in die Länge, aber ich habe nicht das Gefühl, er will, dass ich irgendetwas beteuere oder ihm eine neue Lüge auftische. In seinem Gürtel steckt eine weitere Pistole wie die in seinen Händen, daneben ein Messer und etwas, das wie ein äußerst scharfer Säbel aussieht. »Wieso?«, fragt er nach ein paar Sekunden ruhig, seine Stimme ist kratzig.

»Weil ich egoistisch bin«, erwidere ich, meine Stimme leise und schwankend. Es entspricht der Wahrheit. Ich wollte frei sein. Nur für mich, um endlich wieder bei meiner Schwester zu sein.

Cameron seufzt, hebt die Hände flehentlich, aber kein einziger Laut quert seine Lippen und seine Finger sinken wieder herab. Stumm starrt er mich weiter an.

Ich verschränke die Arme vor der Brust, obwohl die Flammen die Luft erwärmen, fröstelt mich.

Im Gang hallen plötzlich Zares Schreie wider.

Ich zucke zusammen, als Daniels Fluchen ebenfalls Teil des Lärms wird. Wüsste ich es nicht besser, würde ich sagen, dass die Welt gerade untergeht. Obwohl … tut sie das nicht gerade? »Was macht ihr mit ihnen?«, frage ich mit gequälter Stimme.

Zare kreischt noch einmal so laut, dass es mir durch Mark und Bein geht. Ich schlinge die Arme um mich.

Ohne mir zu antworten, steht Cameron da. Blut verkrustet seinen Handrücken, auf seinem T-Shirt Punkte gemalt mit blutroter Tinte.

Ein Knall hallt ohrenbetäubend durch den Gang, hebt die Dringlichkeit hervor, endlich zu verschwinden. Obwohl es scheint, als stünden wir schon Stunden hier, einander zugewandt, sind nur wenige Minuten vergangen. Minuten, die in dieser Nacht ein knappes und wertvolles Gut darstellen.

»Was macht ihr mit ihnen?«, wiederhole ich noch einmal, während sich ein Zittern auf seiner Haut ausbreitet.

»Wir nehmen sie mit. Jetzt ist nicht der Zeitpunkt, um darüber zu entscheiden, was mit ihnen passieren soll.« Dann schüttelt er den Kopf. »Eben hast du für eine Sekunde tatsächlich geglaubt, ich würde dich töten.« Camerons Stimme ist ruhig.

Meine Augen werden groß.

Was redet er da?

»Das war der erste Moment. Der erste Moment, in der ich sie gesehen habe.« Sein Kiefer verkrampft sich. Das Heben und Senken seiner Brust wird ein wenig schneller.

»Ich verstehe nicht …«

Die Luft wird langsam schwer von Qualm, und dennoch rührt sich Cameron keinen Millimeter vom Fleck.

Will er etwa, dass wir beide bei lebendigem Leib verbrennen?

Ein halbes, gepeinigtes Lächeln fliegt über Camerons Gesicht. »Die Angst. Sie war in deinen Augen.« Er schüttelt den Kopf. »Du verstehst es einfach nicht, oder?« Mit langsamen Schritten durchmisst er die Distanz zwischen uns. Er bleibt wenige Zentimeter vor mir stehen. Der Ausdruck in seinen Augen verändert sich und wird zu … Sanftheit? »Wie denkst du, könnte ich dich jemals töten? Wie sollte ich die Person in den Tod schicken, der ich hier als Einzige vertraut habe?« Er schüttelt den Kopf, aber meine Gedanken sirren noch immer.

Vertraut habe.

Unfähig zu sprechen, schweige ich einfach und sehe zu ihm hinauf. Ich halte den Atem an, denn er beugt sich näher zu mir, die Augen geschlossen, immer noch den gequälten Zug um seinen Mund.

Überrascht blinzle ich, weil er seine warme Stirn gegen meine legt. Ich spüre seinen Atem auf meinen Wangen, zart wie Sommerwind. Seine Wimpern berühren mein Gesicht. Als er spricht, ist seine Stimme unwirklich und leise. »Was hältst du von mir, wenn du denkst, ich würde …« Sein Kiefer verkrampft sich vor Bitterkeit.

Unfähig, etwas zu sagen, immer noch verblüfft über seine gedämpften Worte, stehe ich da. Zögerlich nimmt er meine Hand in seine, streicht mir über meine Handfläche, seine Berührung so sanft wie der Flügelschlag eines Kolibris.

»Es tut mir leid.«

Bevor ich überhaupt Zeit habe, über das nachzudenken, was er gesagt hat, fühle ich bereits, wie sich eisiges Metall um meine Handgelenke schließt.

Ich sehe hinab auf meine Hände. Handschellen. Ich hatte mir ausgemalt, ich würde frei sein. Dann dachte ich, ich würde sterben. Aber nie, nie hätte ich gedacht, eine Gefangene zu bleiben.

Ich blicke hoch.

Kalt starrt Cameron nun auf mich herab. In seinem Gesicht ist keine Spur mehr von der Qual zu finden, die noch wenige Sekunden zuvor seinen Blick schwer gemacht hat. Sein Griff schließt sich wortlos um mein Handgelenk, und er führt mich aus der Zelle, wo gerade Ace aus der seinen geschleift wird. Er schlägt um sich, tritt mit seinen Füßen nach Tyler und Shinji.

»Ich hätte es wissen müssen«, knurrt Cameron bei seinem Anblick.

Tyler hat Mühe, den Gedankenleser festzuhalten und bringt seine Faust gezielt auf dessen Wangenknochen nieder.

Ace schnappt nach Luft, hört aber nicht auf, sich zu wehren, bis Tyler ihm einen Fußtritt in die Magengrube verpasst und die Spannung mit einem Winseln aus Aces Körper weicht.

Der Starke hat sich mühelos um Zare und Daniel gekümmert, hat sie einfach zusammengebunden und hält sie bloß mit seiner linken Hand davon ab, sich freizukämpfen.

Was habe ich nur angerichtet?

»Cameron, bitte!«

Er ignoriert mich völlig. Er hält den Blick stur geradeaus, als er mich mit sich zieht.

»Es war meine Idee! Ich habe sie alle dazu gebracht, mitzumachen! Wenn ihr jemanden gefangen nehmen müsst, dann mich.«

»Halt die Klappe!«, zischt Tyler in meine Richtung, während er Ace grob auf die Beine zieht und vor sich her stößt. Ace wankt gefährlich, sein Kopf hängt eingesunken über seinen Schultern.

»Lasst sie frei, bitte! Lasst sie mit euch gehen als Freunde, ihr braucht sie!«, bettle ich, Tränen füllen meine Augen.

Tyler schüttelt den Kopf. »Nein. Brauchen wir nicht.« Er deutet mit dem Kopf in Richtung Daniel.

»Bitte«, setze ich wieder an. »Ich hatte die Idee, mich bei euch einzuschleichen! Gebt mir die Schuld! Aber die anderen haben rein gar nichts damit zu tun! Bitte, ihr wisst genau so gut wie ich, dass wir jeden Kämpfer brauchen können!«

Tylers Nasenflügel blähen sich auf, als wolle er mir am liebsten ein weiteres Mal an die Kehle gehen.

»Ich denke, es gibt zwei Dinge, die du wissen solltest, Crys!« Er spuckt meinen Namen wie eine unheilbare Krankheit aus, und sein Ekel vor mir spiegelt sich in seinen dunklen Augen wider.

Wir durchqueren den Durchgang zur großen Halle, mit schnellem Schritt entfernen wir uns von den hochzüngelnden Flammen, die immerzu neuen Brennstoff finden und laut knistern. Langsam dringt der Rauch zu uns vor, und ich muss husten. Meine Handgelenke reiben schmerzhaft an den Handschellen, aber ich weiß, dass Cameron sie nicht abnehmen wird, selbst wenn ich ihn darum bitte.

»Erstens: Wie zur Hölle kannst du ernsthaft von uns verlangen, dass wir dir vertrauen? Bist du wirklich so naiv oder tust du nur so?«, zischt Tyler voller Abscheu.

»Zweitens …«

Camerons scharfe Stimme hallt durch den Gang. »Es reicht! Es gibt wichtigere Dinge, um die wir uns jetzt kümmern müssen. Die Fenster im Speisesaal sind unsere einzige Chance, zu entwischen. Der Rest ist egal.«

Tyler schießt ihm einen giftigen Blick zu, den Cameron nicht zu bemerken scheint.

Unsere Schritte klingen in dem verwaisten Gang nach, der bis auf uns völlig ausgestorben zu sein scheint. Schnell wende ich mich ab, als wir einen toten Soldaten passieren. Trotzdem brennt sich das groteske Bild in meinen Kopf ein. Ich hole Luft, als meine Sicht für eine Sekunde lang rot wie Blut wird. Er liegt mit dem Gesicht zur Wand vor uns, das Weiß des Bodens ist durchsetzt mit dunklen Schmierspuren.

In der Halle herrscht Chaos. Die Eisenplattformen, auf denen normalerweise die Wächter patrouillieren, wurden niedergerissen. Ihre Einzelteile liegen verstreut auf dem Boden, die Tische und Sessel wurden auseinandergenommen. Völlige Zerstörung.

Die Flaggen mit den Chemikalien der Auserwählten brennen, die Vendetta nimmt bereits ihren Lauf. Ich sehe, wie Will auf einem der Tische steht und etwas in die aufgewühlte Masse unter ihm brüllt, doch seine Stimme geht im Lärm unter.

Die ersten Häftlinge klettern bereits aus dem Fenster, werden von Leuten wie Abby aus dem Gebäude gebracht. Zuerst bemerkt niemand, wie wir die Halle betreten.

Scarlett, die versucht, die teils hysterische Menge in Richtung Fenster zu leiten, schaut auf, und ihr Blick fällt auf meinen Arm, dann auf mein Gesicht.

Sofort versteinert ihre Miene, und sie wendet sich zu Will, der sich zu ihr hinunterbeugt. Sie deutet auf uns, ich sehe, wie sie ihre Lippen bewegen.

Will schaut in unsere Richtung. Für kurze Zeit starrt er mich an. Er öffnet den Mund und vergisst für wenige Sekunden, ihn wieder zu schließen.

Cameron zieht mich weiter hinter sich her, auf den Tisch zu, der sich in der Mitte des Raumes befindet.

»Das ist sie! Das ist C-4109!« Ich fahre zusammen, als ein Junge mit schwarzem Haar auf mich zeigt. Sein Brüllen hallt durch den ganzen Saal.

Innerhalb kurzer Zeit ist die ganze Halle auf mich aufmerksam, ich werde geschoben, Körper drängeln sich dicht an mich heran, um entweder nach mir zu treten oder um meine Tätowierung zu berühren. Beides ist ziemlich grotesk. Von der Seite schiebt sich ein braunhaariges Mädchen mit dünnem Haar zu mir heran und schlägt mir ins Gesicht. Dieses Mal geht Cameron nicht dazwischen, lässt sie einfach gewähren.

»Du Monster! Du Monster, du hast mein Leben zerstört!«, brüllt sie, ich sehe die Narben an ihrem Hals, den Hass in ihrem Blick. Hysterisch stiert sie mich an, Tränen verschleiern ihre Sicht, als sie wieder zum Schlag ausholt.

Zwar kann ich mich unter ihrer Hand hinweg ducken, werde aber sofort wieder von Cameron hochgerissen.

»Du hast mein Leben zerstört!«, schluchzt das Mädchen nun und bricht in sich zusammen, sinkt auf den Boden.

»Ich … ich …«, stottere ich, keine Ahnung, was ich sagen soll. Tut mir leid? War keine Absicht? Ab heute werde ich mich bessern?

Ich werde weiter in die Menge geschleift, Stimmen schreien in mein Ohr, klagen mich an und verfluchen mich im selben Atemzug. Wünschen mir den Tod. Plötzlich zieht Cameron so rasch an den Handschellen, dass ich beinahe vorn über stolpere.

Ich weiß, Cameron hat gesagt, dass er mich nicht töten wird. Dass er mich nicht töten kann. Emotionslos blickt er auf mich herab, arrogant, die Augen ausdruckslos.

Ich weiß aber auch, dass er nur für sich reden konnte.

Und nicht für diese wütenden Inhaftierten.

Jemand zerrt mich auf den Tisch. Etwas wird nach mir geworfen, ich kann nicht sehen, was es ist, da ich schnell die Augen zusammenkneife. Der scharfe Gegenstand – ich denke, es ist eine Scherbe des zersplitterten Fensters – trifft mich mitten ins Gesicht, und ich fühle, wie augenblicklich warmes Blut meine Wange hinunterfließt.

Die Menge kocht nun, will mehr Blut sehen. Wie eine Meute von hungrigen Haien, angelockt von dem unwiderstehlichen Geruch.

Ich schließe die Augen, warte darauf, dass endlich etwas passiert. Egal was.

In diesem Moment fallen die ersten Schüsse. Der Tisch gibt unter mir nach, das angeschossene Holzbein knickt ein. Das Kreischen wird nun immer lauter, schwillt an und ebbt wieder ab, als die Wächter das Feuer freigeben.

Neben mir brüllt jemand – ich denke, es ist Cameron – laut und für mich unverständlich. Verwirrt sehe ich ihn an, irritiert von meiner fehlenden Hörkraft. Es fühlt sich an wie Wasser in den Ohren, ich höre nur die Umrisse der Worte, aber nicht ihre Bedeutung. Der Aufprall hat mir nicht nur die Luft aus dem Körper gepresst, sondern auch die Töne und Laute.

Es ist schwierig, sich in der Menge aus Flüchtenden aufzurappeln, aber trotzdem schaffe ich es. Ein heißer Schmerz zuckt durch meine Schulter, ich ziehe scharf die Luft ein, blicke mich um. Cameron ist wie vom Erdboden verschluckt. Die Masse ergreift auch mich, drängt mich Richtung Fenster. Körper an Körper spüre ich die Panik, wie eine Welle schwappt sie über mich.

»Crys! Crys, hier drüben!«, höre ich nur dumpf eine Stimme ein paar Meter entfernt.

Mitten in dieser Hölle streckt Ace den Arm nach mir aus, er muss irgendwie die Handschellen losgeworden sein. Allmählich wird es in der Halle noch lauter, meine Ohren nehmen nun wieder alle Geräusche auf, das ganze Ausmaß des Chaos um uns herum. Ich strecke Ace meine Hände entgegen, doch da werde ich von der Mitte des Raumes – dem sichersten Platz – weggedrückt, und wir verlieren uns aus dem Blickfeld.

»Ace? Zare, Daniel?«, schreie ich, so laut ich kann, doch niemand antwortet mir. Ich drehe mich um, versuche, einen von ihnen auszumachen, doch ich blicke nur in ein Meer aus schwitzenden, furchterfüllten, unvertrauten Gesichtern. Mehr und mehr Wachen strömen jetzt durch den einzigen Eingang in die Halle, beziehen Stellung.

»Sie schießen!«, brüllt jemand knapp hinter mir, und die Menge bricht auseinander. Beinahe stürze ich, weil der Druck der Körper um mich herum plötzlich wegbricht, doch als zu allen Seiten mehr und mehr Schüsse niederprasseln, fange ich mich wieder. Plötzlich bemerke ich etwas Kleines, Vertrautes in meinem Augenwinkel, und mein Herz setzt für eine Sekunde vollständig aus.

Finn.

Ich stürze auf ihn zu. Er versucht gerade, sich an einem Stuhl festzuklammern, um nicht von den drängelnden Inhaftierten mitgerissen zu werden – mitten im Schussfeld der Soldaten. Halb rennend, halb stolpernd, drängle ich mich zu dem Jungen.

»Finn, bleib, wo du bist!«, schreie ich. Sein Blick fliegt in meine Richtung.

In diesem Moment richtet ein Soldat die Pistole auf ihn. Ich sehe, wie er seine Hand an den Abzug legt, ein Auge schließt, um ein besseres Ziel zu haben. Den Abzug spannt.

»Nein!« Ich stürze nach vorne, bin aber nicht schnell genug.

Der Soldat schießt.

Der Atemzug bleibt in meiner Kehle stecken. Aus dem Nirgendwo aufgetaucht, hat Lynn den Jungen zu Boden gerissen und holt nun mit ihrem eigenen Messer aus. Für eine wahnwitzige Sekunde, die mir wie eine halbe Ewigkeit scheint, bewegt sich Finn nicht.

Oh Gott. Oh Gott, er ist tot, keuche ich in Gedanken. Doch dann sehe ich, wie sich seine kleine Hand um Lynns rechten Arm schließt. Das Messer verlässt ihre Hand in einem präzisen Winkel, selbst im Liegen, und nur einhändig schafft sie es, den Soldat ins Herz zu treffen. Verwundert blickt er an sich hinab. Blut breitet sich wie ein weiteres Abzeichen auf seiner grünen Uniform aus, ehe er in sich zusammensackt.

Ein metallisches Sirren lässt mich zusammenfahren, ich blicke zum Fenster. Der Verriegelungsmechanismus hat eingesetzt, vor die Fenster schieben sich langsam riesige Metallplatten, die die Sicht nach draußen weiter und weiter verdecken.

Ich nicke Lynn noch kurz zu, sie hat Finn schon hochgezerrt, und renne mit ihnen in Richtung Fenster. Hinter mir prasselt ein Schwall aus Kugeln auf die Stelle ein, wo ich zuvor gestanden habe.

Bleib nicht stehen, bleib nicht stehen, bleib nicht stehen! Gehetzt blicke ich mich um. Außer mir sind nur mehr ungefähr dreißig Inhaftierte im Saal, wenn man die nicht mitrechnet, die vom Fenster aus den anderen nach oben helfen.

Mein Bein verfängt sich, und ich falle mit einem Schrei zu Boden. Ich sehe auf und zucke zusammen, blicke direkt in das regungslose Gesicht eines Jungen. Ich rappele mich sofort auf, wische mir meine von seinem Blut gefärbte Hand ab. »Tut mir leid, Bradley«, wispere ich und laufe weiter.

Inzwischen hat der Schütze nachgeladen und schickt weiter Kugeln an meinem Kopf vorbei.

Zu meiner linken Seite kreischt ein Mädchen auf, die Stimme kommt mir bekannt vor, doch ich drehe mich nicht um. Ich habe keine Zeit. Nur noch ein schmaler Spalt am Fenster ist frei. In weniger als fünf Minuten wird auch dieser geschlossen sein. Und dann … dann gibt es kein Entkommen mehr.

Ich erreiche das halb zusammengebrochene Gerüst, schwinge mich mit all meiner Kraft auf die Querstangen, die unter meinem Gewicht bedrohlich wackeln. Manchmal wünsche ich mir, wie Violet zu sein. Das ist einer dieser Momente, in denen ich sie um ihre Wendigkeit beneide. Es gab keinen Baum, den sie nicht binnen kürzester Zeit erklimmen konnte.

Im Gegensatz dazu bin ich eine gute Schwimmerin. Im Wasser fühle ich mich zu Hause, wenn sich die Wellen sanft um mich schmiegen und weiter auf das Meer hinauszuziehen versuchen, lockend mit sanften Stimmen. Doch leider ist kein Ozean in der Nähe, und ich bin nicht Violet.

Eine Kugel prallt mit einem spitzen Geräusch von dem Metall ab. Rasch ziehe ich meine Hand zurück.

»Verdammt«, fluche ich und ziehe mich weiter nach oben. Ich bin zu langsam.

Die nächste Stange, die ich erreichen kann, entgleitet fast meinen schwitzenden Händen. Mit so viel Kraft, wie ich aufbringen kann, hangle ich mich weiter nach oben, bis ich auf dem Teil der Plattform liege, der noch nicht in sich zusammengebrochen ist. Meine Haare kleben mir ekelhaft im Nacken.

Ich will weiter nach vorne robben, doch es geht nicht. Ich schnappe nach Luft. Mein Herz beginnt schneller zu schlagen, denn ich erkenne, dass meine Handschellen sich verfangen haben. Ich beuge mich vor, rüttle an dem hervorstehenden Stück Metall, an dem ich festhänge. Ich stemme mich dagegen, doch nichts passiert. Die Innenseiten meiner Handgelenke beginnen zu schmerzen, ich presse die Zähne aufeinander. Verdammt. Unbeweglich und fest verhakt. Der Schmerz pocht bis in meine Schulter, macht sie taub. Trotzdem kann ich spüren, wie ich mir meinen Arm schmerzvoll verdrehe, als ich an den Schellen rüttle.

Ich werfe einen kurzen Blick über meine Schulter, nur um festzustellen, dass der Spalt bereits weniger als einen Meter breit ist. Mein Atem wird schneller, ich kann die in mir aufsteigende Panik nicht mehr kontrollieren.

Verdammt, verdammt, verdammt, verdammt. VERDAMMT.

Tränen brennen in meinen Augen, verschleiern meine Sicht. Bedrohlich nahe neben meinem Knie schlägt die nächste Kugel in die Wand ein. Von der Tür in die Mitte des Raumes vorgerückt, kümmern sich die

Soldaten bereits um die kreischenden letzten Inhaftierten. Der Schütze, der mich verfehlt hat, will gerade fluchend die Pistole nachladen, scheint aber keine Munition zu finden.

So fest wie zuvor reiße ich an den Handschellen, achte nicht darauf, dass das schwere Metall meine Haut abscheuert.

Ich bin ein Tier. Getrieben von dem Instinkt zu flüchten.

Immer noch darauf fixiert, freizukommen, werfe ich dem Soldaten einen Blick aus den Augenwinkeln zu. Hektisch brüllt er etwas in die Richtung eines anderen Schützen. Carter. Ich erstarre. Wenn Carter schießt, dann hat es keinen Sinn. Er trifft immer.

Ich sehe ihn an wie ein aufgeschrecktes Reh im Scheinwerferlicht. Seine grauen Augen reflektieren meinen Blick, während sich meine Brust schmerzhaft hebt und senkt. Das war es wohl. Mein ganzes beschissenes bisheriges Leben. Starr sehe ich zu, wie er seine Armeepistole nachlädt.

Er hebt sie zu seinen Augen, einen Finger am Abzug. Spielend drückt er ihn etwas zurück, als ob er seine Möglichkeiten abwägt. Zu einem Entschluss gekommen, senkt er die Pistole wenige Zentimeter tiefer, weg von meinem Kopf. Oh Gott. Er will mir ins Herz schießen.

Noch bevor der Schuss seine Pistole verlässt, schließe ich meine Augen. Ich warte. Meine Hände fliegen zurück, ich falle auf den Rücken, befreit von meinen Fesseln. Verschreckt rappele ich mich auf, nur um zu sehen, wie Carter sich umdreht und die Pistole auf den Schützen richtet, der zuvor auf mich gezielt hat. Ich lebe. Unmöglich. Carter … Carter hätte nie und nimmer danebengeschossen.

Schnell schüttle ich den Kopf. Ich habe keine Zeit für wilde Überlegungen. Ohne mich wieder umzudrehen, stolpere ich zitternd zu dem Fenster, das sich immer weiter verschließt. Ich hieve mich selbst auf den Rahmen, ignoriere dabei den schneidenden Schmerz durch die Glasscherben, die noch in der Wand stecken.

Die kalte Winterluft schlägt mir entgegen, ich schmecke sie zusammen mit dem Blut auf meiner Zunge. Schwarz gefärbt von der Nacht, tummeln sich unter mir auf der Wiese andere Inhaftierte, Verwundete sprenkeln den Schnee rot.

Ich verbiete mir selbst, darüber nachzudenken, wie tief ich gleich fallen werde, und springe einfach aus dem Fenster. Obwohl ich auf meinen Füßen lande, werde ich dennoch nach vorn geschleudert und falle in den Schnee. Die Luft weicht mir aus den Lungen, ich schmecke das Weiß auf meiner Zunge.

Ich kann mich an nichts erinnern, das sich je so rein und wundervoll angefühlt hat wie die eisige Kälte unter meinen Fingern. Der Sprung hat meine Schulter lädiert, ich ächze und bringe mich selbst in eine sitzende Position. *Verdammt.* Ich muss lächeln. *Verdammt, ich lebe noch. Ich bin draußen.* Die Schneeflocken schmelzen auf meiner Haut. Unwirklich. Das alles ist so surreal, so neu, so anders.

»Zieh das hier an.«

Ich schrecke zusammen, blicke auf Shinji, der plötzlich vor mir steht und mir eine Jacke vor das Gesicht hält. In der anderen Hand hält er eine Pistole. Seine Miene ist wie immer unlesbar. Anders als die restlichen Inhaftierten ist er weder blutverschmiert noch zeigt er sonstige Anzeichen eines Kampfes. Mit zitternden Fingern greife ich nach der Militärjacke und schlüpfe hinein. Bis jetzt habe ich die Kälte noch nicht gespürt, doch nun fröstelt mich. Hier draußen herrschen Minusgrade.

Hier draußen.

Mein Herz hüpft, beschleunigt meinen Atem. Diesmal nicht aus Angst, sondern aus Erleichterung.

Wenn ich nur Ace, Zare und Daniel fände – wir könnten einfach abhauen, in die Dunkelheit verschwinden, ungesehen, in die Freiheit. Oder auch nicht. Shinji hilft mir auf. In dem Gürtel, den er sich quer über seinen Oberkörper geschlungen hat, stecken vier scharfe Messer. Auf einem kann ich eine rote Schliere entdecken.

Seitlich von mir werden wieder Schüsse abgegeben, diesmal von unseren Leuten, die die Soldaten davon abhalten sollen, uns aus dem Fenster zu folgen.

Obwohl nur noch ein winziger Spalt frei ist, strecken die Wächter ihre Waffen nach draußen. Doch die Schlacht ist vorüber, die Soldaten sind im Moment wehrlos. Ohne weitere Worte führt mich der Kämpfer zur hohen Mauer, die die letzte Barriere zur Freiheit bildet.

Jemand hat den Stacheldraht an der Kante der Mauer weggerissen, zwei Gestalten – JK-20 – sitzen auf ihr und helfen den anderen über die

Hürde. Als wir uns nähern, bemerke ich zu meiner Verblüffung, dass eine dieser zwei Zare ist.

Ich rufe ihren Namen. Ihr Kopf hebt sich, und sie lächelt mich an. Das ist das, was ich an ihr vermisst habe.

Dieses Lächeln.

Ihre schwarzen, kinnlangen Haare sind zerzaust, und sie sieht müde aus. Trotzdem beugt sie sich hinunter, bietet dem nächsten Inhaftierten ihre Hand an und zieht ihn hinauf.

Shinji eskortiert mich zur Wand. Wir sind bis auf drei Mädchen die letzten, die noch auf dieser Seite der Mauer sind.

»Wo ist Ace?«, frage ich, als das erste Hochgefühl verflogen ist. Was, wenn er unter den Leichen war?

»Auf der anderen Seite mit Tyler und Cameron.«

Der Atem, der dank der Erleichterung aus meinen Lungen fließt, verschwindet in einer weißen Wolke in der eiskalten Luft.

Mit dem Kinn bedeutet Shinji mir, nun als vorletzte auf die Mauer zu klettern. Zare streckt die Hand nach mir aus, ihre Finger sind eiskalt.

Ich stoße mich vom Boden ab und greife nach den Fingern des Mädchens, das ihr gegenübersitzt. Mit vereinten Kräften ziehen sie mich zu ihnen hoch, die Hürde glatt von Eis und Schnee.

Meine Schulter schreit, als ich mich an einer Kante festklammere, um meine Beine auf die schmale Fläche zu schwingen. Schwer atmend sitze ich nun Zare gegenüber, je einen Fuß an den Mauerwänden hinunter hängend.

»Wir haben's geschafft!«, keucht Zare. Ihre Wangen gerötet vom Wind, sieht sie mich mit glänzenden Augen an.

»Ja. Haben wir«, erwidere ich, grinse sogar verstohlen.

Sie blickt an mir vorbei und wendet sich an das Mädchen, das hinter mir sitzt. »Sarah, könntest du Crys helfen?«

Ich drehe mich um, darauf gefasst, in ein angewidertes Gesicht zu blicken. Zu meiner Verwunderung nickt Sarah und wirkt mir gegenüber nicht einmal angeekelt. Nachdem die ganze Halle mitbekommen hat, wer ich wirklich bin, gibt es sicher nicht mehr viele Inhaftierte, die nett zu mir sein werden.

Zare macht sich schon daran, Shinji die Hand zu reichen, der bis jetzt seinen Blick wachsam auf die fast verschlossenen Fenster gehalten hat. Mit einer schnellen Bewegung steckt er seine Pistole weg.

»Du kannst ruhig springen«, meint Sarah, ihre dunklen Locken quellen unter ihrer in die Stirn gezogenen Kapuze hervor. »Der Schnee wird den Aufprall dämpfen.«

Mein Blick wandert auf die andere Seite, wo die dunklen Umrisse der Menschen mit dem nachtschwarzen Waldrand verschmelzen. Gedämpfte Stimmen dringen zu uns empor, geflüsterte Beruhigungen und leises Weinen.

Ich lächle Zare ein letztes Mal an und mache mich bereit zu springen, als eine Bewegung am Fenster meine Aufmerksamkeit erregt.

»Zare!«, kreische ich, zeitgleich mit dem Fallen des ersten Schusses.

Preston, die Pistole aus dem Spalt geschoben, drückt wieder auf den Abzug.

Neben mir schreit Sarah auf. Sie sieht an sich hinunter, hebt eine Hand an ihre Brust. Erschrocken sieht sie ihre blutigen Finger an, hebt sie vor die Augen, als wolle sie einem Regentropfen zusehen, der ihre Hand herabgleitet. Dann fällt sie vornüber.

Plötzlich ist Shinji neben mir auf der Mauer. Noch ehe ich realisiere, was soeben geschehen ist, stößt er mich nach hinten. Ich verliere den Halt, meine Finger möchten sich an der Mauer festkrallen, doch schaffen es nicht. Der Aufprall drückt mir die Luft aus den Lungen.

Die anderen sind mittlerweile auf uns aufmerksam geworden.

Camerons Schatten huscht an mir vorbei wie ein geisterhaftes Omen.

Zare hat sich mittlerweile erhoben, balanciert auf der eisigen Kante.

Blitzschnell richtet sich Shinji aus der Hocke auf, ehe er die Waffe nachlädt und das Feuer erwidert.

Dann: Stille. Hat Shinji Preston getroffen?

»Crys? Crys, geht es dir gut?« Jemand beugt sich über mich. Immer noch im Schnee liegend, lausche ich mit pochendem Kopf. Etwas ist falsch. Verdammt falsch. Ich weiß nicht wieso, aber ich fühle es.

»Crys?«, bittet Ace nun wieder. »Sag etwas!«

Gerade als ich antworten will, wird meine Sicht tiefschwarz. Dunkler, als die Nacht um uns herum.

Ich erkenne die Ahnung einer Vision, die Zukunft.

Verschwommen sehe ich Zare, beschienen vom fahlen Licht des Mondes. Neben ihr hockt Shinji mit gezogener Pistole zusammengekauert auf der Mauer. Shinji, wie er sich umdreht. Zufrieden. Der Spalt des Fensters ist noch nicht ganz geschlossen, aber es herrscht Ruhe.

»Es ist vorbei.«

Er lässt die Pistole in Camerons Hände fallen. Macht sich bereit, zu springen. Dann, das Aufblitzen eines Pistolenlaufes in dem schmalen Streifen des Fensters, der noch nicht verriegelt wurde. Noch bevor sich meine Sicht überhaupt geklärt hat, wird mir klar, was das bedeutet. Mein Körper bäumt sich auf.

»Zare!«, krächze ich. Meine Augen fixieren nun den Sternenhimmel. »ZARE!«, schreie ich noch einmal, rapple mich auf.

Shinji erwidert erschreckt meinen Blick. Binnen einer Sekunde dämmert ihm, was mit mir los ist. Und trotzdem, es ist eine Sekunde zu spät.

Die erste Kugel, die Zare in die Brust trifft, bringt sie nicht einmal zum Wanken. Ihr Haar bewegt sich in der kalten Nachtluft, so steht sie da, sieht an sich hinunter. Shinji will sie niederreißen, doch der zweite Schuss hat bereits das Pfeifen des Windes übertönt. Zares Kopf fliegt zurück, als ob sie noch ein letztes Mal die Sterne ansehen wollte.

»Aber wir sind doch …«, fängt sie an. Der Satz bleibt unvollendet in der Luft hängen. Die Augen weit aufgerissen, klappt sie in sich zusammen und fällt.

»Zare!«, hallt nun eine verzweifelte Stimme in meinen Ohren. Es dauert wenige Sekunden, bis ich realisiere, dass es meine ist.

In einer verzweifelten Reaktion löst Shinji ein Messer aus dem Gürtel und schleudert es gegen die nun von den Metallplatten verriegelten Fenster. Es prallt ab, nutzlos. Prestons Pistolenlauf ist verschwunden.

Ich will mich aufrappeln, aber meine zitternden Knie lassen es nicht zu. »Zare!«, keuche ich noch einmal. Obwohl ich weiß, dass sie meine Stimme nicht mehr hört. Ace kniet bleich neben mir. Beide beobachten wir die Inhaftierten, die sich nun alle um die Leiche versammeln.

»Lasst mich zu ihr!«, brüllt Dan. Seine Stimme klingt heiser und aufgekratzt. Dann: »Tu mir das nicht an, Zare. Bitte, sei nicht tot.«

Ich schließe meine Augen. Ich will nicht sehen müssen, wie er auf die Knie neben den Leichnam sackt. Auf einmal fühle ich mich selbst in eine Umarmung gezogen.

»Crys.« Aces Stimme ist sanft, beruhigend. Er zieht mich in seinen Schoß, kümmert sich nicht um unsere vom Schnee durchnässte Kleidung.

Ich lasse es geschehen. Wie ein kleines Kind wiegt er mich vor und zurück. Ich fühle nichts.

Bevor die ersten Tränen kommen, presse ich meine Augen zu.

Verdammt, Zare. Ich höre auf, gegen die Tränen anzukämpfen. Ich presse mich gegen Ace, der seine Jacke – die wie alle anderen wahrscheinlich aus den Zimmern der Wächter entwendet wurde – um uns beide hüllt. Ich fühle mich wie ein kleines Mädchen, das von seinem älteren Bruder getröstet wird. Still weine ich, tränke seinen Pullover mit meiner Trauer.

Jemand räuspert sich. »Wir ziehen weiter.«

Ich sehe auf.

Camerons Blick funkelt eiskalt auf mich nieder.

Abschätzend erwidert er Aces Blick, der unwillkürlich seine Umarmung verstärkt hat. »Danke für die Information«, erwidert er genauso kühl.

Einen weiteren Moment lang sehen sich die beiden reglos in die Augen. Ace gibt sich zuerst geschlagen – entweder, weil er Camerons Blick nicht mehr erträgt oder weil es heißt: Der Klügere gibt nach.

Er senkt den Blick, und zum ersten Mal heute Nacht sehe ich eine wahre Emotion über Camerons Züge huschen: Belustigung. Stetige, arrogante Belustigung. Wie kann er so fühlen, nach dem, was gerade passiert ist?

Ich sehe zu ihm hinauf und frage mich, was mit dem Jungen passiert ist, der mich heute vor dem Tod bewahrt hat. Dem Jungen, der mich mit leisem Sarkasmus in der Stimme gefragt hat: »Du verstehst es einfach nicht, oder?«

7

And once, or twice, to throw the dice
Is a gentlemanly game,
But he does not win who plays with Sin
In the secret House of Shame.

Crys

Es ist ruhig im dichten Wald, der die Anstalt umgibt. Nichts erinnert mehr an das Chaos, das nur wenige Schritte hinter uns liegt. Falsch – etwas erinnert mich doch.

Ace, meine Gedanken beobachtend, verstärkt stumm den Griff um meine Schultern. So nah an seinem Körper kann ich spüren, wie sich seine Brust zitternd hebt und senkt, die Nachtluft dringt durch die Kleidung. Lässt den Schweiß und die Verzweiflung gefrieren.

Die Angst jedes Einzelnen legt sich wie eine Decke aus Eis über uns. Nachdem Cameron vor Kurzem alle Überlebenden aufgelistet hat, sitzt uns der Schock in den Knochen. Es ist eine traurige Bilanz, zugleich erschreckend.

Von einhundert Inhaftierten haben nur knapp fünfzig überlebt, davon überwiegend Jungen. Ich hätte nicht gedacht, dass es so viele erwischt hat. Dass so viele nicht mehr am Leben sind. Und von diesen knapp fünfzig sind mehr als zwanzig verletzt. Nun weiß ich auch, wessen Stimme es war, die mir so bekannt erschien. Abby Hathaway. Sie und Will haben es nicht geschafft.

Ich presse die Faust an die Schläfe. Ich will nicht an all diese Toten denken. Ich will nicht. Ich will einfach nicht. Zares Verlust schmerzt wie eine klaffende Wunde tief in meiner Brust. Was ist das für ein Leben, wenn es so unfair ist? Zare hatte die Freiheit schon wie ich vor Augen, doch dann wurde sie ihr einfach entrissen.

Wir haben's geschafft. Ihre Worte hallen noch immer in meinen Gedanken wider, ein entferntes Echo, das von einer Gletscherwand zurückgeworfen wird.

Während Cameron vorneweg mit ein paar anderen geht, die über Nachtsicht verfügen, befinden wir uns in der Mitte der Karawane, flankiert von Shinji und Rebecca Lockhart, ein zartes Mädchen, dem man die Kämpferin nicht ansieht.

Vor uns lässt Daniel seinen Kopf hängen. Mit dem Blick auf den Boden gerichtet, die Lippen zusammengepresst, schweigt er. Wann immer der Mond das dichte Dach der Baumwipfel durchbricht, erkenne ich neue Tränenspuren auf Daniels Gesicht. Seine Schultern sind nach vorne gekrümmt, er krallt sich an seiner Jacke fest, als ob sie ihn davor bewahren würde, auseinanderzufallen. Daniel hat die meiste Zeit mit Zare verbracht. Ich kann nur ahnen, wie es in ihm aussehen muss.

Der Schnee, der seinen Weg durch das Gewirr aus kahlen Ästen gefunden hat, lässt den Wald um uns herum weiß leuchten. Die fahlen Schatten der Bäume, die kahl und nackt aus dem Boden ragen, lauern gespenstisch über uns. Es scheint, sie haben schon auf uns gewartet.

Meine Schuhe sind völlig durchnässt, das Einzige, das mich warm hält, ist die übergroße Jacke. Und Ace.

Das Blut pocht in meiner Schulter, macht sie unbeweglich. Ich spähe nach vorne, vorbei an Dan und den anderen. Cameron. Auch von hier erkenne ich sofort sein dunkles, zerzaustes Haar, das im dumpfen Licht glänzt.

Unwillkürlich denke ich an den Zwischenfall in der Zelle zurück, wie seine langen Wimpern dunkle Schatten auf seine Wangen malten, die Art, wie sich der Schmerz des Verrats in seinen Augen spiegelte.

Ich werde von einem Räuspern unterbrochen.

Ace funkelt mich wütend an, während seine Finger den Griff um meinen rechten Arm lockern, als wolle er mich plötzlich nicht so nahe bei sich haben. »Du weißt«, beginnt er so leise, dass Shinji die Worte unmöglich verstehen kann, »dass ich ihm nicht traue. Es ist … als verberge er ein Geheimnis, an das ich nicht rankomme.«

Mit einem tiefen Seufzer rolle ich die Augen. »Das ist lächerlich. Wie sollte jemand etwas vor dir verstecken können? Du weißt genauso gut wie ich, dass du jede Lüge erkennst, auch wenn sie nur in Gedanken ausgesprochen wird.«

Er blickt zu Boden, tritt nach einem Klumpen im Schnee, der beim Kontakt mit seinem Fuß zerfällt.

»Es ist anders. Das meine ich nicht. Normalerweise kann ich den ganzen Geist eines Menschen sehen. Aber bei Cameron«, er schüttelt den Kopf, »stoße ich in einer Ecke auf eine Mauer. Undurchdringlich und unlesbar. Erzähl mir nicht, dass du das nicht auch ungewöhnlich findest.« Er wirft mir einen komischen Seitenblick zu, als hätte er Angst vor meiner Antwort.

Ich hole Luft, um ihm vorzuwerfen, wie paranoid er klingt, werde aber von einer Hand an meiner Schulter abgelenkt, und ich drehe mich um.

»Kann ich mir den Schnitt auf deiner Wange ansehen?«

Da ist es. Das Detail, das mir gefehlt hat. Die Stimme. Und wie sie unweigerlich zu den blauen Haaren gehört, die auch heute wieder unter der Kapuze hervorleuchten.

Meine Augen werden groß. »Du bist …?«

Neptune

»Sebastian Neptune Corraface, sehr angenehm«, vervollständige ich ihren Satz. »Oder wenn du den langen Lebenslauf haben willst: Musiker, Schauspieler und – ganz nebenbei – verdammt berühmt.«

Zumindest war ich das. Bis vor drei Tagen, als ich plötzlich aus meinem Leben gezerrt wurde und man mich hierher verfrachtet hat.

Natürlich glaube ich nicht, dass das alles ein Zufall war. Immerhin weiß ich selbst, dass meine Lieder über die Jahre hinweg immer mutiger, ehrlicher und provozierender wurden. Und scheinbar war das jemandem zu viel.

Obwohl, ich bin mir sicher, dass ich genau deswegen so begehrt war. Die Plattenfirmen rissen sich um mich wie eine Meute hungriger Hunde, die ein Stück Fleisch vor die Nase geworfen bekommt. Immerhin bin ich das, was die Zeitung als eine Band-Schlampe bezeichnet. Seit ich vierzehn war – dem Zeitpunkt meines Karrierestarts – wechselte ich alle paar Monate meine Musiker. Es langweilte mich, immer von den gleichen Leuten umgeben zu sein, vor allem, wenn ich wusste, dass sie nicht so gut waren wie ich.

Als vor drei Tagen an die Öffentlichkeit kam, dass ich demnächst zu der noch unbekannten Band *National Shame* wechseln würde, brannte irgendwo in der Politik eine Sicherung durch. *National Shame* sind für extrem provokative Songs bekannt. Sie stellen Englands ganzes Rechtssystem infrage und verpacken die Art von Wahrheit in ihre Songs, die niemand hören will. Und wenn ich ihnen beigetreten wäre, *hätte* man sie endlich gehört.

So kam es dazu, dass ich plötzlich halb Punk, halb Staatsfeind Nr. 1 war.

Stolen Pulse oder *Burn Me* - diese Songs hätten die Wahrheit in sich getragen und die Leute wachgerüttelt. Und? Werden sie im Fernsehen ausgestrahlt? Oder wenigstens vom Radio übertragen? Nope. Keine Chance. Nur zwei Wörter: UNZUMUTBARER. INHALT.

Die Regierung will anscheinend nicht, dass jemand übers Sterben und Töten singt, wenn sie selbst so viele in den Tod schicken. Verdammtes, korruptes System.

Aber was soll's? Am besten sollte ich mich auf das Hier und Jetzt konzentrieren. Auf die sterbenden Menschen, die meine Hilfe brauchen. Ich habe mir vorgenommen, die Schlange von hinten nach vorne durchzuarbeiten, bewaffnet mit der beunruhigend niedrigen Anzahl von verschiedenen Schmerzmitteln und Bandagen.

»Kann ich mir den Schnitt auf deiner Wange ansehen?«, frage ich sie noch einmal.

Ich kenne das Mädchen aus dem Speisesaal. Was ich vorher so mitbekommen habe, soll sie auch die *Henkerin* sein. Sie blinzelt ein paarmal. Was ist, hat es ihr die Sprache verschlagen?

Trotz ihrer Müdigkeit weiten sich ihre Augen kurz, als sie mich erkennt, und lehnt sich dann noch weiter zurück auf den süßen Jungen, der beschützend einen Arm um sie legt.

»Neptune?« Ihre Stimme ist ungläubig, aber nicht erfüllt von Ehrfurcht wie bei anderen. Ihr Ton ist sachlich, als wenn sie mich schon einmal irgendwo gesehen hätte und mich nun wiedererkennt. Es ist beinahe beängstigend, wie sehr sich deine eigene Berühmtheit in das Gehirn anderer einbrennt.

»Wie er leibt und lebt«, murmle ich und hebe die Hand, um den Schnitt auf ihrer Wange untersuchen zu können.

Wir sind stehen geblieben, die anderen strömen an uns vorbei. Hin und wieder spüre ich brennende Blicke in meinem Rücken. Offenbar sind einige andere Inhaftierte davon überzeugt, dass sie kein Recht auf medizinische Betreuung (okay, das ist jetzt eindeutig übertrieben) hat.

Das Mädchen – sie scheint etwas jünger als ich – zuckt zurück. Ich denke, sie ist hübsch. Irgendwo unter dem vielen Blut. Nicht aufregend oder atemberaubend, aber auf eine natürliche Art. Obwohl mich ihre Augen irritieren. Grün, aber so hell, dass man die Farbe nur erkennt, wenn man genau hinsieht.

Der Junge mit den braunen Haaren neben ihr zieht sie näher an sich heran. Auf seinem Gesicht liegt ein beschützender Ausdruck. Er wird nicht zulassen, dass ich ihr wehtue. Ich versuche, ein Grinsen zu unterdrücken. Ah. So ist das also. Schade.

»Wenn du nicht willst, dass sich der Schnitt entzündet, solltest du mich einen Blick drauf werfen lassen!«, meine ich energisch.

Der Blick der Henkerin – ich persönlich habe nichts gegen sie, ich meine, ich wurde nicht wie die anderen in einen Verhörraum geführt - schweift unsicher zu dem Typen.

Er nickt.

Zufrieden hole ich ein Taschentuch aus der Innentasche einer meiner übereinander angezogenen Westen, tauche es kurz in Schnee und wische das Blut von ihrer Wange.

Sie zuckt unter meiner Berührung zusammen, bleibt aber sonst ruhig stehen. Je mehr ich von ihrem Gesicht freilege, desto mehr erkenne ich die Nervosität, den Schock und die Traurigkeit, die auf ihren Zügen liegen.

Wie schon vorher gedacht, ist sie hübsch. Auf eine Art, als ob sie es selbst nicht weiß.

Der Typ rollt mit den Augen.

»Was hast du denn für ein Problem?«, frage ich.

»Gedankenleser«, meint er nur knapp.

Mit einem kurzen Seitenblick auf ihn versichere ich: »Keine Angst, ich bin schwul.«

Nun kommt ein wenig Farbe in seine Wangen, und er räuspert sich.

Ich zwinkere ihm zu. *Dafür bist du ziemlich süß.*

Die Röte breitet sich nun auf sein ganzes, mehr als nur durchschnittliches Gesicht aus, und er blickt verschämt in die Ferne.

Das Mädchen scheint entweder schon an solche komischen Reaktionen gewöhnt zu sein oder sie ist einfach zu müde, um sie zu registrieren.

Ich erinnere mich noch gut daran, dass es wie eine Bombe eingeschlagen hat, als ich mich als homosexuell geoutet habe. Im Alter von fünfzehn ist es vermutlich auch schon ziemlich krass.

Meine Mutter hatte gehofft, es sei nur eine Phase, aber ich habe schon immer gewusst, dass ich anders bin. Was nicht heißen soll, dass ich gerne mit Barbiepuppen gespielt habe. Ich stehe auch nicht auf Schuhe oder Mode-Accessoires. Schwachsinn.

»Wieso kannst du das?«, fragt sie und deutet mit dem Kinn auf die Jodflasche, die ich neben uns auf den Boden gestellt habe, um die Hand frei zu haben.

Nachlässig zucke ich mit den Schultern. »Mein Vater war Arzt. Als ich klein war, habe ich oft zugesehen, wie er einfache Schnittwunden versorgt hat. Aber meine Fähigkeiten beschränken sich auf das nötigste Wissen.«

»Und was machst du, wenn jemand wirklich schwer verletzt ist?« Sie räuspert sich, vertreibt die Rauheit aus ihrer Stimme.

Ein trauriges Lächeln stiehlt sich auf meine Lippen. »Ich war schon immer ein Improvisationstalent.«

Schwach und äußerst müde erwidert sie mein Grinsen. Den Schnitt endlich freigelegt, untersuche ich ihn nun. Er sieht schlimmer aus, als er eigentlich ist. Mit nur einer Hand schraube ich den Deckel der Jodflasche ab und schütte ein paar Tropfen auf das Taschentuch. »Hör zu … ehm … wie heißt du?«

»Crystal Levine. Aber nenn mich Crys. Und das ist Ace.«

Crystal. Also bin ich nicht der Einzige mit einem besonderen Namen. Obwohl, Neptune wurde mir ja von mir selbst verliehen – einfach, weil ich es kann. Und blaue Haare habe. »Gut, Crys. Das wird jetzt vermutlich ein wenig brennen, aber es desinfiziert die Wunde und hilft beim Verheilen.«

Sie nickt schwach. Tapfer beißt sie die Zähne zusammen, als ich das Taschentuch fest auf die Wunde presse. Einige Sekunden verharre ich so, dann sage ich so aufmunternd, wie ich kann: »Fertig.«

Ich wende mich zu Ace, der mit einer leichten Röte in den Wangen sogar noch besser aussieht.

»Und was ist mit dir, Ace? Tut dir etwas weh?« *Ist dein Herz genauso gebrochen wie meins?* Ehrlich gesagt macht es mir Spaß, ihn ein bisschen zu quälen. Vielleicht entdecke ich ja gerade meine sadistische Ader.

»Nein«, meint er knapp. Gut. Dann eben nicht. Plötzlich fällt Ace – noch ein merkwürdiger Name – etwas ein. »Du hast dir doch die Schulter gestoßen, oder?« Er sieht Crys an. Und zwar auf die Art, auf die ich auch gerne von ihm angesehen werden würde.

Verlegen nickt Crys. Wie blind muss man eigentlich sein? Es ist offensichtlich, dass sie nichts von seiner Bewunderung merkt. Ich zucke mit den Schultern. Eigentlich geht es mich gar nichts an.

»Dann lass mal sehen.«

Sie tritt ein paar Schritte in den Schatten des Waldes zurück, um nicht im Weg zu stehen. Als sie ihre Jacke von den Schultern zieht, fährt sie erschrocken zusammen. Die Kälte greift sie augenblicklich an.

Sanft schiebe ich den Ärmel ihres T-Shirts zurück. Crys' ganzer Körper spannt sich an und sie atmet einmal zischend ein. Konzentriert betrachte ich ihre Haut, stelle fest, dass da nichts gebrochen ist. *Vermutlich verstaucht*, denke ich.

»Weißt du das bloß so vom Hinsehen?«, fragt Crys durch zusammengebissene Zähne.

»Wie soll ich was wissen?«, frage ich verwirrt zurück und hebe den Blick.

Ihre Augen hängen verwundert an meinen Lippen.

»Ich habe nichts gesagt.«

»Hm. Vielleicht habe ich es mir auch nur eingebildet?« Sie klingt nicht sehr überzeugt, aber gibt sich damit zufrieden. Ich setze die Jodflasche ab und hole ein Stofftaschentuch, das ich gerade erst in der Innentasche meiner grauen Wärterjacke entdeckt habe, fülle es mit Schnee.

»Presse das hier auf deine Schulter, es wird den Schmerz lindern.« Hoffe ich zumindest. Ehrlich gesagt bin ich mir nicht sicher, ob man nicht besser etwas Warmes drauflegen sollte.

»Crys, er hat nichts gesagt! Du beginnst zu fantasieren!«, seufzt Ace nun von hinten.

Über meine Schulter hinweg sieht Crys Ace scharf an. »Aber ich höre die ganze Zeit seine Stimme in meinen Gedanken!«, empört sie sich und presst ihre Kiefer zusammen, als der Schnee einen Schauer über ihre Haut jagt.

Beunruhigt werfe ich ihr einen Blick zu. »Hast du dir auf der Flucht den Kopf gestoßen?«

Nun trifft ihr harter Blick auf mich. Gut. Frage beantwortet.

»Neptune, wurdest du in einen Verhörraum geführt?«

Ich schüttle den Kopf. Längst bin ich daran gewöhnt, dass alle möglichen Menschen mich nur mit meinem Künstlernamen ansprechen und nicht mit Sebastian. Doch wünsche ich mir, bei Ace sei es anders.

»Das erklärt einiges.«

Crys schnaubt missbilligend, anscheinend wissen die zwei etwas, von dem ich keine Ahnung habe. Eine Art Insider-Witz.

»Und was haben sie sonst mit dir angestellt?«

Ich habe das dumme Gefühl, Ace will sich vorsichtig an die eigentliche Frage herantasten. Nachlässig zucke ich mit den Schultern und versuche, mich zu erinnern.

Die Soldaten haben mich nach einer Party draußen auf einem Parkplatz abgefangen. Ich glaube, dass ich gar nicht so richtig mitbekommen habe, was da eigentlich vor sich ging. Immerhin war ich … naja. Drücken wir es so aus: Eine Flasche Gin hatte vermutlich weniger Promille als ich.

»Neptune …« Ace reißt mich etwas verärgert aus meinen Gedanken, eine Augenbraue abwartend hochgezogen.

»Ich … sofern ich es mitbekommen habe, haben sie mir irgendetwas gespritzt. Denke ich.«

»Sofern du es mitbekommen hast?«, meint Crys nun zweifelnd, als ob sie meine Antwort schon wüsste.

Ich lächle und zucke bloß mit den Schultern: »Jeder hat seine Schwächen, Babe. Alkohol ist eine von meinen.« Langsam, ganz langsam lasse ich meinen Blick über Ace schweifen, damit klar wird, was *noch* eine meiner Schwächen ist.

»Sie haben dir also auch kein Tattoo verpasst?«, bohrt Crys weiter nach.

Himmel, was will sie bloß von mir?

»An das würde ich mich erinnern«, grummle ich und verschränke die Arme vor der Brust. *So schlimm* habe ich mir die Birne auch wieder nicht weggebrannt.

Crys legt den Kopf schief. »Wenn sie dir einfach irgendwas gegeben haben, ohne mich vorher einen Blick auf dich werfen zu lassen, müssen sie dich ziemlich hassen.«

Ich überlege einen Moment und schlage mir dann die flache Hand auf die Stirn. »Klar, die Tournee!« Mit wildem Kopfschütteln erkläre ich weiter: »Wahrscheinlich wollten sie verhindern, dass ich ganz England und Schottland mit meinen Liedern gegen das verdammte Regime in diesem Land aufhetze.«

»Diese schottischen Idioten sind schon aufgehetzt. Und zwar gegen uns«, murrt Ace, gefolgt von einem Seufzen.

Ja, die Schotten. Der Lieblingsfeind der Engländer. Nicht, weil er unsere Städte mit Bomben zertrümmert oder in unsere Dörfer einfällt, um die Frauen zu vergewaltigen. Nein. Schottland tut einfach nicht das, was England will: Uns in diesem verdammten Krieg unterstützen. Und wenn man von Feinden umzingelt ist, ist das mindestens genauso schlimm.

»Deine Überlebenschance war fünfzig Prozent«, haucht Crys und zieht die Jacke enger um sich.

Warte … fucking fünfzig Prozent?

Der Mund bleibt mir offen stehen, während Crys Blick ausdruckslos wird. Als sie die Lippen kräuselt, tritt der bittere Zug um sie noch stärker hervor. »Gut, dass das Militär mich hat, nicht?« Der schneidende Ton lässt mich zusammenzucken, obwohl die steigende Anspannung in ihrer Haltung klar macht, dass die zynische Frage Crys selbst ein Loch in die Zunge zu brennen scheint. »Dank mir ist die Sterblichkeitsrate nur mehr fünfzehn Prozent.« Die Knochen unter ihren von der Kälte rosigen Wangen arbeiten.

So eine verdammte Scheiße. Hätte das verdammte Militär nicht einfach meinen Tourbus abfackeln können, um mir zu zeigen, dass ich das mit der Tour lassen soll? Innerlich seufze ich. Etwas Positives hat die Hölle hier ja … der Süße hier hat einen echten Knackpo.

Ace wird binnen einer Sekunde hellrot. »Nenn. Mich. Nie. Wieder. Süßer!«

Er spricht – schreit – so laut, dass sich die Vorbeigehenden nach uns umdrehen und ihn anstarren. Dann fliegt ihr Blick zu mir – und wieder nach vorne. In diesen Zeiten hat jeder genug mit sich selbst zu tun, als dass er wirklich auf uns achten würde. Wow, da hat jemand anscheinend Angst vor etwas gesunder Männerliebe.

Das gefällt dir nicht? Nun, dann habe ich einen guten Ratschlag für dich: RAUS. AUS. MEINEN. GEDANKEN. SÜSSER.

Seine Finger ballen sich zu bedrohlichen Fäusten, und er tritt einen Schritt auf mich zu. Seine grauen Augen blitzen vor Zorn.

»Ace, Ace, Ace. Stopp. Neptune, du hast jetzt gerade gedacht, dass er sich aus deinen Gedanken raushalten soll, oder?« Crys tritt zwischen uns.

Überrascht blinzle ich. Woher weiß sie das?

»Sag bloß, du kannst auch Gedanken lesen?«

»Nein. Aber ich möchte kurz etwas probieren. Sieh mich an. Denk irgendetwas, bitte. Konzentrier dich.«

Verblüfft lenke ich ein, obwohl ich den Sinn dahinter nicht erkenne. Mit einer resoluten Bewegung drehe ich Ace den Rücken zu, stelle mich vor Crys und sehe sie an. Und merke, dass es schwer ist, sich auf sie zu konzentrieren, wenn Ace neben mir steht.

»Konzentrier dich.«

Ich ignoriere sein Brummen. Gut. Langsam atme ich durch. Ein. Aus.

Deine Augen sind komisch. Total entnervend. Aber vermutlich denken die Leute das auch über meine Haare. Sie sind blau. Okay. Das war jetzt unnötig. Ich glaube, jeder weiß, dass sie blau sind.

Crys' Lippen formen sich zu einem Lächeln. So, als ob ich sie nicht gerade in Gedanken total beleidigt hätte. Hoffentlich nimmt sie es nicht persönlich.

»Crys, du bist ein Genie, weißt du das?«, flüstert Ace. »Ich wäre nie darauf gekommen, weil ich seine Gedanken sowieso höre.«

Beunruhigt sehe ich von ihr zu ihm. Aktuell habe ich null Plan, was gerade hier abgeht. »Und? Was sollte dieses Spielchen jetzt?« Habe ich schon erwähnt, dass ich es hasse, außen vorgelassen zu werden?

»Du besitzt telepathische Fähigkeiten.«

»Die da wären?« Was zur Hölle ist Telepathie? Nicht, dass ich noch nie davon gehört hätte. Aber meistens verdränge ich alles Unwichtige und konzentriere mich auf meine Musik. Darauf, berühmt zu sein.

»Du kannst dir Telepathie als Gedankenübertragung vorstellen. Konzentrier dich auf einen Menschen und denke einfach. Er oder sie wird deine Gedanken hören, als würdest du sie laut aussprechen«, erklärt Ace nüchtern.

Ehrlich gesagt weiß ich nicht, ob ich mich freuen soll. Ich meine, was ist schon toll daran? Rein gar nichts. Zumindest nichts, was nützlich ist. »Okaaaaay …?« Ich dehne das Wort so lange, bis es sich beinahe lächerlich anhört.

Crys rollt mit ihrer Schulter, ihr scheint es ein wenig besser zu gehen. »Danke für deine Hilfe, aber wir haben dir schon genug Zeit geraubt. Kümmere dich um die anderen Verletzten, Neptune.«

Falls sie noch nicht tot sind.

Crys

»Das ist nicht richtig«, murmelt Ace vor sich hin.

»Es kann dir doch egal sein, wenn Neptune schwul ist. Ich meine, es ist seine Sache, ob …«

»Ich rede nicht davon«, unterbricht mich Ace, und das Rot seiner Wangen wird noch eine Spur dunkler.

Wäre mir nicht so verdammt kalt, hätte ich nun laut aufgelacht. Neptune hat Ace total in Verlegenheit gebracht.

Die eisige Nachtluft beißt mir in die Wangen, die Beine meiner Hose sind bis zu den Knien durchnässt und teilweise steif gefroren. Meine Zähne klappern aufeinander. Mit einer langsamen Bewegung ziehe ich meinen Kragen enger um den Hals.

»Wovon dann?«, will ich wissen, obwohl es mich eigentlich gar nicht interessiert. Seit drei Stunden und was-weiß-ich-wie-vielen Minuten entfernen wir uns immer weiter von der Anstalt – meiner persönlichen Hölle.

Schon bevor er den Namen ausspricht, lese ich ihn von seinen blau-angelaufenen Lippen ab: »Cameron.«

Ich seufze. »Was hast du andauernd mit ihm?«

Mit einem kritischen Blick meint er nur: »Irgendetwas stimmt nicht mit ihm. Ich versuche schon die ganze Zeit, weiter in seine Gedanken vorzudringen, aber da ist ein Platz in seinem Gewissen, in den ich einfach nicht eingelassen werde. Ein Platz, zu dem ich keinen Zutritt habe.«

Mitleidig schüttle ich den Kopf. »Du hast dich in was verrannt.«

Verärgert schnaubt er. Sein Atem wird augenblicklich zu einer weißen Wolke, die nach wenigen Sekunden in der Nachtluft vergeht. »Du hast gar keine Ahnung. Es muss einen Schlüssel zu diesem Teil geben.«

»Weißt du«, flüstert er dann in mein Ohr, die Stimme gedämpft »vielleicht ist es nur Einbildung, aber ich weiß, dass er etwas verbirgt. Ein Geheimnis, das ihn teuer zu stehen kommen kann, wenn jemand davon erfährt.« Sein Blick schweift kurz zu Shinji und Rebecca, doch die scheinen nichts von unserem Dialog mitzubekommen – oder sie tun zumindest so.

»Das sagtest du bereits«, meine ich gelangweilt.

Natürlich, es ist mehr als offensichtlich, dass Ace Cameron nicht leiden kann (und umgekehrt), aber das ist es kein Grund, einer möglichen Einbildung nachzurennen. Nur damit man seinem Feind eines auswischen kann. Wirklich erwachsen.

»Aber vielleicht«, spinnt er weiter, »ist es nur wie bei einem Schluckauf. Du weißt schon. Man sagt doch immer: Ein gewaltiger Schreck, und er ist weg.«

Ich nicke, nicht überzeugt. Obwohl – ich bin sicher, dass ein Schluckauf ein weitaus weniger komplexeres Problem darstellt.

Ace, der meine Gedanken verfolgt hat, meint nur trocken: »Warte und staune!« Kaum merklich erhöht er sein Tempo. Er zieht mich mit, die beiden Kämpfer halten mühelos mit uns Schritt. Sie denken, dass wir uns bloß aufwärmen wollen und deshalb schneller gehen.

»Ace«, warne ich leise, »wehe, du machst irgendeinen Blödsinn. Dann haben wir es uns wirklich mit den anderen verscherzt.«

Ohne eine Antwort zu geben, bahnt er sich seinen Weg durch die vor uns schlurfenden Gestalten, gefolgt von unseren beiden Wächtern. Wir holen auf, bis wir bei Cameron angelangt sind, der gerade eine Pause angesagt hat. Viele lassen sich gegen Baumstämme sinken, die Verletzten stöhnen erleichtert auf.

Ace, was immer du vorhast: LASS. ES. BLEIBEN.

Er wirft mir einen schneidenden Seitenblick zu. »Hör zu!« Plötzlich zieht mich Ace zu sich heran, vergräbt sein Gesicht in meinem Haar.

Aus dem Augenwinkel kann ich sehen, wie Cameron uns beobachtet. Sein hübsches Gesicht verzerrt sich kurz wie im Schmerz, ehe er sich abrupt wegdreht. Schneeflocken verfangen sich in dem Gewirr seiner Haare, und obwohl ich Aces Atem an meinem Hals spüren kann, verliere ich mich kurz in dem Anblick von Cams Profil. Die hohen Wangenknochen. Die dünne Narbe unter seinem Ohr …

Der Blick, der hasserfüllt plötzlich meinen erwidert.

Er zieht eine Augenbraue in die Höhe, nicht mehr spielerisch wie vor ein paar Tagen. Sondern todernst.

Ich zucke zusammen, als Ace nun weiter in mein Ohr flüstert, seine Lippen so nahe an meinem Ohr, dass ich ihre Wärme spüren kann.

»Hör mir zu«, wiederholt Ace noch einmal. »Lenk Neptune ab. Bitte tu es einfach. Vertrau mir, ich muss etwas in Erfahrung bringen.«

Sein Ton ist so bittend, beinahe verzweifelt, dass ich gar nicht anders kann, als zu nicken. Obwohl ich nicht weiß, wie ich das anstellen soll.

Wieso Neptune?

Er antwortet nicht auf meine in Gedanken ausgesprochene Frage, sondern ignoriert mich einfach.

Diskret sehe ich mich um, dann knie ich mich hin und tue so, als würde ich meine Schnürsenkel etwas fester zubinden. Ich kann nicht sagen, dass ich mit was-immer-Ace-von-mir-will einverstanden bin, aber ich schulde ihm etwas. Ohne weiter nachzufragen, binde ich nun eine Masche und mache Anstalten, aufzustehen.

Ich hole tief Luft, als hätte ich Schmerzen und drücke meine Hände in meine Seite, das Erste, was mir eingefallen ist. Ich rutsche nach vorne, falle auf die Knie.

»Crys? Crys, was ist los?« Ace sinkt neben mir zu Boden, die Hände auf meine Schultern gelegt.

Du bist geboren, um zu schauspielern, Ace.

So leise, damit nur ich es hören kann, haucht er: »Kompliment zurück.«

Dann stöhne ich wieder auf und verziehe das Gesicht vor Schmerzen. Was immer Ace vorhat, ich hoffe, dass es schnell zu Ende ist. Denn mit jeder Sekunde steigt die Wahrscheinlichkeit, dass ein Gedankenleser mich auffliegen lässt. Die Traube um mich wird immer größer, jemand schreit nach Neptune. Ich sehe, wie sich der schwarzhaarige Gedankenleser von vor ein paar Tagen in die Menge mischt.

Ich hebe kurz den Blick, nur um zu sehen, wie Cameron sich wegdreht. Neptunes blauer Schopf drängt sich bereits durch die Menge, fluchend.

»Macht Platz, wie soll der Sanitäter denn da durchkommen?«, faucht er und verscheucht die Umstehenden mit einer äußerst schwulen Handbewegung. Normalerweise merkt man seine … Orientierung überhaupt nicht, aber manchmal bricht sie doch durch.

Ich schlucke wieder, presse meine Hand fester in die Seite, die eigentlich überhaupt nicht schmerzt.

»Was hast du? Crys, sag, was dir wehtut!« Unter Neptunes Augen zeichnet sich die Schlaflosigkeit ab, die Erschöpfung. Er sieht fertig aus, sein Haaransatz wächst wieder blond nach. Offensichtlich war er schon lange nicht mehr beim Frisör.

Das ist der Moment, in dem sich Neptune vorlehnt, um mich zu untersuchen. Seine blaue Jacke rutscht etwas nach oben, der Mond beleuchtet den Lauf einer Waffe, die in seinem Gürtel steckt.

Mit einer raschen Bewegung, die niemand vorhergesehen hat, stößt Ace Neptune um und greift nach seiner Waffe. Shinji stürzt auf ihn zu, um ihm die Pistole zu entreißen, doch Ace ist schneller.

Wie in Trance beobachte ich ihn. Er hebt die Waffe. Zielt auf Cameron. Feuert.

Ein Schuss fällt. Kurz darauf der zweite. Es ist, als würde mir ein Loch in die Brust gerissen. Ein Schrei baut sich in meiner Kehle auf. Nein. NEIN. Erstickt von einer einzigen Schneeflocke, kommt nur ein leises »Cameron« über meine Lippen.

Jemand reißt mich zurück, aber ich kümmere mich nicht darum. Ich sehe zu, wie Cameron zu Boden fällt, durch den Rückstoß der Kugeln, die seine Schulter getroffen haben, aus der Balance gebracht.

Was hast du getan, Ace? Ich möchte schreien, mich neben Cameron knien und mich vergewissern, dass er nicht tot ist. Doch Shinji hat den Griff um meine Schultern gelegt und hält mich zurück.

Ace wird von ein paar Starken zurückgerissen und auf den Boden gepinnt, doch momentan habe ich jemand anderes im Blick.

Camerons Blut schimmert dunkel im weißen Schnee. Das Rot ist fehl am Platz in dieser Reinheit. Mit einem Stöhnen zucken die Finger von Camerons linker Hand, und erleichtert atme ich ein.

»Verdammte …«, er schluckt und verzieht das Gesicht unter Schmerzen, als er sich auf den Ellenbögen abstützt und schwer atmend an sich herabsieht. »Scheiße.« Sein Blick streift kurz meinen, er liegt nur wenige Meter vor mir am Boden. Die Menge hat Platz gemacht, um Neptune durchzulassen, der sich mittlerweile vom Schock erholt hat.

Kurz legt sich eine Mitternachtsschwärze über Camerons Augen, dann lässt er den Kopf zurück in den Schnee sinken und schließt sie.

Ich bin erstarrt und wehre mich nicht mehr.

Ace wird in die Höhe gezerrt, die Haut unter seinem rechten Auge blutig. Ich hätte erwartet, dass er um sich tritt. Doch er steht ganz still, den Blick auf Cameron gerichtet.

Ich weiß nicht, ob es die plötzliche Stille ist, die mir einen Schauer über den Rücken jagt, oder Cameron. Eine Ruhe senkt sich über den Wald, einzelne Gespräche ersterben.

»Oh Gott«, keucht eine Gedankenleserin, die Hand über ihren Mund gelegt.

Und plötzlich weiß ich, was mir Angst macht.

Die Blicke aller Gedankenleser liegen auf Cameron.

In Zeitlupentempo sehe ich zu Ace, der seinen Kopf schiefgelegt hat, als würde er lauschen. Glasig stiert er in die Ferne, auf etwas, das ich nicht sehen kann.

Auch die anderen Schafe spüren es. Etwas ist falsch. Und mit Schrecken denke ich: Ihr seid tatsächlich Schafe. Wie konnte ich das nur vergessen? Hilflos, ratlos und ängstlich. Schafe.

Auf einmal kommt wieder Leben in Ace. »Sieh doch«, meint er in meine Richtung, während er das Blut von seinen Lippen leckt.

Nervös über meine Reaktion tue ich ihm den Gefallen und sehe Cameron an. Über Neptunes Schulter hinweg, der vor ihm kniet und versucht, die Kugel zu entfernen, schneidet sein Blick in meinen. Hass spiegelt sich neben sanftem Schmerz. Als ob ich ihn verraten hätte. Schnell blicke ich zu Boden.

»Was meinst du?«, krächze ich.

Mittlerweile hat Shinji seinen Griff gelockert, lässt mich nun ganz los.

»Crys, sieh ihn an.«

Unwillkürlich spüre ich einen Stich im Herzen. Ich schließe kurz die Augen und aktiviere meine Gabe. Auf einmal spüre ich alles viel klarer, die Müdigkeit ist wie weggeblasen. Der Nachtwind streicht über meine ungeschützte Haut, brennt in meinen Augen.

Dann erwidere ich Camerons Blick so fest ich kann. Und ich verstehe.

Die zarten Narben um Camerons Handgelenke, die sich wie Dornen um sie ranken.

Die Selbstverständlichkeit, mit der er seine Waffen führt, als sei er darin geübt.

Der dunkle Schatten unter der Narbe an seinem Hals, wie ein dünner Chip.

Und sein Gesicht. Der Blick eines Anführers, der sein Herz und seine Seele für die Freiheit verkaufen würde.

Cameron wurde für diese Rolle geschaffen, an sie angepasst. Und ich weiß, dass Cameron nicht einfach nur ausgebrochen ist.

Hinter dem Chaos steckt ein detaillierter Plan.

Ein Plan, der meinen Tod einkalkuliert.

Verzweifelt blinzle ich die Tränen weg, die sich ihren Weg durch meine Wimpern hindurchbahnen.

Wie konnte ich nur? Wie konnte ich all das nur übersehen? Die Anzeichen? Der fremde Tonfall in seiner Stimme? Wie, wie, wie?

Cameron ist nicht der, für den ich ihn gehalten habe.

Er ist nicht nur ein Springer in diesem Schachspiel.

Er ist der König.

»Was ist? Willst du es ihnen nicht erklären?«, zischt Ace, seine Augen zu Schlitzen verengt.

Cameron schiebt Neptune weg und rappelt sich auf. Das Blut tropft noch zaghaft von der Wunde, breitet sich wie ein dunkler Kreis auf der Jacke aus.

»Du hast uns belogen!«, meint der schwarzhaarige Gedankenleser arrogant, voller grimmiger Selbstgefälligkeit, das Offensichtliche in Worte gefasst zu haben.

Ich fühle, wie sich die Tränen heiß über meine Wangen ergießen, und ich kann nichts dagegen machen. Ein Damm in mir ist gebrochen. Hastig fahre ich mir mit meinem Ärmel über das Gesicht.

»Was geht hier ab?« Neptunes Stimme ist zaghaft. Ein neugieriges Raunen geht durch die Menge, die sich vermutlich dasselbe gefragt hat.

»Cameron hat uns allen weisgemacht, er sei einer von uns!« Ace erhebt nun seine Stimme. »Er sagte, er würde uns hier rausbringen. In die Freiheit. Und das hat er auch.«

Nun breitet sich ein boshaftes Grinsen auf seinem Gesicht aus. So habe ich ihn noch nie gesehen. »Aber er hat uns seine Ambitionen verschwiegen! Cameron Walden ist Mitglied einer schottischen Geheimorganisation!«

Einige Schafe keuchen auf, andere beginnen zu schimpfen. Wenn es eines gibt, dass sie noch mehr hassen als den Krieg, dann ist es Schottland. Das Land, das uns im Stich gelassen hat.

»Und doch habe ich euch rausgebracht!« Energisch, seine Wangen leicht gerötet vor Wut, schreit Cameron: »Meine Mission war es, euch von dieser Ungerechtigkeit zu befreien!«

Einige Gegenrufe ertönen, genauso wie ein ausgespucktes »Fahr zur Hölle!«

Das ist also sein Geheimnis. Ace hatte recht. Da war eine Barriere, tief in seinem Geist. Eine Blockade, die sein wahres Ich geheim gehalten hat.

Ich habe es nicht gesehen. Die Lügen und die Wahrheit – alles bedeutungslos, wenn man jemanden so täuscht. Und dennoch, ich kann nicht sagen, dass ich es nicht verdient habe.

Ich werfe Cameron noch einen kurzen Blick zu. Nun sind wir quitt. *Vielleicht*, denke ich. Vielleicht, aber warum kann ich dann nicht aufhören zu weinen?

»Ist doch völlig egal, Leute«, erhebt nun Neptune seine Stimme und breitet kurz seine Arme aus, um auch von denen, die noch immer Hassparolen zischen, volle Aufmerksamkeit zu erhalten. »Cameron hat versprochen, was er gehalten hat. Unsere Leute haben uns weggesperrt. Umso besser dann, wenn seine Leute uns rausholen?«

Er hat recht. Unsere Leute, wie er sie nennt, die Engländer, haben unzählige Jugendliche wie die Fliegen sterben lassen. Anscheinend haben die Schotten beschlossen, das nicht länger mitanzusehen.

Zustimmendes Raunen geht durch die Menge, und Neptune fragt: »Können wir dann weitergehen oder wollen wir noch länger herumstehen, um uns den Arsch abzufrieren?«

Auf seine Worte hin, setzen sich ein paar Jugendliche wieder in Bewegung, ohne Cameron eines weiteren Blickes zu würdigen. Einige rempeln ihn beim Vorbeigehen an, doch er bleibt eisern stehen, den Blick stur nach vorne gerichtet.

Kurz bevor Shinji und ich ihn erreichen, dreht er sich auf dem Absatz um und geht vor uns her.

Wie schafft er es, sein Rückgrat noch so aufrecht zu halten, obwohl ihm in die Schulter geschossen wurde ?

Der Weg ist schmal und bedrohlich glatt. Vor wenigen Minuten haben wir endlich den dunklen Wald verlassen. Der Anblick der Cumbrian Mountains bei Nacht ist mehr als überwältigend. Wie sanfte, schlafende Riesen liegen die Hügel vor uns ausgestreckt, durchzogen von spiegelglatten Seen.

Ich lehne mich ein wenig über den Rand des Weges hinaus und sehe hinunter. Unter uns rauscht ein Wildbach, gespeist von einem unbekannten Wasserfall. Noch hat er sich dem Winter nicht gebeugt und sich unter einer Schicht aus Eis schlafen gelegt.

Ich habe keine Ahnung, wo Ace steckt. Irgendwo weiter hinten, nehme ich an, wird er wie ein Schwerverbrecher behandelt. Sie haben ihm Handschellen angelegt und mit zwei weiteren Kämpfern flankiert, um sicher zu sein, dass er nicht wieder ausrastet.

Die Gedankenleser gehen vor uns her, die Köpfe gesenkt. Irgendetwas an ihnen ist merkwürdig. Vor allem an der Art, wie sie sich immer wieder ansehen, dann entweder nicken oder stumm den Kopf schütteln.

Ich ermahne mich selbst, sie endlich in Frieden zu lassen. Es gibt keinen Grund, ihnen zu misstrauen. Oder etwa doch?

Alles klar bei dir?, fragt plötzlich Neptunes Stimme in meinen Gedanken.

Ich nicke. Hoffentlich sieht Neptune, der wenige Schritte hinter mir hergeht, meine Reaktion.

Warum hat er das getan? Wieso wollte er Cameron umbringen? Ich schüttle den Kopf.

Wollte er nicht? Ich höre ihn innerlich aufstöhnen. *Erzähl mir, was du weißt, wenn wir das nächste Mal eine Pause einlegen.*

Ich wende meinen Blick kurz in Richtung Shinji. *Und, was ist mit ihm?*

Auch Mister Asiatische Kampfkünste wird nichts dagegen sagen können, dass ich dich untersuche. Allein.

Ich versuche, ein Grinsen zu schlucken. Neptunes Sinn für Humor.

Plötzlich höre ich seine Stimme erneut in meinen Gedanken, diesmal hysterisch schreiend: *Crys, PASS AUF!*

Mein Blick schnellt nach vorne. Gerade noch kann ich mich unter einem geworfenen Messer hindurch ducken.

»Was zur …?«, fluche ich. Zuerst verstehe ich nicht, was geschieht. Als ich mich aufrapple, ist der Tumult schon in vollem Gange. Körper drängen sich dicht an dicht. Schüsse werden gefeuert. Ich presse mich gegen die Wand und sehe mich nach Shinji um, den ich nicht mehr erblicke.

Verdammt. Verdammt, verdammt, verdammt.

Die Gedankenleser haben es wirklich getan. Genau, wie Cameron vorausgesagt hat, dass irgendjemand versuchen wird, zu flüchten. Allein schneller voranzukommen mithilfe seiner Informationen.

Jemand brüllt meinen Namen, doch der Klang wird ertränkt von Schmerzschreien. Mein Puls rast, und Adrenalin brennt durch meine Adern.

Der schwarzhaarige Gedankenleser rast auf mich zu, ein gemeines Grinsen auf den schmalen Lippen. Ich trete einige Schritte zurück, bis ich den Fels in meinem Rücken spüre. Hektisch suche ich meine Taschen nach irgendeiner Waffe ab, aber natürlich, da ist keine. Ich atme schnell, kleine Wolken steigen auf und mein Herz schlägt beinahe schmerzhaft gegen meine Brust, als wolle es nach draußen und auf schnellen Füßen abhauen. Sein Grinsen weitet sich aus, verzerrt sein Gesicht zu einer Grimasse.

»Nicht«, wimmere ich. Verdammt, wieso muss ausgerechnet jetzt meine Stimme versagen? Verzweifelt sehe ich mich weiter nach einer Waffe um.

Abschätzig schüttelt er den Kopf, spuckt einmal vor mir auf den Boden. Langsam hebt er seine Pistole, und ich hebe meine zitternden Hände. Ich will nicht sehen, wie er abdrückt.

»Und ich dachte, du wärst etwas Besonderes!«

Aus den Augenwinkeln sehe ich, wie Lynn gerade auf einem Gedankenleser kniet und ihn zu Boden drückt. Scheinbar hat die andere Seite Zuwachs bekommen, denn mittlerweile kämpfen weitere Inhaftierte in ihrem Team.

Doch er schießt nicht. Hat er es sich anders überlegt? Ich bemerke an seinem Blick, dass das nicht der Fall ist. Mich zu erschießen wäre zu einfach. Ihm ist etwas Besseres eingefallen. Er wird mich hinrichten. Mit einer leichten Bewegung seiner Waffe deutet er mir, mich von der Wand zu lösen.

»Crys! Nicht!« Vielleicht höre ich Aces Stimme nur in meinen Gedanken, so gedämpft dringen seine Worte zu mir, trotzdem entgeht mir die Bitte nicht. Meine Schuhe rutschen ohne Halt über den vereisten Boden, während ich tue, was der Gedankenleser von mir will. Mit einer leichten Bewegung der Pistole bedeutet er mir, mich hinzuknien. Ich lasse mich auf die Knie fallen, das Eis schneidet in mein Fleisch.

»Doch offensichtlich habe ich mich getäuscht!«

Ich schließe die Augen und warte auf den erlösenden Schuss. Langsam zähle ich rückwärts von zehn zu null. Bei neun erwarte ich, dass ich bereits tot bin.

»CRYS!« Die Nähe der Stimme lässt mein Herz kurz aussetzen. Ich erschrecke, verliere die Balance. Und falle. Ich strecke die Arme aus, will mich blind an den Steinen festhalten. Meine Augen sind weit aufgerissen, die Nachtluft schneidet in meine Pupillen.

Tatsächlich, ich halte mich. Die Kanten des scharfen, kalten Steins durchdringen meine Haut, machen meine Hand rutschig mit Blut. Der Gedankenleser ist verschwunden, nur seine Hand hängt über den Rand des Weges. Er ist tot.

An seiner Stelle kniet nun Cameron, der sich gefährlich weit vorlehnt. »Nimm meine Hand.«

Obwohl ich den Befehl nur von seinen Lippen ablesen kann, weiß ich, was er will. Mein kleiner Finger löst sich, augenblicklich scheint mein Gewicht umso schwerer auf meinen anderen neun zu hängen.

»Ich kann nicht, Cameron!«, keuche ich zurück.

»Doch. Du kannst, strecke die Hand aus! Ich werde dich nicht fallen lassen!« Den letzten Satz spricht er mit einer heftigen Bestimmtheit, als ob es jeden Moment zu spät sein könnte. »Bitte. Ich will dich nicht verlieren!« Seine Stimme senkt sich zu einem Flüstern.

Wieso jetzt? Wieso?

Cameron beugt sich noch etwas weiter vor, seine schwarzen Haare streichen über seine Wange. Als ich seinen Blick kurz erwidere, bewegt sich wieder ein mitternachtsdunkler Schatten über seine braunen Augen.

Mit letzter Kraft strecke ich meine linke Hand aus. Und in dem Moment, in dem sich unsere Fingerspitzen berühren, verliere ich den Halt.

Das Wasser schließt sich über meinen Kopf zusammen, zieht mich in seinen eisigen, kalten, tödlichen Griff. Instinktiv rudere ich mit den Armen, um mich über Wasser zu halten, doch ich werde immer wieder nach unten gedrückt.

Der Bach ist tiefer, als ich gedacht hätte, fast ein kleiner Fluss. Ich strecke die Hand aus, will den hellen Fleck an der Wasseroberfläche fangen, nach ihm greifen, weil dort die Erlösung liegt. Die letzte Luft entweicht aus meinen Lungen, ich beobachte, wie die kleinen Blasen nach oben steigen. *So muss es sein, zu sterben.* Mit einem weiteren müden Gedanken korrigiere ich mich selbst: *So ist es zu sterben.* Vor meinen Augen wird alles schwarz. Der Anfang vom Ende.

8

He did not wear his scarlet coat,
For blood and wine are red,
And blood and wine were on his hands
When they found him with the dead.

Crys

Crys.

Nie hätte ich gedacht, dass die Stimme des Todes so sanft sein kann. Als flüstere er die Worte genau in mein Ohr, kann ich fühlen, wie sie meine Gedanken berühren.

Was?, will ich schreien. *Du hast mich doch längst!* Aber meine Seele ist schon von meinem Körper getrennt, sodass ich es nicht über meine Lippen bringe. Die Abwesenheit meines Herzschlages liegt wie eine stumme Decke über mir, erstickt mich, macht mich bewegungslos.

Crys, bleib bei mir. Bitte.

Ein stechender Schmerz fährt durch mich hindurch, wie ein Pfeil konzentriert er sich dann auf meine Brust.

Aber wie soll ich bei dir bleiben, wenn du deinen Griff schon um mich gelegt hast?

Seine Worte verwirren mich. Was will der Tod von mir? Habe ich so viel Schlimmes getan, dass er mich nicht einfach sterben lassen kann? Muss ich zuerst meine Schulden begleichen? Den Tribut für das zahlen, was ich angerichtet habe?

Bitte bleib.

Ich kann es kaum glauben, aber es liegt Verzweiflung in seiner Stimme.

Ein weiterer Stich lässt meine Gedanken unklar werden, ein Brennen zuckt durch meine Adern.

Ich bin ein Inferno.

Das Feuer umschließt für kurze Zeit den stillen Platz in meiner Brust. Ich will keuchen. Ein einziges Flackern frisst sich weiter hindurch.

Und plötzlich … plötzlich ist da ein Geräusch.

Ein Pochen.

Ein Schlagen.

Mein Herz.

Stetig nimmt es seinen Rhythmus wieder auf, zuerst zögernd, dann immer schneller.

Vor Überraschung flattern meine Augenlider.

Ich hätte nicht geglaubt, dass der Tod so schön ist. Auch wenn ich ihn nur durch einen dunklen Schleier sehen kann. Er raubt mir den Atem, den ich gerade erst wiedererlangt habe. In seinem Haar verfangen sich die Flammen, lodern und lassen das flüssige Schwarz noch heller strahlen. Die Augen sind von einem dunklen Topas, wie Tigeraugen. Wachsam, ohne Gnade. Und der Ausdruck auf seinem Gesicht, die leichte Gewissheit, dass er am Ende immer gewinnen wird.

»Crys. Endlich.« Seine Stimme reißt mich aus meinen Gedanken.

Ich kenne diesen Tonfall. Hastig blinzle ich den dunklen Schatten weg, der wie Dunst über meinen Augen liegt.

»Cameron?« Meine Stimme ist krächzend. Ist er der Tod?

Ein schwaches Lächeln breitet sich auf seinem Gesicht aus, das gezeichnet von Erschöpfung ist.

»Was … was ist passiert? Wo sind wir?« Verwirrt versuche ich mich aufzusetzen, doch Cameron drückt mich sanft auf die Matratze zurück.

Dunkelheit legt sich über seinen Blick. »Wir wurden von den anderen getrennt.«

»Aber wie … Was ist passiert?«

»Als du gefallen bist, hat sich einer der Gedankenleser an mich herangeschlichen und über die Kante gestoßen. Gott sei seiner verdammten Seele gnädig.«

Ich blinzle einige Male, ehe ich sage: »Du hast mein Leben gerettet.«

»Nicht der Rede wert«, sagt er, mit einem großspurigen und zugleich müden Lächeln. Das Feuer im Kamin züngelt, und Funken streben in die Höhe. Trotz der Wärme merke ich, dass ich zittere, und ziehe mir die Decke bis unter den Hals. Ein Haufen aus Kleidung liegt auf dem Boden.

Einer der Klumpen sieht aus … wie meine Jacke.

Rasch werfe ich einen Blick unter den kratzigen Stoff, unter dem ich liege und spüre sofort die Hitze in meine Wangen kriechen.

»Tut mir leid. Aber das Wasser war eiskalt. Anders hättest du dir den Tod geholt. Sei unbesorgt, ich war viel zu sehr damit beschäftigt, dich wieder in die Welt der Lebenden zurückzuholen, als irgendetwas anderes zu tun.«

Die spartanische Einrichtung umfasst nicht mehr als einen Herd, einen hölzernen Schrank für Lebensmittel und Kleidung, einen verrußten Kamin sowie einen Tisch und einen Stuhl, den Cameron sich neben mein schmales Bett geschoben hat.

»Tut dir irgendetwas weh?«, fragt er mich, die Spannung weicht aus seinem Körper. Die Blutspritzer auf seinem T-Shirt sehen aus, als würde ein dunkler Fleck auf dem Gefieder einer weißen Taube sitzen.

Probehalber strecke ich die Glieder. Ein stechender Schmerz reißt wieder durch meinen Körper. Mit kontrollierter Miene erwidere ich: »Zu viel, um es aufzuzählen. Aber ich bin okay … denke ich. Und was ist mit dir?«

Müde lächelt Cameron mich an. »Mach dir keine Sorgen um mich. Sogar der Tod weiß, dass ich zu gutaussehend zum Sterben bin.«

Nur der Schmerz in meiner Brust hält mich davon ab, zu schmunzeln. »Das ist nicht witzig, Cameron«, erwidere ich und schüttle den Kopf über seine Selbstverliebtheit.

Plötzlich trifft mich die Härte der vergangenen Stunden mit voller Wucht. Ich schlucke. »Falls Cameron überhaupt dein richtiger Name ist.«

Der Hauch von Amüsiertheit verschwindet von seinem Gesicht und lässt es blank, kalt und emotionslos zurück. Mit einem eisigen Blick sieht er mich an und sagt: »Einer davon. Kommt darauf an, in welchen Pass du schaust. Cameron ist mein Geburtsname. Also ja, eigentlich schon. Aber ich könnte dich genau das Gleiche fragen.«

Meine Augen ziehen sich zu Schlitzen zusammen, während ich ihn beobachte. »Ich habe nicht gelogen. Zumindest nicht, was meinen Namen betrifft.«

»Aber sonst bei allem, wie?« Er wendet das Gesicht ab und steht auf, eine tiefe Falte zwischen den zusammengezogenen Augenbrauen. Mit langsamen Schritten durchmisst er die Distanz bis zum Fenster. Nachlässig lehnt Cameron sich dagegen, sein Profil leuchtet im Mondlicht.

Mittlerweile hat es angefangen, große, weiche Flocken zu schneien.

Ich presse hart meine Lippen aufeinander. Scheinbar ist hier jemand sehr nachtragend. Schon setze ich zu einer Erwiderung an, doch er überrascht mich.

»Wir sind allein hier draußen, und du bist geschwächt, ich habe eine Kugel abgekriegt, die irgendwo in meiner Schulter steckt. Wir können uns keine unnötigen Streitereien leisten. Glaubst du, du schaffst es, mir nach alldem, was passiert ist, zu vertrauen?«

»Habe ich denn eine Wahl?«, murmle ich.«

Müde schließt Cameron die Augen und legt seine Stirn gegen das Glas. Sein Atem hinterlässt weiße Schatten an der Scheibe und bringt die Schneeblüten zum Schmelzen.

Ich sehe zu, wie sich sein Kiefer anspannt und wieder entkrampft.

»Keine Lügen mehr?« Seine Stimme ist kaum mehr als ein Flüstern.

»Keine Lügen mehr«, seufze ich.

Der langsam einsetzende Wind rüttelt am Dach der Ein-Zimmer-Hütte, durch eine dünne Ritze in der Decke dringt ein Lufthauch und bringt das Feuer dazu, wild zu flackern.

Eine weitere Zeit lang betrachte ich Cameron, der noch immer still am Fenster steht. Der Riss in seinem T-Shirt legt die schimmernde Haut seines Rückens frei, weiß wie Perlmutt. Nur einen Augenblick lang durchbricht das Licht des Mondes die Wolkendecke, taucht sein Gesicht in helles Licht.

Meine Kehle wird staubtrocken. Diese Lippen ... wer hätte gedacht, dass sie so außerordentlich gut lügen können? Und die dunklen Augen ... Klar wie eine sternenlose Nacht, und trotzdem verraten sie keines seiner Geheimnisse.

»Darauf sollten wir trinken«, meint Cameron plötzlich in die Stille hinein und dreht sich zu mir.

»Was meinst du?« Ich versuche mich auf einem Ellenbogen aufzustützen, doch die Pein lässt alles vor meinen Augen verschwimmen. Ich plumpse zurück auf die Matratze.

Durch die Tränen, die sich in meinen Wimpern sammeln, sehe ich, wie er zu dem kleinen Schrank geht. »Schnaps hilft ganz gut gegen Verletzungen. Vor allem, wenn man ihn trinkt.«

»Du willst mich doch nur betrunken machen, damit du mich weiter ausziehen kannst«, nuschle ich. Verdammt. Habe ich das gerade laut gesagt? Würde nicht gerade jedes einzelne Geräusch zehnfach in meinem Schädel widerhallen, hätte ich laut aufgestöhnt.

»Keine Angst, ich habe nicht die Absicht, dich betrunken zu machen. Du bist nüchtern schon anstrengend genug.« Er tritt an die Pritsche heran und hält mir die staubige braune Flasche hin.

Anstrengend? Ich? Wer redet die ganze Zeit davon, dass er so gut aussieht und hat leider auch noch verdammt recht damit?

»In dem Schrank ist nicht zufällig ein Drei-Gänge-Menü versteckt?«, presse ich zwischen den Zähnen hindurch, als ich mich in Zeitlupentempo aufrichte.

»Der Wodka besteht aus Kartoffeln, zählt das auch?« Er setzt ein schiefes Grinsen auf. »Die Mäuse haben sich wahrscheinlich alles Essbare geholt, seit der Besitzer weg ist. Vermutlich wurde er vor einigen Jahren vom Militär ausquartiert.

Mit einem Grummeln nehme ich die Flasche, die er mir noch immer vor die Nase hält und lasse einen kräftigen Schluck meine Kehle hinunterlaufen. »Widerlich. Wie kann man so etwas nur trinken?« Ich wische mir den Mund ab.

Cameron zuckt bloß mit den Schultern. Sein T-Shirt rutscht ein wenig nach unten, und ich sehe eine bereits verkrustete, kreisförmige Narbe, dort, wo Ace ihn angeschossen hat. Anscheinend hat die zweite Kugel ihn verfehlt.

»Wenn man so isoliert von anderen ist, tut man alles, um sich weniger allein zu fühlen.«

»Was hast du gesagt?«, frage ich noch einmal nach, während ich spüre, wie mir der Alkohol bereits in die Adern dringt. »Aber die anderen werden uns doch holen komm…« Meine Stimme verliert sich.

Camerons Gesichtsausdruck wechselt von erschöpft zu angespannt und fertig.

»Oder?« Ich traue mich kaum zu fragen.

Mit einer Hand streicht er sich nachlässig seine zerzausten Locken aus dem Gesicht, und zum ersten Mal bemerke ich die dunklen Ringe unter seinen Augen. Mitleidig schüttelt er den Kopf. »Nein, werden sie nicht. Wir wissen nicht, ob überhaupt noch jemand außer den Gedankenlesern lebt.«

Verzweifelt entgegne ich: »Aber sie waren doch nur so wenige! Sie …«

»Aber sie können jeden deiner Schritte voraussehen. Das macht sie zu einem Feind, der nicht einfach zu besiegen ist.«

Ich schlucke den Knoten hinunter, der sich in meinem Hals gebildet hat. Unwillkürlich sehe ich Ace vor mir. Lynn. Neptune. Finn. Shinji. Rebecca. Tyler. All die anderen. »Ace wird nach mir suchen.« Ich kenne ihn, er wird.

Cameron seufzt und presst sich eine Faust gegen die linke Schläfe. »Tyler hat das Kommando. Und er weiß, was zu tun ist. Jeder, der verschwunden oder verschollen ist, muss als tot betrachtet werden.«

Was heißt, dass sie denken, wir seien nicht mehr am Leben.

Ich presse meine Kiefer aufeinander. Die Bitterkeit in seiner Stimme lässt eine Gänsehaut meine Arme hochkriechen, unwillkürlich schlucke ich. »Du hast recht. Tyler wird uns nicht holen kommen. Wo er doch so ein großer Fan von mir ist.«

Cameron massiert seine Stirn. »Sarkasmus ist auch eine Art, der Realität aus dem Weg zu gehen.«

Müde zucke ich mit den Schultern, ich spüre die rauen Fasern der Decke auf meiner Haut.

Bis auf das Knistern des Feuers ist es einige Zeit ruhig. Cameron lässt sich an der Wand hinuntergleiten und sitzt nun an sie gelehnt mit dem Ellenbogen auf dem Knie abgestützt da. Und sieht mich an.

Ich hasse es, beobachtet zu werden. »Das heißt, wir müssen uns da alleine durchkämpfen?«

Die letzte Silbe verliert sich in einem lauten Schluckauf, schnell presse ich meine Hand vor den Mund, um den Laut zu dämpfen.

»Ja. Wir haben keine andere Wahl.«

Ich schüttle den Kopf, stoße wischen zwei Hicksern hervor: »Jemand hat mir einmal gesagt, dass man immer eine Wahl hat.« Hicks.

Wenn die Situation nicht so todernst gewesen wäre, ich bin sicher, Cameron hätte gelacht. Amüsiert über meine offensichtliche

Alkohol-Unverträglichkeit, blickt er ertappt kurz zu Boden und meint: »Natürlich, ich bin mir sicher, dieser Mensch hatte recht. Die Alternative wäre, einfach hier zu bleiben und den ganzen Wodka-Vorrat zu eliminieren.«

»Eine nette, kleine Alkoholvergiftung für jeden. Das wäre doch mal eine tolle Art zu sterben«, seufze ich.

Je müder mein Geist und je weiter sich der Schnaps in meinem Blut ausbreitet, desto wärmer wird mir von innen. Der Schmerz ist jetzt wie weggeblasen, ich spüre nur noch eine matte Zufriedenheit.

Plötzlich wird Camerons Blick wieder hart, lastet wie ein schwerer Stein auf mir. »Wieso fragst du nicht endlich das, was du schon die ganze Zeit fragen willst?« Seine Stimme ist rau.

Und ich dachte immer, ich hätte ein unschlagbares Gespür. Tatsächlich, er hat recht. Es gibt eine Frage, die schon seit meinem Aufwachen in einer Ecke meiner Gedanken rumlungert wie ein streunender Hund, den man am liebsten verscheuchen möchte. Ich schlucke.

»Hat Ace die Wahrheit gesagt? Bist du tatsächlich ein schottischer ...« – das Wort fühlt sich absolut lächerlich in meinem Mund an - »Spion?«

Cameron lacht einmal leise auf, ohne jeden Humor. »Wenn es so einfach wäre.«

»Cameron ... ich denke, wir haben genug Zeit. Deine Wunde muss vollständig heilen, und ich befürchte, dass ich keinen Schritt gehen kann.« Meine Worte werden begleitet von einem gedehnten Gähnen, und ich rolle mich auf die Seite, um ihn besser im Blick zu haben.

Mit einer Bewegung, die trotz der Erschöpfung fließend ist, erhebt er sich und tritt erneut ans Fenster. Als er zu sprechen beginnt, sind seine Worte sehr leise. »Meine Mutter war ganz allein, als die ersten Kriegsmeldungen kamen, und aus einer Vorahnung heraus entschied sie zu gehen. Ihre Schwester lebte in Schottland und gab uns – Mom, meinen Brüdern und mir - Zuflucht, als wir vor ihrer Türe standen. Das war, kurz bevor das Militär die Grenzen dichtmachte. Der Mann meiner Tante – sein Name ist Jeff – gehört einer Untergrundorganisation an, die sich das Requiem nennt. Falls du dachtest, Schottland sei von selbst so unabhängig und neutral, hast du dich getäuscht. Das Requiem zieht still im Hintergrund die Fäden.

Als ich zwölf war, nahm mich Jeff das erste Mal zu einer solchen Versammlung mit. Damals kam es mir beeindruckend und ehrenhaft vor, dem Requiem anzugehören – aber ich habe nie das Opfer gesehen, das dahintersteckt. Später haben sie mich aufgenommen und trainiert. Zu der Ausbildung gehören fremde Sprachen und vor allem der Umgang mit Waffen. Wenn du bestehen willst, musst du tödlich sein. Gnadenlos. Und du musst dir sicher sein, das Richtige zu tun. Immer.«

Er stockt, und ich habe irgendwie das Gefühl, dass er sich nicht so sicher ist, hier das Richtige zu tun. Still beobachte ich ihn, als er weiterspricht.

»Vor einem Monat erfuhr ich, dass diese Anstalt von innen heraus ausgekundschaftet wurde. Aber weil jeder sicher war, dass ein Ausbruchsversuch von alleine nie gut gehen würde, haben sie mich darauf angesetzt. Ich bin jung, genau im passenden Alter für einen Inhaftierten. Meine Aufgabe ist es – war es -, einen Aufstand anzuzetteln und nach draußen zu gelangen. Ich wusste von Anfang an, dass ich auf mich allein gestellt sein würde, denn die anderen Mitglieder des Requiems konnten nicht eingreifen. Nicht mal Jeff, obwohl er vor Ort war. Es ist schon alleine schwer, unbemerkt über die Grenze zu kommen, aber mit mehreren – unmöglich. Genauso wie diese Mission. Ich habe versagt.«

Meine Stimme ist trocken, als ich erwidere: »Nein. Hast du nicht. Wir sind hier draußen. Wir sind frei, du hast selbst gesagt, dass nur das alleine zählt.«

Ohne auf meine Worte einzugehen, blickt er aus dem Fenster. Sein Profil wird in den Schein des Feuers getaucht, und wieder sehe ich den Tod vor mir, mit den Haaren aus flüssigem Gold.

»Kennst du das Gedicht von Alfred Tennyson? *Der Angriff der Leichten Brigade*?« Ohne meine Antwort abzuwarten, beginnt er zu zitieren:

»Säbel heraus! Die Klingen fein
Blinken und blitzen im Sonnenschein,
Und die Leichte Brigade, nun ist sie hinein,
Fast über sich selber verwundert;
Ihre Säbel, in Rauch und Pulverqualm,
Singen manch einem den letzten Psalm,
Aber endlich, aus Qualm und Rauch

Und ermattet bis auf den letzten Hauch,
Abgejagt und abgehetzt,
Müssen sie rückwärts, rückwärts jetzt –
Nicht mehr Sechshundert.«

Den letzten Satz spricht er mit bitterer Stimme. Dann pausiert er kurz.

»Lord Cardigan hat aufgrund einer Fehlentscheidung seine ganze Truppe in Gefahr gebracht. Er war der Anführer, er hätte über den Fehler Bescheid wissen müssen. Aber er hat versagt. Genau wie ich.«

Ich will zu einer Erwiderung ansetzen, doch er schneidet mir das Wort ab: »Suche keine Entschuldigungen, wo es keine gibt. Ich hätte einfach besser aufpassen müssen, dann wäre dieser Tumult nicht entstanden. Es war unmöglich, zum Scheitern verurteilt. Man kann mit noch so großem Kampfgeist einen Krieg beginnen, ohne die richtigen Waffen verliert man ihn dennoch.« Er presst seine Handflächen kurz auf die Augen, dann wendet er sich wieder zu mir um.

»Aber wie … wie hast du deinen Geist so verriegelt?«

»Das ist gar nicht so schwierig, wenn man so ausgebildet wurde wie ich. Man muss einfach nur an etwas anderes denken. Und wenn dieser Gedanke schön ist, ist es ein Kinderspiel.«

Beinahe will ich fragen, was er damit meint, doch diese Frage hebe ich mir für später auf. Die Augen fallen mir immer öfter zu, ich kann ein Gähnen nicht zurückhalten.

»Erzähl mir von deinem Onkel. Wieso ist er Mitglied des Requiems?«

Cameron blickt mich an. »Jeff? Du kennst Jeff doch schon bereits.«

Verwirrt ziehe ich die Augenbrauen zusammen. »Tue ich das?«

Er nickt. »Er wurde schon vor einer langen Zeit in die Anstalt eingeschleust. Jeff Carter.«

»Was? Carter ist dein Onkel?« Obwohl die Müdigkeit mich beinahe ertränkt, bin ich völlig verblüfft. »Aber er … Carter hat mich beim Ausbruch verschont, er hat danebengeschossen!«

Nun schleicht sich wieder ein krakeliges Lächeln auf sein Gesicht. »Dann muss er dich anscheinend mögen.«

»Aber ich gehe davon aus, dass es nicht beabsichtigt war, dass sie dir die Droge injizieren, oder?«

Cameron zuckt mit den Schultern. »So spielt das Leben. Dafür bin ich jetzt Superman!«

Ich verdrehe die Augen. »Spiderman ist cooler.« Ich kann mir ein Grinsen nicht verkneifen.

Cameron tritt an mein Bett und meint spielerisch: »Ich bin der Superheld, den du haben willst, Kleine.« Aber sein Humor hört sich gezwungen und abgeschlagen an. »Schlaf jetzt«, sagt er. »Ich wecke dich in ein paar Stunden auf.«

Zögernd streckt er die Hand aus, um mir meine Haare aus dem Gesicht zu streichen.

Doch ich spüre seine Berührung nicht mehr. Die Grenzen zwischen Realität und Traum sind schon verschwommen. Und irgendwo in dieser Unwirklichkeit spüre ich, wie seine Hand zu meinem Hals gleitet und seine Stimme ganz nah an meinem Ohr flüstert: »Frohes neues Jahr.«

Und ich weiß nicht, ob ich träume, als ich seine Lippen kurz auf meiner Wange spüre.

Neptune

Es ist einsam auf der Spitze des Eisbergs. Das war es schon immer. Natürlich, einige Leute mögen mich. Aber das auch nur, weil ich eben bin, wer ich bin. Neptune Corraface. Und nicht Sebastian.

Unwillkürlich denke ich zurück an meinen besten Auftritt. Damals habe ich tatsächlich noch geglaubt, dass die Menschen mich meinetwegen lieben. Ich stehe auf der Bühne, getränkt in Adrenalin und Schweiß. Das Licht in der Carolina Hall ist gedämpft, die Halle selbst zum Bersten voll mit meinen Fans. Abschließend schlage ich den letzten Akkord an, meine Finger schmerzen, aber das macht nichts.

Ich bin ein Junkie, der Applaus ist meine Droge.

Ich bin ein Krieger, der mit seinen Worten jede Sekunde einen guten Ruf tötet.

Und ich bin ein König, der sich die Menschen untertan macht.

Das Kreischen hallt mir in den Ohren, droht mich taub zu machen. Ich kann die einzelnen Gesichter nicht auseinanderhalten, mein Blick nimmt die Menge als Einheit. Gottgleich hebe ich die Arme zu einer gebieterischen Pose.

Jaaaaaa. Jetzt rastet das Volk wirklich aus. Sie schreien meinen Namen und noch andere Sachen, die ich nicht so genau wiedergeben möchte.

Ich schnappe wieder nach dem Mikrofon, ziehe es nah an meine Lippen heran. Eine Weile warte ich noch, bis es endlich leise genug ist, damit ich sprechen kann.

»Hey, Leute«, sage ich in meiner tiefen, sexy Stimme.

Kreischen. Ein Grinsen erwärmt mein Gesicht. »Den nächsten Song möchte ich der Person widmen, die es überhaupt möglich gemacht hat, dass ich heute hier sein kann!«

Augenblicklich tönt aus der Menge »Rich! Rich! Rich!«, aber ich schüttle den Kopf. Keine Ahnung, wie dieser Typ es geschafft hat, fast genauso berühmt zu werden wie ich, aber er hat tolle Arbeit geleistet. Mit einer ausgestreckten Hand mache ich eine beruhigende Bewegung.

»Tut mir leid, diesmal nicht. *Keep The Ashes* ist für Charlie Wenston. Wo bist du, Charlie?«

Ich schirme meine Augen mit den Händen ab.

»Hier!«, schreit eine Stimme, und ich bemerke Charlie bei der Bar. Ihr blondes Haar ist zu einem Pferdeschwanz gebunden, ihre dunklen Jeans sind durchlöchert.

»Also, für dich! Und du kriegst die dreißig Pfund natürlich wieder zurück!«

Die Gitarristin von *National Shame* hebt ihr 80 Shilling in die Höhe (das einzige Bier, das sie noch aus Schottland importieren) und prostet mir zu. »Wer's glaubt, wird selig!«, schreit sie zurück, sichtlich amüsiert.

Ja. Ich habe tatsächlich mein V.I.P-Ticket vergessen. Zusammen mit meiner Brieftasche liegt es irgendwo schön friedlich im Chaos meiner Wohnung. Und dieser ignorante Türsteher wollte mich partout nicht reinlassen.

»Selbst, wenn du der Kaiser von China wärst«, hat er gebrummt, »wer hier rein will, braucht eine Karte!«

Vermutlich hätte er auch Jesus Eintritt zahlen lassen. Oh ja. Den ganz besonders. Immerhin ist er ein Kerl in einem Kleid.

Aber das war damals. All die Auftritte sind Vergangenheit, und nicht einmal irgendein Gott, wenn es ihn überhaupt gibt, kann uns aus dieser beschissenen Situation befreien. Kann die Toten nicht mehr zum Leben erwecken.

Und mich nie wieder vergessen lassen, was ich gerade getan habe.

»Tja, da ging mein guter Vorsatz dahin, im neuen Jahr niemanden zu töten.« Meine Stimme zittert, obwohl ich will, dass sie sich unbedarft anhört, als ich das Blut von der Pistole wische.

»Neptune, das war ein Unfall. Ich meine, er hätte dich von hinten erstochen, wenn du nicht ausgerutscht wärst und ihm versehentlich deine Waffe an den Kopf geschlagen hättest«, meint Ace, der sich seine Schläfe reibt.

Der schmale Pfad ist getränkt von Blut und Leid. Zu einer Seite steil abfallend in einen reißenden Fluss, zur anderen Seite beschränkt von einer noch steileren aufragenden Felswand. Eines muss man den Gedankenlesern lassen: Sie haben den richtigen Zeitpunkt gewählt, um anzugreifen. Perfektes Timing.

»Jaja«, murmle ich. Und trotzdem, ein Mensch ist tot. Auch, wenn er es auf mich abgesehen hatte.

Fuck.

Verdammt.

Scheiße.

Jetzt bewahrt mich absolut nichts mehr davor, in die Hölle zu kommen.

Plötzlich schnellt Aces Kopf in die Höhe, und er starrt mich an. »Wo ist Crys?«, schreit er panisch, als wäre er gerade vom Schock aufgewacht, und stößt sich von der Wand ab. Behutsam steigt er über die Toten, seine Jacke zerrissen. Der Bluterguss um sein Auge blüht auf wie ein Vergissmeinnicht.

Automatisch scannen meine Augen den Boden. Genau wie Ace hoffe ich, dass Crys nicht unter ihnen ist. Unter denen, die nicht mehr ins Leben zurückkehren werden.

»Wo ist sie?« Nachdem er sie nicht gefunden hat, fällt er atemlos auf die Knie, er stützt seine Ellenbogen auf die Oberschenkel und starrt auf den Bach.

»Ace?«, fragt plötzlich eine Stimme hinter uns. Wir wirbeln beide herum.

Einer der Kämpfer, ein Japaner oder vielleicht Chinese, steht hinter uns, mit nur einem Turnschuh am Fuß. Sieht aus, als wäre da jemand zu schnell für seine Schuhe gewesen. Seine Augen fliegen zu mir, eine Braue in die Höhe gezogen. Ach ja. Hatte ich ganz vergessen. Telepathie und so.

»Was gibt's, Shinji?«, fragt Ace nervös, während er sich über die bereits bläulichen Lippen leckt.

»Crys … ich habe gesehen, wie sie dort runtergefallen ist.«

Ace verbirgt das Gesicht hinter den Händen, vergräbt die Finger so fest in den Haaren, dass die Knöchel weiß hervortreten. »Oh Gott. Nein.« Langsam schüttelt er den Kopf.

»Shinji, bist du dir sicher?«, wende ich mich nun zu dem Kämpfer. Ernst nickt er, seine Züge ohne jede Emotion, kontrolliert. »Ja. Bin ich.«

Schwungvoll erhebt sich Ace nun, schluckt einmal hart. »Crystal ist eine gute Schwimmerin, das hat sie selbst gesagt. Aber dieser … es ist eiskalt.« Auf einmal reißt sich sein verhangener Blick von dem Bach los und schießt zu Shinji. »WAS? Was hat Cameron getan?« Seine Stimme klingt ungläubig und ohne jeden Grund (jedenfalls keinen, der für mich ersichtlich ist) gereizt.

Shinji starrt ihn unnachgiebig an, seinen Gürtel quer über die Brust geschlungen, um ein paar Messer zu halten. Ruhig meint er: »Er ist ihr nachgesprungen.«

Ich fühle, wie meine Augenbrauen sich überrascht heben. Auf mich hat es den Eindruck gemacht, als würde Cameron Crys abgrundtief hassen. Manchmal sind Liebe und Hass eng verbunden. Aber eben auch nur manchmal.

Ace klappt der Unterkiefer herunter, er schließt seinen Mund wieder. Er scheint zwischen Weinen und Lachen zu schwanken.

Ich kann verstehen, dass ihm das tierisch gegen den Strich geht, aber wenn Cameron sie tatsächlich gerettet hat? Die Chancen stehen nicht gerade gut, aber manchmal kennt das Glück verschlungene Wege.

Eine weitere Sekunde verstreicht noch, dann beherrscht sich Ace wieder und arrangiert seine Gesichtszüge zu einer erleichterten Maske. »Gut. Danke, Shinji. Das war sehr … hilfreich.«

Mit der Andeutung eines Lächelns neigt dieser den Kopf zum Gruß und verschwindet dann genauso lautlos, wie er erschienen ist.

Aces Blick hat sich wieder auf das Wasser gerichtet, nachdenklich hat er die Augenbrauen zusammengezogen, auf seiner Stirn bildet sich eine tiefe Falte. Er sieht so verletzt aus, gleichzeitig verbittert und erleichtert.

Ich muss dem Drang widerstehen, hinzugehen und ihm aufmunternd die Hand auf die Schultern zu legen. Ich will sagen, dass er doch froh sein soll. Dass Cameron Crystal sicher retten konnte, dass er sie nicht hat sterben lassen. Dass Crystal zurückkommen wird. Zu ihm.

»Neptune?« Seine Stimme ist geknickt, einfach rau. »Bitte … könntest du gehen und mich in Ruhe lassen?«

Okay? Soll ich gekränkt sein? Nein. Aber trotzdem, ich kann nichts dagegen machen, ich fühle mich persönlich beleidigt. Schwach nicke ich. *Für dich würde ich alles tun, Süßer,* seufze ich in Gedanken. Ich werfe einen Blick über die Schulter, während ich mich entferne, aber er springt nicht darauf an.

Wie kann jemand eine derartige Macht besitzen, um andere so zu verletzen?

Ich habe so etwas noch nie gefühlt. Vielleicht sollte ich Crys hassen. Immerhin verletzt sie Ace. Vielleicht … Ich schüttle den Kopf. Vielleicht bin ich einfach nur eifersüchtig. Aber das will ich nicht einsehen. Jemanden zu hassen ist viel, viel leichter.

Crys

Ich wache auf, bevor Cameron mich weckt. Verschlafen blinzle ich und bleibe regungslos liegen, hänge noch wenige Sekunden dem traumlosen Schlaf nach. Draußen ist die Morgendämmerung schon angebrochen,

Schnee und Eis reflektieren den trüben Himmel. Das Feuer im Kamin ist erloschen, aber die Wärme liegt noch still über der Hütte. Cameron steht mit dem Rücken zu mir über den Tisch gebeugt. Seine Haltung ist angespannt, nachdenklich. Mit dem Zeigefinger fährt er über etwas, das wie ein vergilbtes Blatt Papier aussieht.

»Hm«, meint er leise zu sich selbst und greift locker zu der Flasche, die auf dem Tisch steht. Nach ein paar Schlucken setzt er sie wieder ab.

Mir fällt auf, dass er nicht mehr das blutige T-Shirt trägt, sondern einen schwarzen Pullover, der seltsamerweise genau in seiner Größe zu sein scheint.

Er hat die Ärmel hochgekrempelt, an seinen Handgelenken erkenne ich die feinen Narben, dort, wo sie ihm die Droge injiziert haben. Genau an den Pulsadern, damit sie schneller in den Blutkreislauf aufgenommen wird.

Leise beginnt Cameron zu summen, die vertraute Melodie des *Auld Lang Syne*. Sein samtiger Ton beruhigt mich, ich kann die Worte in meinem Herzen spüren.

Ich habe dieses Lied schon immer gemocht. Der alten Zeiten wegen. Alte Zeiten. Hm. Die Jahre, bevor der Krieg in diesem Land gewütet und das Parlament das Königshaus gestürzt hat. Es hat mich daran erinnert, nie zu vergessen.

Ich finde, ich sollte endlich aufwachen.

»Über was denkst du gerade nach?«, frage ich und gähne ausgiebig.

Cameron dreht sich zur Seite und blickt über die Schulter. »Ach, über dieses und jenes. Aber im Prinzip überlege ich gerade, wie zur Hölle wir das in drei Tagen schaffen sollen.«

Ich seufze. »Ich bin der Pessimist von uns beiden. Es ist deine Aufgabe, positiv zu denken. Und trotzdem: Ich bin mir sicher, wir schaffen das.« *Irgendwie*, füge ich noch in Gedanken hinzu.

Zweifelnd schüttelt Cameron den Kopf. »Weißt du, es geht nicht darum, dem Militär zu entkommen, das uns sicherlich suchen wird. Immerhin, wir haben sie ziemlich böse überrascht. Wir müssen auch bedenken, dass die Gedankenleser womöglich irgendwo da draußen sind und versuchen, zu dem Schiff zu kommen. Als Erste.«

Nach und nach setze ich eins und eins zusammen.

»Was mehr als schlecht wäre, weil sie dann behaupten könnten, wir anderen seien gestorben …«

»… und wir einfach zurückgelassen werden, während die in den Sonnenuntergang fahren.« Mit grimmiger Miene beendet er meinen Satz.

»Sarkasmus ist auch eine Art, der Realität aus dem Weg zu gehen.«

Leicht grinsend schüttelt er den Kopf und wendet sich wieder dem Blatt Papier zu.

Bevor ich aufstehe, wickle ich die Decke fest um mich. Der Boden ist eiskalt, als ich zu Cameron tapse und mich neben ihn stelle. Mit meiner freien Hand (mit der anderen halte ich die Decke davon ab, von meinen Schultern zu rutschen) deute ich auf das Papier: »Was hast du da? Ist das der Lake District?«

Cameron nickt, konzentriert auf die zerknitterte Karte vor ihm.

Ich streiche die Ecken gerade und beuge mich vor, um die winzige Schrift entziffern zu können. »Hast du eine Ahnung, wo wir sind?«, frage ich.

»Hier.«

Das HIER ist verdammt weit weg von dort, wo wir hin sollten. Na toll.

Cameron fährt über die mit dunkler Tinte gezogenen Linien, die der Besitzer der Karte feinsäuberlich über das Blatt gezogen hat, um das Gebiet in gleichgroße Sektoren einzuteilen. Darüber verteilt sind schwarze Striche gezogen.

»Der Fluss hat uns von diesem Platz«, sein Finger gleitet etwas nach Norden, »hierher gebracht. Die anderen sind uns ein paar Stunden voraus.«

Ich schöpfe wieder neue Hoffnung. »Aber wir könnten sie noch einholen?«

»Wenn du den See durchschwimmen willst, dann schon. Überleg doch mal. Wir sind auf der einen Seite und müssen auf die andere. Wenn wir drüben ankommen, sind sie schon lange weg.«

Ich seufze und kneife die Augen zusammen. »Und ich schätze, es ist zu kalt zum Schwimmen?«

»Außer du hast das unbedingte Bedürfnis, zu erfrieren.«

Enttäuscht wende ich mich ab. Langsam schleicht sich die Kälte wieder in das Zimmer.

»Wie lange habe ich geschlafen?«, frage ich und ein Gähnen beweist, dass es nicht lange genug war.

»Zweieinhalb Stunden. Bist du ausgeruht?«

»Halbwegs.«

Er nickt, senkt seinen Blick dann wieder auf die Karte. Strähnen seines schwarzen Haares fallen ihm in die nachdenklichen Augen.

»Wo hast du diesen Pullover her?«, frage ich und deute auf das Kleidungsstück, das bis auf eine aufgeraute Stelle am Kragen unversehrt aussieht.

Cameron reißt sich nun endgültig von der Karte los, die er mit einer raschen Handbewegung zusammenfaltet und dann in den noch immer leicht feuchten Rucksack schiebt.

»Aus dieser Kiste dort. Hier, ich habe dir auch etwas rausgesucht. Genau meine Größe, also wird er dir zu locker sein.«

Dankbar nehme ich den zusammengefalteten Pullover, der im Gegensatz zu Camerons dunkelgrau ist. Ich zucke mit den Schultern. »Ich bin nicht wählerisch.« Meine Finger wandern über den weichen, dennoch robusten Stoff, der mir bekannt vorkommt. Mein Vater hat immer solche Pullover im Winter getragen. Sie halten warm, lassen die Kälte kaum durch und – das Wichtigste – sind billig.

Immer noch halte ich die Decke umklammert, als Cameron mit leicht rosafarbenen Wangen meint: »Ich … ähm … bin dann mal draußen.«

Er geht hinaus, und ich bin froh, ein paar Minuten für mich zu haben.

9

Alas! it is a fearful thing
To feel another's guilt!
For, right within, the sword of Sin
Pierced to its poisoned hilt,
And as molten lead were the tears we shed
For the blood we had not spilt.

Neptune

Und wieder muss ich mich zurückhalten, um Tyler nicht wirklich, wirklich hart ins Gesicht zu schlagen, als er mich abschüttelt und knurrt: »Finger weg, du Schwuchtel!«

Langsam verliere ich die Geduld. Und das soll was heißen, denn ich verliere NIE die Geduld. Na gut. Okay. Wenn man mal davon absieht, dass ich einen Anfall kriege, wenn ich zu lange auf meinen Kaffee warten muss. Ich seufze und presse kurz die Augen zusammen: »Tyler, ich will dir nur helfen.«

Wenn ich du wäre, du Idiot, wäre ich dankbar. Es ist immerhin nicht mein Problem, wenn du verblutest. Hey, mein Leben wäre viel leichter. Ein Chauvinist weniger.

»Ich will deine Hilfe nicht!«, schreit er mich an, die Hand an die blutende Seite gepresst.

Abwehrend hebe ich die Hände und lasse mich ein paar Schritte hinter ihn fallen. Da hat jemand eine Laune …

Nachdem ich mir Tyler bis ganz zum Schluss aufgehoben habe (ich hatte so eine Ahnung), sind die anderen alle schon versorgt. Ich war froh, als wir uns wieder in Bewegung setzten und die Leichen hinter uns ließen. Von denen, die noch übrig geblieben sind, sind die meisten Kämpfer.

Wir sind ungefähr zwanzig, von denen noch einige schwer verwundet sind. Wir kommen nur langsam voran, was einerseits an den Verletzten liegt, andererseits an dem Schneetreiben, das erneut eingesetzt hat.

Das Schicksal legt uns echt jeden erdenklichen Stein in den Weg. Ein Grund mehr, es zu verabscheuen.

»Es existiert nicht. Dieses Schicksal, wie du es nennst«, meint plötzlich eine Stimme hinter mir.

Ich verlangsame meinen Schritt nicht, drehe mich nicht um. Immerhin, er hat gesagt, ich soll ihn in Ruhe lassen. Bitte. »Ach, wirklich? Und wie nennst du es sonst, Ace? Verfickte Bestrafung?« Meine Bemühung, nicht beleidigt zu klingen, scheitert. Nun wende ich mich doch um.

Der Schmerz sitzt in seinen Augen, tief und fest. »Diese verfickte Bestrafung ist mein *Leben*.«

Crys

Wir gehen schweigend nebeneinander her, der See zu unserer Rechten liegt zugefroren da, eine weiße Ebene, völlig still. Es ist so ruhig hier, als gäbe es nur mich, Cameron und das leise Geräusch unserer Schritte im Schnee.

Kein Tier regt sich, und zum ersten Mal wird mir bewusst, dass es hier draußen wirklich nichts gibt.

Keine Menschen, keinen Verkehr, kein zivilisiertes Leben.

Nur uns mit unserer Hoffnung.

Ich werfe Cameron einen kurzen Blick zu. Die dunklen Schatten unter seinen Augen zeugen von den schlaflosen Nächten.

Ich habe ihm angeboten, sich etwas auszuruhen, bevor wir aufbrechen, aber er hat sich geweigert und weiter die Sachen gepackt. Die raue Wolldecke, die Karte, einige Kleidungsstücke und ein paar Flaschen Alkohol.

Das Schweigen drückt auf mich herab, lässt mein Herz etwas schneller klopfen. Schon öfter habe ich nach den richtigen Worten gesucht, um ein Gespräch zu beginnen, aber sie nicht gefunden. »Hast du es bereut?«, frage ich nach einigem Überlegen.

»Was?« Cameron dreht den Kopf zu mir, und seine Brauen wandern über der Nasenwurzel zusammen.

Ich zucke mit den Schultern, was gar nicht so leicht ist bei den vielen Lagen Kleidung. »Dass du dem Requiem beigetreten bist.«

Er legt den Kopf schief, denkt nach. Seinem Gesichtsausdruck zufolge scheint er seine Worte mehr als sorgfältig abzuwägen. »Dem Requiem zu dienen, gibt mir das Gefühl, die Welt ein wenig gerechter zu machen. Ein wenig reiner und freier.«

Ich nicke. Ich glaube, ich weiß, was er meint.

Er spricht von dem Traum, den jeder hat: die Welt durch eigene Taten zu bessern.

Wieder breitet sich die Stille über uns aus. Meine Schuhe hinterlassen schemenhafte Spuren im frisch gefallenen Schnee. Vor uns liegt nur Weite. In der Ferne der Wald, den wir schon einmal durchquert haben, hinter uns die Hügel.

»Kann ich dich etwas fragen?« Die Rauheit seiner Stimme treibt mir die Gänsehaut über die Arme.

Misstrauisch lecke ich mir über die aufgesprungenen Lippen. »Natürlich.«

Einzelne Schneeflocken verfangen sich in seinem zerzausten Haar, als er einmal nickt und den Blick wieder nach vorne richtet. Es dauert eine Weile, bis er wieder spricht. »Was ist das mit dir und Ace?«

Überrascht atme ich ein. »Was geht dich das an?« Ich bleibe stehen und verschränke die Arme.

Cameron spiegelt meine Haltung, nur dass er den strengen Blick eindeutig besser draufhat. »Also seid ihr ein Paar.«

»Was? Nein!« Ich blinzle ein paarmal. Wo zur Hölle kommt das denn auf einmal her?

Ein spöttischer Zug breitet sich wieder um Camerons Lippen aus. »Dann machst du ihm einfach aus Spaß schöne Augen?«

Jetzt stemme ich die Hände in die Hüften. Ich soll Ace schöne Augen machen? Der Typ hat sie doch nicht mehr alle. »Ich liebe Ace«, presse ich durch zusammengebissene Zähne hindurch.

Cameron hebt das Kinn leicht an. Doch die Dunkelheit, in der sein Blick für einen kurzen Moment fast schwarz wirkt, lässt den Trotz dieser

Geste nicht zu. »Wusst ich's doch«, murmelt er und wendet sich zum Gehen.

Was ist sein Problem? Ist er etwa … eifersüchtig auf die Freundschaft, die Ace und ich haben?

»Wie einen Bruder«, füge ich hinzu und stapfe an ihm vorbei .

Zuerst hat das, was ich sehe, keine Bedeutung für mich. Es ist nicht wirklich. Unrealistisch. Ich wundere mich, warum der Schnee rot ist. Blutrot. Und warum sie alle am Boden liegen, als ob sie schlafen würden.

Obwohl, ich bin sicher, dass friedlicher Schlaf anders aussieht. Ihre Körper sind verdreht und leblos. Keine Brust hebt und senkt sich in gleichmäßigem Atem.

Der Tod war hier und hat gewütet, vielleicht braucht er all diese Seelen, um nicht zu verdursten.

Langsam tröpfelnd gelangt die Wahrheit in meinen Geist.

Ich will wegsehen, aber ich kann nicht. Genau so, als beobachte man gerade einen schrecklichen Unfall – man kann das Grauen nicht ertragen, aber der Körper ist süchtig nach dem Adrenalin, nach der Angst, und friert den Körper ein.

Man ist bewegungslos.

Unfähig, sich wegzudrehen.

Obwohl man weiß, dass man es eigentlich tun sollte. Aus Anstand, aus Respekt. Ich bin sicher, dass der Kampf in der Anstalt sogar noch grauenvollere Opfer zurückgelassen hat, und bei Weitem mehr. Aber das hat keine Bedeutung. Damals habe ich nicht so genau hingesehen.

Die Inhaftierten – die Schafe, die Jungen und Mädchen – liegen in einem wilden Durcheinander auf dem schmalen Weg. Manche hängen zur Hälfte über die Kante, lassen ihre Hände Richtung Bach baumeln, als wollten sie ihre Finger in das wilde Nass tauchen.

Noch überlagert der frisch gefallene Schnee den Geruch des Todes, doch ich bin sicher, dass der Wind diese bittere Nuance aus Rost und

Angst bald durch das ganze Tal wehen und so die Wölfe anlocken wird.

Mir wird schlecht. Der Fisch, den Cameron gefangen hat, während ich schlief, liegt mir schwer im Magen.

Cameron sagt nichts. Steht einfach nur neben mir, mit geballten Fäusten, völlig regungslos.

Seine sonst so weichen Züge sind aus Stein gemeißelt, aus undurchdringlichem Marmor. Nun geht er einen Schritt vor, wagt sich weiter an das Chaos heran. An die Leichen. Er schluckt. »Das ist alles meine Schuld.« Verkrampft versucht er, seine Stimme neutral zu halten, versagt aber kläglich. Die Wut schlägt mir entgegen, zusammen mit einer eiskalten Luftböe.

Hinter uns raschelt es im Gebüsch, aber ich wende mich nicht um, um zu sehen, was den Laut verursacht hat.

»Nein, ist es nicht«, versuche ich ihn zu beruhigen und strecke die Hand nach ihm aus, doch er weicht mir aus.

»Doch, ist es!«, brüllt er und rauft sich die Haare, bis sie ihm nach allen Seiten abstehen. Mit einer aggressiven Bewegung hebt er einen blutigen Stein auf und schleudert ihn mit all seiner Kraft in den Bach, wo er mit einem Spritzen verschwindet.

Beruhigend hebe ich meine Hände. »Nein. Das stimmt nicht. Es ist nicht …«

Blitzartig fährt er herum. Er hält mich fest, seine Finger bohren sich in meine Schultern. Überrascht schnappe ich nach Luft.

»Wenn es nicht meine Sünde ist, wessen ist es dann?« Seine Stimme ist fordernd. Mit zusammengepresstem Kiefer starrt er mich an, mir wird ungewollt heiß und kalt zugleich.

Ich fühle, wie die Stellen, an denen seine Finger liegen, langsam zu brennen beginnen.

»Cam…«, beginne ich, doch ich weiß nicht, was ich sagen soll.

»Wessen Schuld ist es dann?«, wiederholt er.

Tränen suchen sich ihren Weg über meine Wangen, noch ehe ich realisiere, dass ich weine. »Ich weiß es nicht.« Und das ist die Wahrheit. Cameron, das Militär, Ace, ich. Wir alle tragen ein Stück der Schuld. Wir alle haben dieses Massaker ausgelöst. Denn wir alle waren egoistisch – jeder auf seine eigene Weise.

Aus seinem Gesicht weicht nun jede Wärme, sogar die Hitze seiner Wut verschwindet zusammen mit der Kälte in seinen Augen. Schmilzt dahin. Übrig bleibt nur ein leerer Ausdruck. Langsam löst er seinen Griff. Weicht ein paar Schritte zurück, weg von mir, lässt sich dann auf seine Knie gleiten.

Das Zittern hat sich auf meinen ganzen Körper ausgebreitet. Ich stehe vor den Leichen. Vor den Menschen, die ich einst kannte und die wegen der Arroganz und der Kaltblütigkeit einiger weniger ihr Leben lassen mussten. Ich versuche, die Jacke etwas enger um mich zu ziehen, doch meine Finger finden keinen Halt. So schlinge ich meine Arme einfach um mich.

Und mein Geist, meine Gedanken haben es erkannt. Vollständig. Das Grauen, das Blut, den Tod. Alles auf einmal. Unwiederbringlich miteinander verstrickt.

Cameron sitzt nach vorne gebeugt da, die Hände in den Schnee gegraben, Schultern nach vorne gelehnt, Haltung angespannt.

»Das ist … Das hätte nicht passieren dürfen. Ich habe noch nie so viele Menschen in den Tod geführt.« Der Wind trägt in einer Böe seine letzten Worte zu mir: »Ich habe noch nie verloren.«

Die eisigen Finger des Windes zerren an meiner Kleidung genauso wie an den Büschen und den Bäumen am nahen Waldrand, lassen die Blätter rascheln. Ich schüttle den Kopf, trete langsam an Cameron heran und lasse mich vor ihn sinken. Die Kälte des Schnees bedeutet nichts. Nichts im Vergleich dazu, Cameron so voll Selbsthass und Verzweiflung zu sehen.

»Cam«, sage ich sanft und hebe zaghaft die Hand. Als er nicht zurückzuckt, lege ich meine Finger auf seine Schulter.

Er ignoriert mich, stiert auf die Leichen, die ich nicht mehr ansehen kann.

»Niemand kann etwas dafür, am allerwenigsten du. Du bist kein Hellseher, und die Gedankenleser hätten so oder so die Oberhand behalten.«

Doch meine Worte zeigen keine Wirkung.

So atme ich einmal tief ein, rutsche ein wenig näher. Ich lege meine Hand auf sein Herz. Das Pochen ist unregelmäßig, angespannt. Ich schließe die Augen und aktiviere meine Kräfte. Die Dunkelheit hilft mir, mich zu konzentrieren.

»Ich sehe dich. Einen Anführer, der ein Heer in eine Schlacht führen kann, ohne einen Mann zu verlieren. Aber selbst du kannst nicht jeden einzelnen Menschen auf dieser Welt retten.«

»Crys«, höre ich Cameron nun flüstern, doch ich rede weiter.

»Du hast mehr Geheimnisse, als du zugeben möchtest und versuchst, deine Gefühle zu verbergen. Weil du denkst, dass sie dich verwundbar machen. Du hast Angst, dass die Dunkelheit das Licht in dir irgendwann besiegt. Deine Wünsche …«

Und plötzlich fühle ich seine Lippen auf meinen.

Sein Atem streift meine Wangen, als ich erschrocken einatme.

Camerons Arme finden ihren Weg um meine Taille, während seine Zunge sanft über meine Unterlippe gleitet.

Und ich bin verloren. Ich küsse ihn zurück, bis mir schwindelig wird. Ganz von selbst wandern meine Hände in sein Haar.

Als wir uns voneinander lösen, kriege ich kaum noch Luft.

»Du weißt nichts über meine Wünsche. Weil ich nichts mehr will als dich«, sagt er leise und zieht mich noch fester an sich.

Ich presse mein Gesicht in die Kuhle seines Halses. Was zur Hölle passiert hier gerade?

Ein paar Minuten lang sitzen wir so da, ineinander verschlungen, ohne uns einen Millimeter zu bewegen. Seine Wärme lässt mich träge werden.

Da gleitet mein Blick über seine Schulter.

Der Atem bleibt mir eiskalt in den Lungen stecken.

»Cameron?«, sage ich leise. »Beweg dich nicht.«

»Mehr kann ich nicht tun. Tut mir leid«, sage ich und meine es wirklich so. Lynn, die Kämpferin mit dem tintenschwarzen, glatten Haar nickt dankend und blickt wieder auf den kleinen Jungen in ihren Armen hinab. Das Aspirin, das ich ihm verabreicht habe, dürfte nur einen geringen Teil der Schmerzen ausblenden, doch mehr habe ich nicht.

»Vielen Dank«, flüstert sie und bemüht sich zu lächeln.

Der Junge blickt aus großen Augen zu ihr auf.

In fünf Minuten ziehen wir weiter. Tyler hat das Kommando, und sein Wort ist Gesetz. Mir ist klar, dass wir nicht genug Zeit haben, um alle Verletzten richtig zu versorgen.

Ich seufze. Es wäre so viel nötig, was wir nicht haben. Medizin, allem voran Essen und Trinken. Obwohl so viel gefrorenes Wasser um uns herum ist, ist es unbrauchbar. Die Kälte bereitet Magenkrämpfe. Ein Teufelskreis.

Entweder du hast gerne fürchterliche Krämpfe oder du verdurstest. Wer die Wahl hat, hat die Qual.

Shinji nickt mir zu, als ich mich zum Gehen wende. Mit verschränkten Armen und undurchdringlichem Blick steht er neben der sitzenden Lynn. Wie ein Beschützer. Unwillkürlich schweift mein Blick zu Ace, der gerade versucht, Daniel ein Wort zu entlocken. Doch der bleibt stumm, stiert nur mit glasigem Blick nach vorne, in eine Welt, die niemand außer ihm und Ace sehen kann.

Auf meine Gedanken aufmerksam geworden, wirft er mir einen raschen, aber klar abweisenden Blick zu. Ja. Der Süße macht jetzt einen auf Bad Boy. Nach ein paar weiteren Versuchen – die ich beobachte, weil ich ohnehin schon alles für die Verletzten getan habe, was in meiner Macht steht – seufzt er und gibt auf. Missmutig schiebt er die Hände in die Jackentaschen. Er ist so gutaussehend, wenn er wütend und depressiv ist. Kaum flutscht der Gedanke von meinen Synapsen, sieht mich Ace auch schon böse an. »Lass das, Neptune«, knurrt er.

Wieso, will ich in Gedanken wissen. Und kann mir nicht verkneifen, noch ein *mein Keks* hinzuzufügen.

»Ich. Bin. Nicht. Schwul.« Ace betont jede einzelne Silbe und sieht mich entnervt an.

»Offensichtlich nicht«, gifte ich zurück, in bester Superstar-Manier. »Du rennst lieber einem Mädchen hinterher, das möglicherweise tot oder zumindest allein mit einem anderen ist, der echt heiß aussieht! Klingt für mich nicht nach der Aussicht auf ein grandioses Happy End!«

Kurz sehe ich Aces vor Wut verzerrtes Gesicht vor mir, dann ist für einen kurzen Augenblick plötzlich alles Schwarz.

Ich stolpere ein paar Schritte zurück und halte meine pochende Schläfe. »Was zum … bitte sag nicht, dass du es gewagt hast, mich zu schlagen!«

Mit einem arroganten Lächeln, das einfach nur falsch an ihm aussieht, streckt er seine Finger aus und ballt sie wieder zur Faust. »Sprich so nie wieder über Crys!«, knurrt er mich an. Ach, darum geht es also. Ich hab das Ansehen seiner holden Maid in den Dreck gezogen. Dabei bin ich noch gar nicht mal richtig in Fahrt.

Wieder holt er erneut zu einem Schlag aus, doch diesmal ducke ich mich flink unter ihm hinweg und bringe mein Bein gezielt gegen seines. Mit einem kurzen Aufschrei fällt er zu Boden.

Tja. Was soll ich sagen? Ace hat seine Rechnung eben ohne meinen Gürtel in Karate gemacht. Auch wenn das mit dem Karate schon ein paar Jahre her ist … egal. Hauptsache, die Wirkung stimmt. Schnell pinne ich ihn auf den Boden, ramme mein linkes Knie gegen seinen Solarplexus.

Er keucht auf.

Mich wundert, dass mich bis jetzt noch keiner von ihm runtergezerrt hat. Sie lassen mich einfach machen. Vermutlich, weil er ein Auserwählter ist und damit das offensichtliche Objekt ihres Hasses.

»Es ist nicht meine verdammte Schuld, dass das Mädchen, in das du ziemlich offensichtlich ziemlich verschossen bist, verschwunden ist. Also krieg dich wieder ein.«

Mit einem angeekelten Gesichtsausdruck lasse ich mein Gewicht noch einmal auf mein Knie sinken, dann stehe ich auf und klopfe mir den Schnee aus der Kleidung. Ich wette, das Veilchen auf meinem Gesicht beginnt schon zu blühen. Verdammt. Wenn Rich das gesehen hätte, hätte er ihn verklagt. Niemand schlägt mich ungestraft.

Tyler taucht wieder auf, würdigt den am Boden liegenden Ace keines Blickes und verkündet: »Wir ziehen weiter! Es wird für längere Zeit keine Pause mehr geben, weil wir im Zeitplan hinterherhinken.«

Ich werfe ihm einen scharfen Blick zu, während ich mich frage, wie genau dieser Zeitplan aussieht. Immerhin hat Cameron alles ausgeklügelt, nicht Tyler.

Um ehrlich zu sein, bin ich mir ziemlich sicher, dass Tyler einfach nur blufft.

Faith Bell, ein Mädchen mit kurzem rotem Haar, kommt von dem nahen Hügel runtergaloppiert, hüpft auf Tyler zu und hält ihm ein Stück Stoff vor die Nase.

Nun, da unsere Zahl mehr als stark reduziert ist, entfalten sich langsam die einzelnen Individuen. Einerseits sind das Ace, Tyler – der Mann mit dem Plan – und ich. Andererseits befinden sich auch noch andere Leute mit uns im Schlamassel. Zum Beispiel die Kämpfer, Shinji, Lynn, Ruben und Rebecca.

Von den Anführern hat es Jayden und Zare erwischt. Armer Kerl. Übrig geblieben sind nur eine leicht verstörte Scarlett, Daniel und dann dieser Typ mit dem fotografischen Gedächtnis.

Dann sind da natürlich Faith und ihr Cousin Sam, die beide nicht unterschiedlicher sein könnten. Wenn sie eine kleine Tulpe wäre, wäre er ein ruhiger alter Baum. Bis jetzt habe ich ihn noch nie ein Wort sagen hören.

Cole Gray, Fremdsprachen. Simon Wolff, Geschwindigkeit. Florence Taylor, eine blonde Schönheit mit sensiblem Tastsinn. Dann ist da noch Chaz Browning, der Tyler ziemlich Konkurrenz machen könnte – er ist einfach nur cool.

Mit einem Unterschied. Er hat es nicht nötig, so anzugeben.

Ich werfe ihm einen kurzen Blick zu. Lässig lehnt er an einem Baum, seine dunklen Dreadlocks unter einer Kapuze verborgen. Die bronzefarbene Haut unterscheidet ihn beträchtlich von Melinda Ross, die neben ihm steht und ihm sichtlich ergeben ist.

Grey Shepherd, ein schmächtiger kleiner Junge, der mir beim Ausbruch geholfen hat, nicht zurückzubleiben, sitzt missmutig im Schnee, ohne auf die Nässe zu achten. Er scheint nett zu sein, hat – oder hatte – zumindest einen guten Sinn für Humor. (»Ich habe zwar den Körper eines Nerds und die Intelligenz eines Footballspielers, aber trotzdem gehöre ich zu den Schnellen!«)

Nun ist er als fast Einziger von ihnen übrig. Ein paar Starke sind verletzt, sonst ist niemand mehr da.

»Danke, Faith«, nickt Tyler in die Richtung des Mädchens, die ihn anstrahlt und dann wieder davonhopst. Entweder hat sie ein sehr, sehr einfaches Gemüt und merkt nicht, was hier vor sich geht, oder sie gehört zu irgendeiner kranken Sorte von Optimisten.

Dann hält Tyler das Stück Stoff hoch, auf dem ich ein paar unzusammenhängende, helle Striche erkennen kann. Was will er uns denn zeigen? Irgendeinen surrealen Van Gogh?

»Das«, meint er und schwenkt den Stofffetzen-Van-Gogh in der Luft, »ist eine Karte des umliegenden Gebietes. Wir wissen, dass wir zum Solway Firth müssen – dort wird uns ein Boot abholen.«

Mal davon abgesehen, dass der Solway riesig ist. Aber bitte.

Sein Blick streift kurz Ace, der ihm wahrscheinlich alle Informationen geliefert hat. Nun konzentriert er sich wieder auf die anderen und fährt mit seinen Fingern über die mit Stein eingeritzten Linien.

»Momentan befinden wir uns hier. Irgendwo östlich von uns müsste die ehemalige Stadt Keswick liegen.«

»Müsste? Können wir uns auf das verlassen?«, fragt Chaz mit ruhiger Stimme. Er stößt sich von dem Baum ab und tritt ein paar Schritte aus seinem Schatten heraus, hinein in die Morgensonne. Er trägt seine dunkelgrüne Jacke offen, obwohl es eisig kalt hier draußen ist. Gelassen, ein wenig herausfordernd schlendert er auf Tyler zu und bleibt ein paar Schritte vor ihm stehen.

»Ich glaube, ich spreche für alle hier, wenn ich sage: Wir haben Hunger.«

Zustimmendes Gemurmel erhebt sich aus dem nicht ohnmächtigen oder gerade verblutenden Teil der Menge, ein unterstützendes »Er hat recht!« kommt von Aaron.

Chaz' rechter Mundwinkel zuckt triumphierend in die Höhe. »Niemand kann von uns verlangen, dass wir einen weiteren Schritt tun, ohne vorher etwas zu essen bekommen zu haben.«

Tyler bemüht sich, seine Miene neutral und leicht arrogant zu halten, versagt aber kläglich. »Willst du damit etwa sagen, dass ich meine Sache schlecht mache?« Tylers Ton ist ungläubig, beinahe etwas gereizt.

Chaz schüttelt den Kopf, wobei die Dreads gegen seine Schultern schlagen. »Ganz und gar nicht. Ich will damit nur andeuten, dass du sie besser machen könntest.«

Tyler lacht einmal auf, kurz und bitter. Und sichtlich erzürnt. Mit einer Kopfbewegung entlässt er Chaz aus seinem stechenden, dunklen Blick und wendet sich an die Umstehenden. »Nachdem Cameron verdammt nochmal nicht mehr hier ist, ist es meine Aufgabe, euch vor dem Militär zu retten!« Er schreit uns die Worte fast ins Gesicht.

»Du kannst nicht wissen, ob er tot ist«, meint Melinda. »Er ist gesprungen. Ich habe es gesehen.«

»Da habt ihrs! Er ist weg! Also bestimme ich hier.«

Chaz zieht eine Augenbraue in die Höhe, sieht Tyler abschätzend von der Seite an. »Kommt dir ja sehr ungelegen. Sein Verschwinden, meine ich.«

Tyler geht ein paar Schritte auf Chaz zu. »Was willst du damit andeuten?«

Sein Gegenüber mustert ihn mit einem Lächeln, das sich nicht deuten lässt. »Nichts.«

»Du denkst wohl, du könntest es besser machen als ich?« Er dreht sich wieder zu den anderen, streckt die Arme in die Luft und brüllt: »Wer von euch findet noch, dass Chaz hier der Anführer sein sollte?«

Ich sehe in die Runde. Und hebe als Erster die Hand.

Crys

Ihre dunklen Augen glänzen im Morgenlicht. Man müsste meinen, dass der Himmel den Anstand besitzt, auf eine solch groteske Szene nicht herab zu lächeln, und schon gar nicht die Sonne scheinen zu lassen.

»Hinten in meinem Gürtel«, flüstert Cameron gelassen, »steckt meine Pistole. Ziehe sie ganz vorsichtig heraus und gib sie mir.«

»Okay«, hauche ich. Ich beginne zu zittern.

Langsam schiebe ich meine Finger über seinen Rücken. Cameron verstärkt beruhigend den Druck seiner Arme um mich.

Ich atme seinen Duft ein letztes Mal ein, dann fühle ich schon den kalten Griff. Ich habe Angst, meine zitternden Finger könnten die Aufmerksamkeit der Wölfe wecken und sie angreifen lassen. Rasch werfe ich einen Blick über Camerons Schulter. Noch sind sie ruhig.

Das Alphapärchen, ein schwarzer und ein hellgrauer Wolf, steht an der Spitze, der Rest des Rudels sammelt sich um sie herum. Ihre dunklen Zungen hängen seitlich aus den Mäulern, unentschlossen stehen sie da, als ob sie nicht wüssten, was sie mit etwas Lebendigem anfangen sollen.

Immerhin haben sie mit toter Beute gerechnet. Die Wölfe reagieren nicht, haben einzig ihre leuchtenden Augen auf uns gerichtet. Warten ab. Die Frage ist, wie lange noch.

Ihre abgemagerten Bäuche heben und senken sich schnell, ein Stakkato aus ihrem Atem und dem unglaublichen Hunger.

»Hier.« Ich schlucke und drücke ihm die Waffe in die Hand, froh, sie endlich los zu sein.

»Wenn ich sage, du sollst rennen, dann rennst du, okay? Ich werde gleich hinter dir sein.«

Ich nicke.

Langsam dreht sich Cameron von mir weg, doch lässt seine Hand um meine Taille. Er zieht mich mit sich hoch, beide stehen wir da, den Wölfen gegenüber.

Sie starren uns mit ihren hellen Augen an, regungslos, als hätte der Schnee sie mit einer dünnen Eisschicht umfangen und so gelähmt.

Und für eine kurze Sekunde glaube ich, alles sei gut, wir könnten einfach gehen.

Bis Cameron den ersten Schritt nach hinten wagt.

Als hätte die Bewegung die Wölfe aus ihrer Trance gerissen, preschen sie auf einmal vor, auf uns zu. Ein Wolf hebt seinen Kopf und heult, und ich weiß, was er in den Nachthimmel jubelt: *Die Wärme in euren Körpern wird bald uns gehören. Wir werden euch kriegen.*

»Lauf!«, schreit Cameron mich an, und seine Hand verlässt meinen Körper. Eine Sekunde lang stehe ich wie paralysiert da, ehe ich rennen will. Aber ich kann nicht. Die Wölfe stürmen auf Cameron zu, der Lauf seiner Waffe leuchtet mehrmals hell auf.

Aber es sind so viele. Zu viele.

Ehe ich weiß, was ich tue, reiße ich einer auf dem Boden liegenden Leiche die Pistole aus den Fingern. Sie fühlt sich hart und unhandlich an, zu schwer für meine Finger.

Mit zitterndem Zeigefinger ziehe ich den Abzug zu mir und warte auf den Rückstoß des Schusses.

Doch er kommt nicht. »Nein! Nein!«, keuche ich und schüttle das Ding. Und dann: »Verdammt.«

Neptune

Distanziertheit ist die Fähigkeit, im Auto zu sitzen und nicht die Welt draußen zu sehen, sondern die Windschutzscheibe. Und wenn ich unsere Situation so neutral wie möglich betrachte, rechne ich mir keine hohen Überlebenschancen aus. Man weiß, was man sieht, aber man will es nicht wahrhaben.

Genau wie damals. Als ich erkannte, dass mir Jungen in meinem Alter besser gefielen als Mädchen. Zuerst schien es keine große Sache, dass ich nicht abgestoßen davon war, dass mich ein aufdringlicher – und ziemlich heißer – Fan bei einer Signierstunde mitten auf den Mund geküsst hat.

Aber nach der Eingebung zu dem Chorus von Bit My Lip, einem meiner meistverkauften Songs, konnte ich es selbst nicht mehr leugnen:

> I was on the fourth late-time cigarette
> Stuck all evening with lying in my bed
> Thinking about the way you bit my lip
> After you let me give a hit
> On you

Oh boy, I told you I'd love you so
But you just laughed and said I'd have to go
And all the way home
I'd calculated my chances to get rid
Of you
But thinking about the way you bit my lip
If there was never something to the taste of it
Made me wanna go insane

Dieser Moment, indem ich im Tonstudio saß und an den letzten Zeilen feilte, waren eine Eingebung.

Genau wie dieser Moment, indem ich realisiere, dass wir tatsächlich alle bald draufgehen könnten.

Es ist arschkalt. Wir sind ausgehungert. Und obwohl ich schon so oft dachte, dass mein Leben nicht noch härter werden kann – zum ersten Mal stimmt es. Das Musikbusiness mit all ihren Nachahmern, Hatern und durchgeknallten Fans ist ein Scheiß gegen diese Eiszeit.

Jetzt kratze ich Rinde von Bäumen ab.

Um nicht zu verhungern.

Nachdem wir Tyler sozusagen entmannt haben (und das mit einer Dreiviertel-Mehrheit), ist es Chaz' erste Amtshandlung, Essen zu besorgen. Erfolglos hatte ich gehofft, er würde ein fettes Reh aus dem Ärmel schütteln, aber ich bin

trotzdem froh, dass er etwas gegen unseren Hunger unternehmen will.

Wir haben nur wenig Zeit, weil wir in Bewegung bleiben müssen, ansonsten holen uns entweder die Kälte oder die Wölfe, die weit weg in der Ferne ihre Stimmen erheben. Ich bin zwar keine große Leuchte in Biologie (ich meine, wieso muss ich wissen, was ein Pantoffeltierchen ist?), aber so viel ist mir klar: Diese Wölfe haben Hunger. Und jedes Lebewesen, das Hunger hat, wird zur Bestie. Fressen oder gefressen werden. *Survival of the Fittest* nennt man das. Darwin hatte eben den totalen Durchblick.

Irgendwer findet in seiner Wärterjacke noch ein paar Streichhölzer, und Cole muss den Ärmel seines Pullovers lassen, damit wir Feuer machen können. Die Rindenstücke und die restlichen Vorräte werden auf die Verletzten aufgeteilt.

Jetzt können wir getrost verhungern, denke ich bitter und kaue auf meiner Rinde herum. Sie schmeckt komisch. So nach … Natur und Wald. Immerhin weiß ich jetzt, wieso ich mich ausschließlich von fettigen Burgern ernähre.

Ich zwinge mich, das Zeug runterzuschlucken. Was mir mehr als schwerfällt. Doch was tut man nicht alles, wenn man Hunger hat?

Womit wir wieder beim Thema wären. Ich achte nicht sonderlich auf meine Umgebung, da kommt Cole plötzlich hustend aus dem Wald getaumelt.

Auch das noch. Eine Grippeepidemie können wir jetzt nicht brauchen. Aus seiner linken Hand fallen verschrumpelte, lilafarbene Beeren auf den Boden. Er stolpert, kann sich gerade noch am nächsten Baum abfangen. Cole beugt sich vorne über, sein Atem ist röchelnd.

Okay, das ist neu. Das ist keine Grippe. Ich bin schnell auf den Beinen, um ihn zu stützen.

»Er hat davon gegessen«, sagt Ace und deutet auf die im Schnee liegenden Beeren. Sie sehen halbwegs okay aus, dafür, dass es so kalt ist. Anscheinend wollte er sie nicht teilen.

»Verdammt«, zische ich, »stütz Cole!«

Ace tut, was ich ihm befohlen habe.

Mittlerweile haben die anderen bemerkt, dass etwas nicht stimmt, und scharen sich um uns.

»Was ist hier los?«, bellt Tyler, doch dann zieht er sich zurück, als Chaz ihm mit hochgezogener Augenbraue einen fragenden Blick zuwirft. »Selbe Frage«, meint er allerdings dann und nickt mir zu.

Ich bücke mich, hebe die Beeren auf. Irgendwoher kommen sie mir bekannt vor, doch ich kann nicht sagen, woher.

»Da sind Efeu-Blätter!« Rebecca deutet auf ein Blatt, das an diesen Beeren hängt. Da erinnere ich mich wieder.

Mein Vater und ich saßen auf der Terrasse hinter unserem Haus, es war ein heißer Tag für einen Sommer in England. Ich trank gerade ein Glas Limonade, nach der ich als kleiner Junge total verrückt war, und ließ mir von meinem Vater wieder einen Vortrag halten.

Er schob seine Brille direkt vor seine Augen, eine Eigenart, die ich seit meiner Geburt kenne. »Iss nie – nie, Sebastian – von diesen Früchten!« Er deutete auf den dunkelgrünen Efeu, der an der hellgelben Fassade unseres Hauses hinaufkletterte, der Sonne entgegen.

»Jaja«, meinte ich nur und dachte insgeheim, dass ich sowieso niemals davon essen würde, weil ich ja nicht beschränkt bin. Zumindest nicht so dumm, wie mein Vater glaubte.

Coles raue Stimme reißt mich aus meinen Erinnerungen.

»Mein Hals … brennt so.« Ich kann seine Worte kaum verstehen, weil sie sofort von einem lauten Hustenanfall unterdrückt werden. Dann beugt er sich vor, sackt auf die Knie und erbricht sich in den weißen Schnee.

Das ist Stadium zwei. Halsbrennen. Brechen. Kopfschmerzen, begleitet von erhöhtem Puls. Dann Atemprobleme. Bauchkrämpfe. Atemstillstand. Tod. Und ich habe kein Gegenmittel.

»Alles wird gut«, versuche ich ihn zu beruhigen.

»Wie viele Beeren hast du gegessen?«, fragt Rebecca gleichzeitig.

Ich höre, wie Cole sich bemüht zu antworten, doch dann würgt er wieder und kann erst nach einiger Zeit eine Antwort geben. »Da war ein Baum … zwei … Hände voll. Und ein paar Blätter. Was passiert mit mir?« Schweiß färbt sein helles Haar dunkel, lässt es an seiner Stirn kleben. Mit fiebrigen Augen sieht er mich an, wartet auf eine Antwort.

»N…nichts«, stottere ich, dann räuspere ich mich, um meiner Stimme einen festeren Klang zu geben. »Alles wird gut. Nur eine Unverträglichkeit, wie es aussieht.«

Doch als er wieder nach vorne zuckt, weil jetzt die Krämpfe einsetzen, wirft mir Chaz einen fragenden Blick zu.

Ich schüttle den Kopf.

Seine Miene verhärtet sich, seine Kiefer pressen sich aufeinander. Dann richtet er sich auf und sagt in seinem gebieterischen Ton, der alle dazu gebracht hat, für ihn zu stimmen: »Es gibt nichts zu sehen. Nur eine Magenverstimmung.«

Allmählich, nach einigen weiteren neugierigen Blicken, wenden sich die anderen ab.

Chaz und Rebecca bleiben als Einzige, Ace geht mit ein paar letzten aufmunternden Worten an Cole, der nun schwitzend, schwer atmend und sterbend auf Chaz' ausgezogener Jacke liegt.

»Wir sehen uns nachher, wenn es dir wieder besser geht!«, lächelt er aufmunternd.

Ich sehe wieder auf Cole hinab, der mittlerweile seine Augen geschlossen hat, sein Atem ist rasselnd. Erst nach einigen Momenten reagiert er. »Bis nachher«, röchelt er leise. Er atmet noch einmal tief ein. Und nicht mehr aus. Seine Hand gleitet auf seine Seite, der Atemstillstand ist eingetreten. Nach fast zwanzig qualvollen Minuten.

»Bis nachher«, sage ich jetzt leise und schüttle bedauernd den Kopf. Rebecca und ich wechseln noch einen kurzen Blick, sie sieht fahl aus. Cole liegt da, als würde er schlafen. Doch da ist keine Regung, sein Brustkorb hebt und senkt sich nicht. Kein Atem, kein Leben. Ich reibe mir über die Augen und seufze. Es hat keinen Sinn, es ist vorbei.

Ich spüre einen scharfen Blick in meinem Rücken und wende mich um.

Daniel steht da, stiert mich an, mit verschleierten Augen.

»Dan?«, frage ich. Etwas in seinem Blick macht mich stutzig. Aber ich weiß nicht, was es ist. Zumindest nicht, bis er sich mit irrem Brüllen auf mich stürzt, um mich zu erwürgen.

Crys

Wir rennen um unser Leben.

Cameron ist schneller als ich, meine Brust hebt und senkt sich, mein Herz kommt nicht mehr damit nach, regelmäßig zu schlagen.

Alleine seine Hand um meine zieht mich weiter nach vorne, hält mich davon ab, stehen zu bleiben und mich auf den Boden zu werfen. Und gefressen zu werden.

Camerons Patronen konnte man an zwei Händen abzählen. Wir haben kaum noch welche. Die Wölfe hetzen uns nach, halten jedoch – aus

Respekt vor weiteren Schüssen – etwas Abstand. Aber es ist nur eine Frage der Zeit, bis sie merken, dass wir keine Bedrohung mehr darstellen.

Nachdem die Pistole nicht mehr funktioniert hat, hat mich Cameron einfach mitgerissen. »LAUF!« Und jetzt sticht der Schmerz in meine Lunge, mein Kopf dröhnt vom Sauerstoffmangel und droht zu implodieren.

»Ich kann nicht mehr!«, schreie ich gegen den eisigen Wind an.

»Nicht mehr lange, dann haben es wir geschafft. Vertrau mir, Crys.« Mit diesen Worten speist er mich schon die ganze Zeit ab. Und trotzdem helfen sie. Vertrau mir. Nicht mehr lange. Wir sind bald da.

Alles Worte, die nicht der Wahrheit entsprechen. Aber Cameron besitzt die Gabe, dich mit dem bloßen Klang seiner Stimme zu beruhigen. Eine Gabe, die wertvoller ist als jede Unverwundbarkeit. Das stetige Hecheln der Wölfe, ihre Pfoten kaum vernehmbar auf den Waldboden klopfend – in meinem Kopf dreht sich alles. Mein Atem kondensiert vor mir und verschleiert jede Sicht.

Irgendwann müssen wir uns den Bestien stellen – immerhin sind wir warm. Wir leben. Wir sind köstlich. So viel besser als bereits erkaltete Leichen. Und wenn es um das eigene Überleben geht, nimmt man keine Rücksicht auf Verluste. Weder die Wölfe noch wir Menschen.

Plötzlich sackt der Waldboden unter unseren Füßen weg, meine Hand wird Camerons entrissen, wir rollen einen steilen Abhang hinab. Ich kreische. Meine Finger krallen sich in den Schnee, die Kälte beißt in meine Handflächen.

Ehe ich mich versehen kann, werde ich wieder auf die Beine gezogen. Ich blicke Cameron kurz an. Sein Haar ist zerzaust vom Wind, seine Lippen bleich. Doch in seinem Gesicht liegt wilde Entschlossenheit.

»Vertrau mir«, flüstert er gehetzt, kaum hörbar.

Aber ich will nicht. Ich will mich hinlegen und sterben, es ist mir egal. Zumindest im Moment.

Das Seitenstechen bringt mich um, ich bin nicht gewöhnt, so lange Strecken zu rennen, um mein Leben zu laufen.

Selbst wenn mir jemand in diesem Augenblick jeden Reichtum der Welt anbieten würde, ich dafür aber immer so weiterrennen müsste – ich würde mich weigern.

Und trotz allem – es sind diese beiden Worte, die mich veranlassen zu nicken, seine Hand zu drücken und zu vertrauen. Ich sehe ihm tief in die Augen, so dunkel vor Erschöpfung.

Dann plötzlich wird Cam nach vorne gerissen, es sieht aus, als ob er stolpert, doch dann entdecke ich den Wolf, der sich in seinem Bein verbissen hat.

Es ist einer der Alphawölfe, der größere.

Ich bin wie festgefroren. Als hätte das Eis meine Füße umfangen und würde mich bewegungsunfähig machen.

Mit einem wütenden Brüllen holt Cameron mit seiner Waffe aus und trifft das Tier direkt am Kopf. Der Wolf winselt, schüttelt sich und fletscht die Zähne.

Nun kommt Bewegung in mich, ich stelle mich vor Cameron, der Probleme hat, wieder auf die Beine zu kommen. Ich nehme seine Waffe und richte sie drohend auf das Biest. Es senkt Kopf und Schwanz, ein leises Knurren steigt seine Kehle hoch. An den angelegten Ohren kann ich sehen, dass er voll instinktiver Rage ist. Das Rudel schließt langsam zu ihm auf. Panik rast durch meine Adern. Verdammt. Das sind viele. Zu viele für mich. Aber ich werde es schaffen. Ich MUSS es schaffen.

Der ungewohnte Rückstoß der Pistole reißt meine Hand zurück, doch ich habe mein Ziel getroffen. Die Wölfe zerstreuen sich ängstlich, lassen ihren Anführer im Schnee zurück. Seine Beine zucken noch ein wenig, doch das dunkelrote Blut tränkt sein Fell rasch, sodass es bald vorbei ist.

Ich keuche. Starre auf das tote Tier, für das ich aberwitzigerweise ein wenig Bedauern empfinde. Das ist das erste Mal, dass ich ein Lebewesen erschossen habe. Um jemand anderen zu beschützen.

Plötzlich beginnen meine Arme zu zittern, die Bewegung breitet sich auf meinen ganzen Körper aus, und ich lasse mich auf die Knie fallen. Einen weiteren Moment hängt mein Blick noch an dem Wolf, der jetzt regungslos im Schnee liegt, dann wende ich mich Cameron zu, ohne die sich entfernenden Wölfe aus den Augen zu lassen.

Vielleicht kommen sie ja zurück.

Camerons Atem geht schnell, er hat eine Hand auf die Bisswunde gepresst.

»Cam …« Ich ziehe behutsam die Hand von seiner Wunde weg. Die Hose ist zerrissen, sein Unterschenkel gerötet. Man müsste meinen, nach so viel Blut gewöhnt man sich an den metallischen, bitteren Geruch, doch dem ist nicht so. Kurz wende ich mich ab.

»Schon gut. Es heilt sowieso gleich wieder.«

Ich kann nicht sagen, warum, doch ich weiß, dass es auf alle Fälle nicht gut ist. Und da liegt ein fremder Unterton in seiner Stimme, der mich beunruhigt. Etwas schimmert in seinen Augen, das ich vorher noch nie darin gesehen habe.

»Du hast Angst«, stelle ich mit rauer Stimme fest, während ich mich daran mache, einen Streifen von meinem Pullover zu reißen und die Wunde abzubinden.

»Ich *hatte* Angst. Angst um dich.«

Für einen Moment schließe ich die Augen. Blut pumpt durch meine Adern, und die Kälte des Schnees verbrennt meine Haut. Und trotzdem schaffen es Cams Augen, mich von innen heraus zu wärmen.

»Was du gemacht hast, war ziemlich überraschend«, raunt er.

Ich zucke nur mit den Schultern, konzentriere mich auf die Versorgung seiner Wunde. »Nenn es Mut oder Wahnsinn«, murmle ich und ziehe, so fest ich kann, zu.

Cameron atmet scharf ein und presst die Lippen aufeinander, um nicht aufzukeuchen. »In deinem Fall? Beides«, zischt er beherrscht, mit einem leichten, halb ohnmächtigen Lächeln auf den Lippen.

Ich lasse mich auf meine Fersen zurückfallen, betrachte mein Werk. Es ist mehr als notdürftig, aber es müsste für die paar Stunden reichen.

»Woher kannst du das eigentlich?«

»Ich hab Neptune zugesehen, als er Oliver Hawn so einen Verband gemacht hat.«

Mit zusammengezogenen Augenbrauen fragt er: »Dem Jungen, der in die Zukunft blicken konnte?« Cameron scheint einen Augenblick zu überlegen. »Ist der nicht nach einigen Stunden verblutet?«

»Ähm … kann sein?«, erwidere ich verunsichert.

Cam starrt mich an, als hätte ich nicht mehr alle Tassen im Schrank und dann… Und dann er lässt seinen Kopf zurück in den Schnee gleiten und beginnt zu lachen. Geschockt sehe ich ihn an.

Er liegt einfach da und lacht. Als ob es nichts Wichtigeres gäbe. Als ob wir nicht gerade in lebensbedrohlicher Gefahr geschwebt hätten. Als ob alles in bester Ordnung wäre. Der Cameron, den ich bis jetzt gekannt habe, war ganz anders als der Junge vor mir. Gefährlich, unbarmherzig, willensstark.

Aber dieser Cam, der gerade im Schnee liegt, blutet und lacht wie ein Irrer, ist pures Licht. Er ist ein eigener Stern, der Mittelpunkt eines geheimen Universums. Und er zieht mich an, hält mich gefangen.

Er blickt mich an, immer noch dieses einnehmende Lächeln auf dem Gesicht, und nimmt meine Hand. Angestrengt richtet er sich auf und stützt sich auf dem Ellenbogen ab. »Danke«, sagt er sanft, »dass du mir vertraut hast.«

»Warum hätte ich es nicht tun sollen?«

Nun huscht wieder ein schwarzer Schatten über seine braunen Augen, die Sterne werden verschluckt. »Ich wollte dich tot sehen.«

Ich schlucke hart und bleibe stumm. Es ist erst wenige Tage her, als diese Worte noch Wirklichkeit waren.

»Crystal«, beginnt er, seine Stimme sanft und voller Reue, »ich weiß, sich zu entschuldigen kann die Sünde nicht aufwiegen, die man begangen hat. Aber es ist ein Anfang.« Das Sprechen fällt ihm schwer, auf seine Stirn treten kleine Schweißperlen.

»Streng dich nicht zu sehr an. Ich weiß, du hast Schmerzen.«

Er schüttelt den Kopf. »Crys, wenn ich gewusst hätte, dass du diejenige bist …«

Ich kann den Schmerz in seiner Stimme nicht ertragen, ohne zu überlegen umarme ich ihn, halte ihn aufrecht.

Camerons starke Arme umschlingen meine Taille, er zieht mich an sich, um sein Gesicht in meinen Haaren zu vergraben.

Mit einem tiefen Zug atme ich seinen Duft ein, und mir wird leicht schwindelig.

Plötzlich durchfährt Cameron ein Ruck. »Beweg dich nicht.«

Das habe ich heute schon einmal gehört. Ich wage es nicht, mich umzudrehen. Sind die Wölfe wieder zurück?

Angst überkommt mich, und ich tue genau das, was ich nicht machen soll: Ich drehe mich hastig um.

Nun ist mir klar, wieso die Wölfe verschwunden sind. Natürlich wären sie nie freiwillig verschwunden – Tiere haben einen guten Sinn für gefährliche Situationen. Aber leider nicht wir Menschen.

Der weiße Atem des Bärs kondensiert in der Luft, während er uns aus wachsamen, kleinen Augen ansieht.

Ein komischer Laut entweicht meinen Hals.

Neben mir rührt sich Cameron, schiebt mich sanft weg. Ich sehe, wie er seinen Kiefer aufeinanderpresst und sich mühevoll erhebt.

»Cameron, was mach…?«, frage ich, meine Stimme hört sich hysterisch und aufgekratzt an.

»Sprich nicht. Ich weiß, was ich tue.« Und kurz streifen seine Augen die meinen. Vertrau mir.

Er entsichert die Pistole. Nur noch ein Schuss – mehr haben wir nicht übrig. Mein Herz schlägt so laut, dass ich beinahe Angst habe, der Bär könnte rasend werden von dem Geräusch. Doch noch steht er ruhig da, wartet ab.

Langsam hebt Cameron die Pistole, legt den Kopf ein wenig schief. Sein Gewicht lastet auf dem linken Bein, das verletzte leicht abgewinkelt.

Der Bär wirft den Kopf zurück, die Gefahr spürend, und stößt ein tiefes Knurren aus, dann lässt er sich wieder auf alle Viere sinken. Das ist der Moment, in dem Cameron schießt. Ein sauberer, glatter Schuss in die Schulter. Der Bär reißt das Maul so weit auf, dass ich eine ganze Reihe spitzer Zähne erkennen kann.

Cameron geht einige Schritte zurück, doch plötzlich knickt sein Bein ein.

»Cam!«, keuche ich und knie mich neben ihn, doch er schubst mich hart weg und schreit: »Lass mich! Der Bär wird dir nicht folgen! Er will mein Blut!«

Übersetzt: Lass mich zurück.

Ich bewege mich nicht.

»Verdammt, CRYS!«

Ich rapple mich auf. »Nein, ich bleibe hier!«

Aus den Augenwinkeln bemerke ich, wie der Bär auf uns zu trabt, sein braunes Fell stumpf vom Winter, von der Kälte. Sollte er normalerweise nicht Winterschlaf halten? Aber der Winter ist wohl zu früh gekommen, um sich einen dicken Vorrat anzufressen.

Ich taumle zurück.

Cameron zwingt sich auf die Knie. Es sieht aus, als würde er beten.

Eine Idee überkommt mich, und ich bücke mich, um hastig nach einem Stein zu suchen. Meine Finger sind kurz davor, taub zu werden, doch da streichen meine Fingerspitzen über etwas Hartes.

Der Bär hat Cameron erreicht, ich sehe, wie er die Tatze hebt. Bären können Menschen mit einem einzigen Hieb töten.

Und dann werfe ich. Ich habe kein gutes Ziel, aber wenn es darauf ankommt, gewinnt immer der pure Wille. Ich treffe das Vieh am Kopf. Ich habe es tatsächlich getroffen! Das kurze Hochgefühl weicht Übelkeit, als es sich mit speicheltropfendem Maul zu mir umdreht.

»Ja, ich war das! Komm und hol mich!«, rufe ich und gehe hastig ein paar Schritte zurück. Beinahe spielerisch. Er schüttelt den pelzigen Kopf, als ob er überlegen müsste.

»DU IDIOTISCHES TEIL! HIER BIN ICH!« In meiner Stimme liegt schiere Verzweiflung.

»Crys! HÖR AUF!«, Camerons Gesicht ist vom Schmerz verzerrt.

Endlich bewegt sich der Bär.

Endlich? Verdammt. In meinem Übereifer habe ich nicht auf den weiteren Verlauf meiner glorreichen Idee geachtet.

Und er beginnt zu rennen.

Nun bewegen sich meine Füße von selbst, der Schnee rutscht unter meinen Sohlen. Ich bilde mir ein, seinen Atem in meinem Nacken zu spüren und gehe bis an meine Grenzen. Meine Seite sticht wieder, für einen kurzen Augenblick wird alles schwarz, ich strauchle, aber kann mich gerade wieder fangen.

Ich höre nichts als meinen eigenen Atem, der durch die Stille dröhnt. Keuchend springe ich über eine Wurzel und werfe einen Blick über meine Schulter. Der Bär folgt mir noch. Und er wird immer schneller. Mit jedem Schritt. Kommt immer näher.

Verdammt, verdammt, verdammt!

Plötzlich lichtet sich der Wald, und eine weite, ebene Fläche tut sich auf. Ich renne weiter, ignoriere das alarmierende Rutschen meiner

Schuhe. Auf einmal sind die keuchenden Laute des Tieres verstummt, ich drehe mich überrascht um.

Unschlüssig steht er wenige Meter von mir entfernt.

»Wehe, du machst dich an Cameron heran«, knurre ich und zerre den rechten Turnschuh von meinem Fuß. Ich werfe erneut, doch diesmal treffe ich nicht. Trotzdem reicht es, um die Wut des Tiers neu zu entfachen.

Er macht einen Schritt in meine Richtung.

Der Boden knackt. Und ich weiß, dass er recht hatte zu zögern. Die grausige Wahrheit dämmert mir nur langsam. Das Eis unter meinen Füßen ist grau, schließt den See darunter ein, wie ich einst in der Anstalt eingesperrt war.

»Verdammt«, hauche ich.

Der Bär kommt näher, zögerlich, aber bereit, mir mein Herz herauszureißen und sich auch noch Camerons zu holen.

Und das darf nicht passieren. Der Winter ist zwar kalt, aber nicht so kalt, um einen See ernsthaft zufrieren zu lassen. Wenn das Eis schon unter meinen Füßen knackt, dann kann es unmöglich ein so riesiges Tier aushalten.

Ein Schritt zurück. Ein weiterer. Noch einer.

Wir sind nun so weit draußen, es ist unmöglich, unbeschadet ans Ufer schwimmen zu können. Für mich und für meinen Feind.

Ich seufze und denke an Cameron. Wie er im Wald liegt und verblutet. Ich hoffe, dass er es schafft. Er hat es verdient.

Und im nächsten Moment – so kurz, so zerbrechlich – stellen sich mir Fragen, die schon die ganze Zeit im Schatten meines Geistes lauerten. Ist es Liebe oder Verzweiflung? Ist es für immer oder nur für die letzten Tage unseres Lebens? Ist es eine Wahrheit oder eine Lüge?

Aber ich erkenne, dass die Antwort nicht wichtig ist. Nicht wirklich.

Eine seltsame, innere Ruhe übermannt mich. Ich habe keine Angst vor dem Kommenden. Nur Angst, dass es niemals eintritt. Dass diese Grenze zwischen Sein und Nicht-Sein nie überschritten wird.

Irgendwo hinter mir ertönt ein Geräusch, doch ich wende mich nicht um. Blende alles aus, bis auf das Knacken. Ich senke kurz den Blick. Die Risse haben sich schon vertieft, es ist nur eine Frage der

Gewichtsverlagerung, und alles ist vorüber. Ich werde es zu Ende bringen. Ich werde den Bären nicht entkommen lassen.

Reglos stehen wir uns nun gegenüber.

Ich schließe die Augen. Sein Gesicht erscheint in meinen Gedanken, mit einem leichten Lächeln auf den geschwungenen Lippen.

Dann atme ich ein. Und mache einen Schritt nach vorne. Ich breche ein. Und der Bär mit mir. Ich habe es beendet.

10

We did not dare to breathe a prayer,
Or give our anguish scope:
Something was dead in each of us,
And what was dead was Hope.

Crys

Mit wild rudernden Armen versuche ich, dem Abwärtssog zu widerstehen, solange, bis meine Finger etwas Festes, Undurchdringbares streifen.

Ich öffne den Mund, und der letzte Rest an Luft entweicht mir, als ich erkenne, dass ich das Eis über mir nicht durchstoßen kann. Panik bricht in mir aus, ich schwimme ein wenig weiter nach links.

Meine Gliedmaßen werden langsam von der Kälte betäubt. Nur noch wenige Sekunden, dann erfriere ich. Das Wasser beißt in meinen Augen. Immer wieder berühre ich die Eisplatten über mir, eine unüberwindbare Barriere. Ich brauche Luft.

Plötzlich schlägt meine Hand ins Leere, und mein Kopf durchdringt die Wasseroberfläche. Prustend, zitternd, atme ich ein. Der erste eisige Atemzug brennt in meiner Lunge.

Nur allmählich klärt sich meine Sicht wieder. Vor mir steht ein Tier, ein …

Ich schrecke zurück.

Sind die Wölfe zurückgekommen? Wieso liegt dieser hier vor mir auf dem Eis? Wieso hält er etwas Längliches im Maul, das aussieht wie eine …

»Nimm die Leine! Ich zieh dich raus!«, schreit eine weibliche Stimme links von mir. Ich will meinen Kopf drehen, doch die Schwere der Kleidung zieht mich wieder nach unten. Mit klappernden Zähnen bewege ich mich auf den Rand der Einbruchstelle zu, will mich daran festkrallen.

Doch ich rutsche immer wieder ab, scharfe Kanten schneiden in meine Finger. Meine Beine verlieren ihr Gefühl, ich spüre die Bewegung nicht mehr, ich strample träge, um mich über Wasser zu halten. Mit klappernden Zähnen strecke ich die Hand nach dem Tier aus.

Mit seiner Schnauze streckt er mir die Leine entgegen, das schlaue Kerlchen hat sich hingelegt, um sein Gewicht besser zu verteilen.

Wenige Zentimeter trennen mich nur noch von der Leine. Mit letzter Kraft schiebe ich mich ein wenig nach vorne, presse meine Kiefer aufeinander. Das Eis beginnt wieder zu knacken, als ich mich vorlehne, es entgleitet meinem Griff. Beinahe …

Ich hätte vor Erleichterung aufjubeln können, als meine Fingerspitzen endlich das steife Leder der Leine berühren.

»Sehr gut. Ryder, komm her! Ja, genau so! Guter Junge!« Die Frau, die immer noch nicht in meinem Blickfeld aufgetaucht ist, feuert den Hund weiter an, während er zu ihr zurückkriecht. Es vergehen weniger als zwei Minuten, bis ich – erschöpft und erfrierend mit tauben Gliedmaßen – auf einem sicheren Teil des Eises liege.

Eine Frau mittleren Alters mit einer schwarzen Wintermütze auf dem Kopf beugt sich über mich, irgendwo neben mir hechelt der Hund. »Alles okay? Bist du verletzt?«

Ich schlucke, mein Hals ist rau, schmeckt nach Winter und Wasser.

»Cameron … im Wald …«, mehr bringe ich nicht heraus. Mir wird schlecht, ich kann mich gerade noch zur Seite beugen, um einen Schwall Wasser auszuspucken. Sie mustert mich mit ihren hellbraunen, ehrlichen Augen und fragt: »Ist da etwa noch jemand? Wo ist dieser Cameron?«

»D-dort.« Mit zitternder Hand zeige ich auf das Waldstück. »Er … ist verletzt.« Das Sprechen schmerzt, so wie mir noch nie etwas wehgetan hat. Die Frau nickt, sagt aber dann mit ernster Stimme: »Ich werde dich zuerst in mein Zelt bringen, sonst stirbst du an Unterkühlung. Dann werde ich deinen Freund holen.«

»Cam«, bringe ich noch einmal kläglich hervor. »Bitte.«

Die Frau nickt. Sie hilft mir auf, meine Glieder schreien bei jeder Bewegung, aber ich lebe. Und der Bär ist tot. Erfroren im eisigen Wasser. Ryder rennt vor uns her, bringt uns zu einem Schneemobil, das nicht weit weg an Land steht.

Die Erschöpfung übermannt mich, und noch während die Frau weiter mit mir spricht, fallen meine Augen zu.

Neptune

»Du hättest sie retten müssen!«, brüllt Dan mich an. Er versucht, weiter auf mich einzuschlagen, obwohl ihn eine Vielzahl von Händen von mir runterzerrt.

»Verdammt«, keuche ich, greife mir an mein stoppeliges Kinn (ich hätte dringend eine Rasur nötig) und bewege es hin und her, um die Taubheit zu vertreiben, die sein Schlag verursacht hat. Nachdem er mich überrumpelt und auf mich eingedroschen hat, habe ich mich zwischen zwei einzelnen Hieben gefragt, was er überhaupt von mir will.

»Du hättest sie retten müssen!«, schreit er wieder, doch seine Worte gehen über in ein hysterisches Schluchzen. Dennoch kämpft er weiter gegen den Griff an, den Chaz um ihn gelegt hat. Dan ist schmächtig und nicht gerade groß, doch die Wut in ihm schürt seine Kräfte.

»Wen?«, zische ich und wische das Blut ab, das in einem stetigen Strom aus meiner Nase quillt. Ich hoffe für ihn, dass er mein Gesicht nicht zu sehr verunstaltet hat.

Sofort wird er ruhig, hört auf, gegen die anderen anzukämpfen. Aus seinen dunklen Augen spricht der Wahnsinn, er sieht merkwürdig berauscht aus. Er sieht mich an, heftig atmend. »Zare.«

Ich höre den Namen nicht, doch kann ich seinen Umriss von Dans Lippen ablesen. Er haucht ihn aus auf die Art, wie man eine verwelkende Blume berühren würde. Mittlerweile haben sie ihn losgelassen, doch alle stehen noch immer um ihn herum und warten auf einen weiteren Ausraster. Und ich bin sicher, er kommt noch, früher oder später. Ich habe schon davon gehört, dass ein Verlust Menschen brechen kann. Dass sie nicht mehr schlafen, sprechen, essen oder trinken. Sie sind nicht einmal mehr, es verbleiben nur mehr lose Hüllen, leer und ohne Bedeutung.

Denn die Seelen, die gegangen sind, nehmen jeden Funken einer Bedeutung mit.

Und darum ist Dan so, wie er ist. Jetzt. Er glaubt, dass ich an Zares Tod schuld bin. Dabei hat sie jemand anders erschossen. Nicht ich.

»Der Schuss ging mitten durch ihr Herz. Ich konnte nichts tun. Sie war sofort tot.«

»Du lügst«, sagt er, einen lauernden Unterton in der Stimme. Er drückt seine hellen Handflächen zu Fäusten zusammen, sodass die Fingerglieder weiß hervortreten.

Ich kann sehen, wie sich sein dünner Brustkorb unter der weiten Jacke in einem schweren Atemzug hebt, eine Zeit lang angespannt verharrt und dann wieder zusammensackt. Daniel wischt sich über die Stirn, und ich wundere mich noch, wieso man bei einer derartigen Kälte schwitzen kann.

Und mir fällt etwas auf, das wir hätten berücksichtigen sollen – als Dan seine Finger scheinbar an seiner Jacke abwischt. Noch niemand hat ihm seine Waffe abgenommen.

»Nein, tu ich nicht«, meine ich überzeugt.

Ich behalte recht.

Dan dreht durch.

Chaz erwischt es gleich zu Beginn. Danach Sam, der hinter ihm steht. Dann zielt Dan auf mich, ich kann an seinen stecknadelgroßen Pupillen sehen, dass sein rationales Denken nun komplett ausgeschaltet ist, und will ihm mit meinem Fuß in den Magen treten.

Hör auf, du Psycho!, brülle ich ihn in Gedanken an, doch er hört es nicht.

Schnell hechtet Dan zurück, mein Schuh streift nicht einmal seine Jacke. Er lacht einmal auf, triumphierend, total irre. Doch plötzlich wird er nach vorne geworfen, als wäre er von einem schweren Gegenstand getroffen worden.

»Waffe weg!«, quietscht die rothaarige Hypnotiseurin und krallt sich mit all ihrer Kraft an ihm fest, die Augen weit aufgerissen.

Ich glaube, ihr Name ist Deborah oder Scarlett oder Layla, irgend so ein merkwürdiger Name, der schon so hypnotisch klingt.

Sie hält ihn.

Zuerst versucht er noch, sich aus ihrem Griff zu winden, aber dann wird er zahm und lässt die Waffe sinken. Ganz langsam, man glaubt zu sehen, wie die drehenden Gedanken in seinem Kopf langsam wieder in Position schlingern.

Dans Blick wechselt von durchgeknallt zu halbwegs normal. So normal, wie man eben sein kann, wenn man gerade aus einem manischen Schub heraus ein paar Menschen umgelegt hat.

Ich kann nicht hören, was die Rothaarige ihm zuflüstert, doch ihr Ton ist ruhig und besonnen, etwas esoterisch.

»So ist es gut. Ich lasse jetzt los. Du wirst dich nicht bewegen, du wirst keinem von uns mehr wehtun. Ich lasse jetzt los.« Sie wiederholt die Worte noch ein paar Mal, immer lauter und lauter. Dann nimmt sie zögernd ihre Arme von seinen Schultern und leckt sich über die Oberlippe.

Wie gebannt starre ich Dan an, der sich tatsächlich nicht mehr rührt, still vor sich hin stiert. Hätte mir jemand vor ein paar Wochen erzählt, dass es tatsächlich Menschen gibt, die andere hypnotisieren, in die Zukunft blicken oder deine Gedanken hören können, hätte ich ihn persönlich in die Irrenanstalt einweisen lassen.

»Wieso ist er plötzlich so ausgerastet?« Ihre Stimme klingt zittrig und erschöpft.

»Wegen Zare. Er glaubt, dass ich sie hätte retten können.«

Ich versuche, ihr fest in die Augen zu sehen, werde aber von ihren Pupillen abgelenkt. Geburtsfehler, da bin ich sicher. Das Grün pulsiert um das Schwarz, das mindestens einen halben Zentimeter tiefer sitzt als bei normalen Menschen.

Scarlett hat schon auf die anderen eingeredet, damit sie sich keine Sorgen machen.

Chaz und Sam sind nicht mehr zu retten, die Schüsse waren tödlich. Sie atmen nicht mehr.

Ich weiß es. Und es schockt mich nicht. Bin ich unmenschlich? Vielleicht lebe ich in einer Traumwelt. Ganz sicher sogar. Aber ist es nicht so, dass man nach ein paar Tagen gegen den Schock immun wird? Ich weiß noch, wie ich die ersten Toten gesehen habe. Drinnen, in der Halle der Anstalt – bis jetzt der grausigste Anblick in meinem Leben.

Und ich fragte mich: Wie können die Soldaten so etwas tun? Sehen sie nicht, dass es nicht richtig ist? Ist ihr Horizont so beschränkt? Oder ist das einfach der Glaube an eine Sache in einer so schwierigen Zeit?

Wenn ich mich so umsehe – die Leute stehen da, betroffen, aber sie akzeptieren es. Wir haben uns damit abgefunden, dass jeder von uns der Nächste sein könnte. Denn der Feind hat sich schon in unsere eigenen Reihen geschlichen. Und unser Feind ist die Angst. Wie eine Schläferzelle, die nur darauf wartet, ihren Auftrag zu erhalten. Und DAS ist der Grund, warum ich NICHT sterben werde. Ich weigere mich einfach. Schluss, aus.

Wenn der Tod mich hätte haben wollen, hätte er mich schon voriges Jahr geholt. Ich stand auf der im Wembley Stadium aufgebauten Bühne, bereit, abzurocken. Die Vorband war gerade verschwunden, ihr Applaus lag noch immer in der Luft. Und ich bin süchtig nach Applaus. Er ist wie Heroin. Nur besser. Andauernder.

Und dann flog die Glasflasche direkt auf mich zu. Traf mich auf der Stirn. Sie hätte mir damals den Schädel einschlagen können, hat sie aber nicht. Weil ich ein verdammter Superheld bin. Und das bleibt auch so.

Wir sind hier, weil es unser Schicksal ist. Ace kann sagen, was er will. Verdammt. Und mein Schicksal ist es, zu überleben. Koste es, was es wolle. Im Moment ist nichts wichtiger für mich. Meine Karriere, die Berühmtheit, ist allen hier egal: Sie haben ihre eigenen Sorgen. Für sie bin ich nur der Typ, der ihre Wunden versorgt. Mein Reichtum nützt mir hier nichts. Auch keine Millionen verkaufter CDs, keine Tausende von Fans auf sozialen Netzwerken. Hier bin ich auf mich allein gestellt. Und das macht mich verdammt wütend.

Die anderen haben sich beruhigt, wie in einem stillen Einverständnis haben wir uns weiterbewegt, weg von den Leichen.

Wir können sie ohnehin nicht begraben, der Schnee ist so vereist, der Boden gefroren.

Daniel zittert am ganzen Körper, er spürt jetzt erst die Auswirkungen des hysterischen Anfalls. Sein Atem geht schnell, als wäre die Luft zu dünn für ihn .

Das Schicksal geht verwobene Wege. Man kann aufstehen, einen Tag nach dem anderen überleben – und irgendwann rutscht man aus, wird von einem betrunkenen Autofahrer gerammt oder vom Blitz getroffen. Alles unwahrscheinlich, aber möglich. Ich stehe auf und atme einmal ein, während ich versuche, den Blutgeruch nicht wahrzunehmen. Ich spüre, wie hinter uns die anderen langsam aufschließen, Scarlett übergibt sich gerade.

Hinter mir flüstert jemand: »Und stetig werden es weniger.«

Mein Kopf zuckt nach hinten. Das kann jetzt nicht wahr sein. Ich fahre herum, fühle, wie eine Ader an meiner Schläfe pocht. »Wer hat das gesagt?«, fahre ich die anderen an, meine Stimme klingt bis zum Äußersten gereizt. Das hier macht mich fertig. Das Ganze raubt mir den Verstand. Ich bin niemand, der schnell seine Beherrschung verliert, aber nun ist mein Geduldsfaden am Reißen.

»Wer war das?«, frage ich nochmal, meine Wut kaum noch unter Kontrolle. »Verdammt, melde dich, du Idiot!«

Aber was ich eigentlich sagen will, ist: Wir sterben hier! Fällt dir nichts anderes ein, als blöde Kommentare abzugeben? Statt einer Antwort werde ich nur angestarrt.

»Was willst du eigentlich?«, hebt sich plötzlich eine Stimme. Ruben Conway, Teil von Shinjis Team. Nicht der Hellste dem Aussehen nach, aber dafür mit einer verdammt großen Klappe. Und jeder Menge angestauten Aggressionen.

»Du bist doch immer der, der glaubt, sein Wort steht in der Bibel geschrieben.«

Ich kneife die Augen zusammen. Meine Stimme ist tödlich ruhig. »Erstens, ich bin Atheist. Falls du nicht weißt, was das bedeutet – es gibt auch Leute, die nicht alles glauben, was man ihnen erzählt. Zweitens – logischerweise – kann man das, was ich sage, nicht in der Bibel nachlesen. Aber dafür im Wörterbuch unter verdammt nochmal wichtig.«

Rubens Augenbraue zuckt aggressiv in die Höhe. »Du kleiner, schwuler …«

»AUFHÖREN.« Aces Stimme klingt bestimmt, als er Ruben bedeutet, still zu sein. Keine Ahnung, wo der plötzlich hergekommen ist. Tyler neben ihm verschränkt nur (mit einem spöttisch hochgezogenen Mundwinkel) die Arme, verfolgt die Show. Hauptsache, der Herr amüsiert sich. Ist ja nicht so, als wären innerhalb von einer halben Stunde drei Leute abgekratzt.

»Aufhören? Wieso? Darf ich nicht mehr meine eigene Meinung haben?«, blafft Ruben zurück.

»Lass es einfach, okay?«, meint Scarlett ein wenig kleinlaut.

Arrogant streiche ich die stacheligen blauen Haare zurück und zwinge ein mildes Lächeln auf mein Gesicht. »Jeder hat das Recht auf seine eigene Meinung. Und meine Meinung ist, dass deine totaler Scheiß ist.«

Aus den hinteren Reihen (um uns hat sich ein Ring gebildet) höre ich ein gefauchtes »Narzisst!«

»Neptune«, meint Ace warnend. Aha, jetzt kann er plötzlich aufhören, mich zu ignorieren. Idiot.

Nun vergräbt Ruben die Arme in seinen Hosentaschen. Doch ehe er zu einer seiner weiteren wahnsinnig tiefsinnigen Bemerkungen ansetzen kann, drängt sich Melinda Ross nach vorn. Ihre breiten Lippen sind verärgert nach unten gezogen, während sie auf mich zu stapft und mich grob nach hinten stößt.

»Nicht alle sind so reich wie du, Neptune. Nicht alle hier haben ein großes Haus mit Pool und Billardtisch, zu dem sie zurückkehren können!«

Die alte Leier. Rich sagt immer: Mitleid kriegt man geschenkt, Neid muss man sich erarbeiten. Je mehr Leute blöde Kommentare abgeben, desto weiter hat man es schon nach oben geschafft.

In ihren dunklen Augen liegt Abscheu. Doch kein Neid? Gibt es tatsächlich Leute, die mich hassen? Mich, die gute Fee? Und ich dachte, die existieren nur im Märchen. Die Menschen, die mich nicht mögen, meine ich. Nachdem sie mich eiskalt erwischt hat, werfe ich den Kopf in den Nacken und lache. Lache sie aus, reibe mir mit der Hand über die Augen.

»Du glaubst doch nicht allen Ernstes, dass wir wieder zurück nach Hause können? Du bist doch verrückt.«

»Ich und verrückt?« Melindas Ton rutscht eine Tonlage höher, von Hass zu Unglaubwürdigkeit.

Nicht zu fassen, die ist ja schlimmer als ein Kleinkind! Langsam und schön deutlich, damit sie ja auch alles versteht, meine ich: »Wir sind hier alle verrückt. Sieh dich mal um! Wir sterben, wir töten uns gegenseitig! Wir halten das alles nicht mehr aus! Verdammt, wir haben Waffen! Und für was? Um zu töten.«

Melinda schluckt einmal, schlägt kurz den Blick nieder, der dann wieder wutentbrannt zu mir zurückkehrt.

»Dann mach dem doch ein Ende, Neptune. Wenn du das leid bist.«

Ihre geflüsterten Worte treiben eine Gänsehaut auf meine verschwitzten Arme. Bis jetzt habe ich einen Kampf für die einzige Möglichkeit gehalten, aber wäre es nicht einfach, wenn ich wirklich …? Mein Kopf zuckt nach hinten, weg von Melinda. Ich hebe meinen Blick nicht in die Runde, sondern auf den zertretenen, sonnenbeschienenen Schnee zu meinen Füßen.

Ich schlucke den Kloß in meinen Hals hinunter und raune: »Vielleicht mache ich das sogar.«

Crys

Die Angst verfolgt mich wie die Wölfe hinter mir. Sie streckt ihre Krallen nach mir aus, jault, heult, als wolle sie ihr Verlangen nach mir in Worte fassen. Mein Herzschlag übertönt die Schritte meiner nackten Füße auf dem kalten Waldboden. Es ist eine sternenklare Nacht, aber ich renne um mein Leben. Ohne eine Wolke am Himmel – zu schön zum Sterben.

Ich weiß, ich muss weiter, weg von dem zu nahen Knurren der Wölfe hinter mir, doch meine Füße werden stetig schwerer. Sie gehören nicht mehr mir. Während ich renne, lasse ich angsterfüllt den Blick um mich schweifen – wo bin ich?

Die Natur um mich ist mir fremd. Ich erkenne meinen Schatten nicht und frage mich, wann er sich meiner bemächtigt hat. Ich trage keine Erinnerung und keinen Namen, ich weiß nur von der Besessenheit, die mich zwingt, gegen meine schweren Füße zu kämpfen.

Der Mond lächelt auf mich herab, aber wie sonst ist er mir kein Trost, er macht mich nur noch nervöser. Der Schweiß rinnt meinen Rücken hinab, als bilde sich ein Bach aus Emotionen.

Hinter mir heult ein Wolf auf, sein Fell streift meine nackten Beine. Ich fühle, wie sein Atem meine Haut kitzelt, ich trage nichts weiter als ein weißes Nachthemd – so, wie ich es daheim immer getragen habe. Doch – wo ist daheim? Was ist die Vergangenheit? Die Gegenwart?

Die Gegenwart ist jetzt. Die Angst, die Jagd. Mein Schritt verlangsamt sich zu einem gequälten Lauf, mein Keuchen dröhnt in meinen Ohren, ertränkt die hechelnden Geräusche der Wölfe. Wo sind sie? Ich fahre herum, von einer Seite zur anderen, bin stehen geblieben. Die Welt dreht sich um mich, mir ist schwindelig. Ich bin orientierungslos. Wo sind diese Wölfe? Wo sind sie?

Da – hinter mir, ein Knacken. Oder doch nicht? Ich starre in die Finsternis, kann nichts erkennen. Oder dort drüben? War das ein leises Knurren?

Die Zähne. Ich kann fühlen, wie sie sich mir nähern. Der heiße Atem streift mein Gesicht, ich presse die Augen zusammen, um den Wolf über mir nicht anblicken zu müssen. Aber anstatt gefressen zu werden, legt sich plötzlich etwas Weiches über mein Gesicht. Es wird dunkler. Eine wohlige Hitze durchflutet mich, genau wie damals, als ich Cameron geküsst habe – ich schlage die Augen auf.

Cameron. Sein Blick fängt mich ein, ein leichtes Lächeln liegt auf seinen Lippen. »Alles wird gut«, meint er, seine Stimme streicht über meine von Ästen zerkratzten Wangen.

Ich zucke zusammen.

»Du hast schlecht geträumt.« Camerons leise Stimme neben meinem Ohr lässt die Frage wie eine ganz normale Feststellung klingen.

Ich sehe ihn an. Die langen Wimpern, die hohen Wangenknochen. Und – sein Lächeln. Plötzlich realisiere ich, wie knapp er nur dem Tod entgangen ist. Ohne nachzudenken, drehe ich mich um und drücke mein Gesicht in die Kuhle zwischen seinem Hals und Schulter. Ich bemerke gar nicht, dass ich weine, bis er seine Hände auf meine Schultern legt und mich sanft von sich schiebt, um mir in die Augen zu sehen.

»Hast du dir Sorgen um mich gemacht?« Sein Blick ist neugierig, wenn auch ein wenig schläfrig. Ich lache auf, oder zumindest sollte der erstickte Laut, der aus meiner Kehle dringt, ein Lachen sein. Ich schüttle nur müde den Kopf, wobei ich merke, dass meine Schulter etwas schmerzt, und seufze. »Cam, ich hatte Angst, du würdest sterben.«

Sein Blick wird sanft, sein rechter Mundwinkel verzieht sich zu einem krakeligen Lächeln. »Du Dummkopf. Du irrationaler Dummkopf.« Cameron schüttelt amüsiert den Kopf, und ich empfinde den plötzlichen Drang, eine seiner Locken um meine Finger zu wickeln. Doch jetzt ist nicht der richtige Zeitpunkt. So begnüge ich mich mit dem losen Faden einer Decke.

»Crys – hast du vergessen? Ich kann nicht ernsthaft verletzt werden, die Dro-« Er hält inne, als ihn mein Räuspern unterbricht.

Mein Blick wendet sich zu der anderen Ecke des orangenen Zeltes, an dem jetzt der Wind rüttelt.

Die Frau, die mich aus dem Wasser gefischt hat, sitzt auf einer karierten Decke und beobachtet Cam und mich, neben sich ein leise vor sich hin dudelndes Transistorradio.

Ich spüre, wie meine Wangen sich glühend rot färben.

Ihr Blick ist leicht tadelnd, aber freundlich, und das Lächeln auf ihren Lippen bringt mich dazu, mich ein wenig zu entspannen.

»Tut mir leid. Ich weiß auch nicht, wann ich weggedämmert bin.«

Neben mir regt sich Cameron und meint: »Crys, das ist Lauren Taylor. Sie ist hier, um ein Buch zu schreiben.«

»Oh.« Überrascht sehe ich sie an. In meinem Gedächtnis krame ich nach irgendetwas, kann aber keinen Zusammenhang mit Lauren Taylor finden. Nein. Nie von ihr gehört.

Sie lächelt ein halbes Lächeln: »Manchmal ist es gut, aus der Stadt rauszukommen und einfach nur für sich zu sein.«

Meine Augen weiten sich. »Sie kommen aus der Stadt?«, frage ich und kann nichts dagegen machen, dass sich meine Stimme in Unglauben verfängt. Ich weiß nicht, wie ich mir die Leute aus der Stadt vorgestellt habe. Aber sicher nicht in ein raues Flanellhemd und eine warme Hose gekleidet. Die schwarze Mütze ist auf dem Kleiderstapel gelandet, der sich in einer anderen Ecke des riesigen Zeltes türmt.

Bis jetzt hatte ich gedacht, diese Menschen seien irgendwie anders. Exotisch. So wie Neptune, wie ich ihn im Fernsehen gesehen habe: blaue Haare, damals noch gepierct, ein Bandana in die Stirn gebunden. Einfach verrückt.

Ihre Brauen ziehen sich in die Höhe. »Ist das so verblüffend? Ich dachte, ich brauche mal eine andere Umgebung. Als Inspiration, wenn man so will.«

Nun schaltet sich Cameron ein. »Wieso?«

Ihre Züge werden ein wenig bitter, und sie sagt mit einem sarkastischen Unterton: »Kennst du *Die Medley-Akte*? *Zwei Schritte hinter dir*? *Ohne ein Spiegelbild*? Oder sonst eines meiner Bücher?«

Er schüttelt den Kopf, und Lauren Taylor macht eine wegwerfende Handbewegung, während sie seufzt. »Siehst du? Alles nur zweitklassige Thriller. Leider bin ich nicht die Einzige, die das denkt. Mein Verlag hat mir eine Frist gesetzt – in fünf Monaten wollen sie einen Bestseller auf ihrem Tisch haben. Wild, aufregend und gefährlich. Und ich dachte: Wie könnte ein Buch authentischer werden, als wenn der Autor selbst die Kälte und die Unbarmherzigkeit der Natur spürt?« Ein bellendes Lachen stiehlt sich über ihre breiten Lippen. Mit der rechten Hand streicht sie sich die braunen Haare aus dem Gesicht und meint: »Und das, obwohl schon der Hyde-Park für mich ein Dschungel ist.«

Ehrlich gesagt, ich habe keine Ahnung, was der Hyde-Park sein soll oder wie groß er ist, aber an ihrem Tonfall kann ich erkennen, dass dieser Satz wohl ironisch gemeint war. Ich jedoch kann nicht umhin, zu fragen: »Und das dürfen Sie? Ich meine, wir sind in militärischem Sperrgebiet!«

»Du kannst mich ruhig Lauren nennen. Kein Grund für Förmlichkeiten. Nun ja, drücken wir es folgendermaßen aus: Man tut sehr viel, wenn man seine Arbeit behalten will. Eigentlich ist es verboten, aber einige Offiziere sind einer gewissen Geldspende nicht abgeneigt. Außerdem könnte ich euch das Gleiche fragen. Was macht ihr hier? Es ist verdammt gefährlich – das Militär musste ja unbedingt wieder Wölfe und Bären ansiedeln.«

Um ja die Menschen nicht auf die Idee zu bringen, sich außerhalb der vorgegebenen Regionen niederzulassen.

»Ach was?«, flüstert Cam voller Ironie leise in mein Ohr. »Hatte ich gar nicht bemerkt.«

Ich muss mich zusammenreißen, um nicht zu lächeln. Aber weil Cam schweigt, schweige ich auch. Die Wahrheit? Unfassbar. Ihr Blick huscht zwischen uns beiden hin und her, ich beobachte, wie er langsam von Misstrauen überschattet wird.

»Sagt bloß, ihr seid hier, um irgendetwas Illegales zu machen?«, atmet Lauren ein. Ihre Augen verengen sich drohend. »Wenn es etwas gibt, das ich noch mehr hasse als die Schotten, dann sind es Engländer, die unsere Sicherheit gefährden.«

Ich versuche, meinen Blick nicht unsicher zu Cameron schweifen zu lassen.

»Lauren«, sagt er in einem beruhigenden Ton, der wirklich erwachsen klingt, »wir sind weder das eine noch das andere. Crys und ich sind nur durch eine Verkettung ziemlich unglücklicher Umstände hier.«

Im Stillen bewundere ich Cams Gabe, die Dinge so umschreiben zu können, damit sie harmloser erscheinen, als sie es in Wirklichkeit sind. Nervös lehne ich mich ein wenig weiter gegen ihn, sein T-Shirt ist noch feucht, unter seinem rechten Ärmel blitzt eine weiße Bandage hervor, unter dem anderen das tintenschwarze R-1794. Sein Körper versteift sich hinter mir, aber seine Miene bleibt unbeeindruckt, abweisend, trotzdem hängt ein leichtes Lächeln an seinen Mundwinkeln.

Laurens rechtes Augenlid zuckt einmal misstrauisch, dann gibt sie aber die offensive Haltung auf und lässt ihre nach oben gezogenen Schultern sinken. Noch immer wandert ihr Blick. Vermutlich denkt sie, dass wir keine Gefahr sind. Nur zwei zitternde, emotional leicht verwirrte Teenager. Doch wenn das tatsächlich so ist, wieso sieht sie uns noch immer so feindselig an? Dass Lauren schweigt, ist kein gutes Zeichen.

Es gibt eine Redewendung: Die Ruhe vor dem Sturm.

Und genauso fühlt es sich an. Als hätte sich der Wind nur rasch um uns gelegt, um dann erneut aufzuheulen und uns wegzuwehen.

In dem orangenen riesigen Zelt ist es ruhig, ich kann die Wärme der am Boden ausgebreiteten Decken fühlen. In einer Ecke befindet sich sogar ein Wasserkocher, darunter sind mehrere Konserven gestapelt. Jetzt erst merke ich, wie hungrig ich bin. Bis auf den Fisch, den Cameron vor einiger Zeit gefangen hat, ist mein Magen leer. Zu meinen Füßen befindet sich ein zusammengeklappter Laptop. Wir haben so was nicht besessen, überhaupt gab es nur auf der Gemeinde diesen Internetzugang, aber weil zehn Minuten so viel kosteten wie ein neues T-Shirt, bin ich nicht mal auf die Idee gekommen, das auszuprobieren.

»Und was ist das dann?«, fragt Lauren und zieht Camerons Pistole hinten aus ihrer Jacke hervor.

Ich höre, wie ich einmal laut einatme.

»Ich hatte es mit freundlich versucht, aber ich hasse es, wenn man mich anlügt. Entweder ihr liefert mir hier und jetzt eine verdammt gute Erklärung oder ich muss das Militär rufen. Im Auto draußen liegt ein Funkgerät – falls ihr glaubt, ihr könnt Spielchen mit mir treiben.«

Im. Auto. Draußen? Ein Funkgerät? Schiffe haben auch Funkgeräte, oder nicht? Aber bevor ich weiterdenken kann, durchbohrt mich auch schon Laurens glühender Blick. Ich zucke zusammen, als hätte mir jemand brennende Kohle direkt ins Gesicht geschleudert. Ich mache schon den Mund auf, um alles Mögliche zu beteuern und abzustreiten, da legt sich Camerons Hand mahnend in meinen Nacken, und augenblicklich verwerfe ich den Gedanken, die Worte über meine Lippen fließen zu lassen. Die Sonnen in seinen Augen tanzen in einem stetigen Kreis um die Iris, manche so klein, dass man sie kaum fassen kann, andere erleuchten seinen Blick mit der Helligkeit einer Supernova.

Er lehnt sich nur vor und sagt bedrohlich ruhig: »Machen wir einen Deal. Kein Militär, dafür kriegen Sie eine Geschichte, die Ihren Hals rettet.«

11

With slouch and swing around the ring
We trod the Fool's Parade!
We did not care: we knew we were
The Devil's Own Brigade:
And shaven head and feet of lead
Make a merry masquerade.

Neptune

Ein in sich gespaltenes Haus ist dafür bekannt, selbst bei dem sanftesten Windstoß in sich zusammenzubrechen. Als wir weitergehen, ist die Luft zum Zerreißen gespannt, sie streckt sich wie eine Decke über uns, nimmt uns jeden Sauerstoff zum Atmen. Wie diese Momente kurz vor einem Gewitter.

Ich lasse mir Zeit, gehe hinter den anderen her.

Sollen sie mir alle den Buckel runterrutschen. Es sind so viele Tote. Sind die Offiziere die einzigen Monster? Oder ist auch ein Teil in *uns* verdorben und schlecht?

Weniger als die Hälfte von uns lebt noch, wenn man davon ausgeht, dass Cam und Crys noch am Leben sind.

Der Rucksack über meiner Schulter wird immer leichter, die Medizin, die wir so dringend brauchten, dezimiert sich stündlich.

Finn geht es von Tag zu Tag schlechter, die Anstrengung und die mangelnde Wärme machen ihm zu schaffen.

Shinji trägt ihn, Lynn an seiner Seite, die den Jungen wie eine besorgte, große Schwester beobachtet. Ich habe Shinji und Lynn noch nie wirklich miteinander sprechen hören, aber trotzdem scheint es, als würden sie sich ohne Worte verstehen.

In der letzten Pause, die einige Stunden zurückliegt, hat Shinji wortlos seine Essensportion Lynn gegeben, die schon die Hand danach ausgestreckt hatte.

Als wüssten beide, was zu tun sei.

Was richtig ist.

Finn hustet wieder, und er murmelt etwas, er fängt bereits an zu fantasieren. Lynn streicht über sein Gesicht, um ihn zu beruhigen, aber Finn sagt immer nur: »Mama? Wo ist Mama?«

Ganz weit weg, denke ich. So wie die Chance, zu überleben.

»Pause!«, brüllt Tyler (der sich von Scarlett behelfsmäßig seine Wunde verbinden hat lassen) nun von vorne weg, und wir halten auf einem Stück ebener Wiese.

Sie ist deprimierend, diese Landschaft. Weite, ausladende Hügel, hinter uns der Wald, und alles gekleidet in Schnee. Jede Erhebung gleicht der davor und wird so aussehen wie die danach. Es ist zum Verrücktwerden.

Ich seufze und lasse mich abseits in den Schnee fallen. Die Kälte ist mir egal. Alles ist mir egal. Mein Magen knurrt, ich sehne mich nach einem fetten Hamburger und King-Size-Pommes dazu. Dafür würde ich morden – oder zumindest meine Seele eintauschen.

Oder Zigaretten? Was würde ich für einen Zug daran geben? Zwar hatte ich mir geschworen, mit dem Rauchen aufzuhören, aber wenn wir das hier überleben, zieh‘ ich mir eine ganze verdammte Packung rein.

»Anstrengend«, seufze ich.

Jemand zu meiner Rechten lacht leise in sich hinein.

»Was willst du? Der Lake District ist über 2000 Quadratkilometer groß. Hier liegen über 3000 m hohe Berge. Alles andere als ein angenehmer Spaziergang, wenn du mich fragst.«

Ich nehme den Arm, den ich auf meine Augen gelegt habe, um die Welt auszublenden, wieder weg. Neben mir steht ein hochgewachsener Typ mit schulterlangen Haaren, der mich müde anlächelt.

»Und verdammt viele Seen«, ergänze ich.

»Du interessierst dich für Geografie?«, fragt der Kerl zurück. Bis jetzt ist er mir noch nicht wirklich aufgefallen.

Ich lache, ein kehliger, rauer Laut. Diese Kälte tut meinen Stimmbändern nicht gut. Rich würde mich töten, wenn er sehen würde, dass ich keinen Schal trage.

»Nein. Nicht wirklich. Aber um das zu erkennen, muss man kein Genie sein.«

»Vermutlich nicht.« Er steckt mir die Hand hin. »Caleb.«

Ich erwidere seinen Händedruck. »Sebastian. Oder Neptune. Mir egal, macht sowieso keinen Unterschied mehr.«

»Klingt nicht sehr optimistisch.«

Ich verdrehe die Augen. »Wenn wir alle fünf Minuten eine Pause machen, kommen wir nie an. Es muss doch einen Weg geben, wie es schneller geht!« Deprimiert scharre ich mit dem Fuß den Schnee um mich herum auf einen klebrigen Haufen.

Caleb lässt seinen Blick über die Landschaft schweifen. Über dieses große, weiße Nichts. »Gibt es«, meint er leise, während seine Augen konzentriert zusammenzucken.

»Was?«

Die Falte über seiner Nasenwurzel vertieft sich kurz, aber dann ist es, als ob er in die Gegenwart zurückschnellen würde. »Wenn man davon ausgeht, dass wir in die richtige Richtung gegangen sind – ich habe gestern den Nachthimmel beobachtet, wir …«

Und er fängt einen Vortrag darüber an, dass irgendein Stern an irgendeiner bestimmten Stelle steht, und deshalb weiß er, dass sich Keswick irgendwo in unserer Nähe befindet.

Aha.

Caleb wirft mit Wörtern um sich, von denen ich noch nicht mal weiß, wie man sie buchstabiert. Er ist ein wandelndes Wörterbuch. Ein dickes Lexikon mit über tausend Seiten.

Mit hochgezogenen Augenbrauen starre ich ihn an. Ich bin kein Genie. Meine Mathematikkenntnisse leben am Rande der Armut.

Ich meine … hallo? Was soll das? Ein Auto fährt mit irgendwelchen Stundenkilometern um irgendeine Uhrzeit irgendwo hin. Wann kommt es an? Verdammt, diese Idioten sollen daheimbleiben, dann hat keiner was zu berechnen.

Als er geendet hat, ist er so heiser vom Reden, dass er sich erst mal räuspern muss.

Ich schlucke nur und meine: »Bist du Einstein, oder was?« Bestimmt liegt seine Intelligenz noch über dem überdurchschnittlichen Niveau.

»Ich merke mir alles, was ich einmal gelesen habe.« Er tippt sich gegen die Stirn.

Grinsend frage ich ihn dann: »Und bestimmt ziehst du dir mal eben so vor dem Schlafengehen ein ganzes Lexikon rein, oder?«

Caleb lacht, ein tiefer, beruhigender Laut. »Hast du überhaupt verstanden, was ich gesagt habe?«

»Ähhhh… Wir sind irgendwo in der Nähe von Keswick?«

Caleb nickt.

»Und was sollen wir dort?«

»Das hab ich dir doch grad erklärt!«

Ich ziehe den Kragen meiner Jacke über den Mund, um die bereits aufgesprungenen Lippen vor dem auffrischenden Wind zu schützen. »Du sprichst mit einem stolzen zweimaligen Sitzenbleiber. Ein bisschen Respekt bitte, ich bin nicht intelligent.«

Ein gutmütiges Lächeln erscheint auf Calebs Gesicht, und er meint mit einem Hauch von Ironie in der Stimme: »Ich auch nicht. Ist nur meine Gabe.« Caleb fährt sich durch seine strähnigen Haare. »Das Militär benutzt nur eine Straße im Lake District, die Wildnis drum herum ist Sperrzone, die nicht mal die Soldaten betreten. Immerhin gehen sie davon aus, dass alles leer und verlassen ist.«

»Ist es das nicht?«

»Doch. Aber die Soldaten haben Keswick einfach so wie alle anderen Orte geräumt und sind sofort abgezogen, weil sich die Situation im Krieg verschärft hat. Und sie sind nicht mehr dorthin zurückgekehrt, weil es nicht zu den primären Problemen gehörte, die Städte zu säubern. Deswegen denke ich …«, er korrigiert sich hastig, richtig in Fahrt in der Idioten-Erklärung, die sogar ich verstehe, »nein, bin ich mir sicher, dass wir eine gute Chance hätten, noch funktionierende Transportmittel zu finden.«

Autos. Sofort muss ich an meinen eigenen, Neptune-Haarblauen Wagen denken, der mich eine ganz schöne Summe gekostet hat.

»Aber zerfrisst das Benzin nicht nach einiger Zeit den Tank?«

Caleb wiegt den Kopf überlegend von der einen auf die andere Seite. »Möglich. Wenn man davon ausgeht, dass die Redoxreaktion …« Er hält inne, als ich leicht genervt aufschnaufe.

»Das heißt, wir spielen auf Glück?«

Sein rechter Mundwinkel zieht sich in die Höhe, und er streicht sich über sein stoppeliges Kinn: »Das heißt, wir spielen auf Glück.«

»Woher weißt du das eigentlich alles? Das war sicher nicht deine Aufgabe, die Verkehrswege unserer Armee auszuspionieren?«

Nun wird sein Gesicht wieder ernst. »Irgendwie hatte ich so ein Gefühl, dass ich das Wissen irgendwann brauche. Jede Akte, die ich irgendwie in die Finger gekriegt habe, ist hier drin.« Er tippt sich gegen die Stirn.

So ist es also – jeder von uns übt seinen eigenen Widerstand aus. Jeder von uns auf seine Art und Weise. Unsere Beschützer haben uns eingesperrt, um uns davon abzuhalten, zu Rebellen zu werden, um dem Land zu dienen. Aber sie haben nicht gedacht, dass sie uns damit zu den größten Feinden machen, die sie sich je schaffen konnten.

Cameron

»Wieso ich gewusst habe, dass Crys schlecht geträumt hat?«, frage ich Lauren, meinen rechten Mundwinkel in die Höhe gezogen, als hätte sie die idiotischste Frage aller Zeiten gestellt. Ich lasse mein Knie gegen das von Crys fallen, worauf sie zusammenzuckt.

Ich mag, wie sie auf mich reagiert.

Vielleicht hat unser Kuss so bittersüß geschmeckt, verboten durch all die Lügen und Angst, weil wir bald sterben könnten. Der Moment, in dem ich Crys küsste, war der, in dem ich mich zum ersten Mal seit Jahren richtig frei fühlte.

Ganz langsam richte ich mich auf und schaffe es nur schwer, ein Keuchen zu unterdrücken.

Der beschleunigte Heilungsprozess tut fast so weh wie die Wunden selbst. Ich kann spüren, dass sich auf meiner Haut schon der Schorf gebildet hat, morgen wird nur mehr eine dünne weiße Narbe zurückbleiben.

Ich lege den Kopf schief und lasse mir Zeit, kneife die Augen zusammen. Wieso hat Lauren diese Frage zu Anfang gewählt?

Crys sieht mich von der Seite warnend an. Hat sie tatsächlich Angst, ich würde etwas Falsches sagen?

Jahrelang musste ich eine Scheinwelt für andere Menschen zur Realität machen, habe gelogen. Und ich bin ein sehr fähiger Lügner. Es macht mir nichts aus, die Wahrheit zu leugnen. Immerhin ist mein ganzes Leben ein Schwindel. Was machen da ein paar verschönte Sätze noch aus?

»Cam?«, fragt Lauren nun, angespannt.

Ich lächle, meine Lippen ein bitterer Bogen. »Ich habe schon immer gehasst, was uns angetan wird, wenn wir schlafen. Der Schlaf nimmt uns einfach und zieht seine Krallen über unsere Brust, reißt sie auf bis zum Herz. Es ist eine Welt der Fiktion, aber was immer in ihr passiert, man kann sich nicht dagegen wehren. Man hat Angst, aber man verliert immer.« Ich kann nicht verhindern, dass meine Stimme dunkel und gefährlich klingt, als ich hinzufüge: »Und ich mag es nicht, wenn jemand anderes gewinnt.«

Ich kann Crys Blick spüren. Ich würde ihn gern erwidern, aber ich beobachte Lauren, die am Ende eines Bleistiftes nagt und mich nachdenklich ansieht.

»Da bin ich mir sicher«, glaube ich sie leise sagen zu hören, ehe sie lauter (und noch immer misstrauisch) meint: »Und woher wusstest du jetzt, dass Crys schlecht träumte?«

Ich seufze. »Man braucht doch nur hinzuschauen. Man sagt, jeder sieht so friedlich und unschuldig aus, wenn er schläft. Aber Crys sieht nicht mal so aus, wenn sie wach ist. Als sie mir dann schlafend mit dem Handrücken eine verpasst hat, weil ich sie beruhigen wollte, dachte ich, dass da was faul ist.« Das, was ich eigentlich wirklich sagen möchte, behalte ich für mich. Es ist noch nicht Zeit. Und selbst wenn, nun ist wichtiger, dass wir überleben.

Meine Worte würden uns keinen Schutz vor den Pistolen der Soldaten bieten.

Crys schüttelt nur leicht den Kopf, auf diese besondere Art. Mit einer Mischung aus Missbilligung, Sarkasmus und einem gutmütigen Lächeln .

Der Wind rüttelt an dem geräumigen Zelt, das Pfeifen übertönt Ryders Winseln draußen. Glücklicherweise brennt die Sonne vom Himmel herab und heizt so den Stoff des Zeltes auf.

Ich huste noch immer, und Crys rückt ein wenig von mir ab. Der Entzug ihrer Wärme macht alles nur noch schlimmer. Es ist nicht der Husten, der mir Tränen in die Augen steigen lässt, sondern der Schmerz, der mein Bein durchzuckt.

Ich bedeute Crys, dass sie mir den Rucksack geben soll, und mit flinken Fingern krame ich die Rumflasche heraus, aus der ich ein paar Schlucke nehme.

Lauren schießt mir einen missbilligenden Blick zu, sagt aber sonst nichts.

Mein Leben ist ein einziges Kommen und Gehen. Eine Gefahr, die sich nähert und wieder verschwindet. Ein Kampf, der immer in mir wüten wird. Wie eine Bestie lauert es, falls ich mein Schild je fallen lassen werde. Und wenn dies passieren sollte, wird es mich holen und sich meiner bemächtigen.

Die Wärme des Alkohols füllt mich von innen heraus, lässt meine gereizten Muskeln wieder um ein paar Millimeter kürzer werden, und ich entspanne mich.

Im Gegensatz zu Crys macht mich der Rum nicht schläfrig. Er rüttelt meine Sinne wach, legt eine neue Vorsicht über sie, lässt sie wieder lebendig werden.

Lauren räuspert sich, weil sie wieder meine Aufmerksamkeit will, die noch immer auf Crys liegt.

Doch ich kann nicht anders, als sie weiterhin anzusehen. Das sanfte Strahlen verlässt nun langsam ihre Pupillen, und sie wird wieder ernst.

»Was macht ihr also hier?« Lauren schlägt die Beine übereinander in einen angespannten Schneidersitz und starrt mich an, während sie wartet.

Ich öffne schon den Mund, als Crys antwortet: »Ich glaube, Sie fangen an der falschen Stelle zu fragen an. Wollen Sie nicht lieber wissen, wie alles begonnen hat?«

Laurens Augenbrauen ziehen sich zusammen, die Falten um ihre Augen werden tiefer. »Nun, wo hat alles begonnen?«

Mit Bitterkeit und erschreckender Kälte in den Augen zieht Crys den Ärmel ihres T-Shirts nach oben.

»Genau hier«, sagt sie nun mit schwerer Stimme und fährt mit ihrer Fingerspitze über die schwarze Nummer auf ihrer blassen Haut. Crys fährt das C-4109 exakt nach, ohne überhaupt hinzusehen. Sie muss es schon sehr oft so berührt haben.

Laurens Augen weiten sich kurz, ihr Blick wischt über meinen freien Arm, die Tinte, die unter dem Ärmel hervorblitzt, und wieder zu Crys zurück. Die räuspert sich und lässt eine Hand langsam in ihre Armbeuge sinken. Ihre Fingernägel haben hellrote Kratzer auf ihrer Haut hinterlassen.

Mein Kiefer verkrampft sich. Hoffentlich sagt sie nichts Falsches.

»Ich war noch nie in der Stadt, also kann ich nicht sagen, wie es dort ist. Aber wenn man in einem der Dörfer lebt, lebt man in Furcht. Die Bedrohung kommt von beiden Seiten: innen und außen. Ich weiß auch nicht, wie andere es nennen, aber jedes Kind, jeder Jugendliche fürchtet, der Nächste zu sein, wenn die Soldaten auf Kindesfang sind. Natürlich weiß jeder davon, dass die Verschleppten in eine Art Anstalt kommen. Doch niemand weiß, wie es dort drin ist. Man fühlt sich, als lebe man im Zentrum der Hölle, man brennt ewig, man kann das Feuer nicht löschen. Zuerst ist es unbeschreiblich. Unfassbar, ungreifbar. Aber man findet sich damit ab.«

»Womit abfinden?«

Ein dunkles Grinsen breitet sich auf Crys' Gesicht aus. »Damit, sich zu verändern.« Ein Zittern fährt durch ihre Schultern, und sie rückt automatisch die Wolldecke zurecht. Ihr Haar ist noch ein wenig feucht, zerzaust und unordentlich, nicht so, wie ich sie zum ersten Mal sah. Da schien Crys schwach, ein wenig gebrochen. Ich hatte absolut keine Ahnung.

»Was macht das Militär mit euch?«

Sie sollte besser fragen: Was *hat* es mit euch gemacht?

»Wir werden modifiziert. Uns werden Chemikalien eingeimpft, Drogen verabreicht. Wir sind eine neue Generation junger Menschen. Wir können Dinge, die sonst niemand kann«, springe ich ein.

Lauren blickt erneut zu mir. Mustert mein Gesicht, als suche sie irgendetwas Unmenschliches. Etwas, das nicht existieren dürfte.

»Inwiefern?«

»Ich bin eine Mentalistin.« Crys Stimme ist vollkommen ernst.

Lauren starrt sie an, und bricht eine Sekunde später in schallendes Lachen aus. »Und ich dachte, ihr meint es wirklich ernst mit mir!« Abwertend schüttelt sie den Kopf.

Crys seufzt, reibt sich mit einer müden Geste über die Augen.

Wütend blitze ich Lauren an. Und dann zeige ich es ihr. Augenblicklich erstarrt sie, als ich die ganzen Bilder in ihr Gehirn einschleuse, sie zusehen lasse bei dem Geschehenen. Nur nicht zu viel.

Dass ich der Kopf der Operation war, spare ich aus. Sie soll wissen, wie es da drinnen ausgesehen hat. Und dann werden wir sehen, ob sie noch einmal wagt, zu lachen. Ich beobachte sie, wie sie die Bilder beobachtet, sich sogar einmal über die Augen fährt, als wolle sie die Illusionen wegwischen. Abrupt ziehe ich meine Gedanken zurück und gebe ihr ihre wieder.

Lauren zuckt ein wenig und stiert mich an. »Wie …?«, ist alles, was sie herausbringt.

»Glauben Sie uns jetzt?«, knurre ich.

»Wie …?«

Ich rolle müde mit den Augen. Eigentlich will ich nur schlafen. Alles tut mir weh, mein ganzer Körper verlangt nach einer Aspirin. Die raue Kleidung wetzt den Schorf auf, der sich langsam auf meinen Wunden bildet. Ich kann spüren, wie warme Tropfen meines Blutes durch die Haut sickern. »Ganz einfach.« Ich schiebe meinen Ärmel nach oben und deute auf die Tätowierung.

Laurens Mund klappt auf, ehe sie sie an Crys wendet. »Und du bist tatsächlich eine … wie hast du gesagt?«

»Mentalistin«, ergänzt Crys sinngemäß. In ihrem Mund klingt das Wort so gewöhnlich wie Gemüse.

»Und du kannst *was*?«

Crys verschränkt ihre Beine im Schneidersitz und stützt sich mit ihren Ellenbogen auf die Knie. »Ich kann behaupten, dass Sie sehr gestresst sind, wegen dieser Verlagssache. Es macht Ihnen mehr aus, als Sie eigentlich zugeben. Sie haben Angst, was ihr Exmann dazu sagen wird. Sie haben Angst, dass er recht haben könnte. Damit, dass Ihre Bücher nie verkauft werden.«

Nach Laurens Gesichtsausdruck zu urteilen, hat Crys mitten ins Schwarze getroffen. Ärgerlich zieht sie ihre Augenbrauen zusammen. Die Maske ist für einen kurzen Moment von ihrem alternden Gesicht gefallen, doch jetzt baut sie sie wieder auf. »Woher weißt du das?«, fragt sie, ihre Stimme grob.

Crys zuckt bloß lässig mit den Schultern: »C-4109. Sind Sie jetzt bereit, uns zu glauben?«

Ace

Neptune: *Tyler, du verdammter Arsch! Irgendwann, irgendwann prügle ich dir dein selbstgerechtes Grinsen aus dem Gesicht!*

Caleb: *Tyler sieht den Vorteil der ganzen Sache nicht. Wie kann er ihn nicht verstehen? Ich habe doch alles erklärt. Toll. Wenn Sebastian endlich aufhören würde, ihn anzuschreien. Das räumt uns nur noch weniger Chancen ein.*

Dan: *Zare. Neptune ist … der Schnee ist schuld. Der Schnee.*

Tyler: *Was glaubt dieser Neptune, wer er eigentlich ist? Diese Schwuchtel. Ich bin hier der Anführer. Ich weiß, was richtig ist. Verdammt. Verdammt, Cam, wo hast du uns da reingeritten?*

Sie machen mich verrückt - die ganzen Worte, die auf mich einströmen, so zahlreich, dass ich sie nicht mehr von den wirklich gesprochenen unterscheiden kann. Es ist unmöglich zu lauschen, sich auf die Ferne, auf Crys zu konzentrieren.

Und zwischen alldem liegen meine Zweifel. Wo war ich, als Crys gefallen ist? Wieso war ich nicht derjenige, der ihr nachgesprungen ist? Lebt Crys noch? Und wenn ja, ist sie dann irgendwo mit diesem … mit Cam zusammen? Hat er sie bereits um den Finger gewickelt?

Ich presse meine Fäuste in meine Schläfen, aber das Dröhnen nimmt nicht ab. Stetig fließt es auf mich ein. Ein Strom an Wasser, der einen Stein so lange formt, bis er seinen Wünschen entspricht.

Bin ich dieser Stein? Leider ja. Ein Stein, leblos, immobil, schwer. Früher war ich anders. Ich war so wie Cam. Ein ignorantes Arschloch. Und genau deshalb stört mich seine Persönlichkeit so. Weil ich mich geändert habe und trotzdem er Crys' Aufmerksamkeit besitzt. Hätte sie mich genauso gesehen, wenn ich so geblieben wäre?

Ich bin bei einer Pflegefamilie aufgewachsen. Meine Eltern sind irgendwo im Krieg, waren es zumindest. Das Ehepaar, das mich aufnahm, war reich. Die Schule war gut, und meine Freunde keine richtigen. Dann haben sie mich geholt. Und alles wurde anders.

»Nein.« Tylers Stimme ist fest.

Ich habe noch immer die Augen geschlossen.

»Tyler – es wäre die Chance! Weißt du, es gibt da was, was ich jetzt wirklich gerne tun möchte. Und zwar ÜBERLEBEN!« Neptune hört sich an wie ein quengelndes Kleinkind, das seinen Willen nicht bekommt.

»Und ich habe NEIN GESAGT! Geh eben alleine, wenn's dir so wichtig ist!«

Neptune murmelt etwas Unverständliches. *Arschloch*, denkt er.

Tylers Reaktion zufolge hat er es auch gesagt. »Du Schwuchtel! Ich werde dir …«

Ich kann beinahe das süffisant-spöttische Grinsen auf Neptunes Gesicht sehen, als er ihn unterbricht: »Aber Schatz! Nicht vor den Kindern!«

Gespannt auf Tylers Reaktion nehme ich die Hände von den Augen. Er steht da, die Hände zu verkrampften Fäusten geballt. Seine Standardhaltung. Cholerisch. Aufgebracht. Kurz vorm Explodieren.

Langsam lasse ich mir Calebs Behauptungen noch einmal durch den Kopf gehen. Es klingt logisch, dass es in Keswick noch Autos geben könnte. Wir wären in ein paar Stunden an der Küste – wir bräuchten nur noch auf das Schiff warten.

Und auf Crys.

Ich schlucke, der schwere Kloß sammelt sich wieder in meinem Hals. Genau wie damals, als sie verschwand. Was, wenn sie nie dort ankommen? *Doch, werden sie*, ermahne ich mich. Ich muss nicht um Crys trauern. Weil Crys nicht tot ist.

Noch immer streiten sich Tyler und Neptune. Ermüdend, wirklich ermüdend. Wir könnten diese Zeit sinnvoller nutzen. Aber allein in den Gedanken der anderen kann ich lesen, wie viele von ihnen schon erschöpft sind. Wie viele kurz davor stehen, durchzudrehen.

Dan ist das beste Beispiel dafür. Ich habe versucht, einige Male mit ihm zu reden. In der Welt seiner Gedanken ist es friedlich. Zare ist bei ihm, er sieht sie. Murmelt ihren Namen. Er ist total gefroren im Schockzustand. Und das macht mir Angst. Wenn wir alle so werden? Ich will nicht so enden. Ich will es einfach nicht.

»Tyler«, Neptunes Stimme ist nun bittend, »wir werden sterben.« Seine Haare sind zerzaust, und seine Lippen schon beinahe blau angelaufen. Aber in seinem Gesicht wallt die Zornesröte langsam auf. Wenn Sebastian doch endlich seinen Mund halten würde. Er hat keine Ahnung, was in Tylers Kopf vorgeht. Was ich schon gesehen habe.

»Wir werden rechtzeitig ankommen!«

Ich kann sehen, wie Neptune langsam die Puste ausgeht. »Werden wir eben nicht! Keswick ist ganz in der Nähe.«

Nun spuckt Tyler einmal herablassend vor Neptunes Füßen aus: »Und was, wenn es dort keine Autos mehr gibt? Was DANN? DANN HAST DU KLEINER SCHWULER DRECKSACK UNS ALLE AUF DEM GEWISSEN!«

Augenblicklich zeichnet sich auf Neptunes Gesicht der Ärger ab, er öffnet den Mund, um zu einer harschen Bewegung anzusetzen.

»Leute – hört einfach nur auf, okay?«, seufzt nun dieser Grey.

»MISCH DU DICH NICHT EIN!« Jetzt brüllt Tyler wirklich. Purpurrot im Gesicht fährt er zu dem schmächtigen Jungen herum und geht ein paar Schritte auf ihn zu.

»Caleb hat recht, das ist alles!« Grey zuckt mit den Schultern. Davon noch mehr angestachelt, baut sich Tyler vor ihm auf. Egal, was er gleich sagt oder tut, es wird heftig werden. In seinen Gedanken findet sich so viel angestaute Wut, so viel Hass auf alles und jeden. Vor allem auf Neptune.

Nun trete ich einen Schritt nach vorne. »Tyler. Mann, lass es gut sein. Caleb hat recht, und das weißt du auch. Gib nur einmal nach. Zu unser aller Besten, okay?« Meine Stimme klingt ruhig und besonnen. Tut sie immer. Ob Crys deshalb so gelangweilt von mir war, dass sie sich Cam zuwandte?

Tyler schnaubt nur. Verschränkt seine Arme, und seine Gedanken denken nicht mal dran aufzugeben. Hart wie eine Nussschale.

Obwohl ich spüren kann, dass er immer unsicherer wird. Ich richte mich ein wenig weiter auf, sehe ihm herausfordernd in die steinernen, dunklen Augen.

Tyler besteht nur aus angestauter Wut und einem Haufen Stolz. Ein Anfall von Rage jagt den nächsten. Er ist eine Kämpfernatur, aus seiner Sicht war es nur logisch, sich selbst zum Anführer zu machen und die Sache in die Hand zu nehmen.

»Tyler, ich will die Sache so kurz und schmerzlos machen, wie es geht.« Mit dem Kinn deute ich auf seine provisorisch umwickelte Seite und meine kühl: »Ich weiß darüber Bescheid.«

Sein Kopf zuckt in die Höhe, und er starrt mir unverwandt und wütend in die Augen. »Ich weiß nicht, was du meinst.«

Einer meiner Mundwinkel zieht nachlässig nach oben. Netter Versuch, Tyler. »Nennen wir es Hass gegen gewisse Personen, wenn du so willst. Deine Gedanken haben mir eine Menge Dinge verraten, Mann.«

Wie erwartet wird sein Gesichtsausdruck blank. Ohne Emotion, rein. Ohne jede Gefühlsregung – außer dem Hass in seinen Augen. »Du hast …«, stößt er zwischen zusammengebissenen Zähnen hervor.

Ich nicke nur, total im Klaren darüber, dass alle Blicke auf uns beiden haften. Irgendjemand wimmert vor Schmerzen, aber die Medikamente sind eh alle. Noch ein Grund mehr, schnell zur Küste zu gelangen.

Meine Stimme fällt beinahe in das bodenlose Leise. »Ich kann das für mich behalten. Gegen einen Tausch.«

Tylers Haltung verkrampft sich, wird steif. Plötzlich sieht er zu blass aus für seine schwarze Militärjacke, obwohl er braungebrannter ist als alle zusammen.

»Alles hat seinen Preis, was?« Ein Seufzen, so tief, dass man es leicht mit einem Knurren verwechseln könnte, entfährt seiner Kehle.

Crys

»Die Drogen wirken unterschiedlich auf jedes Individuum. Die Einen sterben, und die glücklichen Gewinner werden dann für die Zwecke des Militärs verwendet. Diese Tatsache ist, glaube ich zumindest, nie nach außen gedrungen. Vermutlich, um die Leute nicht abzuschrecken.«

Lauren kann ihren Blick einfach nicht von meinem Ärmel reißen, unter dem sich das Tattoo verbirgt.

C-4109. Mein Fluch, meine Hölle, meine Macht.

»Bei wie vielen wurde eine dieser Drogen angewendet?« Laurens Gesicht ist emotionslos, konzentriert. Das Zelt hat sich ziemlich aufgeheizt, die Sonne brennt auf uns herab.

Bevor ich antworte, sehe ich kurz zu, wie bereits die ersten Wassertropfen an der Wand des Zeltes herablaufen.

Doch Cameron ergreift wieder das Wort. Natürlich ist er der Meinung, möglichst viel geheim zu halten.

Finde ich nicht.

Wenn wir … falls wir nicht überleben sollten, kennt jemand unsere Geschichte. Wir werden nicht verloren sein. Die Wahrheit wird immer präsent sein – auch wenn sie nur eine Person kennt. Immerhin eine Person mehr, die nicht mehr auf die Politik hereinfallen wird.

»Zu viele. Leider überleben nicht alle die Modifikation durch die Chemikalie. Schwer einzuschätzen. Ungefähr fünfzig sind entkommen.«

Lauren lehnt sich vor, stützt ihr Kinn auf ihre gefalteten Hände und fragt mit zusammengezogenen Augenbrauen: »Und ihr seid die letzten Überlebenden?«

Cam schüttelt den Kopf. Seine Haare glänzen in der Helligkeit des Tages, die durch das Zelt dringt.

Über seine Arme ziehen sich feine Kratzer, die vor wenigen Minuten noch viel hervorstechender waren als jetzt. Zeit heilt alle Wunden. Stimmt bei Cam zu hundert Prozent. Zeit und eine gesunde Portion von R-1794.

»Nein«, gebe ich zu und schlucke. Ace. Wie wäre es, wenn Cam und ich wirklich die Einzigen wären? Wenn Ace … Gott, ich will gar nicht daran denken.

»Wir wurden getrennt. Wo die anderen sind, wissen wir nicht.«

Ein stummes *Oder was von ihnen noch übrig ist* hängt mit seiner Stimme in der Luft.

Kurz schildert Cam in knappen Worten den Ausbruch, den Anblick der vielen Verletzten und gibt Lauren ein kurzes Bild über unsere Gruppe. Shinji, Caleb, Abby und die anderen. Ace hebt er sich bis zum Schluss auf. Kurz stockt seine Stimme, dann fliegt sein Blick zu mir. »Vielleicht möchtest du über Ace sprechen. Du kennst ihn besser als ich.«

»Ace … also … eigentlich heißt er Adam, war schon vor mir da. Er ist fähig, die Gedanken der Menschen in seiner Umgebung zu lesen und versteht jede Sprache, die er hört. Sei es Französisch, Rumänisch oder Chinesisch. Ace war der erste, der … Auserwählten, ich kam als zweite, Dan und Zare einige Zeit nach mir.«

Cam seufzt und rappelt sich auf. »Ich geh frische Luft schnappen«, raunt er, ehe er aus dem Zelt verschwindet.

»Habt ihr darüber gesprochen, was das Militär euch tun ließ?« Laurens Ton ist interessiert und trotzdem distanziert, als könne sie unserer Geschichte doch irgendwie keinen Glauben schenken.

Ich schüttle den Kopf und erwidere nüchtern: »Nein, nie. Man redet darüber nicht, man tut es, und man schämt sich dafür. Ich denke …«

Nach einem kurzen Überlegen beende ich den Satz: »Ich denke, wir alle wussten, dass wir etwas dagegen tun sollten. Gegen diese Anstalt.« Und trotzdem haben wir tatenlos zugesehen.

Bis jetzt.

Cameron

Wenn ich etwas Positives vom Requiem gelernt habe, dann sind es zwei Dinge. Und zwar möglichst lange ohne Schlaf auszukommen und Türen lautlos zu öffnen.

Letzteres kommt mir zugute, als ich ohne ein Geräusch in das Auto (ein dunkelgrüner Lada Niva) schlüpfe und die Tür hinter mir zuziehe. Russische Wagen sind seit dem Krieg immer billiger geworden, wie alles, das aus dem Ausland kommt und die Firmen schnell loswerden wollten.

Glücklicherweise hat Lauren nicht abgeschlossen. Der Schlüssel steckt im Zündschloss, auf dem Beifahrersitz liegt eine Erste-Hilfe-Box. Ich muss schnell sein, deshalb halte ich mich auch nicht mit der Straßenkarte auf, die auf dem Armaturenbrett ihr Dasein fristet.

Ich muss ein Funkgerät finden. Fieberhaft tasten meine Finger in die Ritzen zwischen den Sitzen. Mein Glück, dass ich weiß, auf welcher Frequenz das Schiff des Requiems sendet.

Falls ich dieses verfluchte … Plötzlich streifen meine Finger über etwas Hartes, Rechteckiges. Erleichtert atme ich aus.

Kurz werfe ich einen Blick über meine Schulter, zurück zum Zelt, in dem Crys nun von Ace schwärmt. Meine Miene verfinstert sich spürbar.

Ich presse meine Kiefer zusammen und drücke auf den Knopf an einer Seite des Gerätes. Das Display leuchtet auf, ich drehe so lange am seitlichen Rad, bis ich die richtige Frequenz finde. Für mich (und das Militär, falls es versuchen sollte, sie zu entschlüsseln) rauscht der Kanal. Eigentlich ein sinnloses Unterfangen. Englische Soldaten haben laut Jeff schon des Öfteren versucht, den Fehler dieses Senders zu finden, aber nach einiger Zeit wurde das ganze Unterfangen aufgegeben und einfach als irgendeine Störung abgestempelt. Tja – gut, dass ich nicht so hirnlos wie die bin.

Das Rauschen wird leiser, als ich das Gerät an meinen Hals halte, bis es ganz verschwindet. Die Frequenz ist mit einem speziell vom Requiem entwickelten Code ausgestattet, der nur von eigens dafür entwickelten Geräten transformiert und so entschlüsselt werden kann. Diese Transformatoren sind klein, etwas größer als der Nagel meines Daumens.

Leicht zu verstecken. Wie unter meiner Haut. Er ist kaum sichtbar, nur eine feine Narbe unter meinem Ohr zeugt von seiner Anwesenheit. Ungeduldig warte ich, bis sich auch das Knacken gelegt hat.

»Yeah?«, dringt undeutlich aus dem Gerät.

Ein Grinsen breitet sich auf meinem Gesicht aus. Hätte nie gedacht, dass ich mich jemals so freuen würde, Noahs Stimme zu hören. Ironischerweise ist er Kapitän auf einem der Schiffe Schottlands, im Geheimen dem Dienst des Requiems unterstellt. Obwohl *Schiff* wohl nur Noahs Bezeichnung für den unscheinbaren Fischkutter ist, aber niemand legt sich mit ihm an. Einerseits, weil er gerne seine Drohungen wahrmacht – wenn er betrunken ist -, andererseits, weil man sich immer mit ihm gutstellen sollte. Man weiß nie, wann man eine helfende Hand braucht.

»Noah, hier ist Cam.«

Keine Antwort.

Ich füge hinzu: »Walden.«

»Ahh!« Jetzt ist auch bei Noah der Funken übergesprungen. Ich bin schon gewöhnt, dass es bei ihm ein wenig länger dauert. Ich kann ihn mir vorstellen, wie der Rauch seiner selbstgedrehten Zigarette den Weg durch seinen Vollbart sucht, während er die Füße auf dem Steuerrad abgelegt hat.

»Verdammt, Cam, du lebst noch? Die schließen hier schon Wetten ab.«

»Hoffentlich hast du auf mich gesetzt.«

»Äh … klar, Mann!«, druckst er ein wenig herum. Der will wohl unbedingt sein Geld los sein.

Ich streiche mit den Fingern über die Augenbrauen.

»Noah, hör zu. Die Zeit wird mir zu knapp. Ich habe einige rausgebracht, aber es gab ein paar Komplikationen.«

»Wie viele brauchst du?« Noah ist wieder bei der Sache.

»Gib mir vier.«

Ich kann förmlich hören, wie er im Kopf durchrechnet.

»Ich ankere bereits vor Küste. Du kannst drei haben. Das wird sonst zu auffällig.« Murmelnd fügt er hinzu: »Ist es jetzt auch schon.«

Drei Tage. Ob das reichen wird?
»Gut. Ich … wir werden da sein. Lass mich nicht hängen.«
Noah lässt ein lachendes Bellen los: »Geht klar.«
»Viel Spaß beim Fischen.«
»Viel Spaß beim Überleben.« Dann unterbreche ich die Verbindung.

12

He lay as one who lies and dreams
In a pleasant meadow-land,
The watcher watched him as he slept,
And could not understand
How one could sleep so sweet a sleep
With a hangman close at hand?

Cameron

Drei Tage.

Nur drei Tage mehr – aber sie werden uns das Leben retten.

Ich schließe die Augen und lehne mich gegen den Wagen, lasse die Sonne auf mein Gesicht scheinen.

Ich wünsche mir, ich könnte einfach schlafen. Die Augen zumachen, wenn ich sie wieder öffne, wäre ich zu Hause. Mit Crys. Alle anderen sind mir egal.

Meine Lider öffnen sich, als mir die Tragweite des Gedankens klar wird.

Ich bin gerade dabei, den Fokus zu verlieren. Es darf mir nicht egal sein, was mit den anderen passiert. Jedes Leben zählt, und das weiß ich. Doch das ewige Kämpfen ist ermüdend. Immer für den höheren Zweck zu leiden, sich in Gefahr begeben. Manchmal habe ich es satt. So wie jetzt.

Ich schlucke, mein Kiefer verhärtet sich, und als würde der Wind die brodelnde Wut in meinem Magen spüren, fährt er mit eiskalten Krallen durch mein zu langes Haar.

Schneeflocken, die sich von den Bäumen lösen und gegen die Planen des Zeltes rieseln, glitzern in der Sonne. Crys und Lauren unterhalten sich noch immer. Immer noch über Ace?

Meine Mundwinkel ziehen sich nach unten. Ich kann diesen Typ nicht leiden. Nicht nur, weil er den ganzen Plan versaut hat, indem er meinen Plan den Gedankenlesern serviert hat wie ein saftiges Steak.

Die Eifersucht formt ein Knurren hinter meinem Gaumen, während ich noch kurz ein paar Sachen aus dem Erste-Hilfe-Kasten in die Taschen meiner Jacke mitgehen lasse und mich dann etwas näher an das Zelt heranschleiche.

»Die ersten paar Wochen waren schlimm für mich, die Hölle auf Erden. C-4109 hat verdammt viele Nebenwirkungen. Ich kenne jede Einzelne davon.« Ihre Stimme klingt finster.

Unwillkürlich strecke ich meine Finger aus und balle sie dann zu Fäusten. Glücklicherweise konnte ich bereits einen Tag nach der Verabreichung der Chemikalie wieder Dinge berühren, ohne vor Schmerz zusammenzuzucken. Seitdem ist meine Haut ein wenig anders, nicht dicker, aber resistenter.

»Cameron mag Adam nicht besonders, oder?«

Crys zögert. »Das beruht auf Gegenseitigkeit, denke ich.«

Wo sie recht hat, hat sie recht.

»Vielleicht sieht Cam in deinem besten Freund eine Art Konkurrenz«, überlegt Lauren laut.

Ein unschönes Geräusch entschlüpft meinem Mund. Vielleicht bin ich eifersüchtig auf Ace, weil er und Crys sich so nahestehen. Kann er mir das Wasser reichen? Aber *bitte*.

Crys atmet hörbar aus. Ich stelle mir vor, wie sie den Kopf schüttelt.

»Haben Sie Cam gesehen?« Sie nuschelt so leise, dass ich noch ein paar Schritte näher treten muss, um sie zu verstehen. »Er ist ignorant und selbstverliebt. Unerreichbar.« Habe ich mich gerade verhört? Muss wohl so sein.

»Crystal, gutes Aussehen verschwindet mit der Zeit. Ein schönes Gesicht entschädigt dich eines Tages nicht dafür, dass dich jemand sitzenlässt.«

»Glauben Sie echt, mir ginge es nur um sein Aussehen?«

Sie erhält keine Antwort.

Mein eigener Atem hämmert mir in den Ohren, und meine Kehle wird immer trockener, je länger ich darauf warte, dass einer der beiden spricht.

»Cam ist jemand Besonderes. Als ich ihn das erste Mal sah, wusste ich, dass er mich hasste. Und ich war fasziniert. Ich hatte keine Ahnung, was ihn so gegen mich aufbrachte. Er war das erste Rätsel, das ich nicht lösen konnte.«

»Und, hast du es endlich geschafft?«

Ich kann mir vorstellen, wie wieder dieses entfernte Lächeln auf Crys' Lippen liegt. »Bis jetzt habe ich versagt.«

»Und was ist mit Ace?«

Crys' Tonfall ist stockend. »Was soll mit ihm sein?« Sie seufzt. »Die beiden hatten einige Differenzen. Ace ist normalerweise nicht der Typ, der von sich aus unhöflich oder abwertend gegenüber anderen Personen ist. Aber Cameron … keine Ahnung, warum, aber die beiden hatten von Anfang an nichts füreinander übrig.«

Die Antwort ist einfach – Ace hat meine Gedanken gelesen. Und die von Crystal. Sogar ein Blinder könnte erkennen, wie viel Ace für seine angebliche beste Freundin übrig hat. Es ist offensichtlich, denn er ist mehr als nur berechenbar. Seine Bewegungen, seine Blicke … genauso gut könnte er sich einen Zettel auf die Stirn kleben: Ich bin in Crys verknallt.

Die Einzige, die davon augenscheinlich nichts mitbekommt, ist das Objekt der Begierde.

»Und seit wann sind du und Cameron nun ein Paar?«

Papier raschelt, Crys schiebt ihre Decke ein wenig weiter zurück.

»Ist das notwendig?«, will Crys wissen.

»Geschichte gegen Verschwiegenheit. Also, ich höre?«

»Wir … ähm …« – Räuspern – »wir sind nicht … Sie wissen schon. Ehrlich gesagt bin ich mir nicht sicher, ob das nicht alles Verzweiflung ist. Diese Gefühle, meine ich.«

Wie bitte?

Scheiße. Ich weiß, dass man sich selbst ziemlich viel einreden kann, wenn man will – aber der Kuss … Das kann sie nicht ernst meinen. Immerhin weiß ich, dass sie ihn auch gespürt hat. Den verdammten Funken, der übergesprungen ist.

Ich schüttle den Kopf, will die Schneeflocken vertreiben, die mir nun hart ins Gesicht peitschen.

Crys sieht nicht, dass sie mir überlegen ist. In so vielen Dingen. Sie ist stur, unberechenbar und kann lügen, ohne mit der Wimper zu zucken. Doch uns unterscheidet eines wirklich voneinander: Sie hat ein Herz.

Und dort, wo meines früher mal war, sammeln sich nur die Erinnerungen an die Schlachten, die ich schlagen musste.

Missmutig ramme ich meinen Fuß in den Schnee, die Schuhspitze bereits völlig durchweicht, Schneeklumpen spritzen nach allen Seiten und treffen Laurens Hund.

Bis jetzt lag er ruhig neben dem Auto vor einem zugeschneiten kistenförmigen Gegenstand. Nun hebt er den Kopf, sieht mich an.

Ich starre zurück.

Tiere mögen mich nicht besonders. Ebenso der Hund. Seine Ohren zucken nach hinten, und lautlos zieht er seine Lefzen hoch, drohend.

Herausfordernd nehme ich einen weiteren Schritt in seine Richtung. Dieses verborgene Objekt hat mein Interesse erweckt. Vorsichtig lege ich eine Hand auf den Schnee, darunter kann ich Plastik erfühlen. Nun stehe ich direkt vor dem Hund, der bereits leise knurrend zu mir hochsieht.

Mein Versuch, ihn niederzustarren, funktioniert nicht, und so entschließe ich mich, ihn einfach zu ignorieren. So geräuschlos ich kann, schiebe ich die weiße Plane frei und hebe sie langsam hoch.

Ein lautes Knurren dringt nun aus der Kehle des Schäferhundes, er setzt sich auf seine Hinterbeine, der Schnee klebt an seinem Bauch.

Ich halte den Augenkontakt mit ihm, während ich langsam die Plane hochhebe.

Seine schwarzen runden Augen verbohren sich in meine.

Gott, bin ich froh, dass er noch nicht angeschlagen hat. Erst nach ein paar Sekunden traue ich mich, den Augenkontakt zu unterbrechen und …

Der Hund bellt aus vollem Hals, und ich ziehe meine Hand rasch zurück. Doch nicht, ohne einen kurzen Blick erhascht zu haben.

Fairer Tausch, denke ich und grinse.

Crys

Ich sehe auf, als Cam wieder das Zelt betritt. Die Sonne in seinem Rücken lässt sein Haar von hinten leuchten, erhellt die schlanke Gestalt.

»Was hat Ryder denn?«, fragt Lauren mit zusammengezogenen Brauen und lässt den angenagten Bleistift in ihren Schoß sinken.

»Irgendein Tier oder so.« Cameron zuckt halbherzig mit den Schultern.

»Oder so«, murmelt Lauren und erhebt sich. Sie greift nach der Pistole und steckt sie sich in die Jacke.

Dabei vergisst sie allerdings die Schere, mit der sie Cams Verband zugeschnitten hat.

Sie hat wohl noch nichts von der Alles-kann-eine-Waffe-sein-Weisheit gehört. Mein Kopf dröhnt ein wenig, hinten an meinem Kopf habe ich vorher eine Beule ertastet. Scheinbar bin ich bei meinem kurzen Badeausflug gegen eine Eisplatte geknallt.

»Sitz, Ryder. Guter Junge«, gurrt Lauren draußen, zu dem Hund freundlicher als zu uns.

Cam lässt sich mir gegenüber nieder, seine sonst so fließenden Bewegungen sind wankend, als er sich abgeschlagen auf seine Hände stützt und die Muskeln im Rücken anspannt.

»Schlaf doch ein wenig«, versuche ich ihn zu überzeugen.

Aus den Augenwinkeln wirft er mir einen abschätzenden Blick zu. Dann schüttelt er den Kopf.

»Komm schon. Wir haben noch ein paar Stunden Zeit. Ich wecke dich, versprochen. Leg dich hin.«

»Wo denn? Es gibt noch nicht mal ein Polster.« Nur ein paar Decken sind über den Boden des Zeltes geworfen, Laurens Schlafsack ist in der Ecke zusammengerollt.

Ich ziehe die Beine unter mich und klopfe auf meine Oberschenkel. Cam zieht die Augenbrauen fragend hoch, und ich sage: »Du hast mich geküsst, aber du traust dich nicht, neben mir zu schlafen? Angsthase.«

»Ich habe nie Angst. Ich weigere mich, mich einem Gefühl unterzuordnen. Egal, wie stark es ist.«

Fest erwidere ich seinen Blick und frage mich, wie lange er noch stark sein will. Ein Mensch kann nicht immer sein Bestes geben. Nicht, ohne daran zu zerbrechen. Nachlässig zucke ich mit den Schultern: »Wenn du vor Erschöpfung umkippst, hat keiner was davon.«

Mit einem Seufzen rollt er die Augen in Richtung Zeltdecke und gibt nach. Er streift die Schuhe ab und zieht den Reißverschluss seiner blutbefleckten Jacke auf, sein weißes, zerrissenes T-Shirt noch immer darunter.

Mit seinem Kopf in meinem Schoß kann ich erstmals die dunkelbläulichen Schatten unter seinen geschlossenen Augen genauer betrachten. Wie Ringe passen sie sich an seine Wimpern an, lassen ihn gebrochen und müde aussehen.

Ich bin mir nicht sicher, was ich mit meinen Händen machen soll.

Soll ich widerstehen, und seine Haarsträhnen nicht um meinen Ringfinger wickeln? Zittrig bewege ich sie an sein Gesicht, aber bevor ich es überhaupt berühren kann, öffnet er die Augen.

Mein Haar fällt mir ins Gesicht, weil ich auf ihn herabsehe, hüllt uns ein wie ein Vorhang. Unsere Blicke sind verbunden, fest verschnürt mit Ungewissheit und Schmerz. So nah kann ich die Narbe neben seinem Ohr sehen, jede geschmolzene Schneeflocke in seinen Locken.

Es ist, als wäre alles andere ausgeblendet, als befänden wir uns in unserer eigenen Welt, ohne Wände, aber mit einer Barriere zwischen uns und der unbarmherzigen Realität.

»Du hast recht«, erwidert er nach einigen Sekunden totaler Stille, »ich bin müde.«

Wie zum Beweis schrumpfen die Sonnen in seinem Blick kaum merklich, so klein, um von dem Braun um seine Iris verschluckt zu werden.

»Ich weiß.«

Er schluckt, sieht mich weiter an, mit dieser Mischung aus krampfhaft zurückgedrängten Emotionen. Doch er beschließt zu schweigen und schließt stattdessen die Augen.

Von draußen wird der Klettverschluss der Zeltplane geöffnet, und Lauren tritt ein, schüttelt sich den Schnee von der Mütze.

Ihr Blick fällt auf Cam, der im Liegen beinahe das ganze Zelt einnimmt.

Ich rutsche ein wenig auf die Seite, um ihr Platz zu machen.

Draußen schnüffelt Ryder gegen das Plastik unseres Unterschlupfs und winselt einmal.

»Nein, aus, Ryder«, befiehlt Lauren barsch und wendet sich mir zu. Die Falten um die Augen treten deutlich hervor, aber die Härte ist nun gänzlich verschwunden. Mit dem Kinn deutet sie auf den Block, der trotz der Bitte, nicht mitzuschreiben einige Notizen enthält, und meint: »Ich kann das nicht schreiben. Nicht, wenn ich dafür nicht ins Gefängnis kommen will.«

»Ich weiß.«

»Cameron hat mir gezeigt, wie es in der Anstalt war. Ich wünschte, ich könnte etwas dagegen tun, aber es geht nicht. Wenn das Militär davon erfahren würde …« Sie hält inne. Ich kann sehen, wie sich ihr Kiefer verkrampft. »Hier draußen vermisst mich niemand.«

In einem plötzlichen Ansturm von Sympathie zucken meine Mundwinkel in die Höhe.

Lauren unterbricht die anschließende Stille mit kratziger Stimme, nachdem wir beide einige Minuten Cam beim Schlafen zugesehen haben: »Woher wusstest du das mit Sam? Wie hast du das gemacht?«

Erst nach einem Moment des Überlegens geht mir auf, dass Sam vermutlich ihr Exmann ist. Nachlässig zucke ich mit den Schultern und bemerke, dass ich geistesabwesend Muster auf Cams Schulter zeichne. »Das ist meine Gabe. Einfach zu erkennen, wenn man weiß, worauf man achten muss. Sie haben zum Beispiel die Angewohnheit, öfters an ihren Ringfinger zu fassen. Sie scheinen es gewöhnt zu sein, einen Ring zu tragen. Da Sie das aber nicht tun, bin ich davon ausgegangen, dass sie entweder geschieden sind oder den Ring verloren haben. Wobei ich bei dem zweiten Punkt bemerkt habe, dass zwar Chaos um sie herrscht, aber Sie dennoch alle Dinge immer zu finden scheinen.«

»Und du kannst noch Gedankenlesen?«

»Ich habe hin und wieder Visionen. Von der Zukunft.«

Lauren legt den Kopf schief. Wir beide gehen wieder dazu über, Cam beim Schlafen zuzusehen.

Nun ist er nicht mehr so ruhig, seine Augenlider flattern hin und wieder, seine Fingerknöchel sind weiß, da er sich an der Decke unter ihm festkrallt. Scharf zieht er die Luft ein.

»Und was passiert, wenn du diese zwei Begabungen verbindest? Sie gleichzeitig verwendest?«

»Ich kann keine …«, will ich einwerfen. Ich kann keine Visionen erzwingen, möchte ich sagen. Doch ich stocke. Ehrlich gesagt habe ich es noch nie probiert.

Wenn ich an Ace denke, wie automatisch seine Sprachkenntnisse in seine Gedankenleserei einfließen, müsste es bei mir auch funktionieren.

Immerhin sind es zwei geistige Fähigkeiten. Bei Cam würde es nie funktionieren, weil die Illusionen in seinem Kopf entstehen und der Heilungsprozess in seinem Körper. Aber bei mir? Alles beginnt in meinem Geist. Was wäre, wenn wirklich …

Theoretisch, breitet sich der Gedanke fieberhaft aus, *ginge es*. Oder?

»Hm«, ist alles, was ich dazu sagen kann.

Abwesend blicke ich auf Cam hinab, dessen Augenbrauen unruhig zucken. Kommt es nur mir so vor oder wird die Luft im Zelt immer stickiger?

»Ich muss kurz mal …« Zitternd deute ich mit der Hand auf den Ausgang. Ich bekomme gar nicht mit, dass ich mich entschuldige und hochzwinge, Cams Kopf sacht auf den Decken ablege. Ich stolpere nach draußen. Die ganze Welt dreht sich.

Ich kann mich gerade noch an einem Baumstamm abfangen. Wenn ich die Augen schließe, dreht sich alles, und so fixiere ich einen Punkt am See. Ich lasse mich gegen das Holz sinken, lege den Kopf in den Nacken, bis ich die raue Rinde auf meiner Haut fühle.

Vor meinen Augen wird alles dunkel. Ein tiefes, unergründliches schwarzes Loch, das sich konstant um die eigene Achse bewegt. Ich weiß, dass das ein Anzeichen von einem baldigem Zusammenbruch ist, aber dennoch zwinge ich mich, aufrecht zu bleiben. Japsend ringe ich nach Luft, als sich mein Magen bereits zusammengezogen hat und ich erbrechen muss.

Von mir selbst angeekelt wanke ich einige Schritte – blind, ohne Anhaltspunkt – in irgendeine Richtung. Dann entgleitet mir der Boden unter den Füßen, und ich stürze. Kurz zuckt der Schmerz wie ein lichtheißer Blitz durch meinen Körper. Ich presse meine Finger in den Schnee. Und bleibe einfach liegen. Warte. Zähle die Sekunden. Als ich bei hundertachtzig angekommen bin, wage ich es, einen tiefen, verlangenden Atemzug zu nehmen.

Diese Luft … ich glaube, ich habe noch nie so etwas Reines auf meinem Gesicht gespürt, noch nie etwas Kälteres. Dreiundsiebzig weitere Sekunden verharre ich noch so, lasse den sanften Wind meine Übelkeit hinfort tragen.

Wahrheit ist: Ich liege auf dem Boden, meine Finger sind taub. Und momentan hätte ich nichts dagegen, einfach einzuschlafen. Cam und ich haben die Gruppe verloren. Cam ist ein Spion. Ich bin eine Henkerin, ich habe diejenigen ausgesucht, die sterben werden. Wahrheit ist aber auch, dass ich so viele gerettet habe, wie mir möglich war. Wenn das Militär freie Hand gehabt hätte, wären noch mehr getötet worden.

Lüge ist: Ich mag Cameron nicht. Ich finde seine Augen nicht absorbierend. Ich bin nicht froh darüber, dass er da ist. Ich liebe Ace mehr als Cameron. Ich vermisse Ace nicht. Ich habe keine Schuld daran, dass ich zur Henkerin wurde. Ich habe mein Schicksal nie akzeptiert.

Meine Nasenflügel blähen sich auf, während ich tief einatme. Ich bin durch die Hölle gegangen. Wegen dem verdammten Militär. Wegen dem, was sie aus mir gemacht habe.

Und was passiert, wenn du diese zwei Begabungen verbindest? Sie gleichzeitig verwendest? Laurens Worte hallen erneut in meinem Kopf wieder.

Diese Gaben, wie die Soldaten sie nennen … Ich habe keine Ahnung, was geschieht, wenn ich sie beide auf einmal aktiviere, falls das überhaupt möglich ist.

Wahrscheinlich ist es unmöglich.

Aber vielleicht – vielleicht heben sie sich gegenseitig auf. Verbrennen sich gegenseitig. Und ich wäre einfach nur mehr Crys. Nicht die Henkerin. Keine Auserwählte.

Dieser Gedanke bringt mich zum Lächeln.

Ich ziehe mich am Baumstamm neben mir hoch und lehne den Kopf dagegen, schließe die Augen, zähle von zehn abwärts, um vollständige Konzentration zu erlangen. Dann aktiviere ich meine Gabe. Diesmal geht es erstaunlich langsam. Dann aber öffnet sich mein ganzes Bewusstsein. Ich rieche den Schnee, jede Nuance des Holzes um mich, kann jede Faser der Rinde unter meinen Fingern fühlen, und sogar die Dunkelheit hinter meinen Augenlidern ist weniger eintönig.

Ohne die Augen zu öffnen, weiß ich, dass bereits erste Triebe darauf warten, aus den jungen Ästen des Baumes in meinem Rücken sprießen. Doch all diese Sinneseindrücke zählen nicht.

Fest presse ich die Augen zusammen, versuche, mein Umfeld zu ignorieren. Meine Gedanken kreisen um die Zukunft, um die Eventualitäten, und versuchen, sie in die Gegenwart zu pressen, während der Wind über mein Haar streicht.

Werden wir überleben? Werden wir fliehen können? Werden wir frei sein?

Werden wir … Endlich spüre ich, wie etwas an meinem Geist zieht, und ich bekomme eine Gänsehaut, wie immer, wenn sich Visionen ankündigen.

Doch nun spüre ich alles intensiver, das Frösteln meiner eigenen Haut, das Gefühl, den Boden unter den Füßen zu verlieren. Und ich falle. Falle in eine tiefe, endlose Dunkelheit. Eine Weite, die nur wenige andere außer mir zu sehen bekommen, ein Raum ohne Oben und Unten, ohne Licht und ohne Schatten.

Ohne Luft, ohne Gravitation, ohne Vergangenheit. Und diesmal auch ohne Zukunft. Ich schnappe nach Luft. Enttäuscht stelle ich fest, dass es nicht funktioniert hat.

Eine Sekunde bleibe ich noch dort, dann beschließe ich zurückzukehren.

Anscheinend sind meine zwei Begabungen nicht kompatibel. Meine Muskeln spannen sich an, bis sie zu zerreißen drohen. Ich öffne die

Augen. Meine Gedanken strampeln aus dem Meer von Leere, reißen sich von den Ketten, die sie auf dem Grund des Ozeans halten – und da bin ich wieder.

Erschöpft hole ich Luft. Keine Ahnung, was ich mir erhofft hatte. Mit zitternden Fingern streiche ich mir über die Augen.

Was hätte auch passieren sollen? Der ganze Versuch war ein einziger Reinfall. Ich verziehe die Mundwinkel nach unten und blinzle.

Ich erstarre.

Etwas ist anders.

Ich sehe die Welt um mich herum. Erkenne ihre Konturen. Doch ihre Formen … Was andere als Weiß bezeichnen würden, empfinde ich als bloße Leere.

Ich sehe und sehe doch wieder nicht, alles ist so wie vorher, nur ohne Farben. Der Atem bleibt mir in der Kehle stecken. Mit zusammengekniffenen Lidern stehe ich da, hebe die Hand vor meine Augen.

Was passiert hier?

»Crys?«

Ich zucke zusammen, wende meinen Blick von meinen Fingern ab.

»Alles in Ordnung?« Cam kommt auf mich zu, seine Stimme ist verschlafen. Rasch bedecke ich mein Gesicht mit den Fäusten.

Mein Atem geht immer schneller.

Was zur Hölle?

Ich kann seine Besorgnis fühlen, mit jeder einzelnen schweren Last, die mir genauso weh tut wie meine Fingernägel, die sich in meine Wangen graben. Diese Leere raubt mir die Luft, die Energie zum Atmen.

Wild schüttle ich den Kopf, will einen Schritt zurück, weg von Cam, der immer näherkommt, doch der Baumstamm in meinem Rücken hindert mich.

»Crys, was ist los? Sprich mit mir, was hast du?« Seine Stimme ist nun ernst, sein Griff schließt sich um meine Handgelenke und will sie von meinen Augen ziehen. Meine Finger rutschen von meinen. Wieso kann er mich einfach nicht in Ruhe lassen?

Das strahlend helle Licht – kein Weiß, sondern tatsächliches Licht –, das von Cam ausgeht, sticht in meinen Augen.

Ich fühle, wie meine Augen zu tränen beginnen. Die Wucht trifft mich unvorbereitet. Wie ein Sturm, der mich erwischt und niederreißt. Ich sehe es. Und ich fühle es.

Cam ist an meiner Seite, ich bräuchte nur meine Hand ausstrecken, um sein Gesicht zu berühren. Sein makelloses Gesicht, von dem ich weiß, dass es makellos ist, es aber momentan nicht sehe.

»Was …«, flüstere ich.

»Crys?«

Ich antworte nicht, trotz der Unsicherheit in seiner Stimme. Ich kann nicht sprechen. Das, was ich sehe, nimmt mich voll und ganz ein. Denn ich sehe sie – Cams Gefühle.

Sie lassen seinen Körper in einem hellen Licht erstrahlen, das unablässig die Farben wechselt.

Beinahe so schnell, dass ich die Nuancen und Töne nicht auseinanderhalten kann.

Ich fühle sie – jede Emotion, die Cam in Zukunft fühlen wird, läuft durch meinen Körper. Ich fühle die Müdigkeit, die in der nächsten Sekunde vom Rausch der Gefahr abgelöst wird. Da ist noch Ärger. Und Mut. Und Trauer. Ich spüre sogar die Abwesenheit von Glück, die einen Tick länger dauert als das Hochgefühl, das mich vorher in eine andere Sphäre gehoben hat, und einen schalen Geschmack im Mund zurücklässt.

»Ich bin mir nicht sicher, was passiert«, murmele ich, doch ich kann die Augen nicht von Cam abwenden. Das Rauschen aus Farben fesselt mich und ergibt für mich tatsächlich Sinn.

Ich keuche auf und reiße die Hände wieder über meine Augen, die tränennass sind. Doch ehe ich mich selbst vor dem stechenden und in der Seele schmerzenden Anblick seiner Emotionen retten kann, sehe ich es. Mein Atem hebt und senkt sich schnell. Ich presse die Handballen auf die Augen.

»Crys, was ist los? Verdammt! Hast du wieder eine Vision?«

Das Schwarz, das sich über Cam gelegt hat, treibt die Übelkeit durch meinen ganzen Körper.

Ich fühle mich schlecht, gehasst. Ich bin ungeliebt. Das Schwarz schließt sich langsam um mich, je fester es seine Ranken um mich zieht, desto kranker fühle ich mich. Meine Finger zittern. Mein Kopf beginnt zu dröhnen, mein Kiefer verkrampft sich immer heftiger. Ich bin nicht wütend. Ich bin nicht traurig. Was ich fühle, ist die Abwesenheit von Liebe.

»Es muss aufhören«, flüstere ich, wippe gegen den Baumstamm gelehnt vor und zurück. »Es muss aufhören!«, wiederhole ich lauter.

Ich spüre, wie die Last von mir und der grausige Nachgeschmack auf meiner Zunge verschwindet. Nie mehr werde ich meine Gaben gleichzeitig verwenden. Ich halte es nicht aus. Ich ertrage es einfach nicht.

»Cam«, sage ich, meine Stimme zittert.

»Crys, was …?«, fängt er an, und ich spüre, wie er mich fest ansieht.

Doch für den Moment blende ich seine Stimme aus, so wie ich das, was ich gerade gesehen habe, von der ersten Sekunde an aus meinen Gedanken verbannen hätte sollen.

13

And as one sees most fearful things
In the crystal of a dream,
We saw the greasy hempen rope
Hooked to the blackened beam,
And heard the prayer the hangman's snare
Strangled into a scream.

Neptune

Meine Augen werden groß, als mir die Schneeflocken in die gen Himmel gestreckten Handflächen rieseln. »Kokain. So viel Kokain«, keuche ich heuchlerisch und lasse mich nicht mal von Ace irritieren, der missbilligend zuschaut, nur um dann unbeteiligt weiterzugehen.

Wir haben Tylerzilla besiegt und marschieren in Richtung Keswick. Meine Nerven singen Lieder von Schmerz und Erleichterung, von den Kilometern, die wir zurücklegen, und von schierer Hoffnung.

»Du nervst.« Ruben Conway steht direkt hinter mir. Bis zur Meuterei war er einer von Tylers treuen Anhängern, jetzt, da Tyler wieder das Kommando hat und niemand mehr aufbegehrt, steht er auf seiner Seite.

»Das«, ich deute mit zusammengekniffenen Augen auf ihn, »wollte ich grade zu dir sagen! Telepathie, ich sag es doch!«

»Hör auf, so schwul zu sein!«, knurrt er mich an.

Spielerisch ziehe ich nun eine Augenbraue in die Höhe und trete einen Schritt heran. »Ach, bin ich das denn?« Ein laszives Gurren dringt aus meiner Kehle, und in Zeitlupe streiche ich ihm mit dem Zeigefinger über seinen breiten Brustkorb.

Mit einem Ausdruck im Gesicht, als hätte ich ihn nicht angemacht, sondern mit Lepra angesteckt, schlägt er meine Hand weg. Nur, um mir kurz darauf seine Pistole an die Schläfe zu halten.

Wer hat diesem Dreckskerl eine Waffe gegeben?

»Mann, mach das Teil da weg«, sage ich betont lässig, doch mein Rückgrat ist steif.

»Lass ihn, Ruben. Er ist die Kugel nicht wert.« Tylers süffisante Stimme bringt mich dazu, die Augen zu verdrehen.

Ich bin nur der schwule, kleine Arzt-Punk.

Ruben lässt langsam die Waffe sinken, jedoch nicht, ohne sie noch einmal warnend gegen meine Stirn zu drücken.

»Geh nur, Schoßhündchen«, schnurre ich und kann nicht widerstehen, ihm einen Klaps auf den Hintern zu geben, als er sich bereits umgedreht hat.

Wie tief bin ich nur gesunken? Er ist gar nicht mein Typ. Ich stehe auf Jungen, die kleiner sind als ich, mit schmalen Schultern. Aber Ruben ist … bärenhaft. Und dieser Bär dreht sich zu mir um. »Weißt du, was mich am meisten an dir nervt?«

Ich zucke ein wenig zurück, weil mich seine Spucke auf der Wange trifft. Eklig.

»Du wirst sicher gleich deine überaus erleuchteten Überlegungen mit mir teilen.«

Er knurrt. »Du nimmst alles so verdammt leicht. Was ist los mit dir?«

Ich seufze, raufe mir ein wenig die Haare. Ein Haar löst sich, und ich betrachte es. Elektrisch blau, dünn, am Ende wieder dunkelblond. Nicht weizenblond. Einfach ein unscheinbares, helles Mausbraun.

Aber ich bin keine Maus, keine Ratte, die sich in ihrem Loch verkriecht. Meine Finger zucken.

Ich muss Ruben recht geben. Vor ein paar Minuten bin ich noch umhergerannt und war kurz davor, Schnee zu schnupfen.

»Weißt du«, sage ich zu ihm, nun vollkommen ernst. »Ich denke, für jeden von uns gibt es zwei Möglichkeiten: Entweder wir werden alt und hässlich oder wir sterben jung. So oder so, man sieht sich immer zweimal.«

»Das ist nicht dein Ernst?«

Ich ziehe einen Mundwinkel abschätzend nach oben: »Und stell dir vor: Es gibt zwei WEITERE Möglichkeiten. Entweder du lässt dich von dem hier fertigmachen«, ich deute mit dem Kinn kurz auf Dan, »oder du gibst einfach auf und nimmst den Wahnsinn an. Man kann es einfach auch akzeptieren für den Moment und sich später damit auseinandersetzen. Ich habe für mich entschieden, erst später meine manischen Depressionen zu genießen und das Gemetzel um mich herum noch voll auszukosten.«

Mit einem Knurren zeigt Ruben mir, dass er kein einziges Wort als Sarkasmus identifiziert hat. Ich meine: HALLO? VERDAMMT! KLAR MACHT MICH DAS HIER ALLES VERRÜCKT! AM LIEBSTEN WÜRDE ICH SCHREIEN, IM KREIS RENNEN!

Verdammt, verdammt, verdammt.

»Du bist so bescheuert. Denk mal nach, falls du das kannst«, murmle ich und gehe weiter. Jedoch nicht, ohne vorher stark gegen seine Schulter zu prallen.

»Idiot«, meint er dann auch mit seiner geistreichen hohlen Stimme.

Du mich auch.

Cameron

»Ganz ruhig!«, sage ich so sanft ich kann und lege meine Hände behutsam um Crys' Handgelenke.

Mit weit aufgerissenen Augen starrt sie durch mich hindurch, betrachtet etwas, zu dem ich keinen Zugang habe.

Zuerst rührt sie sich nicht, doch als ich meinen Griff verstärke und sie in meine Arme ziehen will, reißt sie sich von mir los.

»Nein!«, wimmert sie und reißt die Hände wieder vor die Augen, ihren Lidern entwischen Tränen. Ein Zittern lässt nun von einer Sekunde auf die andere ihren ganzen Körper erbeben, und sie sackt gegen den Stamm.

»Crys, sag mir, was los ist. Bitte«, flehe ich. Ich sehe mich um.

Lauren hat noch nichts mitbekommen. Glücklicherweise – ich denke, dieser Anblick würde sie endgültig davon überzeugen, dass wir in die Klapse gehören.

»Mach, dass es aufhört, Cam. Mach, dass …« Zögernd bricht sie ab, zwingt sich selbst, einen tiefen Atemzug zu nehmen.

Ich schlucke, wage noch einen Versuch: »Darf ich?«, frage ich nun sanfter als vorher.

Langsam nickt sie, sie schaut zu mir hoch, ihre Augen sind gerötet. Habe ich nicht bis jetzt davon gelebt, dass jemand zu mir aufsieht? Habe ich nicht immer gewusst, dass mich eines Tages jemand auf diese Art ansehen wird?

Ja, zur Hölle. Aber nicht *so*.

Crys bebt noch immer, während ich sie endlich in meine Arme ziehe. Still vergräbt sie ihr Gesicht in meiner offenen Jacke, wie von selbst schließt sich meine Umarmung um ihre Taille.

Ich streiche ihr in großen Kreisen über den Rücken, die Jacke ist feucht. Was hat sie wieder gemacht? Nach einigen Sekunden legt sich das Zittern, und endlich kann ich ihre ungebrochene Wärme spüren, ihren Atem an meinem Hals.

»Was war das?«, frage ich abermals, halte sie noch immer und habe nicht vor, das früher als nötig zu ändern.

Crys' Haare kitzeln meine Wange, sie schüttelt langsam den Kopf. »Nichts. Es …« Sie stockt und scheint eine Sekunde lang zu überlegen.

»Vermutlich ist einfach alles zu viel. Für jeden von uns«, biete ich an, weil ich merke, dass ihr das Reden schwerfällt. Vielleicht haben wir unseren Verstand schon verloren. Crys genauso wie ich.

Langsam kann ich spüren, wie sie ihre Hände in meine Jackentaschen schiebt, eine komisch vertraute Geste, obwohl das noch nie jemand bei mir gemacht hat.

»Und wir haben nur so wenig Zeit …«

»Wir werden die anderen finden, Crys. Über Funk habe ich ein Boot des Requiems erreichen können. Wir können es schaffen.« Und ich weiß, dass ich damit nur zur Hälfte die Wahrheit sage.

»Aber … die Soldaten. Heut Nacht wird der Virus …«

Unwillkürlich schließt sich mein Griff etwas fester um sie. »Wir schaffen das«, wiederhole ich noch einmal wie ein Mantra, das wahr wird, wenn man es nur oft genug hintereinander ausspricht.

Sie seufzt. »Ich will dir so gern glauben.«

»Dann tu's einfach.«

Für einen kurzen Augenblick ist es wieder da – ihr typisches Crys-Lächeln, bei dem die Augen leuchten, als wäre das Grün darin gerade aus einem langen Winterschlaf erwacht.

»Einfacher gesagt als getan, wenn man die Umstände betrachtet.« Ein wenig irritiert und müde sieht sie auf unsere verschränkten Finger hinab. Wann habe ich ihre Hand genommen?

»Wieder alles klar bei dir?«, erkundige ich mich.

Crys nickt, ihre brünetten Haare werden von Tag zu Tag zerzauster, aber ich finde, das steht ihr. Einige Strähnen hängen ihr in diese wunderbaren Augen, die das Licht einfangen, wie aus Jade gemeißelt.

Ich kann nicht anders, als zu lächeln: »Das ist mein Mädchen.«

Crys legt den Kopf schief und blinzelt.

Wage ich mich gerade zu weit vor? Ich habe keine Ahnung, was in diesem hübschen Kopf vor sich geht.

»Wir sollten hier verschwinden. Damit ich deinen Worten wirklich glauben kann.« Ihre Stimme ist leise. Dann schenkt sie mir ein kleines Lächeln und dreht sich um, um zum Zelt zu gehen.

Crys hat recht – wir müssen verschwinden. Sofort. Es wird Zeit, wieder vor unserem Schicksal davonzulaufen. Unser Schicksal. Das von mir und Crys. Meinem Mädchen. Ich lächle.

Ich lehne mich gegen den Stamm, getroffen von dieser Erkenntnis. Ich meine – schon vorher wusste ich, dass ich Crys mag. Aber *mögen* ist das falsche Wort. Dieser Gedanke steckt meine Seele in Brand.

Ich liebe sie.

Ace

Am schlimmsten sind die Nächte. Eiskalt, unberechenbar. Ich wünschte, Crys wäre irgendwo in der Nähe, und immer, wenn ich meine Jacke enger um mich ziehe, frage ich mich, ob sie auch friert. Natürlich friert sie.

Aber – und genau hier spannt sich mein Kiefer an – dann hat sie immerhin noch Walden, der sie warmhält.

Ich will mir nicht vorstellen, wie sich seine Arme um sie schließen, wie sie ihn dann mit diesem Blick ansieht, mit dem sie einen eben ansieht, wenn sie dankbar ist.

Trotzdem weiß ich auch, dass ich das nicht ändern kann. Dass ich froh sein sollte, weil sie nicht allein dort draußen ist.

Und genau jener Gedanke ist es, der mich nun dazu anhält, einen Schritt vor den anderen zu setzen: Crys. Ich will sie in den Arm nehmen, ihr vielleicht sogar sagen, was ich empfinde.

Ich schlucke, weil sich eine weitere schwere Last auf meine Schultern sinkt.

Irgendjemand hier hat unsägliche Schmerzen, ich fasse in mein Genick und sehe mich um.

»Hast du in eine Zitrone gebissen?«, fragt Neptune nun, sein blaues Haar steht in alle Richtungen ab. Meine Sicht verschwimmt plötzlich, die Welt um mich herum wird ein kurzes Rauschen aus Weiß und Blau, dann ist sie wieder so wie zuvor.

Und ein Teil der Last ist weg.

Genauso wie die Gedanken des kleinen Finn.

»Neptune! Schnell!«

Es ist, als würde ein Schalter in Neptunes Gehirn umgelegt: Von gänzlich-irr schaltet er auf konzentriert und ernst um, wie es nur bei Menschen mit extremer Persönlichkeitsstörung vorkommen kann. Sein linkes Auge zuckt, und ehe ich blinzeln kann, ist er weg. Auch ich bleibe stehen.

Aber es ist nicht Lynn, die nach ihm ruft, sondern Martha Willis, die zweite Hypnotiseurin neben Scarlett.

Sie kauert neben Grey Shepherd. Sofort wirft sich Neptune in den Schnee und rüttelt an Greys Schulter.

»Mann? Aufwachen, komm schon!«

»Ich weiß nicht, was passiert ist! Auf einmal hat er gesagt, dass ihm schwindelig ist und kippt einfach um! Alles ging so schnell, vorher hat er gar nicht müde ausgesehen, es ging ihm doch noch gut.« Die Worte sprudeln hysterisch aus Martha heraus, gedämpft von ihren vor den Mund geschlagenen Händen.

Doch Neptune ignoriert sie gänzlich, hält seinen Daumen auf die Innenseite von Greys Handgelenk, den anderen an den Hals.

Stumm bewegen sich seine Lippen.

»Sebastian?«, meint jetzt auch Lynn, ihre Stimme ruhig wie immer. Ruhig und traurig.

Am Boden sitzend hält sie Finn in ihrem Schoß, sein vor Krankheit gerötetes Kindergesicht verliert seine Farbe. Neptune sieht auf, sein Gesicht gehetzt.

»Sofort. Eine Sekunde!«, meint er, sichtlich überfordert mit dem Sterbenden, den er nun gerade versorgt.

Ich fange Shinjis Blick auf und schüttle den Kopf.

Sein Kiefer verhärtet sich, er nickt.

Für mich kaum hörbar flüstert Shinji etwas, und Lynn sieht zu ihm auf.

Ihre schwarzen Augen beginnen zu glänzen, aber sie schlägt nur die Augen nieder, und ihre Mundwinkel ziehen sich in die Höhe. Es scheint, sie wolle Finn ein letztes Mal zulächeln.

»Verdammt!« Neptune beginnt zu fluchen, während ich Greys inneren Kampf miterlebe, als würde sich mein Körper selbst gegen die Erschöpfung und die Kälte wehren.

Ich schließe die Augen, was leider jedoch nicht dagegen hilft, alles zu sehen. Vor Greys innerem Auge zieht der Streifen an Bildern vorüber, den alle Menschen nur ein einziges Mal sehen: wenn sie sterben. Außer mir. Ich bin stiller Teilhaber jeder verwelkenden Seele. Immer, wenn der Vorhang fällt und ein Strom aus Gedanken versiegt, bleibt in meinem Kopf nur ein entferntes Echo.

Mein Blick trifft den von Tyler. Auch ohne seine Gedanken zu lesen, weiß ich, dass wir dasselbe denken.

Dass wir sterben.

Jeder einzelne von uns.

Jeden Tag ein wenig mehr. Und wir können nichts dagegen tun.

Crys

»Das ... wir können das nicht machen, Cameron!«, flüstere ich, während wir unsere Sachen ins Auto laden.

»Doch, können wir. Geschichte gegen Wagen, weißt du noch?«, sagt er harsch, aus dem Zelt dringt Laurens leises Schnarchen.

Mit einem Seufzen meine ich nur: »Eigentlich war es Geschichte gegen keine Polizei.«

Cameron grinst mich müde an: »Da muss ich wohl nicht zugehört haben.«

Nachdem Cam eine Schlaftablette in Laurens Tasse Tee aufgelöst hat, als diese gerade Ryder fütterte, haben wir eine halbe Stunde gewartet, bis die Wirkung einsetzte.

»Was ist mit den wilden Tieren?«

»Gibt keine hier.«

Ich reiße die Augen auf. »Ähm, du warst doch auch anwesend, als ich von einem Rudel Wölfe und einem ziemlich hungrigen Bären verfolgt wurde, oder?«

Sein rechter Mundwinkel zieht sich leicht nach oben. »Schau dir den Schnee an. Fällt dir nichts auf?«

»Nein?«

Cam nickt und grinst mich ein wenig verschmitzt an. »Hier sind keine Spuren von irgendwelchen Tieren. Wären Wölfe oder Bären in der Nähe, hätte Ryder schon längst angeschlagen. Außerdem ...« Er streckt die Hand aus und deutet auf etwas. Zuerst kann ich nichts erkennen, dann sehe ich das hohe Gitter. Beinahe unkenntlich im Grau des Waldes versteckt, windet es sich in einer geraden Linie durch die Bäume, bis es sich in deren Weite verliert.

»Und wie soll Lauren von hier wegkommen?«

»Nur die Egoisten überleben. Außerdem steht dort hinten ein Schneemobil.«

»Oh!« Eine weitere Sekunde bleibe ich stehen, dann meine ich grinsend: »Rein in den Wagen.« Meine Hand liegt schon am Türgriff der Fahrerseite, als mich Cam fragend ansieht.

»Ich fahre.«

Ich rolle mit den Augen: »Keine Angst. Ich kann das. Mein Vater hat mir sogar gezeigt, wie man seitwärts einparkt.«

Als ich an meinen Vater denke, wird meine Zunge schwer und ich stocke.

Hat er mich schon aufgegeben?

Und was ist mit meiner Mutter und meiner Schwester?

»Er fehlt dir.« Camerons Stimme ist sanft, genau wie die Müdigkeit, die in seinen Augen liegt. Ein dunkler Schleier liegt über seiner Iris, die Himmelskörper in seinem Blick sind genau in diesem Moment erstarrt. In dem Augenblick, in dem alles und doch nichts ist.

Ich versuche, den dicken Knoten in meinem Hals runterzuschlucken, ihn wegzudenken, aber er bleibt dort, und so nicke ich einfach nur. Blinzelnd sehe ich zu Boden, um Cameron nicht das verräterische Glänzen in meinen Augen preiszugeben. »Wie man einen Menschen nur irgendwie vermissen kann.« Langsam hebe ich meinen Blick. »Meine ganze Familie fehlt mir. Manchmal frage ich mich, ob ich sie nicht hätte beschützen können.«

»Niemand kann einen anderen beschützen. Nicht auf die Art, die die Regierung daran hindert, dich zu erschießen, wenn man sich vor ihnen versteckt. Schon gar kein kleiner Junge.«

Bei den letzten Worten versuche ich zu lächeln. Ein Lächeln gibt jedem Wort eine neue Bedeutung, eine andere Färbung. Selbst die unbarmherzigste Drohung kann damit zu einer Liebeserklärung werden.

Und das ist wieder einer dieser Momente, in denen wir uns einfach nur ansehen und alles teilen. Unseren Schmerz, unser Leid, nicht bei den Menschen zu sein, die wir lieben. Dort zu sein, wo wir nicht hingehören.

Und trotzdem – plötzlich ist da etwas Unbekanntes in der Art, wie seine Wimpern Schatten auf seine leicht geröteten Wangen werfen. Etwas, von dem ich nicht wusste, dass es da ist.

»Wir sollten vielleicht fahren.« Cams Stimme ist langsam, als könne er sich nur schwer aus meinem Blick entwirren.

»Ich sollte fahren, und du solltest dich schön auf den Beifahrersitz setzen und weiterschlafen.«

Mit leichtem Sarkasmus sieht er mich an und salutiert nachlässig: »Jawohl, Ma'am!«

»Sehr gut, Soldat! Einsteigen, weiterschlafen!«

»Ma'am, ja, Ma'am!«

Wieder etwas besser gelaunt, schüttle ich den Kopf und steige ein. »Idiot.«

Das Erste, was ich tue: die Klimaanlage auf grillend-heiß stellen. Dann entledige ich mich meiner Jacke und sehe zu, wie Cam seine zusammenrollt und als Kopfkissen verwendet.

Ich stecke den von Lauren geklauten Schlüssel ins Zündschloss und drehe ihn, bis ich ein kurzes Stottern höre.

Dann Stille.

Ich seufze und probiere es noch einmal. Wieder dasselbe. Ich ziehe an der Handbremse, probiere, ob sie vielleicht angezogen ist (vielleicht ändert das ja was), und lasse wieder los.

»Ach, und du kannst Auto fahren?«, fragt Cam müde und beugt sich zu mir herüber, um den Schlüssel einfach noch ein wenig weiter im Schloss zu drehen.

Augenblicklich springt der Jeep an.

Ich zucke mit den Schultern. »Dafür kann ich einparken.« Ich senke den Fuß auf das Gaspedal, und das Auto hüpft nach vorne. Ich bin wohl ein wenig eingerostet.

Der Waldboden ist holprig und eisig. Auf meiner Unterlippe kauend, halte ich den Blick nach vorne gerichtet. Die Wärme aus der Heizung tut gut, lässt mein scheinbar leicht vereistes Herz auftauen und schneller schlagen.

Ich fühle, wie mich Cam aus seinen braunen Augen beobachtet, bis seine Wimpern die Wangen berühren und sein Atmen gleichmäßiger wird. Ein Lächeln wandert auf meine Lippen, während ich ihm einen Seitenblick zuwerfe.

Mit dem Kopf gegen das Fenster gesunken, schläft er, unbeeindruckt vom Schaukeln des Wagens. Die Schlüssel klimpern leise, doch sonst ist es bis auf das Summen der Heizung still.

Es ist schwierig, den Weg durch die Bäume zu nehmen, denn die ausgefahrenen Spuren wurden vom Schnee verschluckt.

Hinter uns bellt Ryder, aber er bewegt sich nicht vom Zelt weg, als würde er spüren, dass er seine Besitzerin nicht allein lassen kann.

Ich ignoriere ihn und steige aus, um zum Zaun zu gehen. Der Draht ist massiv, und zuerst sehe ich das Schloss nicht, das uns den Weg nach draußen öffnet, und werde leicht nervös. Das Gitter ist ummantelt mit Raureif, mit in der Sonne glitzernden Eiskristallen. Scharfkantig rieseln sie zu Boden, als ich mit einem Ruck am Schloss ziehe, doch es bleibt zu. Mit einem Seufzen schiebe ich mir die Jackenärmel hoch, dann stemme ich mich mit dem ganzen Gewicht in den Boden, um den festgefrorenen Riegel aufzukriegen. Ich habe keine Ahnung, warum das Militär einen Zaun um dieses Stückchen Wald gelegt hat.

»Komm schon, komm schon, komm schon!«, zische ich und befürchte, Cam aufwecken zu müssen, nur weil ich zu schwach bin.

Das Metall verursacht ein eisiges Brennen auf meiner Haut, aber ich beiße die Zähne zusammen und ziehe mit meiner ganzen Kraft daran.

Das Tor schwingt mit einem Krachen gegen das Auto. Das Feuer in meiner Schulter brennt erneut, und ich beiße mir fest auf die Unterlippe, bis ich Blut schmecke. Keuchend rapple ich mich vom Boden auf, lege meinen Kopf nach rechts, um zu testen, ob ich mir einen Muskel gezerrt habe.

Nein, glücklicherweise kann ich mich so bewegen wie vorher, außer, dass mein linker Arm taub ist. Um wieder Leben in meine Hand zu bringen, schüttle ich sie ein wenig und gehe um das Auto herum, um zu sehen, was kaputt ist.

»Verdammt!«, fluche ich und raufe mir die Haare. Das Tor hat den rechten Scheinwerfer erwischt.

Ich schüttle den Kopf, über mich selbst verärgert, und steige wieder in den Wagen. Meine Hände klammern sich um das Lenkrad.

Neben mir atmet Cameron stetig, ein Blick in sein entspanntes Gesicht zeigt mir, wie müde und erschöpft er ist. Obwohl er es verbergen will, weiß ich, dass er im Grunde genauso verloren ist wie ich .

Vor mir breitet sich Weite aus, jene Grenzenlosigkeit, von der ich die letzten zwei Jahre geträumt habe. Der Wald hat sich gelichtet, und die Straße geht von Schotter zu löchrigem Teer über, die Täler sind langgezogen. In der Eiszeit von Gletschern geformt, vor vielen Jahren gerodet, bietet die karge Landschaft weder Schutz noch Verstecke, doch der Horizont ist einzig und allein von den höchsten Bergen Skiddaw und Blencathra begrenzt, deren schneebedeckte Gipfel in die weißen Wolken stoßen.

In mir ist tiefe Zufriedenheit, als ich die im Schnee versunkene A66 entlangfahre, die uns zuerst nach Keswick und dann weiter zum Meer bringen wird. Ich habe keine Ahnung, wie lange man braucht, um in den evakuierten Ort zu gelangen. Zwei Stunden? Oder drei? Länger?

Ich schlucke, als mir Preston wieder in den Sinn kommt. Heute Nacht wird er freikommen. Und uns jagen.

Cam schläft selig neben mir, während um uns alles bloß weiß ist, weiß und so unendlich viel. Während dieser zwei Jahre in der Anstalt scheine ich vergessen zu haben, wie es ist, weiter zu sehen als bis zur Zellentür, die Hände auszustrecken und einfach nur Luft zu fühlen anstatt Verzweiflung, Gebrochenheit und Schmerz. Selbst wenn die Soldaten uns einholen, selbst wenn sie mich wieder mitnehmen, bestrafen oder Schlimmeres – diese Erinnerung der Weite werden sie mir nicht mehr entziehen können, niemals.

Ich schlüpfe aus den Schuhen, um meine Zehen etwas aufzuwärmen. Der einzige Nachteil ist, dass mich die Wärme ein wenig einlullt, nicht sehr, aber doch genug, um mich zum Gähnen zu bringen.

Ich drehe das Radio auf, zuerst rauscht es nur, knackt, wie die Sprache von einem anderen Stern, aber nach viermaligem Drücken irgendeines Knopfes dringt endlich eine Melodie aus den Lautsprechern.

Anfangs sind die Klänge des Liedes unterlegt von Gitarrenzupfen, die sanfte Stimme des Sängers kratzt irgendwo an meiner Seele, während er ausspricht, was er zu sagen hat. Die Zeilen berühren mich, treiben mir Tränen in die Augen, hängen sich an meine Gedanken, extra dafür geschrieben.

Wir alle sind über uns hinausgewachsen, werden weitermachen, bis wir gewinnen oder verlieren. Bis wir richtig leben oder falsch sterben.

Und genau in dem Moment, in dem der Song endet, bricht auch die zarte Wolkenwand auf, und die Sonne lässt den See zu meiner Linken glänzen.

Mir stockt der Atem. Während sich mein Fuß auf das Bremspedal senkt, hängen sich bereits Tränen an meine Wimpern.

Nach zwei Jahren Gefängnis ist das das Schönste, das ich je gesehen habe. Diese Reinheit, als wäre nie etwas Böses auf dieser Welt passiert.

Mein Blick nimmt diese wunderbaren Bilder auf, streift dann Cams dunkle Haare, in denen noch ein paar geschmolzene Schneeflocken hängen. Seine rechte Hand liegt locker auf seinem Bauch. Selbst während er schläft, sehe ich Engel und Teufel auf seiner Schulter, unschlüssig, wem er hörig werden soll.

Vielleicht hat er irgendwie Zugang zu meinen Gedanken, denn in diesem Moment zieht ein zaghaftes Lächeln seine Mundwinkel in die Höhe.

Cameron ist ein Joker, der auf seinen nächsten Zug wartet. Aber ich weiß nicht, in welches Spiel er gehört. Und ich denke, er selbst weiß es auch noch nicht.

Cameron

Als ich aufwache, weiß ich nicht, wie spät es ist. Da ist nur die ungewohnte Wärme im Auto, die Erschöpfung und die Leere auf dem Fahrersitz neben mir.

Durch meine eigene Reflexion in der Windschutzscheibe sehe ich Crys, die an der Motorhaube des Wagens lehnt, mit dem Rücken zu mir. Die Arme fest um sich geschlungen, wird ihr Haar vom Wind erfasst, und die Sonne arbeitet hauchzarte rötliche Nuancen aus ihren brünetten Wellen.

Meine Kehle wird staubtrocken, und augenblicklich breitet sich eine Hitze in meinem Brustkorb aus.

Crys ist atemberaubend.

Sie lässt mich das Luftholen vergessen. Sie macht mich nervös. Wegen ihr kann ich keinen klaren Kopf behalten, obwohl ich ihn in dieser Mission so gut gebrauchen könnte.

Aber was ich am meisten an ihr hasse: Sie macht mich zu jemand anderem.

Sie stiehlt meine Würde, meinen Stolz, ohne dass sie davon weiß. Aber das ist auch unwichtig, weil sie bereits noch etwas viel Wichtigeres besitzt: mein Herz.

Mit einem Kloß im Hals steige ich aus.

Sie dreht sich nicht um, schlingt ihre Jacke nur fester um sich.

Ich stelle mich neben sie, mein Blick schweift in die gleiche Richtung wie ihrer, und ich sehe, was sie sieht.

Wir haben keine Zeit, aber Zeit ist das, was wichtig ist.

»Manchmal«, beginnt sie langsam nach einigen Sekunden Stille, »manchmal denke ich, dass man einfach seine Sorgen loslassen muss, damit der Wind sie davontragen kann.« Ein schwaches Lächeln stiehlt sich auf ihr Gesicht. »Aber dann schließe ich die Augen, atme ein und fühle immer noch die gleiche Last auf meinen Schultern.

Zögernd erwidere ich: »Jeder wünscht sich, einfach loslassen zu können. Einfach ohne Probleme, Schmerz oder Wut sein zu können.«

»Leben ist Schmerz.«

»Lieben auch«, erwidere ich.

»Und? Hast du Schmerzen?« Crys' Augen funkeln wie die Wellen, die der Wind aus dem See kitzelt.

Meine Lippen öffnen sich einen Spalt. Die Worte liegen mir auf der Zunge, während ich ihren Blick fest erwidere. Das Zusammenziehen meines Herzens trifft mich unvorbereitet. Der Stich mitten durch mich hindurch lässt mich einmal hart schlucken. »So sehr, dass es mich fast um den Verstand bringt«, raune ich, und ehe ich weiß, was ich tue, ziehe ich sie an mich.

Ihr Mund ist weich an meinem. Ihre Küsse sind sanft. Und für einen Moment vergessen wir sogar, dass wir kurz davor sind, zu sterben.

14

But neither milk-white rose nor red
May bloom in prison air;
The shard, the pebble, and the flint,
Are what they give us there:
For flowers have been known to heal
A common man's despair.

Crys

Camerons sanfter Atem kitzelt über meine Wange, während ich langsam, ganz langsam, meine Lippen von den seinen löse.

Luft rauscht in meine Lungen, und ich kann nicht anders, ich muss ihn anlächeln.

Und das ist absurd – weil wir schon so oft seit unserem Ausbruch dem Tod begegnet sind.

Und trotzdem … trotzdem bin ich glücklich. Glücklicher, als ich es die letzten beiden Jahre war. Obwohl alles um uns herum zerfällt. Obwohl jeder Moment unser letzter sein könnte.

Mit einem leisen Seufzen lehnt Cam seine Stirn gegen die meine, seine Umarmung umschließt mich weiterhin fest. »Wenn ich ehrlich bin, macht mir dieser Schmerz eine Scheißangst. Weil ich so etwas für noch niemanden empfunden habe.«

»Ich dachte, du hättest nie Angst?«

»Lüge«, flüstert er und lächelt. »Deinetwegen habe ich verloren, das erste Mal in meinem Leben. Du bist unbesiegbar, Crys.« Er lächelt. »Ich ergebe mich.«

Ich wünschte, ich würde die Bedeutung seiner Worte verstehen. Vielleicht werde ich das, eines Tages. Vielleicht werde ich verstehen, was es für ihn bedeutet, sich zu ergeben. Wirklich bedeutet. Doch für diesen Moment sagt sein Blick alles, was ich wissen muss. Er gibt mir zu verstehen, dass er einzig und allein für mich die Mauern um seine gut geschützte Seele eingerissen hat. Dass nur ich auf die Ruinen blicken darf, die dahinter liegen.

Ich sehe ihn an, und vor mir liegt alles, was ich je haben wollte.

Neptune

Einen Schritt. Noch einen. Noch einen. Noch einen. Und noch einen. Es sind schon so viele Schritte, dass ich sie gar nicht mehr zählen könnte.

Ob wir jemals ankommen?

Ich. Halte. Es. Nicht. Mehr. Aus.

Meine Füße tun bei jedem Meter, den wir uns in Richtung Keswick bewegen, mehr weh. Die Kälte brennt trotz Jacke wie Trockeneis auf der Haut.

Trockeneis. Scheiße. Was würde ich jetzt für einen guten Gin Tonic geben? Oder zumindest für einen Liter Billigwein aus dem Tetra Pak?

Meine Kehle wird trocken, und ich fühle, wie die ersten Tränen hinter meinen Augen zu stechen beginnen. Verdammt, mein früheres Leben fehlt mir. Die Partys. Die Besäufnisse nach den Konzerten. Und der Applaus. Der am allermeisten.

Mittlerweile bereue ich nicht mal mehr das schlimmste meiner Besäufnisse, jenes am epischen 20. April in Jack Pursons Haus. Die drei Wörter Alkohol, Götterspeise und Kissenschlacht sind einzeln harmlos. Aber kombiniert man die drei, erhält man eine total kranke Party.

Ich bereue auch nicht, dass ich mich mit Paul eingelassen habe, um mit ihm die wundervollsten fünf Tage meines Lebens zu verbringen.

Paul White gehört zu jenen Menschen, die in der Früh nur aufstehen, um den Tag hinter sich zu bringen. Als ich ihn das erste Mal sah, fragte ich ihn, was er sonst so machte (außer auf vorher bereits angeführte Festlichkeiten zu gehen). Und ich weiß noch, wie er sich im Sessel zurücklehnte, in die dunkle Ecke zurück, und mit seinem glühenden Zigarettenstängel im Mund sagte: »Einfach da sein.«

Von da an war es um mich geschehen.

Wenn du dir draußen in der Wildnis bei Minus-Temperaturen den Arsch abfrierst, würdest du ALLES dafür geben, dir wieder von einem Idioten das Herz zerfetzen zu lassen. Meine Existenz als Rockstar scheint Jahrzehnte zurück zu liegen, obwohl es in Wahrheit nur wenige Tage sind.

Ich will nicht so enden. Ich will glauben, dass ich die beste Zeit meines Lebens noch vor mir habe. Allerdings fällt das ziemlich schwer, wenn man sich von Baumrinde ernähren muss.

»Trödel nicht so rum«, meint Ruben nun hinter mir. Matschbirne. Wieso ist er überhaupt immer in meiner Nähe? Vermutlich rennt er nur hinter mir her, damit er mir unbemerkt auf meinen Knackarsch glotzen kann, der heimliche Schwule.

»Überhol mich doch einfach, Kleiner, wenn ich dir zu langsam bin.« Der Luftkuss, den ich ihm zupuste, vertreibt ihn glücklicherweise wirklich, auch wenn er mir im Vorbeigehen »Hör auf damit oder ich polier dir die Fresse!« zuknurrt.

Ich kann nur den Kopf schütteln. Das alles ist doch echt zum Kotzen hier. Nicht die Freiheit, die ist toll. Aber der Kampf ums Überleben – eher weniger.

»Sind es nicht immer die Dummen, die solch hohlen Drohungen aussprechen?«, meint Caleb.

Ich drehe mich zu ihm um, erschrecke beinahe darüber, wie verwildert er aussieht. Als hätte man einen Wissenschaftler im Keller vergessen, zu lange allein mit seiner Tafel voller Berechnungen und Kreidestaub. Auf seinem Kinn sprießt ein unordentlicher Drei-Tage-Bart, die Stoppeln stehen in alle Richtungen.

»Die Wildnis macht uns alle leicht reizbar. Du solltest ihn nicht zu ernst nehmen.« Caleb holt zu mir auf. Einzelne Schneeflocken haften an seinen stoppeligen Wangen, er lächelt mir mit einem mitleidigen Blick zu. Er sieht ein bisschen aus wie ein Sänger, den ich kenne, der schon vierundzwanzig Jahre lang einen Drei-Tage-Bart hat.

»Reizbar?« Ich schüttle den Kopf. »Wenn wir nur gereizt wären, könnte man das im Handumdrehen durch eine Sex-Orgie lösen. Worauf ja hier scheinbar keiner Lust zu haben scheint«, füge ich nuschelnd hinzu.

»Wenn du mich fragst, sind wir eher am Rande des Wahnsinns angelangt.«

Ein Keuchen entfährt mir. Verdammtes Seitenstechen. Mit einer Hand in der Seite bleibe ich stehen.

»Machst du etwa grad Tyler nach?«, fragt Scarlett, die zu uns aufschließt.

»Was? Nein, warum sollte ich?« Unwillkürlich fliegt mein Blick durch die Menge, bis er Tyler erreicht.

Und tatsächlich, auch er hat eine Hand an seiner Seite, sein Haar ist nass. Vom Schnee? Nein, so viel hat es nicht geschneit. Seine Schritte sind langsam, irgendwie gezehrt.

Der Hochmut ist aus seiner Haltung gewichen, und als er den Kopf beim Gehen kurz nach rechts wendet, glänzt der dünne Schweißfilm auf seiner Stirn. In seinen Augen liegt das Fieber. Er ist kurz davor, umzukippen. Weil er zu eitel war, um sich von mir behandeln zu lassen.

Seufzend wende ich mich an Scarlett und Caleb, während ich versuche, mein eigenes Seitenstechen zu ignorieren.

»Könntet ihr bitte mitkommen und Tyler festhalten, wenn ich auf ihn einschlage?«, frage ich entnervt und rolle mit den Augen.

Gleich geht es wieder los: das Beschimpfen. Schwuchtel, Homo. Ich kann es einfach nicht mehr hören.

Die beiden nicken und zusammen schließen wir zu Hinke-Tyler auf.

»Und? Wie geht's so?«, frage ich ihn ganz lässig.

»Verschwinde, Loser!« Tyler ist nicht mal mehr so aggressiv. Nun gut, er hat eine große Klappe, aber die Art, wie er mich anzischt, ist ohne Luft und Halt.

»Gut, ich ignorier das jetzt mal, weil ich der Besseraussehende und Reichere von uns beiden bin.« Ich packe seinen Ellenbogen, um ihn zum Stehenbleiben zu bewegen.

Augenblicklich reißt er sich los. Idiot.

»Hör zu – du bist der mit der Fleischwunde, und ich der mit dem medizinischen Wissen, das dir helfen kann. Also würde es mir die Sache, dich zu versorgen, enorm erleichtern, wenn du dich nicht ständig wie ein Arschloch aufführen würdest!«

»Du kleiner …«, setzt er an. Der Satz bleibt in der Luft hängen, weil meine Faust frontal auf Tylers Kinn kracht.

Tyler bricht zusammen, und hinter mir keucht jemand auf, aber ich meine nur: »Alles im grünen Bereich!«, ohne mich umzusehen, und füge dann noch ein gemurmeltes »Zumindest für mich« an.

Tyler stöhnt, rollt sich zur Seite.

Aus den Augenwinkeln sehe ich, dass Scarletts komische Augen mit den verrutschten Pupillen rollen. »Musste das denn sein?«

Ich seufze. »Nein. Aber es war unheimlich befriedigend.« Um Tyler daran zu hindern, wieder aufzustehen und davonzulaufen, setze ich mich einfach auf seine Beine.

»Was soll das? Runter da!« Alleine, wenn ich diese hohle Stimme schon höre! Ohne hinter mich sehen zu müssen, weiß ich, dass Ruben aufgebaut dort steht, schnaubend wie ein Stier, der ein rotes Tuch vor den Augen hat.

Ohne mich beirren zu lassen, mache ich mich daran, Tyler die Jacke und das Hemd auszuziehen. Das Blut ist bereits getrocknet, und der Stoff klebt an der Kruste.

»Willst ihn wohl für dich alleine haben, was?« Ich wende mich von Ruben ab, der dabei ist, tomatenrot anzulaufen.

Tyler muss wahnsinnig sein, das hätte schon vor einer Ewigkeit versorgt werden müssen. Mittlerweile eitert die Wunde, was sicherlich schmerzhaft für ihn ist. Schmerzhafter als für seinen Stolz, wenn er mich um Hilfe gebeten hätte. Oder auch nicht. Pech für ihn, dass er mich mit meinen magischen Händen nicht rangelassen hat.

Ich grinse vor mich hin, es freut mich, Ruben so angegriffen zu sehen.

Das letzte Mal, dass ich so peinlich berührt war, ist lange her. Vor meinem geistigen Auge sehe ich mich selbst in nicht mehr als Jeans, mit einer offenen Flasche Champagner in der Hand. Schon leicht angeheitert wartete ich auf meinen Besuch.

Diesmal hörte meine hoffentlich amüsante Gesellschaft auf den Namen Dean, ebenso interessant wie ihr Namensverwandter in *Unterwegs*, und ich machte mich daran, sie gebührend zu empfangen. Ich riss die Tür auf, verbeugte mich so ausladend vor der Gestalt, dass der Champagner aus der Flasche schwappte, und meinte mit einem süffisanten Grinsen: »Willkommen im Palast der Lüste!«

Und meine geschockte, vor der Tür stehende Mutter brachte genau ein Wort heraus: »Sebastian?«

Unglücklicherweise stieg Dean in genau diesem peinlichen Augenblick aus dem Fahrstuhl, und das Chaos war komplett. Ich musste ihn meiner Mutter notgedrungen vorstellen, obwohl ich nicht mehr als seinen Namen wusste.

Ich schüttle den Kopf. Verdammt. Was für eine verrückte Zeit das war.

Unter mir regt sich Tyler. Er ist dünner, als er eigentlich aussieht.

Während ich nur aus Haut und Knochen bestehe (ich bin nicht auf der Welt, um zu essen, sondern um gute Musik zu machen) und bei einigen Journalisten unter der Kategorie magersüchtig rangiere, sind Ace und Cam gleich schlank, wobei Cam sicher mehr Muskeln und Ace mehr Vernunft besitzt.

Tyler ist zwar auch dünn, aber trotzdem hätte ich mehr erwartet. Mindestens die Andeutung eines Sixpacks, aber da ist nichts. Nur eine schon alte Narbe unter seinem Rippenbogen. Und natürlich das, was aussieht wie ein langer, schmerzhafter Riss.

Einige Zentimeter lang, blutet und eitert sie. Ich bin ein wenig angeekelt, aber ich will die Versorgung seiner Wunde so schnell wie möglich hinter mich bringen. Mit flinken Fingern krame ich das beinahe leere Fläschchen Jod aus meiner Jackentasche.

»So eine Verschwendung«, murmele ich leise und kippe den Inhalt auf die Wunde. Seine Lider flattern. Ja, es desinfiziert, und ja, es brennt. Aber wie.

Dann ziehe ich aus der Innentasche meiner Jacke ein bereits einiger Stoffstreifen beraubtes Hemd (das einem der Toten gehört hat).

Ich brauche etwas, mit dem ich Wunden verbinden kann. Außerdem hat Shinji sich auch den Schuh eines erschossenen Mitgefangenen organisiert, um seine Zehen nicht zu verlieren. Ich reiße also einen langen Streifen ab und schlinge ihn so gut es geht um Tylers Körper. Dann nehme ich mir die Freiheit, festzuziehen. Natürlich nur, um die Blutung zu stillen. Wäre ja sadistisch, so was nur aus Spaß zu tun.

Tyler-Schatz atmet tief ein, aber diesmal kommt kein Mucks über seine Lippen.

»So, war doch nicht so schwer, mein Junge.«

Tyler hätte das Ganze auch einfacher haben können, aber es gibt eben Leute, denen man nie etwas recht machen kann.

Ich stehe wieder auf, strecke meinen Rücken durch wie eine Katze und sehe auf Tyler herab. »Höre ich da etwa ein Danke?«

Natürlich kriege ich keins. Aus dunklen Augen funkelt Tyler mich an, und nachdem ich tief Luft geholt habe, gehe ich einfach weiter.

Wut keimt in meinem Inneren auf. Tyler ist ein absoluter Idiot. Was habe ich ihm getan? Ich beiße mir auf die Zunge und beschwöre mich selbst, um mich abzuregen.

Wir müssen überleben. So viele haben auf dieser Flucht schon ihr Leben gelassen. Und wenn ich so in den schneekalten Himmel schaue, werden es bald noch mehr sein. Denn wir haben uns an die Kälte gewöhnt, obwohl sie unser Feind ist. Und das ist alles andere als gut, denn so fühlen wir sie nicht mehr kommen, wenn sie uns im Schlaf überrascht.

15

The world had thrust us from its heart,
And God from out His care:
And the iron gin that waits for Sin
Had caught us in its snare.

Cameron

Alles ist anders. Sogar das Licht scheint sich geändert zu haben, doch das ist wohl kaum mehr eine Sinnestäuschung meiner Gefühle, gepaart mit dem Schmerz in meinem ganzen Körper. Gegen das Weiß des Schnees wirkt Crys lebendig, farbig.

Ich kann nicht anders, als ihr Gesicht zu berühren. Meine Handfläche scheint perfekt an ihre Wange zu passen. Die Kälte geht langsam von ihrer Haut auf meine Finger über.

Crys sagt nichts, schließt nur die Augen. Der Wind hat aufgefrischt, und die Flocken fallen wieder dichter, ein Vorhang aus Kristallen, der uns von der Außenwelt trennt. Es scheint, da sind nur sie und ich – keine hungrigen Hundemeuten, keine Bären, kein Ace, kein Tyler, keine Leichen, die mittlerweile schon vom Schnee verschlungen wurden.

Ich blicke in ihre Augen – in diese lebendigen Jadeaugen –, und meine Gedanken strecken sich aus, unwillkürlich, ohne dass ich es bewusst bezweckt hätte.

Die Sonnenstrahlen fließen auf ihren Geist über, die Bilder von Wärme, von Hitze. Sobald ich damit aufhöre, wird das Gefühl von Sicherheit wieder verflogen sein – es ist alles nur eine Illusion. Alles nur eine Frage der Zeit.

Ich kann sehen, dass sie dankbar ist, an der Art, wie sich ihr linker Mundwinkel leicht in die Höhe zieht, zu jenem fragilen Lächeln, das ich schon so gut kenne. Aber es ist anstrengend, meine Gedanken so gegen die ihren zu stemmen, die schwer von Kälte und nahender Müdigkeit sind.

»Es gibt noch eine andere Art, sich zu wärmen«, lächle ich und ziehe rasch meinen Geist zurück.

Und ehe sie wieder ihre Augen öffnen kann, streiche ich mit meinen Lippen leicht über ihre. Wie von selbst findet meine Hand ihren Platz an ihrem Rücken, direkt unter dem Rippenbogen, genauso, wie Crys' Finger den Weg zu meinem Nacken finden, die Finger halb in meinem Haar vergraben.

»Wir haben keine Zeit«, flüstert Crys gegen meinen Mund.

Mit einem langen Seufzer lege ich den Kopf zurück in den Nacken. »Du hast recht, wir sollten weiterfahren.« Aber meine Finger wollen wieder Crys' kalte Wange unter sich spüren, ihre Rippen durch die Jacke. Nicht davonlaufen, vor einem Feind, der so verdammt unberechenbar ist.

Crys stellt sich auf die Zehen, um meinem Blick in gleicher Höhe zu begegnen. »Du hast mich geküsst. Stell es nicht so hin, als wäre ich über dich hergefallen.« Dann wendet sie sich um und geht wieder zur Fahrerseite. Und in diesem Moment, da sie noch einmal über ihre Schulter einen Blick zu mir wirft, sehe ich es.

Das erste, breite Lächeln.

Wie ein wertvolles Geschenk wird es von ihren Augen reflektiert, zeichnet sanft Grübchen um ihre Mundwinkel.

Das Verlangen, sie wieder in meine Arme zu schließen und sie nicht mehr so schnell loszulassen, breitet sich in mir aus wie glühende Lava.

»Was?«, fragt sie leicht irritiert, während ihre Lippen wieder den leicht sarkastischen Zug annehmen.

»Nichts. Du bist nur wunderhübsch.«

Crys rollt mit den Augen und lässt sich hinter das Lenkrad fallen. Gedämpft von der geschlossenen Autotür höre ich ein gemurmeltes »Macho«.

Ich lache und steige ebenfalls ein.

Mittlerweile hat sie eine Karte vor sich ausgebreitet und gegen das Lenkrad gelehnt. Sanft platziert sie einen Finger auf einer Stelle und fährt dann Richtung Norden, um nach wenigen Zentimetern dann scharf gen Südwesten abzufallen.

Ich beuge mich näher heran und versuche, Crys' Duft von Tannennadeln und Honig zu ignorieren, genauso wie ihre Nähe.

»Wir sollten hier sein«, meint sie und lässt ihren Finger an den Ausgangspunkt zurückkehren. »Dann ist dieser See der … Thirlmere. Und ich denke, dass wir von hier«, sie tippt auf den nächsten Sektor weiter rechts, »Richtung Westen gefahren sind.«

»Du denkst? Hier ist nicht mal eine Straße eingezeichnet!«, sage ich.

Crys kaut auf ihrer Unterlippe herum und lässt sich ein wenig gegen mich sinken. »Ich weiß auch nicht.« Sie seufzt. »Hier ist es schwer, den Überblick zu behalten. So viele Hügel bin ich nicht gewöhnt, und mein Orientierungssinn ist auch nicht der Beste. Aber ich denke« – schon wieder – »dass der See, an dem Lauren gezeltet hat, der Ullswater war.«

Ohne den Kontakt zu Crys' Schulter zu verlieren, lehne ich mich ein wenig vor. »Er hatte die gleiche Form wie hier auf der Karte eingezeichnet.«

Crys nickt zustimmend, ihre Augen auf die Karte geheftet. Nun ist ihr Gesicht gezeichnet von Konzentration, und um ihre Augen liegt Anspannung.

»Während du geschlafen hast, bin ich ziemlich lange nur über Feldwege gefahren. Erst vor einer guten Viertelstunde hat der Weg in diese Straße gemündet.«

Ich stütze den Ellenbogen auf mein Knie. »Nehmen mir mal an, wir wären jetzt auf dieser Straße hier«, ich tippe einmal auf die Karte, »… dann kommen wir spätestens in ein paar Stunden in Keswick an. Dort könnten wir unser Nachtlager aufschlagen.«

»Und von dort aus morgen Früh nach Maryport aufbrechen«, schließt Crystal nun, der Optimismus belebt ihre Stimme. Sie macht sich daran, die Karte wieder zusammenzufalten, hält jedoch inne, weil sie mein Kopfschütteln bemerkt.

»Das ist nicht so leicht, wie es sich anhört«, entgegne ich leise.

»Was meinst du damit?« Unsicherheit schleicht sich in ihre Stimme.

Ich seufze. »Siehst du die Straße hier? Die G595?«, frage ich und streiche die Linie nach, die von Norden nach Süden verläuft.

Als Crys nickt, fahre ich fort: »Dort befindet sich ein Militärstützpunkt. Die G595 wird heute noch benutzt, um die westliche Seite des Lake Districts abzusichern – falls jemand versuchen sollte, einzudringen. Jedenfalls war das früher ihre Funktion. Nun wird sie hauptsächlich dazu verwendet, Waffen in die Außenposten an der schottischen Grenze zu transportieren.«

»Aber Schottland ist friedlich! Wieso sollte es Waffen wollen?«

Halb seufze, halb lache ich. »Die Waffen sind nicht für Schottland. Sondern dagegen.«

»Es gibt eine Abmachung«, beharrt Crys, bis ich sie unterbreche: »Ja, es gibt tatsächlich eine Art Vereinbarung, die besagt, dass England und Schottland keine Gefahr füreinander sind. Ich weiß das. Du weißt das. Nur das Militär zweifelt daran. Und wenn – falls – es so weit sein sollte, will das Militär vorbereitet sein.«

Einen weiteren Moment starrt Crys auf das England vor ihr, dann lässt sie sich mit einem nachdenklichen »Hm« in den Sitz zurücksinken. »Und warum«, beginnt sie langsam, »und warum ist zwischen der G591 und der Anstalt nichts?«

Verwirrt blicke ich sie an. »Wie meinst du das?«

»Keine Soldaten, keine Zäune, keine Überwachung.«

»Crys – was in dieser Anstalt getan wird, ist streng geheim. Zu wichtig, als dass es je an die Öffentlichkeit geraten dürfte. Nicht mal normale Grenzsoldaten wissen wirklich, welche Dinge dort geschehen. Jeder, der dort arbeitet, muss eine ausgezeichnete, erfolgreiche Laufbahn beim Militär vorweisen können.«

»Aber du hast gesagt …« Crys stockt. Sie scheint sich gerade an etwas Unangenehmes zu erinnern. Ich beobachte, wie ihre Finger verlegen an ein paar losen Fäden am Saum ihrer Jacke nesteln. Ich warte ab, weil ich sie nicht drängen will. Sage nichts und lasse sie einige Sekunden später einfach sprechen.

»Als du eingewiesen worden bist. Im Verhörraum, als Carter dich nach deinem Namen gefragt hat, hast du nicht gleich geantwortet. Du hast bloß gemeint, ob ich hinter dem Spiegel sitzen würde. Du hast mich ein Aushängeschild genannt. Doch wenn keiner davon wissen darf, wie hast du dann …« Sie atmet ein, hält inne.

Während sie der Erinnerung an unserer – mehr oder weniger – erste Begegnung nachhängt, verändert sich ihr Gesichtsausdruck von grüblerisch zu irgendwie ein wenig verärgert.

»Der letzte Bericht über die Anstalt kam vor eineinhalb Jahren im

Radio. Die Bevölkerung war in Rage darüber, einfach ihrer Kinder beraubt zu werden. Zuerst dachte sich die Regierung Märchen darüber aus, dass sie vom Militär in Schutz genommen wurden. Die Bevölkerung hat ihnen das nicht abgekauft. Deshalb sprachen sie plötzlich von einem hoch gesicherten Krankenhaus, in dem den Kindern geholfen werden würde, durch Medizin gewisse Fähigkeiten zu entwickeln. Resistenz gegen das Gift der Feinde, mehr Kenntnis im Umgang mit Waffen … Sie haben nur Dinge erwähnt, die ein Kind schützen.«

»Haben sie etwas über mich gesagt?«

»Sie sagten, es gäbe ein Mädchen, deren Gabe darin bestünde, anderen ihre Medizin zuzuteilen.«

Langsam wird es im Auto wieder warm, das einzige Geräusch um uns ist das Pfeifen der Klimaanlage.

Während ich meine Jacke über meine Arme streife und nach hinten auf den Rücksitz lege, fragt sie: »Aber du hast gesagt: Das Mädchen, von dem alle reden. Die Person, die über Leben und Tod entscheidet.«

Ein leichtes Grinsen bricht über meine aufgesprungenen Lippen. »Erinnerst du dich so genau an alles, was ich gesagt habe?«

Crys kneift ihre Augen zusammen.

»Das war theatralisch gemeint. Natürlich wusste ich darüber Bescheid, aber ich hätte mir nie einen solch offensichtlichen Fehler erlaubt. Ich war wütend, also gab ich mich so.«

Crys entlässt einen Schwall Luft aus ihren Lungen und schüttelt den Kopf.

Schnell faltet sie die Karte wieder zusammen und streckt sie in den Getränkehalter.

Ohne mehr zu sagen, sinke ich einfach zurück in meine Schlafposition, doch anders als vorher lege ich meinen Arm auf die Kopfstütze und meine Finger in Crys' Nacken.

Beinahe kann ich fühlen, wie sie lächelt, obwohl ich die Augen schon wieder geschlossen habe.

Ich bin müde, wirklich müde – auch, wenn es mir etappenweise nicht so vorkommt. Doch kaum trocknet die Hitze im Auto die Kälte der Schneeflocken in meinen Kleidern, hat mich die traumlose Dunkelheit wieder.

Doch diesmal ist sie nicht unbeweglich und schwer und leer – diesmal fühle ich den Herzschlag des Mädchens, in das ich mich gerade verliebe, unter meinen Fingern.

Crys

Langsam beginne ich, Schnee ernsthaft zu hassen. Mit beiden Händen umklammere ich das Lenkrad und versuche dem Drang, einmal mit der Faust dagegen zu schlagen, zu widerstehen.

Schließlich will ich Cam nicht wecken. Obwohl ich denke, dass ich wohl keine andere Wahl haben werde, denn ich kann das Auto unmöglich selber befreien.

Mir war klar, dass es schwierig sein würde, den höchsten im Norden gelegenen Punkt am Rande des von Hügeln eingekesselten Sees zu passieren. Selbst auf der Karte sah jener höchste Punkt nicht gerade einladend aus, aber das, was sich vor mir erstreckt, ist Schnee. Sehr, sehr, sehr, sehr viel Schnee.

Und es ist sogar noch mehr Schnee, in dem sich das Auto festgefahren hat. Oder in dem ich das Auto festgefahren habe.

Leise fluchend lasse ich mich in den Sitz zurücksinken und reibe mir mit der Hand über die Augen. Mein Magen knurrt einmal so laut, dass Angst habe, Cameron könnte von dem Geräusch wach werden. Doch seine Augenlider flattern nur kurz, dann wird sein Atem wieder gleichmäßig.

So leise ich kann, steige ich aus dem Wagen und schließe die Tür. »Verdammt«, fluche ich.

Von den Reifen ist in dem verdammten Haufen Weiß absolut nichts mehr zu sehen. Wieso muss auch die Sicht so schlecht sein, dass ich den kleinen Mount Everest mitten in der Fahrbahn einfach übersehen habe?

Mir bleibt nichts anderes übrig, als Cameron aufzuwecken. Zuerst reagiert er nicht, die Müdigkeit und die Erschöpfung haben ihn fest im Griff.

Kurz lehne ich meinen Kopf gegen den Türrahmen, Flocken und kalte Luft strömen ins Auto. Ich betrachte seine geschlossenen Augenlider, den leicht bläulichen Unterton der Haut über seinen Wangenknochen. Dicke Schneeflocken streichen über sein Gesicht, erst jetzt regt er sich, dreht den Kopf zur Seite, wacht aber noch nicht auf.

»Cam?«

Augenblicklich aus dem Schlaf gerissen, zuckt er zusammen und wendet sich um. Seine Augen sind noch halb geschlossen. »Was? Was ist los?«

Es sieht witzig aus, wie seine Haare auf der einen Seite plattgedrückt sind.

»Unser Auto ist stecken geblieben.«

Mit einem Stöhnen streicht sich Cam über das Gesicht und fährt sich durchs Haar. Und wieder sieht er perfekt aus. »Dann werde ich der schönen Maid gerne zu Hilfe eilen. Wieder einmal.«

Als er sich aus dem Auto schwingt, verpasse ich ihm einen Boxer gegen den Arm. »Du bist unmöglich«, zische ich amüsiert und verdrehe die Augen.

Mit spielerisch verengten Augen nimmt er einen schnellen Schritt in meine Richtung. Plötzlich windet sich sein starker Arm um meine Schultern, und er flüstert in mein Ohr: »Ich weiß. Und ich kann mich selbst nur noch ertragen, wenn ich in deiner Nähe bin.«

Überrascht wischt mein Blick von meinen Fingern, die er mit seinen verschränkt hat, zu seinem Gesicht.

Cams Haar scheint wie mit Kristallen durchzogen, die einzelnen Schneeflocken ruhen auf dem Schwarz wie Regentropfen auf einer nachtdunklen Wolke.

»Wir kennen uns erst seit wenigen Tagen.« Meine Kehle wird trocken.

Ein finsteres Zucken bewegt die Monde in seinen Augen, bevor er sie kurz niederschlägt und meinen Blick erwidert. »Jetzt weißt du, wie lange ich mich gehasst habe«, antwortet er leise, kaum hörbar.

»Ich«, die Luft bleibt mir in der Kehle stecken, ehe ich ausatme, »ich will nicht, dass du so etwas sagst. Solltest du nicht.« Ich bin überrascht, wie bittend, beinahe flehend ich mich anhöre.

Schnell bricht Cam den Blickkontakt ab, sein Kiefer spannt sich kurz an, ehe sein Gesicht wieder glatt wird. »Wir sollten schauen, dass wir das Auto befreien.«

Verblüfft von seiner Stimmungsschwankung, sehe ich ihm zu, wie er den Schneehaufen inspiziert und mir dann befiehlt, einzusteigen und Gas zu geben.

Was ist los mit ihm? Nach einem tiefen Atemzug tue ich, was er sagt und lasse mich wieder auf den Fahrersitz gleiten.

Draußen bilden Cams zusammengezogene Augenbrauen eine besorgte Linie, dann geht er nach hinten. Ein gedämpftes »Gib Gas!« ertönt, und im Rückspiegel sehe ich, wie Cam Anstalten macht, sich mit voller Kraft gegen das Auto zu stemmen.

Meine Finger schließen sich um den Schlüssel, ich will meinen Fuß aufs Gaspedal senken.

Ein Knall zerreißt die Luft.

»Runter!«, brüllt Cam und zerrt mich aus der offenen Wagentür zu Boden.

Meine Knie schreien auf, als sie mit dem eisigen Grund kollidieren, doch ich gebe keinen Laut von mir.

Cam hat einen Zeigefinger auf seine Lippen gelegt und bedeutet mir, vollkommen still zu sein.

Ich sehe, dass er den Atem anhält, denn nur meiner kondensiert in der Luft zu weißen Wolken.

Der Sturm hat zugenommen, alles um uns herum ist eine Welt aus Weiß. Ein dichter Vorhang aus Schneeflocken versperrt jegliche Sicht in die Weite. Es ist schon schwer, den Verlauf der Straße wenige Meter weiter vorn zu erkennen.

»Was war das? Was ist? Cam?«, setze ich an, aber meine Stimme verliert sich.

Cam verlagert leicht sein Gewicht und holt etwas aus dem Auto. Ehe er das Ding in mein Sichtfeld befördert, dreht er sich um: »Crys, denk jetzt über irgendetwas nach. Schrei deine Gedanken raus, so laut du kannst. Und mach die Augen zu.« Wie auf Befehl klappen meine Augen zu.

Mein Gehirn arbeitet langsam, ich bin mir noch immer nicht sicher, was los ist.

Ein grausamer, plötzlicher Gedanke sickert in meinen Geist, und ich erstarre. Das Militär? Hat es uns bereits gefunden? Aber Dan hat doch gesagt, dass es mindestens …

»Jetzt!«, schreit Cam mir zu, und ich kann fühlen, wie er neben mir ausholt. Und ich weiß, was los ist.

ICH HASSE SCHNEE! WIESO MUSS ES IMMER SO VIEL SCHNEIEN? WIESO MUSS ES SO KALT SEIN? WIESO IST DER WINTER DIESES JAHR SO STRENG? WAR ES LETZTES JAHR AUCH SO? NEIN. ODER? HABE ICH ES NUR NICHT MITBEKOMMEN? WAS TUN WIR HIER? WIE WERDEN WIR ES SCHAFFEN?

Meine Augen sind noch immer geschlossen, ich höre etwas zerbersten. Splitter, schwerer als Schneekristalle, rieseln auf mein Gesicht herab.

Wie von starkem Wind weggetragen, klärt sich die Verschwommenheit in meinen Gedanken: Nicht das Militär.

Die Gedankenleser. Und: Wir haben nur eine Waffe. Die auf der Rückbank liegt. Direkt neben uns, aber dennoch unerreichbar.

Dann tauchen sie in meinem Blickfeld auf. Ihre Gesichter haben sich verändert, sehen zorniger, verzerrter aus, als sie es im Verhörraum waren.

Eine Scherbe der Flasche, die Cam in die Luft geschleudert hat und die von den Gedankenlesern und ihren Anhängern zerschossen wurde, schneidet in meine Handfläche. Doch ich achte nicht darauf. Meine ganze Aufmerksamkeit hängt an Cameron, sein Kiefer wirkt angespannt.

»Sie werden uns töten, es sei denn, wir machen es so, wie mit der Flasche gerade eben.«

Mein Ausdruck muss ziemlich verwirrt ausgesehen haben, denn mit einem ungeduldigen Seufzen erklärt er: »Wenn ich sage, du sollst rennen, dann rennst du. Und versuche, an nichts zu denken.«

»Aber …«, setze ich an, doch die Luft geht mir aus. Noch einen Moment länger hält er meinen Blick fest. Die Sonnen haben sich zu einem Band direkt um seine Pupille gewunden, schließen das Schwarz ein und lassen es größer erscheinen.

»Es wird gutgehen.«

Cam

Hoffe ich zumindest, füge ich still hinzu. Es hat beinahe die gewünschte Wirkung erzielt, dass Crys ihre Gedankengänge den sich uns nähernden Feinden entgegengeschleudert hat.

Die Flasche war mein Versuchsobjekt – da Crys meinen Plan mit ihrem stillen Schreien übertönt hat, haben die Gedankenleser die Flasche erst gesehen, als sie bereits einige Meter durch die Luft gesegelt ist.

Sie haben mich nicht gehört. Und das ist gut.

Ich versuche, nicht willkürlich an meinen Plan zu denken, warte einfach nur auf den richtigen Zeitpunkt.

Ein weiterer Schuss prallt an der offenen Autotür ab, die uns Schutz bietet.

Neben mir zuckt Crys zurück.

Ohne den Blick von der nahenden Gefahr abzuwenden, streiche ich ihr über den Arm. Diese Geste fühlt sich so vertraut an, so unwillkürlich, dass ich beinahe nicht widerstehen kann, den Kopf umzuwenden und sie anzulächeln. Sie anzusehen, ihr zerzaustes, brünettes Haar um meine Finger zu wickeln, und sie wieder so lächeln zu sehen, wie sie mich vor kurzer Zeit angelächelt hat. Ohne den sarkastischen Zug um ihre Lippen, der beinahe in ihr Gesicht eingemeißelt zu sein scheint.

»Lauf, wenn ich es dir sage. Ich werde dich einholen.« Wenn das hier nicht gründlich schief geht. Ich blicke nicht zurück, um zu sehen, ob sie nickt.

Ich atme tief ein. Schließe die Augen. Wenn ich einen Fehler mache, sind wir beide tot.

Sie sind – ich muss meinen Blick mit der Hand abschirmen, damit die Flocken sich nicht in meinen Wimpern verhängen – zu viert? Ich will lieber nicht wissen, ob die anderen, die sich ihnen angeschlossen haben, wegen der Kälte gestorben sind oder durch die Hand ihrer vermeintlichen Kameraden.

»Unnötigen Ballast sollte man abwerfen!«, hallt es durch den Schnee, und die Windschutzscheibe zerspringt, getroffen von einer Kugel.

Crys keucht leise auf.

Ich lehne mich ein wenig nach links, um hinter die Tür sehen zu können.

Wie ein Wolfsrudel kommen sie in einem Halbkreis auf das Auto zu. Ein großer blonder Junge mit einem verkrusteten Schnitt von der linken Augenbraue bis zum Kinn winkt die anderen still ein wenig näher, ihre Schritte haben sich verlangsamt.

»Nein, wir können nicht miteinander reden, Crystal. Schon gar nicht mit dir – du hast so viele in den Tod geschickt. Und was deinen schottischen Freund angeht …« Er spuckt aus, eine Antwort auf Crys' Gedanken.

Angewidert bedeutet er einem blonden Mädchen, zum Ende des Wagens zu gehen. Sie wollen uns einkesseln. Verdammte Wichser.

»LAUF!«, brülle ich, und nach einer einzigen Sekunde des Überlegens springt Crys auf.

Im selben Moment schlage ich die Autotür zu, stehe auf und strecke meine Gedanken so ruckartig aus, dass sie beinahe zu reißen drohen. Wie dünne Fäden winden sie sich blitzartig um die Geister der Gedankenleser.

Mein Kiefer verkrampft sich schmerzhaft, als ich die Zähne derart fest aufeinanderpresse, um vollkommen still zu sein. Es ist leicht, einer Person etwas in Gedanken zu zeigen. Doch mehreren gleichzeitig, das zerreißt meine Überlegungen. Sie teilen sich auf, dringen in ihre Augen, in ihre Ohren und in ihre Gehirne.

Ich halte den Atem an, sie erstarren, und ihre Köpfe wenden sich schnell einander zu. Der zweite Junge, stämmig gebaut und mit kurzem, dunklem Haar, bemerkt es als Erster.

Mit einem wütenden Schrei stürzt er sich auf den Anführer und rammt ihm den Lauf seiner Kanone gegen die Schläfe. Mit einem Ächzen sinkt dieser zu Boden, doch auch dieser letzte Laut erstirbt, übertönt von dem Schuss.

Die beiden Mädchen umkreisen sich jetzt. Ihre Schreie hallen durch den Winter, ehe sie übereinander herfallen und mit den Fäusten aufeinander einschlagen.

Der Junge feuert einen zweiten Schuss auf seinen Freund ab, ein sadistisches Grinsen im Gesicht. Nun werden die Mädchen auf ihn aufmerksam, die mit den schwarzen Locken wiegt kurz ihre Optionen ab, entscheidet dann, dass es wichtiger ist, zuerst den dunkelhaarigen Jungen auszuschalten.

Kaum hat sie der Blondine den Rücken zugewandt, schnellt diese nach vorne und vergräbt ihre Hand in den Locken der zweiten Gedankenleserin, reißt sie mit einem Ruck zu Boden. »So leicht kommst du mir nicht davon«, stößt sie hervor. Als sie ihre Hand zurückzieht, kleben an ihrem Finger ganze Büschel schwarzer Haare.

Bevor der Junge einen Schuss auf die Blondine loslässt, duckt sie sich mit einem höhnischen Lachen hinter das Auto.

»Ich sehe dich«, ruft der Junge und legt die Waffe an, ein Auge geschlossen. Und kippt nach vorne.

Der Eisklumpen, der seinen Hinterkopf getroffen hat, fällt schwer und rot auf den Boden, direkt neben den zusammengesackten Körper. Mit einem befriedigten Blick wendet sich die Dunkelhaarige ab, doch nicht ohne auf die Leiche zu spucken.

»Irgendwelche letzten Wünsche?«, fragt Blondie. Beim letzten Wort kräuseln sich ihre Mundwinkel nach oben.

Die Dunkelhaarige steht ihr gegenüber, ertappt. Ihr Blick flitzt kurz zu der Waffe des Jungen zu ihren Füßen. Sie lässt sich in eine Hocke fallen, um die Waffe an sich zu reißen.

Der Schuss fällt augenblicklich.

Ein Schrei reißt mich aus den Gedanken. Ein Schrei, der nicht zu meiner Illusion gehört.

Crys.

Die Kontrolle über die Irrealität entgleitet mir, ich strauchle.

Augenblicklich reißt die Blonde ihre Augen weit auf, erkennt, dass sie getäuscht worden ist. Dass ihre Freunde nicht Crys oder ich waren, wie ich sie habe glauben lassen.

Ihr geschockter Blick gleitet zu ihren Füßen, und sie stößt einen erstickten Schluchzer aus. »Du verdammter …« Ehe mein Blick zu der Waffe am Boden gleitet kann, nimmt sie bereits Reißaus. Sie stürzt links den Hügel hinab, rennt um ihr Leben.

Mein Herz dröhnt mir in den Ohren, ich schnappe mir den Rucksack aus dem Auto, dann renne ich weiter, bergab, die Straße entlang. Dahin, wo der Schrei herkam.

Die Kälte brennt in meinen Augen und sticht ihre Krallen in meine Lungen. Ich rutsche, die Sohlen meiner durchnässten Schuhe haben kaum Halt auf dem Eis.

»Crys?«, rufe ich in das Weiß hinaus, und zugleich höre ich etwas. Keine Antwort, eher ein Wimmern. »Crys?«, wiederhole ich noch einmal, sanft, verlangsame meinen Schritt.

»Was ist passiert?« Augenblicklich knie ich mich hin, schiebe meine Finger unter Crys' Kopf.

Sie liegt mit dem Rücken zu mir, schluchzend, beide Hände um ihren Hals, als wolle sie sich selbst zwingen, Luft zu holen.

Meine Blicke fließen über ihre Kleidung, aber ich kann keine Spuren einer Verletzung erkennen. Panisch suche ich unsere Umgebung ab, aber niemand scheint hier zu sein. Oder hat einer der Gedankenleser sie angeschossen, ohne dass ich es gemerkt habe? Nein, unmöglich. Ein Tier?

Crys ringt nach Luft, die Augen geschlossen. »Lass mich … lass mich los!«

Was ist nur in sie gefahren? Ihre Stimme wird höher, bittet, fleht, gefolgt von einem hysterischen *Nein*!

»Ganz ruhig«, flüstere ich, möchte sie dazu bewegen, ihren Kopf zu mir zu drehen.

Doch sie nimmt mich nicht wahr. Es ist, als wäre sie in einer anderen Welt.

Und plötzlich wird mir alles klar. Ich habe Crys noch nie gesehen, während sie eine Vision hat. Aber ich weiß, dass ich nichts dagegen tun kann. Mit einem Seufzen ziehe ich sie in meine Arme und warte, bis es aufhört.

16

He did not wring his hands nor weep,
Nor did he peek or pine,
But he drank the air as though it held
Some healthful anodyne;
With open mouth he drank the sun
As though it had been wine!

Crys

Ich liebe Luft. Das erkenne ich in dem Moment, in dem ich die Augen aufschlage und meine Hände von meinem Hals leblos zur Seite fallen. Sofort füllt eiskalter Atem meine Lunge, hebt sie, macht mich wieder lebendig.

Bevor ich Cam ansehen kann, blinzle ich und versuche die Tränen zurückzustauen. Dorthin, wo sie hingehören.

»Bist du okay?« Cams Stimme ist ein beruhigendes Raunen an meinem Ohr, das auf seiner Brust liegt.

Ich nicke kaum merklich. Tausend kleine Nadeln stechen in meine Stimmbänder. Kein Ton wandert über meine Zunge. Der Schmerz in meinem Hals ist fiktiv, ein Überbleibsel der Bilder vor meinen Augen.

Ich hebe den Blick.

Die Sonnen in Cams Augen strahlen, und die vom Himmel herabsegelnden Flocken spiegeln sich im Silber der Monde. Er sagt nichts, wartet auf eine Erklärung.

Was soll ich sagen? Dass es diesmal anders war als sonst? Dass ich gesehen, gespürt habe, wie ich getötet wurde? Von eiskalten Händen erwürgt?

Ich versuche, den Kloß in meinem Hals hinunterzuschlucken. Nie hat es sich so real angefühlt, nie so nah.

»Was ist passiert?« Seine Stimme ist sanft, als habe er Angst, mich zu erschrecken.

Ich kann die Nässe des Eises an meinen Beinen spüren, während ich mich ein wenig mehr in seine Arme kuschle, meine Schuhe sind eingeweicht.

Wenn ich nicht bald etwas Trockenes zum Anziehen bekomme, werde ich mich erkälten.

In Erinnerung an die Vision schlucke ich unwillkürlich und fühle erneut, wie sich Fingernägel in meinen Hals graben. »Da waren … Hände. Und das Meer. Ich stand an einer niedrigen Klippe, die Brandung war ganz laut.« Müde schließe ich die Augen. »Und plötzlich … jemand hat mich gewürgt und mir etwas zugeflüstert.« Ein Schauder läuft mir über den Rücken.

»Was hat er gesagt?«

Mein Kiefer zuckt, und ich verziehe das Gesicht. Ich habe einen unangenehmen Geschmack im Mund. Die Worte in der Vision schmecken bitter. Ich schlucke sie herunter, schüttle den Kopf und richte mich ein wenig auf. Dann mache ich mich von Cam los, stehe auf und ziehe ihn mit hoch. »Keine Ahnung, hab' ich nicht verstanden.«

»Crys, das ist wichtig.«

Ich winke nur ab. Schon jetzt bereue ich, zu viel gesagt zu haben. Ich will nicht, dass er sich um mich Sorgen macht. Noch weniger möchte ich, dass ich zu lange darüber nachdenke. Denn wenn ich das tue, fallen mir die Einzelheiten wieder ein. Dass es vor meinen Augen schwarz wird, dass ich sterbe.

»Jemand würgt dich!«, knurrt Cam hervor.

»Falsch. Jemand wird mich würgen. Das kann erst in Jahren geschehen, vermutlich mache ich auch nur aus einer Mücke einen Elefanten …« Meine Stimme verliert sich, weil Cam abwertend seine Augenbraue nach oben zieht.

Ich erwähne nicht, dass diese Version anders war.

Früher habe ich nur beobachtet. Ich war ein stiller Zuschauer, hundert Prozent ausgeklinkt und neutral. Und jetzt ist es umgekehrt. Ich bin mittendrin. Ich sehe, höre, schmecke, fühle. Bin angreifbar. War der dunkle Augenblick vor Laurens Zelt der Auslöser?

Kurz kneife ich die Augen zusammen. Ein Schauer läuft mir über den Rücken, als ich erneut den Atem an meinem Hals fühle. Die Vision war so … lebendig. Genau wie die letzten Worte darin, die ich jemals hören werde.

Cam mustert mich mit besorgtem Blick. Ich nehme seine Hand, und die Falte zwischen seinen Augenbrauen furcht sich noch tiefer in seine Haut. »Mach dir keine Sorgen um mich.« Ich will ihn beruhigen, doch meine kratzige Stimme verrät mich.

»Crys, du hast vor Schmerz geschrien«, beharrt er mit dunkler Stimme.

»Das war … Es ist okay.« Ich sehe ihm fest in die Augen. An seiner skeptischen Miene kann ich erkennen, dass er gern weiterbohren würde, aber nach einem langen Seufzer lässt er es. »Dann sehen wir zu, dass wir hier verschwinden.«

»Was ist mit den Gedankenlesern?«

»Tot. Bis auf eine, sie konnte fliehen.«

»Und das Auto?«

»Unbrauchbar.«

Ich blicke in die Richtung, in der der Wagen stehen muss. Nicht wieder zu Fuß gehen. Ich will nur ein Bett. Oder zumindest einen Unterschlupf, der den Schnee fernhält. Was würde ich bloß dafür tun: eine weiche Matratze, ein Kopfkissen und eine Decke, in die ich mich einkuscheln kann?

»Deshalb müssen wir es in die Luft jagen.«

Meine Augenbrauen schießen irritiert in die Höhe.

Cams Miene ist locker, als hätte er gesagt: Schatz, unsere Katze hat Hunger. Seine Augen jedoch tragen einen schelmischen Glanz. Typisch Junge – kaum gilt es, etwas in die Luft zu sprengen, freut er sich wie ein Honigkuchenpferd.

»Wir wollen doch nicht riskieren, dass die Soldaten nur den Hinweis einer Spur finden, oder ?«

Beim Auto angekommen, versuche ich, die Leichen nicht genau zu betrachten. Cams Plan ist wirklich clever. Und auch etwas grausam, aber das weiß er. Ich habe es in seinem Gesicht gesehen. Aber gibt es jemanden, der nicht grausam ist in dieser Welt?

Ein Ziehen breitet sich in meinem Herzen aus, als ich an meine Schwester und ihr Lachen denken muss. Und es verwandelt sich in einen fiesen Druck, weil mir klar wird, dass ich dieses Lachen nie wieder hören werde, wenn die Vision recht behält – und das tut sie immer.

Cameron holt alle nützlichen Dinge wie Verbandskasten und eine Decke aus dem Kofferraum. Mit einem befriedigten Pfeifen untersucht er anschließend das Handschuhfach. »Das hilft allerdings erheblich«, murmelt er und begutachtet die kleine Streichholzschachtel. Dann wendet er sich zu mir um. »Crys, such ein paar dicke Äste. Aber bleib in der Nähe.«

Zu müde, um ihn auf seinen Befehlston anzusprechen, tue ich, was er sagt, und kehre kurz darauf mit vier daumendicken Ästen zurück.

Mit einem knappen Dank nimmt er das Holz entgegen, vertieft in seine Arbeit. Halbe Sachen kennt er nicht.

Ich wende mich ab. Das Weiß um uns herum ist eintönig, der Schneefall hat etwas nachgelassen. Die Flocken fallen nun gleichmäßig, schläfern mich ein, bis mir im Stehen fast die Augen zufallen. Für mich scheint eine Ewigkeit zu vergehen, bis sich eine Hand auf meinen Arm legt.

»Crys … wir müssen ein wenig vom Auto weg. Das wird zu gefährlich.«

»Bist du sicher, dass das funktioniert?«

»Natürlich. Es ist zwar nur noch wenig Benzin im Tank, aber es wird reichen.«

Ich lasse mich mitziehen, gähne müde, als er mir befiehlt, mich auf den Boden zu legen. Er selbst geht neben mir in die Knie. An die mit Stofffetzen zu einem einzigen, mindestens fünf Meter langen Ast zusammengebundenen Stöcke hat er ein Streichholz befestigt und es angezündet. Diese Konstruktion schiebt er nun in Richtung des Tanks.

Die Kälte dringt immer mehr durch die Kleidung in meinen Körper ein, und ich versuche ein Zittern zu unterdrücken.

»Keine Sorge. Gleich wird dir wärmer.« Und ehe seine Stimme verklungen ist, wird er schon von einer Explosion zurückgeschleudert, die meine Ohren taub werden lässt.

Mein Blick streift nur kurz über das in Flammen stehende Auto und das Feuer, welches auf die Leichen übergreift, ehe er zu Cameron fliegt.

Umgeworfen von der Druckwelle der Explosion, liegt er neben mir auf dem Rücken und lacht.

Ich rolle mich auf meine Fersen und beuge mich über ihn.

Tatsächlich – sein Körper wird geschüttelt von einem lauten Lachen.

»Cam, alles klar?«

Er wischt sich mit dem Handrücken über die Augen, die Monde haben sich um den Rand seiner Iris gesammelt, während die Sonnen wie gewohnt ihre Kreise ziehen. Es ist unglaublich, wie viel Bewegung in seinen Blicken liegt. In diesen braunen Augen, die mir den Atem rauben.

Ohne mir zu antworten, meint er belustigt: »Und, ist dir noch kalt?«

Ich atme stoßweise aus und schüttle mit einem leisen Lächeln den Kopf. »Nein, jetzt nicht mehr.« So ziehe ich ihn mit mir in die Höhe, als ich aufstehe, und er legt seinen Arm schützend um mich.

Wortlos stehen wir da, sehen zu, wie das Feuer den Lack von der Karosserie frisst. Die Flammen wärmen mein Gesicht, und das Gefühl ist so angenehm, dass mir sogar der Rauch egal ist, der in meinem Hals zu kratzen beginnt.

Auf ein stilles Zeichen hin winden sich Cams Finger sanft um meine, und er zieht mich mit sich, weg vom Feuer. Die Taubheit in meinen Ohren lässt nach, je weiter wir gehen. Wir beide sind still, verbunden durch die Berührung unserer Hände.

Der Marsch beginnt erneut.

»Und, vermisst du dein Zuhause?« Ich halte die Abwesenheit unserer Worte nur ein paar Minuten aus.

Cams Blick hängt in der Ferne. »Mein Bett vor allem.«

Halbherzig nicke ich. Die Müdigkeit sitzt auch in meinen Knochen, tief verankert in den Fasern meines Körpers. »Die Mitglieder des Requiems werden froh sein, dich wieder unter ihrem Dach zu haben.«

Cam atmet einmal aus. »Meistens bekomme ich keinen von denen zu Gesicht, außer Carter vielleicht. Seine Tochter Helena wohnt auch im Fountain Hotel.«

»Carter hat eine Tochter?« Meine Brauen schießen in die Höhe.

»Ja, aber das Verhältnis zwischen Jeff und Helena ist … schwierig.«

Wer hätte das gedacht?

»Und dem Requiem gehört also ein Hotel?«

»Nicht direkt. Es war früher eines, sogar ein ziemlich bekanntes, aber der Besitzer hatte Spielschulden und musste es zwangsversteigern. Das Requiem hat es gekauft und eine Art Auffangstation für seine Mitglieder errichtet. Wenn man kein eigenes Haus hat, wohnt man eben dort.«

»Was denkst du, ist mit Carter beim Ausbruch passiert?«

Cam lacht bei dem leicht besorgten Ton in meiner Stimme. »Egal, wie es für ihn da drinnen ausgesehen hat. Er ist entkommen. Er entkommt immer.«

Ich mache mir nicht mal mehr die Mühe, mir beim Gähnen die Hand vorzuhalten. Auf meine Füße drückt ein unsichtbares Gewicht, macht jeden Schritt schwerer und schwerer. »Sind wir bald da?«, frage ich, meine Stimme verliert sich in übermüdeter Monotonie.

Cams Stimme ist sanft. »Noch eine halbe Stunde. Oder weniger. Dann haben wir es geschafft.«

Ich schließe unwillkürlich die Augen, ich möchte einfach nur in dieser Dunkelheit bleiben. Einfach schlafen. Einfach …

Ein Laut des Schreckens entfährt mir, als ich plötzlich in die Luft gehoben werde und sich eine Hand um meine Oberschenkel schlingt.

»Cam!«

»Was denn?«, fragt er unschuldig und lächelt auf mich herab.

Ich schlinge meine Arme um seinen Hals, denn er geht einfach weiter. Selbst durch die Kleidung spüre ich die Anspannung in seinen starken Schultern.

»Du solltest mich runterlassen – wenn dir die Gesundheit deiner Wirbelsäule am Herzen liegt.«

»Eine Weile kann ich dich tragen. Ruh dich ein wenig aus.«

Ich rolle mit den Augen und lege den Kopf auf seine Schulter. Zuvor kann ich nicht widerstehen, ihm einen Kuss auf die Narbe unter seinem Ohr zu hauchen.

Ace

»Ich habe kein Problem. Aber du verträgst keine Kritik«, stöhne ich.

Mit leicht geblähten Nasenflügeln und viel zu nah für meinen Geschmack sieht Neptune mir fest in die Augen, seine blauen flackern vor überschäumender Wut.

Hätte ich ihn einfach seine dämlichen Lieder in Gedanken weitersingen lassen. Auch, wenn sie mich dann zu Tode genervt hätten.

»Doch. Du hast definitiv Probleme. Einen Haufen.«

Ich zucke nicht mal mit der Wimper. »Nenn mir nur eines.« Und schon, als die Worte aus meinem Mund sind, bereue ich sie. Denn ich weiß, was jetzt kommen wird.

»Crys.« Sichtliche Befriedigung liegt um seine Mundwinkel, er hat mich tatsächlich an meinem wunden Punkt erwischt.

Meine Stimme ist trocken vor Reserviertheit. »Und? Was soll mit ihr sein?«, frage ich ein wenig zu lässig, zucke mit den Achseln. Das hatten wir doch alles schonmal.

Neptune legt kurz den Kopf in den Nacken und stößt einen bitteren Lacher aus. »Wo soll ich anfangen?«

Am besten gar nicht.

»Falls sie noch lebt, dann ist sie allein mit einem Typen, den du sichtlich nicht leiden kannst. Und es ist kalt. Eiskalt. Sie werden versuchen, sich warmzuhalten. Irgendwann wird er sie in die Arme nehmen, und sie wird ihn ansehen, wie du dir wünschst, von ihr angesehen worden zu sein.«

Meine Finger werden zu Fäusten.

Aber nicht, weil er mich provoziert. Sondern weil er recht hat. Verdammt. Er. Hat. Recht.

»Ace, glaub mir, ich weiß, wie das ist. Es passiert einfach. Puff. Man ist verliebt. War ich schon mehr als einmal, es geht ganz plötzlich. Vermutlich werden sie sich nicht mal dagegen wehren können.«

Ich werde mich beherrschen.

Ich werde nicht ausrasten.

Ich atme ein. Lange und durchdringend.

»Und? Wie viele sind schon bei dir geblieben?« Meine Stimme ist leise.

Ich kann sehen, wie seine rechte Augenbraue zuckt, und er öffnet bereits den Mund, um etwas zu erwidern, doch er wird unterbrochen.

Sie tritt aus dem dichten Wald um uns. Zuerst denke ich, es ist Crys, die da keuchend vor Tyler steht.

»Ich … ich bin so schnell gerannt, wie ich konnte!«, stößt sie hervor, Tränen blitzen in ihren Augen.

Oder etwa nicht? Brennt nur die Rage in ihnen?

Ich blinzle die Schneeflocken weg, und sie hat den Kopf von mir abgewendet.

Sie.

Zoe. Eine von den Gedankenlesern, die das Gemetzel angeführt haben.

Was macht sie wieder hier?

»Ich bin so froh, dass ich euch über den Weg gelaufen bin!«, stößt sie hervor. Und beinahe könnte man meinen, sie meint es ehrlich. Beinahe.

Sie setzt ihr verzweifeltes Lächeln etwas zu gekonnt ein, fährt sich ein wenig zu selbstbewusst durch ihre blonden Haare.

Unwillkürlich muss ich an Tiffany denken. Sie war eine gute Freundin, lange bevor sie anfing, mich zu mögen. Aber vermutlich war sie nur an mir interessiert, weil ich Geld hatte. Geld und ein großes Ego. Und wie alle anderen hat sie nichts dagegen gemacht, als sie mich geholt haben. Aus meinem eigenen Haus, in dem sie alle – meine Freunde – anwesend waren. Sie haben mich nicht verteidigt.

Meine Pflegeeltern waren nicht da, ähnlich wie bei Crys. Das Militär scheint immer dann zuzuschlagen, wenn du niemanden hast, der dich beschützt. Aber wir waren zu siebt. Ich hätte ihnen entkommen können. Wenn mir jemand geholfen hätte.

Tiffany war eine davon. Wir hatten die Soldaten wegen des aus der Anlage dröhnenden schrecklichen Beats nicht gehört, und sie ist einfach dagestanden und hat sich an Toby festgeklammert.

Meinem besten Freund, der den Mund gehalten und den Blick abgewendet hat. Ja, so leicht ist man austauschbar.

Natürlich habe ich Crys das alles nie erzählt. Einfach, um sie nicht wissen zu lassen, wie ich war. Dass ich reich war und arrogant und ohne Manieren.

Ich hatte das Geld, deshalb glaubte ich auch, ich sei mehr wert. Die automatische Schlussfolgerung eines Idioten. *Mir.*

Wahrscheinlich kam ich deshalb mit Cam auch nicht wirklich klar: Weil er so ist, wie ich früher selbst war.

Ich schließe zu der Menschentraube um Zoe auf, dicht gefolgt von Neptune.

»Sie haben mich gezwungen, mitzumachen!« Ihre blauen Augen verbergen sich hinter einem glänzenden Tränenschleier.

»Schwachsinn«, spuckt Tyler aus, der ihr mit verschränkten Armen gegenübersteht. Sein Gesicht ist noch immer etwas blass. Nun schluchzt Zoe theatralisch auf und vergräbt das Gesicht in ihren Händen. An ihren Ärmeln kann ich dunkelrote Flecken sehen.

»Woher kommt das Blut?«, entfährt es mir, und alle wenden sich zu mir um.

»Das … es war ein Unfall. Die anderen …«, sie zögert, um lange einzuatmen, »sind tot. Sie haben sich gegenseitig angegriffen. Sind durchgedreht und haben sich im Streit getötet.«

Jetzt stöhnt Tyler auf. »Hör endlich mit dem Schwachsinn auf. Ich kann Lügen erkennen, schon vergessen?«

Zoes Mund klappt auf und wieder zu. Ja, hat sie anscheinend.

Zwar ist es mir unmöglich, zu wissen, was in den Köpfen von anderen Gedankenlesern vor sich geht, aber ich muss Tyler recht geben. Der höhnische Zug um ihre Lippen verrät ihre Absichten.

Tyler stößt ein tiefes Knurren aus, ehe er sich zu den Verbliebenen umdreht. »Wichtig ist, dass wir bald in Keswick ankommen. Wir werden sie mitnehmen. Als unsere Gefangene.«

»Aber wegen ihr wurde die Hälfte von uns getötet!«, springt jetzt auch Neptune ein. »Können wir sie nicht einfach hierlassen?«

»Und sie den Wölfen zum Fraß vorwerfen?« Tyler zieht eine Augenbraue in die Höhe.

Neptune stöhnt laut in Gedanken auf. *Nein, natürlich nicht*, gibt er klein bei.

Ruben packt Zoe bei ihrem rechten Handgelenk und zerrt sie hinter Tyler her, der sich wieder in Bewegung gesetzt hat.

Ich sehe ihnen noch einen Augenblick nach und schüttle dabei den Kopf.

»Wie kommt es eigentlich, dass du ihre Gedanken nicht lesen kannst?«, fragt Neptune mit saurem Gesichtsausdruck.

Ich zucke mit den Schultern. »Ich weiß nicht, wie die Drogen wirken. Das weiß nur Crys. Aber wenn ich Zoes Gedanken lesen könnte, es wäre eine Art Inception, denke ich.«

»Du meinst, Gedanken in den Gedanken?«

Ich nicke. »Mein Gehirn kann viele Informationen verarbeiten, aber ich bin nicht sicher, ob es die doppelte Menge verkraften würde.«

Es wundert mich, dass Neptune es schafft, für einige Minuten die Klappe zu halten. Und nicht in Gedanken zu singen.

Vor mir werfen sich Shinji und Lynn vielsagende Blicke zu. Obwohl sie sich nicht berühren, fühle ich doch eine Verbindung zwischen ihnen.

Ich versuche, nicht ihre Gedanken zu lesen. Ich mag sie. Bei mir sympathischen Menschen bemühe ich mich immer, ihre Privatsphäre zu respektieren und möglichst unangetastet zu lassen, was nicht so leicht ist, wie es sich anhört.

Auch jetzt kann ich die auf mich einstürmenden Gedanken nicht abdämmen. Flüche, Bitten, stumme Gebete – alle reflektieren sich in meinen Gedanken. Ich bin ein Spiegelbild jedes einzelnen Individuums in meiner Nähe, ich bin ein Abbild ihrer Gedächtnisse, ob ich will oder nicht. Ich spiegle jede Abscheulichkeit, jedes staubkorngroße Partikel Liebe, Angst, Hass, Zufriedenheit, Nähe, Wahnsinn.

Und das bereitet mir Kopfschmerzen.

Wörtlich gemeint. Hin und wieder scheint mein Kopf zu platzen, ist voll mit jeder Kleinigkeit, die sich um mich herum befindet. Ich rede nicht sonderlich viel, weil ich so mit den anderen beschäftigt bin, dass ich nicht noch eine Stimme gebrauchen kann.

Außerdem habe ich nichts zu sagen. Nicht, solange ich nicht weiß, wo Crys ist. Ob ich sie jemals wiedersehen werde. Ob Cameron … Ich schüttle verärgert den Kopf. Nein, es kann so nicht weitergehen. Ich nehme alle Gefühle der anderen in mir auf, meine eigenen jedoch sperre ich in mir ein.

Wenn ich Crys das nächste Mal sehe – ich zwinge mich dazu, fest daran zu glauben, dass das passieren wird – werde ich es ihr sagen.

Einfach so.

Als wäre es ein normales Gespräch. Egal, was mit Cameron ist oder war, egal, was Neptune denkt. Nein, ich werde meine Meinung nicht ändern.

Der Schwall Luft, der nun aus meinen vor Entschlossenheit angespannten Lungen entweicht, kondensiert als weißer Rauch.

Ich traue niemandem.

Nur Crys. Die nicht hier ist.

Ich misstraue Neptune, Tyler und Zoe.

Vor allem aber mir selbst.

Und der Aussicht auf Freiheit. Ja. Ihr am meisten.

Crys

»Habe ich dir nicht gesagt, ich sei zu schwer?«, will ich wissen, jäh von einem plötzlichen Stopp aus dem Schlaf gerissen.

»Dein Ellbogen ist genau dort, wo die Kugel in meiner Schulter stecken müsste«, presst Cam zwischen den Zähnen hervor.

Mein leises »Oh!« verfängt sich im Nebel um uns herum. Augenblicklich lockere ich meinen Griff um seinen Hals und lehne mich ein wenig zurück. »Du kannst mich loslassen. Immerhin hast du mich schon lange genug getragen.«

Camerons Griff wird merklich fester um meine Schenkel.

Meine Kehle wird trocken, als er mich über seine Schulter hinweg ansieht.

Erst nach ein paar Augenblicken lösen sich seine Finger von meinem Körper, und meine Beine gleiten langsam zu Boden. Er scheint mich sehr ungern loszulassen, und ich frage mich, wieso.

»Hast du eine Freundin in Schottland?«, rutscht es mir heraus. Sofort beiße ich mir auf die Zunge.

Cameron dreht sich zu mir. Unsere Gesichter sind nur wenige Millimeter voneinander entfernt. Ich kann seinen Atem auf meinem kalten Gesicht spüren. Sehe seine aufgesprungenen Lippen, deren Rauheit beim Küssen nicht zu spüren ist.

Wie schwarze Löcher ziehen seine Blicke mich an. Ich werde angezogen von der Unendlichkeit, der Erlösung, der Liebe.

Angezogen von *ihm*.

»Ich mag da ein ganz bestimmtes Mädchen. Sie hat die schönsten Augen, die ich kenne.« Er stupst mit seiner Nase kurz an die meine, während er eine Strähne meines Haares um seinen Zeigefinger wickelt.

Ich lege den Kopf etwas in den Nacken, um seinen Blick erwidern zu können. »Also nein?«

»Also nein.« Er lächelt. »Und? Wartet daheim jemand auf dich?«

Ich schüttle den Kopf. »Da sind nur Violet und meine Eltern.«

Das einseitige Lächeln, das dabei war, sich auf Cams Gesicht auszubreiten, verschwindet. »Du weißt, dass du nicht zu ihnen zurückkehren kannst?«

Ich schlucke. Tränen sammeln sich in meinen Augenwinkeln, als ich nicke.

Ich werde meine Familie nie wiedersehen. Die Vision hat gezeigt, dass ich sterben werde. Und selbst wenn nicht, kann ich nicht zu ihnen zurück.

Das wird mir jetzt klar.

Denn das Militär wird mich suchen, und wenn ich zu meiner Schwester zurückkehre, bringe ich sie damit in Gefahr.

Ein leises Schluchzen baut sich in meiner Kehle auf. Ich bin für Violet ausgebrochen.

Ich wollte die Freiheit außerdem so sehr für mich selbst, für mein Leben, dass ich übersehen habe, dass ich nie nach Hause zurückkann.

Unwillkürlich schließe ich die Augen und atme tief ein, kurz davor, an diesem Gedanken zu ersticken.

Wir sind längst weitergegangen, und die Luft schmeckt klar und rein, unbelastet von all den Sorgen in meinem Kopf. Sie kühlt mich innerlich, vertreibt die Hitze des Schmerzes für einen Moment. Und dafür bin ich dankbar. Ich werde zerbrechen, das weiß ich, weil ich viel zu viel in mir trage: die Ungewissheit, das Überleben, die Zukunft, die Liebe, die Sehnsucht, den Schmerz, die Verletzlichkeit, den Tod. Einfach alles.

»Der Schmerz wird nachlassen. Das tut er immer«, flüstert Cameron und beugt sich herüber, um mir einen Kuss auf die Schläfe zu hauchen.

»Denkst du an deine Mutter?« Tränen laufen über meine Wangen, und fast erwarte ich, dass sie gefrieren. Wäre das nicht schön? Nicht mehr verletzlich zu sein, weil man ganz aus Eis ist?

»Ja.« Sein Kiefer verhärtet sich unter meinen Fingerkuppen.

»Und an deinen Vater?«

Er zieht scharf die Luft ein. »Es stimmt, dass ich ihn nicht kenne. Ich lege auch keinen großen Wert darauf. Meine Mutter hat mir nur erzählt, sie hätte ihn im Ausland kennengelernt. Vor dem Krieg.«

Ich weiß nicht, was ich sagen soll. Ohne einen Elternteil aufzuwachsen muss fürchterlich sein. Als ich längere Zeit nichts entgegne, wirft Cam mir einen Blick zu.

»Geschockt?«

Ich wiege den Kopf leicht hin und her, bevor ich damit beginne, auf einer Strähne meines feuchten Haares herumzukauen. »Vielleicht ein bisschen.«

»Mach das nicht«, sagt Cameron nun, seine angespannten Mundwinkel verändern sich zu einem echten Walden-Grinsen, und er zieht die Haarsträhne mit seinen Fingern aus meinem Mund. »Ich brauche diese Lippen jetzt für etwas anderes.«

Und ehe er sich zu mir beugen kann, um meine Lippen mit einem Kuss zu versiegeln, lichtet sich der Nebel vor uns.

17

They glided past, they glided fast,
Like travelers through a mist:
They mocked the moon in a rigadoon
Of delicate turn and twist,
And with formal pace and loathsome grace
The phantoms kept their tryst.

Crys

Wir sind hier.

Wir sind wirklich hier.

Vor Staunen bleibt mir der Mund offen stehen. Wie eine magische Stadt aus einem Märchen liegt sie vor uns. Hinter uns die Hügelkette, vor uns im Tal das Stückchen Hoffnung. Nur mehr wenige hundert Meter trennen uns von dem Ziel, von unserem Zufluchtsort für die nächste Nacht.

Wortlos nehme ich Cameron an der Hand. Ich sehe ihn an, seine Augen spiegeln meine Erleichterung und Begeisterung wider.

Auch wenn er es sich nicht ansehen lassen will – die Müdigkeit hängt an seinen Gesichtszügen wie eine schwere Last, die ihn verrät. Und obwohl er so müde ist, nickt er mir zu.

Ich kann fühlen, wie sich ein schwaches Grinsen auf meinen Lippen ausbreitet, und dann rennen wir.

So schnell unsere Füße uns tragen können, laufen wir der Dämmerung entgegen, den Hügel hinunter, jeder unserer Schritte ist gefährlich groß und unsicher, aber wir bleiben nicht stehen.

Beinahe stolpere ich, doch Cam zieht mich schwungvoll mit sich. Meine Lungen brennen, jeder Atemzug sticht, doch wir werden immer schneller. Wir jagen auf den Horizont zu, als wollten wir das letzte Sonnenlicht zu fassen kriegen.

Mein Kopf ist leer, meine Augen stur auf die Häuser vor uns gerichtet, die näher und näher kommen. Ich war noch nie betrunken, aber so stelle ich mir dieses Gefühl vor: nicht mehr ganz bei Sinnen, nicht mehr ganz in der Realität verwurzelt. Losgelöst, frei. Wichtig ist im Moment nur, dass ich die Wärme von Cams Fingern fühle. Das und sonst nichts.

Ich weiß nicht, wie lange wir brauchen, bis wir den Fuß des Hügels erreichen. Verheißungsvoll wie ein unentdecktes Paradies liegt die Stadt vor uns. Meine Schuhe sind durchnässt, völlig durchgeweicht. Bei jedem Schritt steigt das Schmelzwasser von meiner Sohle zwischen meine Zehen.

Komplett egal.

Wir kommen endlich unten an, nur wenige Meter vor den Häusern, mein Herz pumpt wie verrückt Blut in die geschundenen Gliedmaßen, das Atmen löst Seitenstechen aus.

Camerons Brustkorb hebt sich genauso schnell wie meiner, nur um sich anschließend wieder zu senken.

Trunken vor Glück und greifbarer Hoffnung und dem Gedanken, dass vielleicht doch alles irgendwie gut werden wird, drücke ich seine Finger. Jeder meiner Selbstzweifel und hässlichen Gedanken verschwindet für eine Sekunde unter dem Mantel der Erleichterung.

»Ich habe mich in dich verliebt, Cam.« Meine Stimme ist kaum stärker als ein Windhauch.

Ein Grinsen breitet sich auf seinem ganzen Gesicht aus. »Ich mich auch in dich.«

Sollte ich noch daran gezweifelt haben – das alles ist Vergangenheit. Wie wir hier nun stehen, erschöpft, am Rande unserer eigenen Abgründe, keimt unsere Liebe auf. So echt, wie sie für diesen Moment sein kann.

»Ist es möglich, einen Fremden lieben zu können? Einfach so?«

»Wenn Angst und Schrecken in unserer Welt möglich sind, wieso dann nicht auch die Liebe?«, antwortet Cam ernst, sieht mich für einen weiteren Moment an und wendet sich dann ab.

Gemeinsam schauen wir auf das vor uns liegende Areal. Er hat recht: Wenn der Grausamkeit in unserem Leben eine Chance gegeben wird, wieso dann nicht auch den guten Dingen?

Die Gebäude stehen himmelgrau vor uns. Ihre Fassaden so leblos, ohne Halt bröckelt bereits der Putz ab.

»Was denkst du?«, frage ich Cameron leise.

Es ist traurig, sie so zu sehen: mit beiseite gezogenen Vorhängen, als würde uns gleich jemand zuwinken, mit von Unkraut verwilderten Vorgärten, ohne eine einzige Menschenseele auf der Straße.

»Plain Area«, murmelt er beinahe unhörbar für meine Ohren.

»Was?«

Cameron wendet seinen Blick von den Häusern und erklärt dann: »So nennen wir es. Das Gebiet, das von den Soldaten zwangsevakuiert wurde.«

Die Bezeichnung klingt in meinem Kopf nach. Sie passt.

»Wir sollten uns einen Unterschlupf für die Nacht suchen«, meint Cam nun, seine Stimme unwirklich laut in der gnadenlosen Stille.

Plötzlich scheint es, als hätte jede Schneeflocke in meinen Kleidern Gewicht, das mich schwerer macht, mich in den Boden drückt.

Natürlich weiß ich, dass ich froh sein sollte. Wir haben einen Unterschlupf für die Nacht, endlich einen sicheren Ort, wo uns die Jäger nicht finden werden.

Aber was ist morgen? Was ist übermorgen?

Heute Nacht wird die Hetze auf uns beginnen .

Die grauen Fassaden der Häuser sind überwuchert mit verdorrten Pflanzen, das Gewicht des Schnees hat bei einer Lawine Ziegel mit sich gerissen. Die Trostlosigkeit dieses Anblicks brennt mir auf der Seele, das erste Mal empfinde ich keine Wut gegenüber dem Militär. Nur Trauer.

Welche Art von Mensch muss man sein, um andere aus ihrem Zuhause zu verbannen?

»Die Erinnerungen an damals sind das Schlimmste«, unterbricht Cam die Ruhe. »Wenn man weiß, wie es hier früher war, wie es früher gewesen sein muss …« Seine Zähne knirschen, er presst den Kiefer aufeinander. »Unmenschlich.«

»Hier scheint alles so unwirklich. Als würde bald jemand um die Ecke kommen und uns zu sich nach Hause auf eine Tasse Tee einladen.«

Cameron schmunzelt. »Ihr Engländer und euer Tee.«

Ein wenig empört wende ich meinen Kopf zu ihm um.

Der kalte Wind hat seine Wangen zerschnitten, und Bartstoppeln zeichnen sich auf seinem Kinn ab.

»Du bist auch Engländer!«

Cams Blick verändert sich, immer noch auf die Straße gerichtet. Etwas darin wird hart. »Nicht nachdem, was sie uns allen angetan haben«, sagt er mit klarer Stimme.

Ich mustere die Gebäude um mich herum, während der Schnee unter meinen Schuhen quietscht. Wir gehen wohl auf der einstigen Hauptstraße, die von leeren Geschäften mit zersplitterten Fensterscheiben gesäumt wird. Ein im Wind schwingendes Schild baumelt kläglich von der verrosteten Eisenstange eines merkwürdigen Hauses in der Mitte der Straße.

In dieser Trostlosigkeit beginne ich, eine Dankbarkeit zu fühlen, die seit langer Zeit keinen Platz mehr in meinem Herzen zu haben schien.

Ich atme tief ein, betrachte Cam von der Seite, unsere ineinander verschränkten Finger, seine Lippen, sein schwarzes Haar.

Er fängt meinen Blick auf. »Was?«, fragt er.

Ich muss mich räuspern. »Danke, dass du hier bist.«

Er lächelt. »Es war die einzig richtige Entscheidung für mich.« Wie selbstverständlich zieht er mich an sich in eine kurze Umarmung.

Ich schließe die Augen, lasse mich ganz von Camerons Schritten und seinem in der Kleidung hängenden Geruch leiten. Plötzlich bleibt er stehen, eine Hand streicht über mein Haar.

»Schatz, möchtest du mit mir in dieses Haus ziehen?«, fragt er spielerisch, doch hinter seiner Stimme verbirgt sich eine tonnenschwere Trägheit.

Ich blinzle.

Wir stehen vor einem braunen Backsteingebäude, mitten an der ehemaligen Hauptstraße. Die Fassade ist verwittert, die Fenster schmal wie das Haus selbst. Aber sonst scheint es noch völlig intakt.

Ich wette, die Bewohner haben sich regelmäßig von *Lisa's Finest Bakery* genau gegenüber frische Scones geholt.

Bei diesem Gedanken muss ich seufzen. Ich habe Hunger, bis jetzt konnte ich allerdings das Knurren meines Magens halbwegs ignorieren. »Natürlich, es wäre mir eine Ehre«, erwidere ich kokett und klimpere mit den Wimpern.

Cam lacht und dreht am Griff der Tür herum, ruckelt daran, bis die Tür aufschwingt.

Währenddessen gehe ich einen Schritt zurück auf die Straße. Mit schiefgelegtem Kopf frage ich mich, wer hier wohl früher gewohnt hat. Eine Familie? Ein Paar? Mit oder ohne Haustiere?

Wie auch immer, ich werde es nie erfahren. Die derzeitigen Untermieter – dünne, zerrupfte Tauben, die auf der Fensterbank des zersplitterten Dachbodenfensters sitzen – werden es mir wohl kaum verraten können.

»Geschafft«, stöhnt Cam endlich, und die Anspannung weicht aus seinen Schultern. Von Neugier getrieben will ich an ihm vorbei ins Haus gehen, als er mich am Arm zurückhält. »Wenn, dann machen wir das richtig!«

Und ehe ich mich versehen kann, reißt er mir die Füße weg, und hebt mich auf seine Arme.

Ein überraschter Schrei entfährt mir.

Eine Hand unter meinen Kniekehlen, die andere zwischen meinen Schulterblättern, lächelt er auf mich herab.

Kichernd schlage ich mit der Faust gegen seine Brust.

Mit gespielter Entrüstung blickt er auf mich herab und hält mich ein paar Zentimeter von sich weg. »Das hat wehgetan«, klagt er.

Ich verdrehe die Augen.

Und dann trägt er mich über die Schwelle wie eine Braut.

Ich kralle mich an seiner Jacke fest, ich muss die Spannung aus meinen Fingern irgendwo hinleiten. »Du bist so ein Dummkopf, weißt du das?«

»Na klar, und es gefällt dir.« Er zwinkert mir zu, ehe er mich wieder absetzt.

Trotz vielen Jahren Leere sind die Wände noch in dem gleichen

Hellgelb erhalten, wie es früher gewesen sein muss. Einzig der Staub auf der Kommode im Vorhaus zeigt die Realität.

Unsere Schuhe hinterlassen Abdrücke im Staub. Wer immer hier gewohnt hat, muss ein gutes, durchschnittliches Leben geführt haben. Die Einrichtung ist gemütlich, aber nicht exklusiv, die Zimmer sind groß, doch nicht riesig.

Ich gehe voran. Mache im Vorbeigehen jede Tür auf. Hier drinnen ist es beinahe so kalt wie draußen, jeder Atemzug bildet weiße Wölkchen.

Als Erstes werfe ich einen Blick ins Esszimmer. Getroffen vom Anblick bleibe ich in der Türe stehen, die Klinke ist kalt unter meinen Fingern. Die Türen der Küchenkommoden stehen offen, die zum Eichentisch zugehörigen Sessel sind umgeworfen, mit Spinnweben um die Beine.

»Was …?« Die Worte bleiben mir im Hals stecken.

»Plünderer. Oder Soldaten, ich weiß es nicht.«

Ich lasse meine Augen wieder zurück über das Chaos schweifen, dann schließe ich die Tür hinter mir. »Wir sollten uns einen Platz zum Schlafen suchen«, sage ich. Ich will kein weiteres Zimmer mehr sehen. So sehr mich das Leben dieser Personen interessiert, ich denke, es ist besser, nicht damit in Berührung zu kommen. Ich sollte die Vergangenheit ruhen lassen und mich auf die Gegenwart konzentrieren.

Cam nimmt mich an der Hand, und ich schalte meine Gedanken aus, bis er endlich ein Schlafzimmer gefunden hat. *Gut genug?*, scheint mich sein Blick zu fragen.

»Perfekt«, meine ich nüchtern. Und ich meine es auch wirklich so. Dieser Raum ist nicht wie alle anderen voller Erinnerungen, sondern nur spärlich möbliert.

In der Ecke steht ein leerer Kasten aus Fichtenholz, dazu ein Doppelbett. Über der Matratze befindet sich immer noch die Schutzfolie aus Plastik. Nagelneu also – und trotzdem schon sieben Jahre alt.

»Oh Gott«, seufze ich und gehe zum Bett, um mich rücklings auf die Matratze fallen zu lassen.

»Du sagst es. Aber wir sollten vielleicht zuerst das Plastik abziehen«, meint er und fährt mit der Hand durch die Luft, um die aufgewirbelten

Staubpartikel zu vertreiben. Er reicht mir die Hand und zieht mich wieder hoch.

Eigentlich will ich nicht aufstehen, ich will nicht, ich kann nicht, aber dann bin ich trotzdem auf den Füßen. Meine Finger gehorchen mir kaum noch, sie rutschen vom Plastik ab.

Plötzlich fühle ich, wie sich Cams Hände um meine Taille legen und er mich sanft zur Seite schiebt, er hat die eine Seite des Bettes schon befreit.

»Lass mich das machen«, sagt er sanft, doch ich höre ihn kaum noch. Vielleicht nuschle ich etwas, vielleicht auch nicht, kurz bevor ich heftig gähnen muss.

»Besser, du legst dich hin, bevor du noch im Stehen einschläfst.«

Bereits mit geschlossenen Augen erwidere ich leise mit schleppender Stimme: »Man kann nicht im Stehen einschlafen.«

»Doch, man kann. Nur weil du das noch nie getan hast, heißt das nicht, dass es nicht möglich ist. Ich mach das andauernd.«

Mit Mühe öffne ich meine Augen, jedoch nur fähig, einen kurzen Blick auf Cams grinsendes, müdes Gesicht zu erhaschen. Soso, das war also ein Scherz.

»Natürlich«, gähne ich wieder und lasse mich auf das Bett sinken. Meine Kleidung ist noch feucht vom Schnee, deshalb lasse ich die Jacke auf den Boden fallen, streife auch meine Hose ab.

Ich habe keine Scheu vor Cameron, immerhin hat er mich schon mal in Unterwäsche gesehen. Außerdem bin ich zu müde, um mich um die Regeln des Anstands zu kümmern.

Cam zieht alle Vorhänge vor, die das Licht angenehm dumpf werden lassen und versucht, den Heizkörper anzudrehen, doch der Strom wurde anscheinend abgeschaltet. War ja klar. Wieso sollte man auch eine menschenleere Stadt heizen wollen?

Mir entfährt ein wohliges Seufzen. Heute Nacht werde ich so gut schlafen wie nie zuvor.

Die Kälte brennt auf meiner Haut, aber zum ersten Mal seit Tagen empfinde ich sie nicht als unangenehm; sie ist nur eine natürliche Beschaffenheit des Moments, dieses Augenblicks, bevor ich nun endgültig einschlafe.

Und wirklich, während ich in eine scheinbar andere Welt gleite, wird mir plötzlich warm, und ich schrecke hoch.

»Hey, ganz ruhig, Kleines«, beruhigt mich Cameron.

Mein Herz klopft wie wild, und ich ziehe unwillkürlich die Baumwolldecke unter mein Kinn, sehe ihn im Halblicht des Tages an. »Was machst du da?«, frage ich, weil er sich lässig die Schuhe abstreift und sich bis auf die Hose auszieht.

Ich versuche, nicht seinen Oberkörper anzustarren, nicht den Schatten seiner schwarzen Haare in seinem Genick oder seine Schulterblätter zu beachten.

»Denkst du etwa, ich schlafe auf dem Boden? So egoistisch hätte ich dich eigentlich nicht eingeschätzt.« Ich kann fühlen, dass er grinst.

»Ich …«, stammle ich geistreich, und bevor ich mich in irgendeiner Weise blamieren kann, klappe ich meinen Mund wieder zu, bevor ich den Kopf auf die andere Seite drehe.

Das Bett gibt nach, und seine Decke raschelt.

Ich schließe die Augen, doch die Müdigkeit ist wie weggewischt. Ganze drei Sekunden lang, dann schlage ich die Augen wieder auf und drehe mich um, damit ich ihn ansehen kann. Belustigt grinst er, denn auch er sieht mich an.

»Ich bin müde«, sage ich, als müsste ich mich selbst davon überzeugen.

»Tatsächlich?«, fragt er.

»Nein. Du irritierst mich. Deine Nähe irritiert mich.« Und schon wieder treiben mir meine unüberlegten Worte die Röte ins Gesicht.

Cam entfährt ein leiser Hmmm-Laut.

»Dann wird dich das noch viel mehr irritieren«, meint er, und ehe ich fragen kann, was zum Himmel das schon wieder bedeuten soll, rutscht er an mich heran und nimmt mich in seine Arme.

Mein Kopf liegt jetzt auf seinem linken Oberarm, mein Ohr an seiner Brust.

Nach einiger Zeit fragt Cam: »Und, genug irritiert?«

Ich seufze. »Nicht ausreichend, denke ich.«

An seiner Brust hört sich sein Lachen rau und voll an.

Ich genieße die Wärme, die von ihm ausgeht, langsam entspannen sich meine vor Kälte starren Glieder. Erneut werden meine Lider ganz, ganz schwer.

Unter mir verlagert Cam etwas sein Gewicht.

»Versuch zu schlafen«, nuschle ich an seiner Haut.

Cams Herzklopfen ist ruhig, als er erwidert: »Vielleicht später. Jetzt muss ich wach bleiben, damit ich dich beschützen kann.«

Cameron

Es dauert eine Weile, bis Crys einschläft. Ihr Atem streift gleichmäßig über meine nackte Brust. An dieses Gefühl könnte ich mich gewöhnen.

Ihre Wärme lässt mich zur Ruhe kommen.

Ich habe nicht mehr an das Gute in mir geglaubt. An den Teil, der fühlen kann. Denn vor drei Jahren war ich völlig am Boden. Ich konnte mich nicht ertragen. Ich zerschlug die Spiegel, ich zerschlug mich. Aber dann ist Jeff gekommen und hat mir eine Alternative geboten.

Für einen Moment schließe ich die Augen. Die Erinnerung trifft mich jedes Mal mit voller Wucht.

Es ist mir egal, dass die Glasscherbe zwischen meinen Fingern mich schneidet. Es ist mir egal, dass meine Füße bluten, es ist mir egal, dass ich das Bad ruiniert habe. Das Badewasser läuft über, ich kann es an meinem Rücken fühlen.

ES IST MIR SCHEISSEGAL.

Ich hätte vorsichtiger sein müssen, die Leute prüfen und ihnen nicht sofort blind vertrauen. Wegen mir würden sie noch leben.

Am liebsten würde ich laut schreien.

Aber ich kann nicht, weil schreien nicht wehtut. Und ich habe Schmerz verdient. Ich balle meine rechte Hand zur Faust, stecke sie zwischen meine Zähne und beiße zu.

Plötzlich steht Jeff in der Tür zum Badezimmer, ich habe ihn nicht kommen hören. Ich höre ihn nie kommen, er ist immer einfach da. Sein Blick schweift über den leeren Platz, wo einst der Spiegel hing, zu den zersprungenen Fliesen neben dem Heizkörper, zu mir. Er sieht auf mich herab, wie ich hier sitze: in Boxershorts, blutende Hände und Füße, gegen die Badewanne gelehnt.

»Wenn du dich ertränken willst, musst du dich schon in die Badewanne setzen«, meint er nüchtern und dreht den Hahn zu.

Ein letzter Tropfen fällt noch, dann ist es still.

»Ich wollte schon immer ein Hotelzimmer verwüsten«, erwidere ich ohne jeden Humor, starre weiter auf meine Füße.

Ich weiß, dass Jeff meinen Exzess nicht gutheißt. Aber hin und wieder muss man tun, was man nicht lassen kann.

»Das Fountains ist kein Hotel, es ist Eigentum des Requiems.«

Ich zucke einfach mit den Schultern.

Jeff stellt sich vor mich, seine dunkle Cordhose kommt in mein Blickfeld.

Ich schweige.

Er seufzt.

Das Wasser unter den Sohlen seiner Schuhe quietscht, als er in die Hocke geht und mich zwingt, ihm in die Augen zu sehen.

Mit diesem Blick. Diesem grauen Adlerblick, der dich sofort um ein paar Zentimeter schrumpfen lässt.

»Was in Moskau passiert ist, war für niemanden von uns schön, am wenigsten für dich. Aber es war weder deine noch meine Schuld, dass der Informant zur Irish Army gehörte. Diese Mission war gefährlich, und ich bin stolz auf dich, dass du sie so gut gemeistert hast. Aber du kannst nichts dafür. Aufträge können schiefgehen. Es ist gut.«

Zwischen zusammengepressten Kiefern stoße ich hervor: »Nicht. Für. Mich.«

Seufzend meint er: »Jeder von uns hat sich schon einmal Vorwürfe gemacht. Aber wir stehen für eine gute Sache auf, für die niemand sonst kämpft. Kennst du Jack Kornfield?«

»Nein.«

Jeff verdreht leicht die Augen und murmelt: »Die Jugend von heute hängt auch nur vor dem Fernseher.«

Ich sehe ihn böse an. Er weiß, dass das nicht stimmt. Nicht bei mir zumindest.

»Also, egal. Falls du dich jemals dazu überwinden kannst, »Offen wie der Himmel, weit wie das Meer« zu lesen, wird dir ein Satz ins Auge springen: Vergebung heißt, dass man aufhört, sich eine bessere Vergangenheit zu wünschen. *Und dieser Kornfield hat recht. Man muss sich selbst verzeihen. Finde deinen Frieden, Cam.«*

Aber wie soll man seinen Frieden finden, wenn die ganze Welt um einen herum kämpft? Ich weiß nicht, ob ich je Ruhe erlangen werde, doch diese Nacht mit Crys in meinen Armen kommt der Erlösung schon ziemlich nahe.

»Vergebung heißt, dass man aufhört, sich eine bessere Vergangenheit zu wünschen«, flüstere ich meinem schlafenden Mädchen zu. Denn sie hat Vergebung genauso nötig wie ich – vor allem die, die sie sich schon zu lange selbst schuldet.

ACE

Der Schnee knirscht unter meinen Füßen. Knirscht und knirscht und knirscht. Genauso, wie sich die Gedanken in meinem Kopf aneinanderdrängen, wie immer mehr davon in mein Gehirn geschossen kommen. Es macht mich wahnsinnig. Ihre Eintönigkeit stört mich, sie drehen sich im Kreis, immer und immer wieder. Der Hunger, die Kälte, die Angst, die Einsamkeit.

Und der Hass. Der Hass ist das Schlimmste. Er legt sich auf mich wie Raureif auf die Äste der Bäume im Wald. Umfasst mich, macht mich schwächer und unachtsamer. Ich beginne, mich immer mehr an die Gedanken der anderen anzugleichen, ohne etwas dagegen tun zu können. Meine Finger verkrampfen sich. Während ihnen die paar Stunden Schlaf wohl gut getan haben, bin ich noch aufgekratzter als vorher.

Dabei habe ich gedacht, diese Nacht in Keswick – in Sicherheit – würde mein Gemüt beruhigen. Aber als ich auf der verlausten Matratze gelegen bin, konnte ich kein Auge zumachen.

Wegen Crys.

Wegen dieser verdammten Flucht.

Und weil ich nicht den Traum eines anderen Schlafenden träumen wollte.

Ich schnaube. Wieso kann das hier nicht alles einfach vorbei sein?

»Was ist?«, fragt Caleb, der still neben mir hergeht.

»Alles. Das ist …« Mein Ton ist schroff und heiser. Absichtlich?

»Die Gedanken? Der Stau in deinem Kopf?«, rät er, und ich nicke.

Manchmal ist er mir unheimlich. Er weiß viel.

»Jep.«

»Und Crys? Machst du dir Sorgen um sie?«

»Was glaubst du denn?«, knurre ich, den Blick stur nach vorne gerichtet. Ich reiße die Kapuze enger um meinen Hals. Ich hoffe, Caleb versteht dieses Zeichen.

Er soll mich in Ruhe lassen. Ich will nicht darüber reden. In meinen Augenwinkeln bewegen sich Lynn und Shinji, beide eingehüllte, vermummte Gestalten.

Alles ist so wie immer. Tyler hält sich weiter vorne, führt nur um ein bis zwei Meter. Wir müssen zusammenbleiben, sonst verlieren wir uns noch. Wäre doch schade. Ein Idiot weniger, dessen Gedanken mir im Kopf rumschwirren.

Ich greife mir an die Stirn, bohre meine Fingernägel fest in meine Schläfen, bis schwarze Punkte vor meinem Blick schwimmen. Dann hebe ich meinen Kopf.

Tyler ist stehen geblieben.

Genau wie die dunklen Flecken vor uns. Dunkle Flecken, die nicht in meinem Kopf entstehen.

Ich schlucke.

Sie sind hier.

Das Militär … es hat uns gefunden.

Crys

Die angenehme Wärme, die meinen Körper seit dieser Nacht einhüllt, verwandelt sich unter meiner Jacke binnen kurzer Zeit in Hitze. Nicht mehr so angenehm. Mein Nacken wird feucht, ebenso meine Hände.

Bis vor einem Augenblick haben wir noch miteinander gelacht.

Cameron lässt mich nicht los, ich denke, er würde mich nie loslassen. Aber dies alles – seine Finger, die Kälte um mich – existieren nur am Rande meines Bewusstseins.

Momentan sind da nur die Soldaten vor uns. Wir können sie sehen.

Schwarze Silhouetten gegen den hellen Schneevorhang.

Sie sind Greifvögel am Himmel der Freiheit, die uns holen kommen.

Meine Finger ziehen automatisch das Messer aus meiner Hosentasche, das ich aus dem Haus mitgenommen habe.

Auch Cameron macht sich bereit. Plötzlich fühle ich, wie seine Finger noch ein letztes Mal meine drücken.

»WIR SIND BEWAFFNET, IHR IDIOTEN!«, ertönt ein Brüllen von den Gestalten, die ebenfalls angehalten haben.

Sofort reiße ich die Augen auf.

Habe ich mich getäuscht?

Ich blicke zu Cameron, der mich anschaut und genauso überrascht zu sein scheint wie ich.

War das …

»NEPTUNE?«, schreie ich zurück.

»Verdammt, Crys, Cam, seid ihr das? SEID IHR ES WIRKLICH???«

Ein kehliges Lachen steigt meinem Hals hoch. Ich gehe kurz in die Knie und strecke mich wieder.

»WIR SIND ES!«

Auf der anderen Seite des Vorhangs aus Schnee kommt Bewegung in die Schemen. Werden größer. Ich dränge mich dichter an Cameron. Sie sind es. Sie sind es. Lynn, Shinji … Ace.

»Wir haben es geschafft, siehst du, ich habs dir gesagt!« Cams Flüstern ist kaum hörbar.

Tyler kommt als Erster in Sicht. Er bleibt stehen. Nickt uns nur zu, in mildem Salut. Er sieht mitgenommen aus, seine Jacke glänzt dunkel von getrocknetem Blut.

Ich reiße die Augen auf – die Gedankenleserin, die uns entwischt ist, steht neben ihm.

Als unsere Blicke sich treffen, zuckt ihr linkes Lid einmal. Ich weiß, irgendwann werden wir miteinander zusammenstoßen. Kollidieren. Doch nicht jetzt. Nun ist nicht der richtige Zeitpunkt.

Und dann sehe ich ihn. Meinen besten Freund. Ace.

Unwillkürlich bleibe ich mit einem Lächeln auf den Lippen stehen. Doch er sieht mich nicht an. Seine Augen sind auf etwas vor ihm gerichtet.

Dann scheint er in sich zurückzuschnellen, und er hebt seinen Blick.

Ich kann diesen Ausdruck nicht deuten.

Bis sein Blick an mir hinabgleitet, zu meiner rechten Hand. Dann werden die Emotionen in seinen Augen auch für mich deutlich. Überraschung, Ungläubigkeit, Hass. Seine Augen verengen sich. »Bitte sag, dass es nicht wahr ist. Bitte sag, dass du nicht mit ihm …« Seine Stimme stirbt, die Müdigkeit scheint sie in den Tod zu treiben.

Meine Lippen lösen sich voneinander. »Ace, ich …«

Ace, ich weiß nicht, was ich sagen soll.

Ich schlucke, die Knoten in meinen Stimmbändern zerren an den Worten. Oder umgekehrt. Keine Ahnung. Ich kann nicht mehr denken.

Die Aura, mit der Ace sich abschirmt, ist wie Gift.

Ich will zu ihm gehen, kann aber nicht. Sie hält mich ab – sie und Cams Finger, die nun beinahe schmerzhaft um meine geschlungen sind.

Enttäuscht schüttelt Ace den Kopf. »Und weißt du, was das Traurige ist?« Ace steht nur wenige Meter von mir weg, aber zum ersten Mal in meinen Leben scheint er unerreichbar. Ich kann sehen, wie sein Adamsapfel hüpft. »Das Traurige ist, dass ich dich wirklich liebe. Weißt du das, Crys? Nein. Natürlich weißt du das nicht.« Ace lacht. Hart, unbarmherzig, nur um mich dann mit ungewohnter Schärfe zu fixieren.

Ich schlucke.

»Jetzt ist es zu spät, wie es scheint.« Sein Unterton trägt eine Bitterkeit mit sich, die mir einen Stein in den Magen legt.

»Ace … du …«, stottere ich, irgendwie begreife ich nicht, was genau vor sich geht, »wieso hast du nie etwas gesagt?«

»Ich dachte, das wäre nicht mehr nötig, nach dem Tag, an dem wir uns gestritten haben«, erwidert er. Nun wird seine Stimme hohl.

Der einzige Streit den wir je hatten. Und das einzige Mal, dass wir uns fast geküsst hätten.

Ich presse den Kiefer aufeinander. Wie konnte ich das nur vergessen?

Ace sieht mich an, schüttelt nur den Kopf. »Dinge, die einem nicht wichtig sind, vergisst man eben schnell.« Dann dreht er sich um und geht mit schnellen Schritten davon.

Meine Lungen ziehen sich krampfhaft zusammen. Ich werfe Cam einen kurzen, verunsicherten Blick zu, dann lasse ich mit einer gemurmelten Entschuldigung seine Hand los.

Die anderen stehen verstreut um uns herum, als seien wir drei Hauptdarsteller eines Dramas – vielleicht sind wir das auch.

Lynn streckt ihre Hand aus und streift über meinen Arm, während ich in schnellem Schritt an ihr vorbeigehe, und ich bin dankbar für ihre Geste.

Neptune steht mit verschränkten Armen und verkrampftem Kiefer da. Keine Ahnung, was sein Problem ist, aber momentan kümmere ich mich nicht darum. Die übrigen Jugendlichen bleiben zurück, es ist klar, dass ich mit Ace allein reden muss.

Ich beschleunige meinen Schritt, bis ich ihn eingeholt habe. »Ace, bleib bitte stehen!«

Er sieht mich nicht einmal an, doch dann ziehe ich grob an seinem Ärmel.

Er erwidert aus grauen Augen starr meinen Blick, einige Sekunden lang, ehe er sich von mir losreißt und die Hände vor das Gesicht schlägt. »Crys, ich mag dich, okay?«

»Ich dich ja auch«, erwidere ich, Verzweiflung liegt in meiner Stimme.

Nun schlägt er die Augen wieder auf, wütend flackern sie. Das Silber sieht aus wie flüssiges Quecksilber.

»Wie einen Bruder, oder was?«, fährt er mich an, reißt die Hände in die Höhe.

Mein Mund klappt auf. »Du bist mein bester Freund!«, flehe ich.

»Nein. Nein, SCHLUSS damit!« Seine Hände fliegen zu seinem Gesicht, über seine geschlossenen Augen, dann wieder weg. Mit einer Handbewegung, die entweder ihn oder mich beschwichtigen soll. »Nein. Weißt du was – ich *war* dein bester Freund.«

»Aber …«, fange ich an, hilflos, doch er unterbricht mich scharf.

»Nichts aber. Du hast deine Entscheidung getroffen. Also steh auch zu ihr.« Mit diesen gezischten Worten lässt er mich stehen.

Wenn ich je dachte, ich würde Ace kennen: Ich habe mich getäuscht.

18

And all the woe that moved him so
That he gave that cry,
And the wild regrets, and the bloody sweats,
None so well as I:
For he who live more lives than one
More deaths than one must die.

Crys

Mir ist schlecht. Richtig, richtig übel. Doch zum ersten Mal seit Tagen nicht, weil ich um mein Leben fürchte. Ich bange darum, meinen besten Freund zu verlieren. Aber da ist nichts, was ich dagegen tun kann. »Nein«, flüstere ich leise.

»Hast du was gesagt?«, fragt Cameron und streicht mit seinem Daumen über meine kalte, raue Handfläche.

Ich seufze und schüttle den Kopf. »Ich rede bloß mit mir selbst. Beachte mich nicht.«

Cameron lächelt mich an. In seinen schwarzen Haaren verfangen sich die Schneeflocken, verharren dort wie gefangene Regentropfen in einem Spinnennetz. Nur schöner.

»Wie könnte ich dich nicht beachten?« Er lächelt. Doch als er bemerkt, dass ich auf seine liebevolle Art nicht eingehe, sagt er mit gesenkter Stimme: »Es ist wegen ihm, oder?«

»Cameron …«, fange ich an, doch er unterbricht mich sofort.

»Nein, Crys – es ist okay, mach dir keine Vorwürfe.«

»Wie kommst du darauf, dass ich das tue?«

E sieht mich mit diesem typischen Cam-Blick an, der fragt: *Erwartest du jetzt ehrlich eine Antwort?*

»Es ist nicht deine Schuld«, sagt er dann noch einmal mit Nachdruck.

»Aber die Wahl lag bei mir.«

»Und du hast richtig gewählt.«

Jetzt ist es an mir, ihn abschätzend anzusehen.

»Von meinem total unabhängigen, neutralen Standpunkt aus gesehen, natürlich.«

Ich kichere, als ich die Ernsthaftigkeit in seiner Stimme höre, und Cam setzt ein zufriedenes Lächeln auf.

»Total unbefangen, also?«, hake ich nach. Ich lasse mich doch lieber auf sein Spiel ein, statt weiter herumzugrübeln.

»Natürlich. Und wenn du dich für Ace entschieden hättest und unser erster Kuss nie zustande gekommen wäre, hätte ich dir die Hölle heißgemacht. Ace ist gegen meine Vendetta doch nichts.«

Ich bin sicher, Ace hat das gehört, aber er dreht sich nicht um. Mein Blick schweift kurz zu ihm, dann huscht er zurück zu Cameron. »Ja, klar«, entgegne ich schmunzelnd und schüttle den Kopf.

Aber Cam packt mich überraschend fest am Arm und hält mich zurück, bis alle anderen an uns vorbei sind. Dann sagt er mit leichter Ungeduld: »Nein, Crys. Jetzt wirklich: Bereust du es, mich geküsst zu haben?«

Seine Augen bohren sich in meine, die Ernsthaftigkeit der Frage spiegelt sich in seinem Blick. Bis jetzt habe ich es noch nie bemerkt, aber wenn Cam ernst wird, ziehen sich seine Augenbrauen zusammen und werfen eine senkrechte Falte auf seiner sonst so makellosen Haut.

»Nein.« Keine Antwort, die mich Überlegung kostet.

Zufrieden nickt Cameron und kommt einen Schritt auf mich zu, lässt mich los und streicht mir die Haare aus dem Gesicht. Seine Augen sind durchtränkt von dem Licht der kollidierenden Monde, voll von der Strahlungskraft jeder einzelnen Sonne. Ich spüre, wie seine Daumen sich in die Gürtellasche meiner Hose einhaken und er mich ein wenig enger zu sich zieht. »Und würdest du es wieder tun?«, fragt er mit gesenkter Stimme.

Mein linkes Auge zuckt kurz. Vor Überraschung? Im Moment weiß ich das selbst nicht. »Finde es raus«, flüstere ich, ich weiß gar nicht, was ich eigentlich sage.

Cameron beugt sich zu mir herunter und legt seine rauen Lippen sanft auf die meinen. Der Kuss ist nur kurz, aber lange genug, um mich nervös und angespannt werden zu lassen. Kribbelig, irgendwie. Ich kann fühlen, wie er lächelt, als ich mich wieder von ihm löse.

Keine Ahnung warum, aber ich habe Angst, was die anderen von uns denken könnten.

Die Gewissheit, jemanden so richtig zu mögen, erschreckt mich ein wenig. Zu wissen, wie viel Cam mir bedeutet, ist eine Sache. Es zu akzeptieren, eine andere. Weiß er, was ich für ihn tun würde? Aber was würde ich eigentlich für ihn tun?

»Ein gutes Geburtstagsgeschenk.«

Meine Augenbrauen wandern zusammen. »Wie bitte?«

»Ich habe heute Geburtstag.«

Ich reiße die Augen auf. »Wirklich? Du … du hättest etwas sagen sollen, dann hätte ich …«

»Was? Mir einen Schneekuchen gemacht?« Camerons Lachen ist so sanft, dass es sogar Schneeflocken auffangen könnte.

»Ich …«, setze ich an.

Dann schüttelt er den Kopf und meint mit weichem Blick: »Crys – halt einfach die Klappe und küss mich noch einmal.«

Cameron

»Die Kälte ist am schlimmsten«, sagt Tyler gerade, in seinen Haaren hängt der Tau. »Es sind viele an ihr gestorben. Finn, zum Beispiel. Ein paar auch an Unfällen. Und so.«

Ich schlucke. »Wie die Verräter, die sich gegen einen wenden«, murmle ich und werfe einen Blick zu Zoe, die mit zusammengebundenen Handgelenken ein paar Schritte hinter uns hergeht.

»Die anderen haben mich dazu gezwungen!«, faucht sie zurück.

Tyler verdreht die Augen, anscheinend hat er schon satt, immer die gleiche Leier von ihr zu hören.

»Und haben dir die anderen AUCH gesagt, dass du gegen Crys und mich kämpfen sollst?«

Zoes Miene versteinert, und sie erwidert in einem schnippischen

Ton: »Du hast das ja ganz gut hingekriegt, dass wir uns gegenseitig umbringen!«

»Hätte ich mich etwa selbst opfern sollen?«, knurre ich zurück und funkele sie an. Meine Gedanken wandern kurz zu Crys, wie sie starr das Lenkrad umklammert hat, weil die anderen uns attackierten.

»Dich oder sie.« Ein sadistisches Grinsen breitet sich auf Zoes Gesicht aus, als sie meine Gedanken verfolgt.

»Moment – was hast du gerade gesagt?«, drängt sich Tyler jetzt zwischen uns.

»Sie haben uns angegriffen«, stelle ich fest, in genau der gleichen Sekunde zischt Zoe: »Sie haben meine Freunde getötet!«

Ich spüre, wie mein Blick erkaltet. Ich trete einen Schritt näher an sie heran und sehe auf sie hinab. »Wer Wind sät, wird Sturm ernten. So geht das Sprichwort doch, oder?«

Dann drehe ich mich um und recke meinen Kopf, um Crys zu suchen. Sie geht neben Neptune her, stumm, die Arme vor ihrem Körper verschränkt.

Ich gehe ihr entgegen. »Alles okay?«, frage ich und lege einen Arm auf ihre Schulter, als sie zu mir aufschließt.

»Ich fühle mich mies«, sagt sie.

Ich ziehe eine Augenbraue in die Höhe.

Sie schüttelt den Kopf und sagt: »Nein. Nicht wegen der Ace-Sache, einfach wegen allem. Ich bin müde.«

Ich nicke. Wir kommen nicht vom Fleck. Ich weiß, auch ich habe keine Lust mehr. Aber wir müssen weiter. Eben weil es jetzt schön wäre, sich einfach in den Schnee zu legen und einzuschlafen.

Nachdem wir beschlossen haben, den restlichen Weg mit Autos zurückzulegen – was uns den Nachteil gibt, leichter gesehen/gehört zu werden, aber uns auch den Vorteil verschafft, schneller vorwärtszukommen, müssen wir zwölf Garagen aufbrechen, um an fünf Autos zu kommen. Nicht sehr viele von uns können fahren, nur Crys, Neptune, Shinji, Tyler und ich.

Aber immerhin ist es ein weiterer Schritt in Richtung Freiheit.

Tyler und ich haben beschlossen, in einem Konvoi langsam bis ein oder zwei Kilometer vor die Straße zu fahren, an der uns die Wachen erwarten dürften. Dann werden wir wieder mit meinen Illusionen arbeiten.

Es ist durchaus möglich, dass wir ganz ohne Aufsehen über die Grenze kommen. Das habe ich zumindest zu Tyler gesagt. Meinen Informationen nach befinden sich zwischen zwanzig und hundert Soldaten in dem Stützpunkt, den wir passieren müssen.

Wenn es zwanzig sind, wird es einfach. Ein sprichwörtlicher Spaziergang auf feindlichem Gelände. Wenn es hundert sind, nun, regen wir uns lieber erst darüber auf, wenn es soweit ist.

Meine Kehle wird trocken, und mein Blick schweift zu Crys, die schon hinter dem Steuer eines ehemals weißen Autos sitzt, dessen Farbe nun verblichen ist. Ihre Hände liegen ruhig auf dem rissigen Leder des Lenkrades, und sie beugt sich vor, um den Staub von der Anzeige zu wischen. Ich lächle, als sie durch die aufwirbelnden Partikel niesen muss.

Shinji fährt schon neben mich vor, mit Zoe, Martha und Lynn im Auto. Ich möchte nicht, dass Daniel mit Crys mitfährt (wer weiß, ob er nicht wieder so einen Aussetzer hat, wie von Tyler beschrieben), deshalb verfrachte ich ihn mit Scarlett auf die Rückbank meines Autos und bitte diesen Typen mit den längeren Haaren – Curt oder Caleb oder so –, sich neben mich zu setzen.

Neptune lässt das Fenster seines Wagens runter und möchte Ace auf den letzten Platz in seinem Auto winken, aber Ace schüttelt nur den Kopf. Er wirft mir einen kurzen, ausdruckslosen Blick zu – einen dieser Blicke, die dir deine Feinde zuwerfen, um dich denken zu lassen, dass sie sich nicht um dich scheren, aber es eigentlich doch tun.

Mein Kiefer spannt sich an.

Und so geht er zu dem Auto, in dem Crys mit einem Mädchen und einem Jungen sitzt, reißt die Beifahrertür auf und lässt sich in den Wagen fallen.

Tyler hinter mir hupt, in dem Auto seine Jünger um sich geschart. Meine Fingernägel krallen sich so hart in das Plastik des Lenkrades, dass es beinahe Risse bekommt.

»Idiot«, fauche ich leise und hoffe augenblicklich, dass mich niemand gehört hat.

»Hast du was gesagt?«, fragt Scarlett von der Rückbank. Dan stiert vor sich hin, sein Oberkörper zuckt immer wieder gegen den Gurt.

»Wir sollten fahren«, meine ich bloß und hupe. Ich sehe, wie Crys das Fenster hinunterlässt und die Hand rausstreckt, nur um eine lässige Bewegung zu machen, die »ganz ruhig, die Welt geht doch sowieso unter« heißen soll.

Wo sie recht hat, hat sie recht.

Crys

Im Wagen herrscht ungewohnte Stille. *Das wird eine lange Fahrt*, denke ich und zwinge mich dazu, keinen Blick nach rechts zu werfen.

Trotzdem fühle ich Aces Anwesenheit so real und greifbar wie das Lenkrad zwischen meinen Fingern.

Ace, der mich hasst. Ace, der mich nicht mehr ansehen kann. Ace, der mir den Rücken zukehrt.

Ich beiße die Zähne zusammen und versuche gleichzeitig, meine angespannten Schultern locker runterhängen zu lassen. Meine Knie kribbeln, und mein Fuß senkt sich einmal unabsichtlich auf das Bremspedal hinab, worauf der Wagen abrupt langsam wird und auf dem Eis kurz ins Schlittern kommt.

»Was soll denn das?«, fragt der Junge von der Rückbank, von dem ich glaube, dass er Aaron heißt.

»Wollte nur sehen, ob die Straße glatt ist«, murmle ich und stütze den Ellbogen an das Fenster, lege mein Gesicht in meine Handfläche.

»Wie kannst du eigentlich so locker bleiben? Bei all dem, was du getan hast?«, fragt jetzt Florence, die neben Aaron sitzt.

Ich kann fühlen, wie sie sich vorlehnt – eine übliche Bewegung, wenn Leute jemanden anklagen. Genauso wie leichtes Heben der rechten Augenbraue. Oder tiefes Ausatmen. Oder der Blick, den sie mir über den Rückspiegel zuwirft.

»Du weißt nicht, von was du da redest«, antworte ich leise.

»Bist du echt so arrogant oder einfach nur total ignorant?«

»Was?« Das Auto schlittert leicht nach rechts.

Mein Ton schnellt eine Oktave höher.

»Du hast uns einfach irgendeine Gabe oder so aufgebürdet. Einfach so, wonach dir gerade war. Hast russisches Roulette gespielt. Mal daran gedacht, dass wir das vielleicht gar nicht wollten?«

Kurz werfe ich ihr einen Blick im Rückspiegel zu – ihre schwarzen Haare sind lang und verfilzt, die Spitzen nass und gebrochen. Aus ihren dunklen Augen sprechen die Vorwürfe.

Wörter, die ich schon so oft gehört habe. Meine Hände umfassen das Lenkrad fester, die Knöchel meiner vor Kälte glühroten Finger treten weiß unter der Haut hervor.

»Habt ihr mal daran gedacht, dass ich auch nur ein Werkzeug des Militärs bin und nicht ihr Freund?« Ich schlucke, beiße den Zähne fest zusammen.

Es ist doch nicht meine verdammte Schuld!

Ace zuckt kurz zusammen, die Lautstärke meiner Gedanken muss sich wie eine Explosion direkt neben seinen Ohren angefühlt haben.

Entschuldigung, denke ich unwillkürlich, bevor ich mich wieder daran erinnere, dass wir eigentlich nicht miteinander sprechen.

Oder dass er nicht mit mir spricht, wie immer man die Sache sehen will.

Mit einem langsamen Kopfschütteln und tiefem Ausatmen sehe ich wieder nach vorne.

Der Schnee fällt jetzt in dicken, runden Flocken. Der Himmel hat sich zum Ziel gesetzt, die Welt unter Kälte und Eis zu begraben.

Ich kann fühlen, wie Aaron hinter mir mit seinen Knien gegen meinen Sitz drückt. Genervt atme ich aus, sage aber nicht, dass er aufhören soll.

Im Rückspiegel sehe ich die anderen Autos, Cameron genau hinter mir. Verbissen stiert er vor sich hin.

Der Schnee macht es schwer, weiter als drei Meter zu sehen. Die Straße, auf der wir fahren, ist schmal und eisig. Genauso dünn wie der Grat zwischen Hoffnung und Wahnsinn, auf dem wir uns bewegen.

Cameron

Wir fahren einige Zeit, bevor ich Crys bedeute, rechts ranzufahren.

Es dauert eine Weile, bis alle aus den Autos ausgestiegen sind.

Sobald Crys die Wagentür hinter sich zugeschlagen hat, gehe ich zu ihr und drücke ihre Hand, worauf sie sich an meine Seite schmiegt.

Ace steht nur da und starrt den Baum vor ihm an.

»Also«, beginne ich und bemerke an Tylers missbilligendem Gesichtsausdruck, dass er lieber selber weiterhin die Ansagen machen möchte.

»Wir sind noch ein Stück von der Militärkaserne entfernt. Ihr werdet bemerken, dass das Areal nur einen schmalen Streifen bildet. Aber dieser erste Eindruck täuscht – das ganze Geschehen spielt sich unter der Erde ab.«

»Wer ist so dumm und verlegt eine Kaserne unter die Erde? So kann sie doch leicht zerstört werden«, meint Zoe und grinst verächtlich.

»Nicht, wenn der Feind nicht weiß, dass es eine Kaserne gibt«, erkläre ich. »Von oben gesehen, sieht dies bloß wie ein Abstellplatz für Jeeps und Panzer aus.«

»Umso besser, dann können wir einfach über das Gelände marschieren.«

Ich seufze. »Nein, Tyler. Es …«

»Elektrozaun: 50 km, unterirdisches Tunnelsystem. Von oben keine Ausgänge, nur Tunnel nach draußen, die durch die unterirdische Anlage führen. Ausgänge an den Sektoren A24, A32; die Richtung führt nach Norden und zum Hafen. Zentrale für technisch gesteuerte Operationen, keine Ausfuhr von Rohstoffen. Oberster Leiter: General Stephen Rickman. Länge des Tunnelsystems: 12,7 km, davon 8,3 km aktiv.«

Alle haben sich mittlerweile zu Caleb umgedreht, sein Blick ist fern, während er die Daten der Militäranlage herunter rattert.

»Was zur …«, beginnt Ruben.

Caleb blinzelt, dann lächelt er schüchtern. »Ich erinnere mich.«

»Klar tust du das, du hast ein fotografisches Gedächtnis, Mann«, stöhnt Tyler und verdreht die Augen.

»Woher weißt du das alles?«, frage ich Caleb, und er erwidert meinen Blick fest.

»Ich habe einige Zeit lang damit verbracht, Militäreinrichtungen zu beobachten und auf denselben militärischen und technischen Stand zu bringen.« Als wir ihn weiterhin verständnislos ansehen, holt er aus. »Den Elektrozaun hier habt ihr mir zu verdanken. Er umschließt nicht das oberirdische Areal selbst, sondern erstreckt sich von Westen nach Osten zwischen den Wachtürmen. Deshalb können wir das Ganze auch nicht umgehen.«

»Wieso ist die Fläche dann nicht mit einem Elektrozaun gesichert?«, fragt Simon.

»Abstellplätze werden nicht mit dieser Art von Zaun gesichert. Es wäre auffällig.«

Ich kann sehen, wie er schluckt und mich direkt ansieht. Niemand sagt etwas.

Hassen sie ihn, so wie sie Crys hassen? Weil er etwas für das Militär getan hat, weil sie es von ihm wollten?

Mittlerweile nervt mich dieser Egoismus. Denn wenn alle ehrlich sein würden, wäre wohl klar, dass hier alle – ausnahmslos alle – in irgendeiner Weise die Drecksarbeit für irgendeinen Soldaten erledigt haben. Nur keiner spricht davon. Und mir scheint, sie finden es nicht so schlimm, solange es nur totgeschwiegen wird. Gratuliere. Ein Hoch auf die Revolution der Gerechtigkeit, nach der ihr euch alle sehnt.

»Caleb … du bist ein Genie«, flüstert Crys ernst. Ich kann die heimliche Bewunderung in ihren Augen sehen. Vielleicht kann sie mit Caleb fühlen, die leise Ahnung von Verachtung in der Luft kennt wohl auch sie.

»Ich weiß«, sagt er. Sachlich. Ohne Arroganz. Dann blickt er sich kurz um und fügt noch hinzu: »Dank dir.«

Crys nickt gefasst, wobei ein kleines Lächeln ihre Mundwinkel umspielt.

Mit seinen Worten hat er sie nicht kritisiert; zum ersten Mal, seit ich sie kenne, sagt jemand, dass sie etwas richtiggemacht hat.

Ich atme kurz durch, bevor ich fortfahre. »Mein Plan – unser Plan – ist sehr hypothetisch, sehr theoretisch und sehr spontan.«

»Hört sich ja gut an«, knurrt Neptune, aber ich ignoriere ihn einfach.

»Wir werden ähnlich wie in der Anstalt vorgehen; ich erzeuge eine Illusion.« Ich drehe mich um zu einem der Schnellen. »Simon, du versuchst, so schnell wie möglich den Weg raus zu finden.«

»Aber wenn ich nicht in eurer unmittelbaren Umgebung bin, werde ich auf dein kleines Spiel genauso reinfallen wie alle anderen«, gibt er zu bedenken. Seine Stimme ist heiser, er hustet. Wenn wir ihn nicht bald aus der Kälte kriegen, wird sein lebensbedrohlichster Feind nicht das Militär, sondern eine Lungenentzündung.

»Ich weiß. Das ist der Moment, der ein wenig heikel werden könnte. Wir haben nicht genug Zeit, um dich reinzuschicken, zu warten und dann mit dir zusammen zu gehen. Caleb kennt sich zwar aus, aber wir brauchen den sichersten und schnellsten Weg raus. Also gehst du vor, wir kommen nach. Caleb, gibt es einen zentralen Punkt dort unten?«

»Die Straßen verlaufen von Norden nach Süden. Die breiteste Straße liegt in der Mitte, auf ihr bewegen sich die großen Fahrzeuge. Der Rest sind eigentlich nur Computer- und Studienräume, die zur Entwicklung neuer Technologien verwendet werden. Wir werden im oberirdischen Areal einsteigen, dann gelangen wir in einen der schmäleren Tunnel. Wenn wir geradeaus gehen, mündet dieser Weg in die Hauptstraße. Es gibt nur zwei Ausgänge, wie ich vorhin schon sagte. Von denen …«

»Ist irgendeiner leichter zu finden oder weniger befahren?«, fragt Tyler mit gehobenen Augenbrauen.

Caleb grinst traurig und sagt mit tonloser Stimme: »Glaubst du wirklich, dass sie es uns so leicht machen ?«

Meine Hose ist nass, mein Oberkörper drückt den Schnee unter mir platt.

Simon ist vor wenigen Sekunden gegangen, bloß ein Windhauch, den niemand bemerken wird. Hoffentlich. Wenn das hier schiefgeht, geht alles schief.

Unsere Flucht, unsere Freiheit und unser Leben wären vorüber. Ich denke an Crys. Auch die Liebe – ja, die Liebe wäre tausendfach verloren.

Ich frage mich, wieso Crys so anders als die anderen Mädchen ist. Anders als Helena, Carters Tochter, ein labiles Wrack auf Medikamenten, und anders als Vivien mit ihrem wunderbaren Lächeln und ihrer zuckersüßen Stimme. Und man kann Crys weder mit Laura noch Liliana vergleichen.

Und trotzdem würde ich sie immer wieder wählen, wenn ich denn wählen könnte. Und ich kann wählen. Wenn das hier vorbei ist, werde ich Carter sagen, dass ich das mit den Mädchen nicht länger machen kann. Auch, wenn es ein Auftrag ist.

Denn ich fühle aufrichtig und tief in mir, dass ich das mit Crys nicht verlieren will.

»Wir sollten gehen«, flüstert sie in diesem Moment, und ich nicke, erhebe mich fließend.

Mittlerweile müsste Simon die Elektrizität lahmgelegt haben. Ich halte meine Hand nahe an den Draht und spüre keine Spannung mehr.

Ich nicke, gebe den anderen das Zeichen aufzustehen und spanne den Stock gegen die unteren Drähte, damit ein kleiner Durchgang besteht.

»Kommt, schnell!« Ich gehe als Letzter, entferne den Stock wieder.

Zurzeit befinden sich keine Soldaten draußen, spät in der Nacht, viele von ihnen werden im Bett sein.

»Was jetzt?«, fragt Neptune.

Ich lege den Zeigefinger über meine Lippen. Ruhe. Ich schließe meine Augen und konzentriere mich.

Crys

Ich habe so etwas noch nie gesehen. Langsam strecke ich meine Hand aus, um es zu berühren, aber meine Finger streichen nur durch kalte Luft.

»Was ist das?«, flüstere ich Cam zu, der langsam wieder die Augen öffnet.

»Ich weiß es nicht. Vielleicht einfach die Kraft meiner Gedanken?«

Nie hätte ich mir vorgestellt, dass der Vorhang zur Realität ein ungreifbares, durchsichtiges Etwas ist. Man würde es kaum sehen, hätte es nicht diesen verräterischen Glanz an sich – fast wie die Außenseite einer Schneekugel.

Die eisigen Tropfen perlen an seiner Außenseite ab, ich könnte stundenlang zusehen, wie die Flocken langsam zu Boden gleiten.

»Merkwürdig«, meint Caleb ruhig. »Zum ersten Mal ist etwas nicht rational erklärbar, und doch scheint es komplett normal zu sein.«

»Zum ersten Mal? Nichts ist mehr normal, seitdem wir hier sind«, knurrt Neptune.

»Und alle anderen sehen jetzt genau was …?« Florence legt ihren Kopf in den Nacken, um den Vorhang näher betrachten zu können.

»Nichts. Also genau das, was wir wollen. »Lasst uns loslegen«, raunt Cameron und zieht mich an der Hand zum Eingang der Hölle.

Unsichtbar. Wie oft wollte ich schon unsichtbar sein? Ungesehen? Jetzt bin ich es.

Meter für Meter bahnen wir uns in das Herz der Anlage, vorbei an Soldaten. Wir schleichen die Gänge entlang – obwohl uns der Feind sowieso nicht hören kann.

Nackte Glühbirnen hängen in weiten Abständen von der steinernen Decke, die Wände sind verkleidet mit grünem Metall. Alle Türen sind zu, auf einer simplen Messingtafel steht die Funktion des dahinterliegenden Raumes. Wir kommen an einem Kontrollraum, ein paar Serverräumen und einem Waffenarsenal vorbei.

»Wartet kurz«, flüstert Cam und öffnet langsam die letzte Tür.

Ich blicke mich um, die Nervosität kriecht meinen Nacken hinauf und in meine Ohren, weiter in meine Gehirnwindungen. Was tut er da?

Ace, der sich die ganze Zeit im Hintergrund gehalten hat, folgt ihm in das Arsenal. Die anderen schließen sich ihnen an.

Mit einem Blick über die Schulter bin ich die Letzte, schließe dann die Tür hinter mir. Der Raum ist größer, als er von außen aussieht. An die Wände sind Waffenständer und Pistolenhalter gereiht, auf dem Tisch in der Mitte liegen zahlreiche Messer.

»Ich würde diesen Raum absperren«, sagt Zoe, ihr Blick schweift über die unglaubliche Fülle an Waffen.

»Was haben sie zu befürchten?«, erwidert Caleb.

»Nichts – bis jetzt«, antwortet Neptune, ein teuflisches Grinsen auf seinem Gesicht. Er greift nach einem Maschinengewehr, doch Cameron drückt ihm eine Pistole in die Hand.

»Mit dem Ding erschießt du uns noch alle. Es kann nur Streumunition laden statt Kugeln. Böse Sache. Nimm lieber die hier.«

Neptune sieht nicht sehr glücklich aus, während er die kleine Pistole in seinen Händen abwiegt.

Die anderen bedienen sich ebenfalls von dieser üppigen Auswahl an Messern und Pistolen.

Meine Finger streifen über die Messer und bleiben an einem hängen, das mir vage bekannt vorkommt. Die Klinge ist groß, gezackt.

Ein Fischermesser, zum Ausweiden des Fanges. Ich schlucke, meine Finger schließen sich um den kalten, schweren Griff.

Wie viele Sommer lang habe ich diese Arbeit verflucht? Draußen, auf dem Boot, umgeben von dem Gestank des Todes?

»Hier.« Ace ist von hinten an mich herangetreten. Er zieht mir das Messer aus der Hand und legt stattdessen eine Pistole hinein.

Ich blicke ihn wortlos an, seine Augen spiegeln die meinen wider, sie sind geweitet.

Er sagt nichts, doch ich weiß, dass er meine Gedanken liest.

Nur, dass es nichts zu lesen gibt.

Der unglückliche Zug um seinen Mund verrät mir, dass er mir noch nicht verziehen hat.

»Sei vorsichtig, sie ist geladen.« Ein bitterer Unterton hat sich in seine Stimme eingeschlichen. Einen kurzen Wimpernschlag verharrt er noch, dann wendet er sich um und lässt mich stehen.

Ich sehe ihm nach, wie er die Tür öffnet und sich in den Rahmen stellt. Auch wenn er mich nicht mehr ansieht, weiß ich, dass sein Geist nach meinen Gedanken greift.

Wir haben uns schon öfters gestritten. Und immer, immer hat er die Schimpfwörter, die ich ihm in Gedanken an den Kopf geworfen habe, mit einem Lächeln abgetan.

Einmal haben wir einen unserer zahlreichen Dispute über die freie Meinung und Willensentscheidung des Menschen gehabt. Ace, der aus besserem Hause stammt als ich, vertritt in dieser Hinsicht gänzlich andere Ansichten.

Irgendwann bin ich richtig wütend geworden, und er auch, wir haben uns angeschrien. Die Wärter sind nicht eingeschritten, weil sie wussten, dass es ein Streit unter Freunden war. Ich habe ihn in meinen Gedanken verflucht, ihn Arschloch geschimpft und noch andere schlimme Sachen.

Bis ich dann traurig wurde und in meinem Bett zu weinen begonnen habe. Diesmal war ich zum Mittagessen nicht im Gemeinschaftsraum, einfach aus Protest, weil ich Ace nicht unter die Augen treten wollte. Mein Magen knurrte und machte alles noch schlimmer.

Bis dann – irgendwann am Nachmittag – Ace kam, an meine ohnehin offene Tür klopfte und sagte: »Das Arschloch hat Kuchen. Kann das Arschloch das Zimmer betreten?«

Ich lag im Pyjama auf dem Bett, zu einer Kugel zusammengerollt, mit total verquollenen Augen. »Das Arschloch könnte den Kuchen einfach auf den Tisch stellen und dann verschwinden.«

»Das wird das Arschloch gewiss nicht tun!«, meinte er mit einem Grinsen und schob meine Beine zur Seite, um sich auf das Bett setzen zu können.

»Komm schon, Crys. Ich weiß, du magst Kuchen.«

Ich rollte mit den Augen und setzte mich neben ihn, nahm ihm etwas grob den Teller aus der Hand, obwohl ich ihm schon wieder verziehen hatte.

»Tut mir leid«, sagte Ace leise.

»Tut mir leid«, stimmte ich zu. Schweigend aß ich das trockene Stück Schokotorte, teilte sogar mit ihm.

»Du hast da was«, flüsterte er, und ich zuckte ein wenig zurück, als er mir mit seinem Daumen einen Krümel vom Mundwinkel wischte.

Und dann sah ich ihn an, und er sah mich an, und irgendwie näherten unsere Köpfe sich einander. Auf unerklärliche Weise hing mein Blick an seinen Lippen, die rau und aufgesprungen waren – nicht anders als meine.

Ich wusste, dass ich ihm vertrauen konnte, dass er mich nie betrügen würde. Ich spürte seinen Atem auf meiner Haut und die Wärme seiner Hand, die auf meinem Oberschenkel ruhte. Meine Hände wurden heiß an meiner Seite, meine Finger kribbelten. Noch immer schenkte er mir diesen Blick, der intensiver war als alles andere.

»Auseinander! Crys, wir brauchen dich.«

Ich schluckte und wich ein Stück zurück, um dem Wärter zuzunicken. Als ich aufstand, um zu gehen, saß Ace noch immer regungslos auf dem Bett, den Blick auf den Boden gerichtet.

Ich ging, ohne ein weiteres Wort zu sagen. Das war das einzige Mal, dass ich Ace beinahe geküsst hätte.

Ace

Sie hat ihn nicht vergessen. Unseren ersten, einzigen Beinahe-Kuss. In dieser Nacht lag ich wach und verfluchte mich selbst. Ich hätte nicht zögern sollen. Ich hätte sie zu mir ziehen sollen, ohne auf den beschissenen Kuchen zu achten, um sie zu küssen, wie sie noch niemand geküsst hatte.

Ich balle meine Hände zu Fäusten. Ich hätte sie einfach küssen sollen. Ein Kuss, der ausgedrückt hätte, was ich fühlte, hätte wohl alles verändert.

Dann würde sie jetzt nicht Cams Hand nehmen, nein, sie würde meine Nähe suchen. Wir beide hätten die Hölle durchstehen können. Ich hätte sie beschützt. Sie geliebt, wie sie es verdient.

Und nun gehört sie zu Cameron Walden.

Ich weiß, dass auch er sie liebt, aber er hatte schon andere Mädchen. Die eine für die andere verlassen. Cam hat ihnen seine Liebe vorgetäuscht, nur um an geheime Informationen ihrer Väter zu kommen. Ich habe es in seinen Gedanken gesehen – diese Eugenie mit ihrem rotblonden Haar und ihren hellgrünen Augen, mit Lippen, so zart wie Rosenblüten.

Wer sagt, dass er sie für Crys verlassen würde? Was ist, wenn dieser Jeff es ihm verbietet und er sich weiterhin mit Eugenie treffen muss? Küsst er dann beide und verspricht ihnen ewige Liebe und Treue?

Wird er es Crys je sagen? Sollte ich es ihr sagen? Nein, sie würde es nicht glauben. Crys kann zwar jedes Verhaltensmuster eines Menschen deuten, aber selbst sie kann wahre Worte nicht von falschen unterscheiden, wenn sie verliebt ist.

Crys sieht so viel, aber sie sieht nicht, was gut für sie ist.

Ich bin gut für sie.

Mit straffen Schultern drehe ich mich um. Cameron drückt gerade Crys und Florence je einen grauen Kanister in die Hände, dessen Inhalt gemächlich gluckert.

»Was ist das?«, schaltet sich Neptune ein, der in Gedanken noch immer über den Verlust des Maschinengewehrs schmollt.

»Jeff hat immer gesagt: Wenn dir absolut keine andere Lösung für ein Problem einfällt, lässt es sich sicher mit etwas Benzin und Feuer regeln. Crys, Florence, schüttet die Kanister in einer Spur hinter uns her. Das dürfte uns im Ernstfall ein paar Minuten verschaffen.«

»Der Ernstfall wäre?« Florence gibt sich skeptisch. Sie ist hübsch, aber der Hass gegenüber Crys lässt ihre Gesichtszüge für mich hässlich und alt erscheinen.

»Dass wir auffliegen. Allerdings bin ich mir ziemlich sicher, dass das nicht passieren wird. Es kann nicht mehr weit sein.« Im Vorbeigehen greift er noch nach zwei kleinen Dingen aus dem Regal neben der Tür, ich kann nicht genau sehen, was er in seine Hosentaschen steckt.

Simon ist noch immer nicht zurück. Hat er sich aus dem Staub gemacht? Unwahrscheinlich.

Ich strecke meine Gedanken aus, greife nach den Gehirnwindungen der Menschen um mich. Unsere kleine Gruppe ist kollektiv in einem Zustand der Angst und der Hoffnung. Die Soldaten, die unseren Weg kreuzen, sind beschäftigt, einige denken sogar an uns, ahnen aber nicht, dass wir hier sind.

Wir kommen gut voran, die einzige Regel lautet: Berühre niemanden außerhalb der Kuppel, geh ihnen aus dem Weg. Immer wieder schreien sich Soldaten Befehle zu, ihre Worte hallen harsch durch die kleinen Gänge.

Ende. Ende. Ende. Ende.

Ich drehe mich um. Daniel hält sich am hinteren Ende unserer kleinen Gruppe, die Hände in die Hosentaschen vergraben. Sein Körper ist nach vorne geneigt, macht kleine, wippende Bewegungen. Erst jetzt fällt mir auf, dass er irgendwo seine Brille verloren haben muss.

So klar wie jetzt habe ich seine Augen noch nie gesehen. Die Pupille scheint übermächtig groß, sein Blick ist auf den Boden geheftet, als könnte er sich so an der Realität festhalten. Ich lasse mich zu ihm zurückfallen.

»Daniel, wie geht es dir?«, frage ich behutsam, sehe nach vorne, doch keiner beachtet uns.

Er hält in seinen Bewegungen inne, sein Atem geht schwer. »Ende. Es ist das Ende. Aus. Ende, das Ende.« Seine Stimme ist schleifend, rau, als hätte er schon tagelang nicht mehr gesprochen.

»Das ist nicht das Ende, hörst du? Wir werden überleben.«

»Nein. Ende. Ende. Alles wegen ihr!« Er schaut auf, und sein Blick ruht auf Crys.

Ich seufze. »Niemand ist schuld, bis auf die Regierung. Du hast doch selbst gesagt, dass das so ist. Wir sind alle Opfer. Deine Worte, Dan.«

Nun wendet er seine Augen zu mir, und ich glaube, ich sehe einen winzigen Funken Klarheit in seinem Blick. »Habe ich das?« Doch er wartet nicht mal auf meine Antwort, sondern starrt wieder auf seine Füße.

Ende, Ende, Ende. Wegen ihr, Ende. Ihr.

Ich beschleunige wieder meinen Schritt.

Für uns ist es vielleicht nicht vorbei, aber für Daniel kommt jede Hilfe zu spät.

Langsam wird es im Gang heller, wir nähern uns der Hauptstraße. Motorengeräusche und militärtypisches Gebrüll hallen durch die Gänge, vervielfachen sich, als sie von den Wänden abprallen.

Die Soldaten werden zahlreicher, und ich weiche einem schwer bewaffneten Offizier aus, der hastig durch den Gang marschiert.

»Ladung C9 in Raum B290!«, schreit ein junger Mann und winkt einen grünen Laster in den Gang neben uns.

Meine Schritte rutschen ein wenig wegen des Benzins, das Crys und Florence Schritt für Schritt über den Boden verteilen.

»Wohin jetzt?«, fragt Crys und richtet sich auf. Ihr Gesicht ist auffallend fahl, und ihre Hände zittern leicht. Ihr Oberkörper hebt sich, während sie tief einatmet und kurz die Augen schließt.

»Was hast du?«, fragt jetzt auch Cameron, der seine Finger an ihr Kinn legt und ihren Kopf zu sich dreht. Sein Blick ist besorgt, beinahe *fürsorglich.*

Mir ist hundeübel, denkt Crys. »Es geht mir gut.«

»Lüg mich nicht an«, meint Cam in harschem, angespanntem Ton.

»Mir ist etwas schlecht, wahrscheinlich wegen des Benzingeruchs. Aber es ist okay, wirklich.«

Nein, es ist nicht okay.

Doch Cam nickt nur und späht auf die vielbefahrene Straße.

»Okay, wir überqueren jetzt die Straße. Hat jemand Simon gesehen?«

Schweigen.

»Haben sie ihn geschnappt?«, fragt Florence.

»Unwahrscheinlich, aber nun müssen wir selbst unseren Weg suchen. Caleb, kannst du dich noch ungefähr daran erinnern, welcher Ausgang der Beste ist, um zu fliehen?«

Caleb überlegt. »Ich denke, der Ausgang, der jetzt ca. hundert Meter östlich von uns liegt.«

»Denken reicht nicht, Caleb.

»Okay. Ich bin mir sicher.«

Es ist kühl, ich ziehe die Jacke fester um mich.

Doch Crys lockert ihren Schal, ihre Wangen sind gerötet, ihre Augen glänzen. Ist sie krank? Gestresst? Oder einfach nur müde?

Ich beschließe, meinen Geist nach dem ihren auszustrecken.

Ich muss durchhalten.

Was ist nur mit ihr los?

Der Kanister fliegt zu Boden, ergießt sich bis zur Straße hin.

Crys' Knie knicken ein, sie zieht mich mit in ihre Vision.

Ich stürze zu Boden.

»Crys!«, schreit Cameron, ehe alles verschwimmt.

Ich kriege keine Luft. Luft. Ich kann nicht atmen. Hände um meinen Hals, harte Erde in meinem Rücken.

»Was tust du da?«, schreie ich.

Aber ehe ich eine Antwort erhalte, verschwinden die Hände und ziehen mich auf meine Beine. Ein kalter, ovaler Pistolenlauf gleitet von meinem Kiefer aufwärts.

Ich will nicht sterben. Ich will nicht sterben. Jemand schreit meinen Namen, und ich fühle, wie sich Nägel in meinen Hals bohren.

»Lass los, lass los …« Mir geht die Luft aus. Die Kälte der Pistole drückt gegen meine Schläfe. Ich blicke zu meinen Füßen, die nur wenige Zentimeter vom Abgrund weg sind – Meer, Felsen. Tod.

»Das ist dein Ende«, zischt eine Stimme an meinem Ohr. »Sag Lebewohl zu deinem Leben. Ich werde deines zerstören, wie du meines zerstört hast.«

Und dann komme ich wieder zu mir.

Ich bin auf meinen Knien, die Hände in den Boden gerammt. Verdammt, was war das? Ich atme tief ein, huste.

Das war das erste Mal, dass ich eine Vision miterlebt habe. Wenn man das so nennen kann.

Aber ich spüre instinktiv, dass Crys diese Vision schon einmal zuvor hatte. Sie erinnert sich daran, auch, wenn es damals nur vage Bilder in ihrem Kopf waren. Ich rapple mich auf, mir ist schwindelig, und ich sacke wieder gegen die Wand. Nur verschwommen nehme ich wahr, wie Cam neben Crys sitzt. Sie liegt auf dem Rücken, die Beine leicht angewinkelt.

»Kannst du mich hören?« Seine Worte dringen nur gedämpft zu mir.

Das war keine Vision, das war … Verdammt, was war das?

Meine Lungen fühlen sich an, als wäre alle Luft in ihnen gefangen. Ich taumle zu Crys, lasse mich neben ihr auf die Knie fallen.

Sie hat die Augen geöffnet, ihre Lippen sind blau, dunkle Schatten liegen unter den Lidern. »Du hättest nicht in meinen Gedanken sein sollen«, sagt sie leise, und sieht mich direkt an.

»Was war das?«, frage ich nur.

Cameron schweigt, ist ganz auf sie konzentriert. Gemeinsam ziehen wir sie hoch.

Und gerade, als Crys antworten will, bemerken wir, dass es plötzlich ganz still ist. Lkws halten an, Schritte verharren, Stimmen verblassen. Kein einziges Geräusch ist zu hören.

Cameron hat den Vorhang fallen gelassen.

»Die Ausbrecher!«, schreit jemand.

»LAUFT!«, brüllt Cameron und zerrt Crys mit sich.

19

I never saw sad men who looked
With such a wistful eye
Upon that little tent of blue
We prisoners called the sky,
And at every careless cloud that passed
In happy freedom by.

Crys

Ich kann mich kaum aufrecht halten, als die Welt um uns herum untergeht.

Die Leute schreien durcheinander, es ist nur noch ein lautes Dröhnen in meinen Ohren.

»Verdammt! Schießt die Wichser nieder!«, brüllt ein Soldat und legt sein Gewehr an.

Cams Griff um meine Hand ist rutschig. Wohin rennen wir eigentlich? Ist das der Tunnel, von dem Caleb gesprochen hat? Wo ist Caleb überhaupt?

Schüsse fallen und Cam reißt mich grob hinter sich her, dreht sich um, erwidert das Schussfeuer. Ich stürze auf den Boden und brauche viel zu lange, um mich wieder aufzurappeln.

Die Sirenen und Lichter, die wild orange blinkend an den Wänden hängen, machen das alles hier so surreal wie in einem schlechten Film.

Mein Atem drückt gegen meine Lungen, ich spüre mein Herz so schnell schlagen wie das eines gejagten Hasen. Und genau das sind wir: Gejagt. Und leichte Beute.

Ich keuche – plötzlich wird alles still.

Ich kann nur mehr die lauten Geräusche hören, die dumpf gegen meinen Verstand prallen.

Irgendwie tragen mich meine Füße, vor mir flüchten meine Freunde, oder wie immer ich sie nennen sollte.

Immer wieder sieht Cam sich um, dann bewegen sich seine Lippen, und er lässt abrupt meine Hand los, um in die Richtung, aus der die Soldaten kommen, zu stürzen.

Meine Beine zittern so heftig unter mir, dass ich Angst habe, jeden Moment erneut zu fallen.

Zu schnell. Ich stolpere. Ich schreie laut auf, aber eigentlich weiß ich es nicht. Mein Knie pocht schmerzhaft.

Mein Herz schlägt nicht mehr, es hämmert. Wir werden sterben. Verdammt, wir werden sterben.

Ich sterbe.

Ich will nicht sterben.

Plötzlich greift eine Hand nach meiner, sie drückt kurz meinen Daumen. Aces Mund formt etwas, das wie »Los!« aussieht, doch ich bin mir nicht sicher.

Kaum sind wir ein paar Meter gerannt, reißt uns eine heiße Druckwelle nieder. Die Welt gerät wieder in den Fokus, Geräusche stürzen auf mich ein wie eine tonnenschwere Last.

»Cam!«, kreische ich, nachdem ich wieder stehe. Der Qualm ist so verdammt dick, dass ich keinen Meter weit mehr sehe. Flammen züngeln nach der Explosion die Wände hoch.

»Komm schon!«, brüllt Ace und zerrt mich hinter sich her.

Das Klappern unserer Schritte auf dem Beton geht im Tumult unter.

Ich reiße den Kopf scharf zurück, um über die Schulter zu sehen. Verdammt, wo ist Cam?

Rauch verfängt sich in meinen Lungen, und ich muss husten.

Da! Etwas bewegt sich kurz vor der Flammenwand, die immer näher kommt.

Aus dem Rauch heraus springt er über das Feuer, das gierig das Benzin vom Boden aufleckt. Sein Blick streift mich nur kurz, ehe er wieder herumfährt und feuert.

Die Soldaten hinter ihm schießen zurück, und eine Kugel rast nahe an meiner Schulter vorbei.

»Cam«, stoße ich hervor.

»Er hat mir gesagt, ich soll auf dich aufpassen.« Aces Stimme ist rau. »Er hat einen Plan.«

Obwohl sich alles in mir zusammenzieht, nicke ich. Er hat einen Plan. Cam hat einen Plan. Irgendwie habe ich nie daran gezweifelt.

Das Stechen in meiner Seite bringt mich beinahe um, als ich mich zwinge, wieder schneller zu laufen.

»Ist das etwa alles?«, brüllt Cam viele Meter hinter mir.

Wir rennen, wie wir noch nie gerannt sind, und ich bereue es, nie auf dem Laufband in der Anstalt trainiert zu haben.

Meine Füße scheinen mit jedem Schritt abgenutzter, meine Lunge brennt. Um mich herum und in mir tobt eine Hölle. Weiter, weiter, treibe ich mich an.

Die Hitze im Tunnel lässt meine Wangen glühen. Das Atmen fällt mir jede Sekunde schwerer.

»Wir schaffen das!«, schreit Ace neben meinem Ohr, ein wenig zu laut.

Meine Beine scheinen Aces Bewegungen zu imitieren, ich springe über Dinge, die ich nicht einmal richtig wahrnehme.

»Crys, schau!« Aces Hand drückt meine.

Nur mit Mühe kann ich die Augen zusammenkneifen, um zu erkennen, was er meint.

Die Luft ist ein wenig zu kalt, der Schnee ein wenig zu echt, als dass ich mein Glück wirklich fassen könnte. Ich atme den frischen Wind ein, und in meinem Inneren verkümmert das Feuer der Angst und der Schmerzen zur Glut.

Und dann … dann wechselt das Trappeln meiner Schuhe zu Knirschen.

Schnee.

»Verdammt, was steht ihr da rum? Verschwindet!«, brüllt Cam, der mit großen Schritten aus dem Tunnel prescht.

Die Haare kleben ihm an der Stirn. Er dreht sich erneut zu dem Höllenloch, das uns alle gerade ausgespuckt hat. Rasch führt er das Ding in seiner Hand zu seinem Mund.

Keine Ahnung, was er da tut.

»Oh, sch…! Komm, Crys!«

»Was?«, frage ich verwirrt und sehe Ace an. Sein Gesicht ist konzentriert, ich bin mir sicher, dass er Cams Gedanken lauscht.

»Weg! VERDAMMT, RENNT WEG!«, brüllt Cam, der plötzlich in unsere Richtung schießt.

Erneut reißt mich die Wucht einer Explosion von den Füßen. Ein stechender Schmerz jagt durch mein Handgelenk, weil mich die Druckwelle in den Schnee katapultiert und der Aufprall trotzdem so verdammt hart ist. Für eine Sekunde wird es vor meinen Augen schwarz. Dann weicht die Dunkelheit rotem Nachthimmel.

»Crys? CRYS!«

Ich drehe mich von der Seite auf den Rücken.

Cam und Ace erscheinen gleichzeitig in meinem Blickfeld.

Das Feuer, das in meinen Augenwinkeln den ganzen Tunnel verschlingt, taucht die beiden in ein blutiges Licht.

Obwohl mein Kopf noch etwas von dem Knall der Sprengung dröhnt, nicke ich.

Über mich hinweg sieht Cam Ace an. »Danke, dass du auf sie aufgepasst hast. Ich hätte nicht gedacht, dass du tust, worum ich dich bat.«

»Keine Angst, wird nicht wieder vorkommen«, erwidert Ace trocken.

Dann scheint er sich daran zu erinnern, was passiert ist. Er schenkt mir noch einen letzten Blick, dann dreht er sich um und geht weg.

»Ich lebe. FUCK! ICH LEBE!«, schreit Neptune hinter mir.

»Worum hast du ihn gebeten, Cam?« Meine Stimme ist noch immer kratzig vom Rauch.

Mit einer Hand fährt er sich durch die Haare und streicht so die Locken aus dem Gesicht. Sanft berührt er mein Handgelenk.

Der Schmerz lässt alles vor meinen Augen kurz verschwimmen, ich atme scharf ein.

»Es ist vermutlich gebrochen. Bist du draufgefallen?« Camerons Stimme ist leise, fast behutsam. Er reißt ein Stück seines Pullovers ab und bindet es sanft und gekonnt um mein langsam blau werdendes Handgelenk.

»Worum hast du Ace gebeten?«

Cam seufzt. »Er sollte dich beschützen.«

Ich schüttele den Kopf, ungläubig. »Ace hasst mich.«

Cameron steht auf und sieht auf mich herab, ehe er mir die Hand reicht. »Aber nur, weil er dich nicht haben kann. Er liebt dich, schon vergessen?« Die kurze Spur eines Lächelns zieht über seine Lippen, dann legt er seine Hand in meinen kalten Nacken und gibt mir einen kurzen Kuss auf die Nase.

»Wir sollten gehen!«, sagt er dann laut, sodass es jeder hören kann. Doch als wir uns umdrehen, stehen wir nur mehr einem Bruchteil unserer Gruppe gegenüber.

Ich frage mich noch, wo die anderen hin sind, als es mir dämmert. Ein letztes Mal lasse ich meinen Blick über das in Flammen stehende Gebäude schweifen. In der Hektik habe ich nicht mitbekommen, wie viele Schüsse gefallen sind.

Aber offensichtlich waren es genug.

Ace

Zoe, Martha, Melinda, Anthony, Dave, Florence, Ruben, Scarlett, Rebecca, Aaron – alle tot. Genauso wie Caleb.

Ich habe keine Ahnung, wo Simon steckt. Ich habe seine Gedanken nicht gehört, seit er verschwunden ist.

Ob er uns verraten hat? Vielleicht ist er einfach abgehauen. Ich würde es ihm zutrauen, denn er ist ohne uns viel schneller unterwegs.

Mein Kiefer verkrampft sich. So viele Leben verloren. Und Crys?

Ich schlucke.

Die zärtliche Geste zwischen Cameron und Crys zu beobachten schmeckt genauso bitter wie der Rauch um uns herum.

Ich blicke in die Runde, nur um in müde und erschöpfte Gesichter zu sehen. Wenige von uns sind übrig. Lynn und Shinji, die vor mir hergerannt sind.

Einige Haare sind aus Lynns losem Zopf entwischt, Spuren von Ruß zeichnen Striche auf ihre Wange, fast wie Kriegsbemalung.

Shinji steht neben ihr, seine Hand ruht leicht zwischen ihren Schulterblättern.

Jeder von uns war so mit sich selbst beschäftigt, so besessen vom Selbsterhaltungstrieb, der uns doch nur alle zu Tiere werden lässt – wir hätten aufeinander Acht geben sollen, als wir geflüchtet sind.

»Wir müssen von hier verschwinden. So schnell wir können.« Cameron Stimme liegt laut über denen, die überlebt haben. »Preston sucht uns – jetzt weiß er, wo wir sind. Aber wir haben es bald geschafft.«

Niemand widerspricht ihm.

Cameron sieht kurz zu Tyler. Beide groß und dunkelhaarig – sie hätten eigentlich Brüder sein können.

»Warte mal.« Lynn bleibt stehen, als wir unter dem Zaun hindurch gekrochen sind. »Wo ist Daniel?«

»Er war die ganze Zeit bei uns, als wir gerannt sind«, meint Shinji mit zusammengezogenen Augenbrauen. »Er war noch da, als das Gebäude in die Luft geflogen ist. Aber dann …«

»Hörst du ihn?« Tyler sieht mich an.

Ich schüttle den Kopf, mein Atem kondensiert in der Luft.

»Und die Soldaten?«

Ich verziehe den Mund. »Einige sterben gerade.«

Wieder treffen sich Tylers und Cams Blicke.

»Wir können nicht warten, bis Dan wieder auftaucht. Gehen wir.« Cameron nimmt Crys‘ Hand und steuert auf die Dunkelheit des Waldes zu.

Wir sind bereits mehr als zwanzig Minuten unterwegs, bevor ein Gedankenstrang flüchtig die meinen streift.

Kälte, Kälte. Weiß in meinem Kopf. Kälte. Kälte.

Abrupt bleibe ich stehen. War da etwas? Nun ist es leise.

»Ist was?«, fragt Sebastian, der auch stehen bleibt.

»Ich weiß nicht.« Zaghaft gehe ich ein paar Schritte auf einen mit Schnee bedeckten Busch zu. Meine Schritte knirschen im Schnee, ich fühle die Kälte zwischen meinen Zehen.

»Lasst mich in RUHE, VERDAMMT NOCHMAL!!!« Dan lehnt gegen den Stamm eines Baumes, die Hände in den Taschen. Er bewegt sie hin und her, als würde er etwas in den Fingern drehen.

»Daniel ... was soll das?«, frage ich und gehe um den Busch herum zu ihm. »Du musst mit uns kommen. Sie werden dich finden und töten.« Ich versuche, seinen Blick aufzunehmen, doch er stiert nur an mir vorbei.

»Du siehst total scheiße aus.« Neptune steht neben mir, auch die anderen kommen, um zu sehen, was los ist.

Nur Crys und Tyler halten sich im Hintergrund.

Seit ich in der Anstalt war, war Daniel auch dort. Ich habe ihn noch nie so gesehen. Er war einer der intelligentesten Menschen, die ich je gekannt habe. Schlau, bescheiden ... und jetzt? Verrückt. Er kann keinen klaren Gedanken mehr fassen, seit Zares Tod ist etwas in ihm zerbrochen. Vielleicht sein Herz, vielleicht aber auch seine Seele. Sollten wir hier rauskommen, ist es vielleicht besser, ihn in eine Anstalt zu schicken.

Ich schüttle den Kopf. Von einer Anstalt in die andere. Schlechter hätte es ihn nicht treffen können – naja, er könnte auch tot sein.

»Daniel.« Cameron klingt überrascht.

Ich stehe auf, vor allem, weil ich auf gleicher Augenhöhe mit ihm sein will.

Dan reagiert nicht auf Cam, starrt nur auf seine eigenen Füße.

Cameron fährt sich durch die Haare und seufzt. »Sebastian, nimm ihn mit. Wir dürfen keine Zeit mehr verlieren.«

Dann dreht er sich um und geht wieder zu Crys, die ein wenig abwesend aussieht. Auf ihrer Oberlippe glänzt der Schweiß. Vermutlich macht ihr das Handgelenk zu schaffen.

»Na, dann komm mal«, sagt Neptune zu Dan und zieht ihn hoch.

Mittlerweile ist es stockdunkel und so kalt, dass der Atem schon in meiner Lunge gefriert – oder zumindest scheint es so.

»Wie weit ist es noch bis zur Küste?«

Crys

»Du kannst kein ganzes Boot verschwinden lassen«, sage ich zu Cameron, küsse ihn und wende mich Tyler zu.

Ich nicke.

Tyler reagiert schneller, als ich gehofft hatte.

Er stürzt sich auf Cameron, rammt sein Knie von hinten in Camerons Rücken. Einen Moment halte ich den Atem an – nein, Cam lässt die Illusion nicht fallen.

»Nicht, Crys!«, schreit Ace und will mir nach, doch Sebastian hält ihn am Arm zurück.

»Lass mich los, VERDAMMT!« Camerons Brüllen zerfetzt mir die Seele.

Und dann laufe ich. Die anderen bleiben wie angewurzelt stehen, Tiere in der Nacht.

Preston und seine Männer haben uns an den Rand einer Klippe gedrängt, kurz bevor wir durch meinen Heimatort zum Bootsanlegesteg gelangen konnten. Ich fühle absolut nichts, als ich durch die dünne Wand aus Camerons Gedanken renne.

Augenblicklich bin ich geblendet vom hellen Licht der Scheinwerfer, die auf mich gerichtet sind, und ich stolpere über einen Stein.

»Nicht schießen!« Ich blicke über meine Schulter zurück.

Da ist nichts. Nur eine Klippe, das Meer schlägt etliche Meter unten gegen die Felsen.

Ich hoffe, dass Tyler Cameron in Schach halten kann.

»Na, sieh an! Crys … wie schön dich wieder zu sehen.« Prestons Gesicht verzieht sich zu einer höhnischen Fratze. »Kommst du etwa angerannt?«, fragt er nach, und wie auf Kommando lachen seine Lakaien hinter ihren Pistolenläufen.

Ich schlucke, stelle mich auf die Beine.

»Ich komme, um einen Handel vorzuschlagen.«

Meine Hände zittern. Ich bin froh, dass gerade jeder mit Dan beschäftigt ist. Niemand sieht meine Vision. Niemand bemerkt, wie meine Zähne klappern.

Ich lache innerlich auf, wische mir über die Augen. War ich wirklich so naiv, so verdammt naiv – wie konnte ich je glauben, dass ich endlich frei sein würde? Dass ich lieben und leben könnte, wie es alle anderen Mädchen in meinem Alter tun? Vielleicht habe ich es einfach nicht verdient. Das Karma bekommt seinen Anteil an meiner Seele. So, wie ich es verdient habe.

Die anderen wenden sich wieder um, und mittlerweile hat Neptune Daniel auf die Füße gezogen.

Ich schlucke und trete verhalten auf Tyler zu. Er wendet seinen Blick von den anderen ab und sieht mich an.

Ich schaue in die andere Richtung, um nicht aufzufallen.

»Du musst etwas für mich tun«, flüstere ich.

Tyler mustert mich mit seinen dunklen Augen. Anders als Camerons sind sie einfach nur dunkelbraun, ohne einen einzigen Schimmer in ihnen.

»Ganz was Neues.« Tyler sieht arrogant auf mich herab.

Ich lasse mich nicht von seinem herablassenden Gehabe ärgern. »Wenn der Zeitpunkt da ist, will ich, dass du Cameron zurückhältst.«

»Davon abhalten, was zu tun?« Tylers schwarze Augenbrauen heben sich.

»Mir nachzulaufen, wenn ich gehen muss. Du sollst ihm nicht wehtun. Nur aufhalten. Okay?«

»Nichts lieber als das.«

Dann füge ich leise hinzu: »Nicht daran denken. Ace hört es.«

Ich weiß, Tyler wird zu mir halten. Wenn auch nur dieses eine Mal.

Vor ihm brauche ich mich nicht zu verstellen, wir mögen uns gegenseitig nicht. Er wird mir nicht helfen, weil er es will, sondern nur, um sich selbst zu schützen.

Das kommt mir zugute.

Tyler schuldet mir nichts, und ich schulde ihm nichts.

Ich versuche zu lächeln, als Cameron wieder auf mich zukommt. »Wie weit ist es noch?«, frage ich ihn.

Mein Blick gleitet zu unseren ineinander verschränkten Fingern hinab. Zum ersten Mal, zum allerersten Mal habe ich geglaubt, glücklich sein zu können. Nur für mich, aus reinem Eigennutz, will ich Cameron für mich haben. So lange wie möglich.

»Hinter dem Wald fangen die Klippen an. Dann müssen wir noch hinunter nach Maryport. Gleich ist es vorbei.« Ich kann die müde Erleichterung aus seiner Stimme heraushören.

Während ich mein Bestes versuche, die stechenden Tränen hinter meinen Augen zu ignorieren, beiße ich die Zähne zusammen. Ich hole tief Luft, versuche, nichts zu denken.

»Du, Cam?«, frage ich leise und sehe zu ihm auf.

»Ja?« Er drückt meinen Arm und zieht mich zu sich.

»Ich habe da so ein Gefühl. Vielleicht ist es besser, wenn du eine Illusion erzeugst.« Mein Kiefer verhärtet sich. Ich muss aufpassen, was ich denke, und noch mehr, was ich sage.

Und natürlich – Cameron wird misstrauisch. Sein Arm gleitet von meinen Schultern, und er stellt sich mir in den Weg.

Cam ist so nah, dass ich den Kopf fast in den Nacken legen muss, um ihm ins Gesicht schauen zu können.

»Welches Gefühl?«

»Vielleicht wäre es besser, meinst du nicht? So kann Preston uns wenigstens nicht so einfach finden, falls er hier sein sollte, bevor wir weg sind.« Ich versuche, vernünftig zu klingen.

Cameron beobachtet mich, wir schweigen. Er sieht mich an, nicht hundertprozentig überzeugt, aber dann atmet er geräuschvoll aus und lächelt mich an. »Ich liebe dich«, flüstert er und gibt mir einen kurzen Kuss auf die Wange.

Es ist einfach zu viel. In dem Moment, in dem er sich wieder abwenden will, werfe ich meine Arme um ihn und halte ihn ganz fest.

Kurz ist Cam überrascht, dann erwidert er meine Umarmung.

»Ich liebe dich. Und egal, was ich tue, es wird immer so sein.« Meine Worte hören sich dumpf an, ich vergrabe mein Gesicht in seiner Jacke.

Ein letztes Mal atme ich seinen betörenden Duft ein. Mein Gesicht verzerrt sich zu einem stillen Schrei. Ich hänge an ihm, als wäre er mein Rettungsanker, die Insel, nach der ich mich schon so lange sehnte.

Und dann – Leere. Dumpfe, schmerzende Leere.

Ich löse mich wieder von ihm und schaffe es tatsächlich, ihn aufrichtig anzulächeln. Ich bin ihm unendlich dankbar – er hat mir die Augen geöffnet und mein Herz entschlüsselt.

Cams Lippen umspielt wieder dieses halbe Lächeln, das unwahrscheinlich gut an ihm aussieht, ehe er sich an die anderen wendet: »Wir sollten zusammenbleiben. Es ist sicherer für uns und wir sind weniger angreifbar. Ich werde wieder eine Illusion erzeugen, die uns umgibt.«

»Hat ja super funktioniert beim letzten Mal«, raunt Tyler, und Sebastian nickt.

Nun sieht jeder mich an.

»Tut mir leid«, murre ich.

Jeder Schritt fällt mir schwer, als wir weitermarschieren. Die anderen in Richtung Freiheit, ich in Richtung Gefangenschaft. Oder Tod. Habe ich nicht mitgekriegt, dass ich Teilnehmerin am russischen Roulette bin?

Die Nacht ist im Wald eingekehrt, der Himmel ist klar. Um mich herum – Stille. Niemand sagt etwas, keine Blicke werden ausgetauscht. Je näher wir an die Küste gelangen, desto leiser wird jeder Einzelne. Die Geräusche unserer Schritte fügen sich nahtlos in die Umgebung ein, in den finsteren Wald, in unsere müden Gemüter.

Ich fühle mich haltlos, doch ich versuche, nicht zu denken. Nichts zu spüren. Ein letztes Mal lasse ich mich von Camerons Hand führen und leiten.

Er ist das Einzige, das mich noch in der Realität hält. Ich kann mir keine schöne Zukunft mit ihm mehr bauen. Ich bin weder dafür bestimmt zu lieben noch frei zu sein.

Mein Herz ist eiskalt. Aber dennoch hat sich eine seltsame Ruhe in mir ausgebreitet.

Weil ich weiß, was kommt.

Weil ich weiß, dass ich dem nicht entgehen kann. Ich konnte es noch nie. Und ich tue das für Cameron, für Ace, für meine Eltern, für Violet. Für alle, die mich lieben – für alle, die für mich da waren. Das Leben spielt nicht fair. Es schreibt die Regeln, doch es kennt sie nicht.

»Wir sind bald da«, flüstert Cameron mir zu. Ich versuche, sein Lächeln zu erwidern, doch meine Lippen scheinen wie festgefroren.

Deshalb nicke ich einfach und senke meinen Kopf.

Und dann hören wir es.

Das flatternde Geräusch reißt uns aus unseren Gedanken, brennend wie Glut in unseren Ohren.

Helikopter.

»Verdammt!« Cameron bohrt seine Finger in meinen Handrücken.

»Wie haben die uns so schnell gefunden?«, schreit Neptune über den Lärm hinweg. »Du hast doch alles in die Luft gesprengt?«

»Gerade deswegen«, zischt Cam.

»Komm!«, schreit er mir zu und zerrt mich an der Hand durch den Wald. Die kargen Bäume und Gestrüppe scheinen niemals aufzuhören. Meine Füße trampeln über den Boden, hin und wieder verfängt sich einer schmerzhaft in hervorstehenden Wurzeln.

»Kompanie C – Gebäude sichern, suche nach Verletzten!«

Die Stimme jagt mir einen kalten Schauer über den Rücken. Nie hätte ich gedacht, jemals wieder Prestons Befehle zu hören.

»Kompanie A9, mit mir in den Wald!« Das Megafon rauscht noch kurz, bevor der Nachhall von Prestons Stimme verklingt.

»Lauft!«, zischt Cameron.

Unsere Schritte beschleunigen sich.

Die anderen folgen uns, unser Atmen wird übertönt von gebrüllten Befehlen und knackenden Zweigen. Ich versuche, den Kopf nach hinten zu drehen, um einen Blick auf unsere Verfolger zu erhaschen, doch Cam stoppt mich.

»Nie nach hinten sehen«, schnaubt er, seine Hand ist zu meinem Ellbogen gewandert und zerrt mich nun an der Jacke hinter sich her.

Wir brechen durch die letzten Zweige am Waldesrand, die anderen sind hinter uns.

»Fußspuren! Dort vorne können sie nicht mehr weiter!« Prestons Stimme hallt durch die Nacht. Diesmal nicht in der Ferne, sondern ganz, ganz nahe.

Cameron bleibt plötzlich vor mir stehen, ich pralle gegen seine harte Schulter. »Verdammt«, flüstert er und fährt herum »VERDAMMT.« Sein Brüllen lässt mich zusammenzucken.

Mein Blick schweift kurz zu Tyler, der dicht am Klippenrand steht.

Er nickt kurz.

Wir sind am Ende. Wie eine Wunde klafft der Abbruch zum Meer vor uns.

Cameron sieht mich an, sein Blick ist traurig. »Tut mir leid«, sagt er mit einem Blick in die Runde.

»Verdammt, was redest du da? Wir können …«

»Wir können nichts tun, Sebastian. Wir sind eingekesselt. Außer du willst springen.« Cams Stimme ist leise. Geschlagen. Der Blick aus seinen dunklen Augen, der nun wieder zu mir zurückkehrt, ist tonnenschwer.

Die Kuppel aus Gedanken, die uns noch immer umgibt, sirrt leise.

Doch das Geräusch kann das dumpfe Getrappel von Hundefüßen nicht überdecken. Männer mit schweren Waffen folgen ihnen. Noch sind wir unsichtbar für sie.

»Mir tut es auch leid.« Und ich meine es so. Ich bedauere, was gleich kommt.

»Halt!«, brüllt Preston nun seiner Kavallerie zu.

Die Hunde strecken ihre Nasen in den Wind.

Nur wenige Meter vor uns bleiben die Soldaten in ihren grünen Unformen stehen.

Ein Schauer läuft mir über den Rücken hinab. Wir sind gefangen. Es ist vorbei.

Der Traum vom Freisein. Davon, meine Schwester wieder zu sehen. Egal wie, er findet in diesem Moment ein Ende.

Ich kneife kurz die Augen zusammen, atme tief ein. Leicht schüttle ich den Kopf. Ich werde anfangen. Weil ich muss und weil ich es kann. Meine Vision wird ihren Lauf nehmen, und ich werde aufhören, frei zu sein.

Preston brüllt unverständliche Befehle, einige der Soldaten nicken und hetzen mit ihren Hunden zurück in den Wald, um ihn zu durchkämmen.

Prestons Augen schweifen durch die Luft. Er weiß nicht, dass er uns immer wieder unwissentlich ansieht, doch er weiß, dass wir da sind. Ich bin mir sicher.

»Kommt raus!«, bellt er, sein Atem wird vor seinem Gesicht zu weißen Wolken.

Es ist still. Niemand atmet, niemand sagt etwas.

Nur der Schäferhund zu Prestons Rechten hechelt gierig.

Ohne es zu bemerken, habe ich angefangen, in meinem Kopf rückwärts zu zählen. Jede Sekunde, die vergeht, bedeutet weniger Zeit.

4, 3, 2 …

Und dann ist es Zeit.

Ich fühle es.

Einfach so. Meine Stunde hat geschlagen. Der Moment, in dem ich einmal zur Heldin werde. In dem ich etwas Gutes vollbringe.

Mit einem Kloß im Hals, der mich beinahe erstickt, wende ich mich langsam zu Cameron und lege meine Hände an seine Wangen. »Du kannst nicht ein ganzes Boot verschwinden lassen«, sage ich.

Blitzschnell wird sein Blick wacher, ich nütze seine Verwirrung, um ihn flüchtig zu küssen.

Ich fühle, wie sich mein Hals zusammenzieht, während ich mich von ihm löse, und Tränen stechen in meinen Augenwinkeln.

Ich werfe Tyler einen Blick zu.

Sofort stürzt er sich auf Cameron, rammt ihn mit voller Wucht zu Boden.

»Nicht, Crys!«, brüllt Ace.

Ich schaue kurz zu Sebastian, und auch er versteht und hindert Ace mit einem heftigen Tritt in den Rücken daran, mir zu folgen.

»Lass mich los, VERDAMMT!« Außer sich vor Wut verzerrt Cameron das Gesicht.

Ich sehe nach vorne, nicht imstande, ihn so leiden zu sehen.

Und dann laufe ich.

Danksagung

An dieser Stelle möchte ich mich dafür bedanken, dass eine Neuauflage der Schneerot-Trilogie möglich wurde: Danke an den Amrûn-Verlag und an den Menschen, der dahintersteckt: Danke Jürgen, dass ich nun Teil deines Programmes sein kann.

Ein riesiges Dankeschön gebührt auch Tatjana – für deine Geduld, für deine Antworten auf meine zahlreichen Fragen! Dank dir und Nadine wurde das Lektorat zu einer sehr spannenden und tollen Erfahrung für mich.

Last but far from least: ein riesiges, allumfassendes und überglückliches DANKE an meine Familie!

Danke Oma, dass du bei jedem meiner Lebensereignisse mitgelitten und dich mitgefreut hast – das weiß ich wirklich zu schätzen.

Danke Tobias, dass du mich angetrieben hast, »es mal endlich anzugehen«, und danke auch dafür, dass du *Schneerot* als Urlaubslektüre angepackt und mich immer weiter motiviert hast.

Danke Papa, dass du meinen Roman so eifrig gelesen hast, selbst als er noch in der Rohfassung und voller Fehler war. Danke für deine Begeisterung!

Danke Mama, dass du mir immer wieder gesagt hast, dass ich Talent habe und mich unterstützt hast. Danke auch dafür, dass du immer für mich da bist.

Ihr seid die Besten. Ehrlich.